ハヤカワ文庫 **JA**
〈JA634〉

魂の駆動体

神林長平

4535

Ladies and gentlemen.
Start your engine !

目次

魂の駆動体

第一部　〈過去〉

一章　林檎

引っ越してきた新世紀集合住宅の近くに林があった。灰緑色の葉をつけた低い木が等間隔に並んでいた。

それが林檎畑だと知ったのは、秋になって無数のリンゴが枝枝をしならせて実ってからだった。

どうりで林の前に柵があるはずだと、そのとき納得したのだが、ようするに私はこの歳になるまで林檎の木を知らなかったのだ。ある日散歩中にその木を見ながら、おかしな木にリンゴに似た実が生っているものだ、そう思った。いまになれば、おかしいのは私のほうだったのだが。

もしかしたら、あの実は食えるかもしれない。そう気づいた私は、散歩をそれで切り上げると、急いでこの発見を伝えるべく、その足で新世紀集合住宅に取って返し子安《こやす》の部屋をノックした。

子安は昼寝の最中だったらしく不機嫌な顔で出てきたが、私がリンゴらしき木があるのを見つけたと言うと、寝起きの息をわざとかがせるように、あれは食えないと言った。

「腐っているのか」と私。

「なにが」と子安。

息がかからないように私が身をひいたのがわかったろうに、そんなことは気にもとめず子安はにっと笑って、

「腐っているのは、あの爺さんのほうだ」と言った。

「だれだ、それ」

「林檎畑の持ち主だよ。食えない年寄りだ。リンゴは食えるさ、もちろん、毎年新しい実が生るんだ。それを食わせまいとあの爺さんががんばっているんだ」

あれはリンゴに似た実ではなく、リンゴそのものなのだと知った私は、自分の無知を子安に悟られたかな、と恥ずかしくなって、

「年寄りはお互いさまだ」などと子安をとがめるような強がりを言った。

「いいや」と子安。「あの爺さんはおれたちの十倍は歳いってると思うな。千年はこの土地で生きてる。そんな顔をしてるじゃないか。おれたち新参者はガキあつかいだ」

「知らなかったな」

「リンゴをもいでくりゃよかったのに。運がよけりゃ、甘いリンゴが食えた。あの爺さんが

がんばっているかぎり、あのリンゴはリンゴに似たなにか、だよ。きっと、渋いか酸っぱいか、でなきゃ、腐ってるんだ。どのみち、食えない。知らなかったって？　嘘だろう」

そう問い詰められると、白状するしかなかった。

リンゴが、どういう木にどんなふうに生っているのか、実は知らなかったんだ、と私は言った。

すると子安は、疑うように私を見つめ、冗談ではなく本当だと知ると、馬鹿にした素振りは見せずに、フムとうなずいた。

「天然自然の林檎の木というのは、おれも見たことがない。おれたちが見るのは、改良を重ねられた林檎だよ。林檎畑の木は、作業がしやすいように枝が高くならないようにされているんだ。みな、さほど丈が高くないだろう」

「そうなのか……そんなことも知らなかったよ」

「人間、いくつになっても知らないことは知らないんだ。歳には関係ない。ま、毒リンゴをそれとは知らずに食べて、ときどき死んだりするくらいなものだ」

「毒のあるリンゴがあるのか」

「さあな。おれは食べたことはない。だから生きてるわけだよ。で、どうする」

「なにを」

「あれは、リンゴだ。間違いなく、リンゴだ。だが、毒リンゴかもしれん。食ってみなくてはわからん。そうだろ？」

「まさか？」と私。「毒リンゴなんて聞いたことがない。だいたいそんなものを植えてどうするんだ?」

「あの爺さんの、そこが陰険なところというわけだ」と子安。「陰謀かもしれん」

「本気で毒リンゴかもしれないというのか」

「毒林檎などという品種はないかもしれんが、あの爺さんに育てられたリンゴは毒を持つかもしれないってことだよ。よくある話だ」

「林檎という植物がそんなに世話する人間の影響を受けて変化するものとは、初耳だな。よくあるのか?」

あるんだ、と子安は言って、ドアから顔をだして廊下を見やり、私になかに入れとうながした。

「まあ、入れよ。ここじゃあ、落ちついて話なんかできない」

そう言いおわらないうちに、子安のその言葉を待っていたかのように、三、四つ離れた部屋のドアが開いて、白衣を着た男が出てきた。長髪の白髪にベレー帽をかぶっている。

子安は私の手首をつかむと、素早くなかにひきいれ、ドアを閉めた。鍵まで掛ける。

「おい、なんだい」

「自称画家だよ」

「彼はたしか作家じゃなかったかな」

「それは先週までのやつの幻想だよ。先月までだったかな。まあ、それはどうでもいいんだが、問題は今月はやっこさんが、この階の階長だってことでね、それは彼個人の幻想じゃなくて、この階の住人みんなの共同幻想なんだ、困ったことに、な」

先月か先週までは作家で、いまは画家らしいその老人がドアをたたいて、廊下を掃除しろとどなった。

「子安さん、今日の廊下掃除はあなたの当番ですよ」

「あー」と子安、「体調が悪いんで、できません。歯茎からものすごい血が出て、止まらないんです。廊下がかえって汚れます」

「いつならできますか」

「来月には大丈夫かと思いますので、そのとき埋め合わせにがんばります。ああ、立っていられない、貧血だ」

子安は本当にぶったおれた。

「私は大丈夫です」あおむけに倒れたまま、子安は叫んだ。「友人も看病にきているので心配しないでください」

「来月はやりますね」

「やります」

「ぜったいですよ」

「ぜったいです」

「わかりました」

この階の、三階の階長である自称画家は、納得したかどうかはわからなかったが、去っていった。ドアの閉まる音が聞こえてきた。子安は起きて尻をさすった。

「痛そうだな」

「少しな」

「掃除をしたほうがらくだと思うよ」

「おれの態度は、まともじゃない、か?」

「まあね」と私はあいまいにうなずいて言った。「どうかしてる」

「どうかしていない人間なんか、ここにはいやしないよ」

あの自称画家先生は、靴の底に絵の具を塗って歩き、作品と称したりするんだ、と子安は説明した。それを掃除して咬みつかれたという。

「怒って咬みついたんだ。レトリックじゃない、本当に右腕を咬まれた。まだ歯形が痣になって残っているよ」

「いま来た廊下には、芸術作品らしきゴミはなかったよ」

「わかるもんか。芸術には想像を絶する抽象作品もある。そんな罠にひっかかってたまるか。やつは咬みつきたいんだ」

「寂しいんだろうな」

「まあな。だからといって、やつが格別というわけでもないだろう。あいつの気持ちをこちらまで背負いこむなんざ、おれはごめんだ。やりたいやつがやればいいんだ。こういうおれが、あの先生には気にいらんのだろう。相性が悪い」

「ほかの連中はどうなんだ。咬まれたのか？」

「おれほど強く咬まれたのはいないだろうな、たぶん」

「それじゃあ」と私は腰を落ちつける場所を探して言った。「おまえさんが一番よく彼の相手をしているんじゃないか」

「そういう見方もできないでもないだろうと思わないでもないが、だから、おれもまともじゃないわけだ。例外はないってことだな」

べつだん気落ちしたふうでもなく子安は言うと、乱れたベッドにそおっと腰を下ろした。並んで腰を下ろすつもりはなかったので、ほかに空いているところといえば、小さな食卓の椅子だけだ。二脚の椅子があるが、両方とも積まれた本でふさがっている。

「ああ、すまん。探している本が見つからなくてな。机の上にでもおいてくれ」

「見つかるとは思えない。いつものことだが。なにを探してたのか、途中で忘れる、そうだろう」

「その代わり、以前探していたやつが見つかったりするから、いいんだ」

「いい運動になる」

「腰をいたわってやってるさ。もう身体を鍛える歳じゃない」

身体を鍛えるのではなく、いたわらなくてはと実感し、実行しはじめたのがどのくらい前だったか。私の場合はもう三十年前からそうしているなどと思いながら、椅子の上の本を食卓に移した。

本は重い。子安の部屋はこの重量物に占領されている。まったく、壁ぎわに積まれた本は、バリケードだ。床にも積まれていて、それが天井にとどけば、本の柱が何本もできる。鍾乳洞にできる石筍ならぬ、本筍、書筍、筆筍だ。それが生えていない床は、入り口の周りと、ベッドから小キッチンとバスルームのドアに通ずる道すじだけだった。私の部屋と同じ広さと間取りのワンルームだが、ここは狭く感じる。だが居心地の悪い狭さではなかった。ここは子安の巣なのだ。

ここに移ってきたわけを子安は話したことがない。家族はいるのか、それも知らない。私も、妻はいたがずっと前に別れたとか、息子が一人いるがめったに会いにこないとか、そんなことは言わなかった。

そうした最近の出来事というのは、圧縮された時間のなかで忙しく経験したもののようで、思い出すのに苦労する。ここまで来て苦労することはない。たぶん子安もそう思っているのだろう。

易しく、そして優しく、思い出せるのは、学生時代や、それ以前の幼い日日だ。あのころは、経験を記憶するのに十分な時間があった。十歳の子供の一年は、人生の十分の一もある。それが二十分の一になり、三十分の一になり、同じ一年なのに、その厚みがどんどん薄くなってゆく。歳をとるごとに時間が速く流れるように感じるのは当然だろう。薄く短いところを流れるものは、速く過ぎる。

時間が流れるものならば、それはある速度をもつ。その速度が一定不変だとしても通過距離が短くなれば、より短時間で通過するのは間違いない。なにが短時間で過ぎるのか。時間そのもの、だ。

時間が速く過ぎる。より短時間に。この、短時間、という時間は、もちろん時計で計る客観的な時間とは違う。時間自体が流れると仮定した次元での、その流れの速度の単位だ。それを感じとる能力が人間にはある。

現実世界には客観的時間などというものはないのだと考えたとしても、時間を計ったり感じたりする能力は消えない。

人間はさまざまな時間のなかで生きているものだ……そんなことに思いを馳せ、感慨を抱くことができるのは、私にそれができる時間ができたからかもしれない。

時間というものが単に存在するだけでなく、それ自体がある運動を超時間次元域でしている、などというのは、感じたことはあっても考えたことはなかった。

「手首を痛めたのか。どうした」

そう子安に言われて、我に返った。本を移した私は、手首をさすったまま黙って突っ立っていたので、友人を不安にさせたらしい。

時間について思ったことを子安に説明しはじめると、なんだか自分が学生に戻ったような気分になる。生きるための知恵というものとは無縁の、抽象的でなんの役にも立ちそうにない議論ができた時代だ。

ここでの生活は、たしかにあの時代を思い出させる。夜中にふと目を覚ますと、上の階の住人の歩き回る音が天井から聞こえてきたりして、いま自分は学生寮にいると錯覚したりすることがある。みんな家族から離れて暮らしている。気の合う友人とだべって時を過ごしたりする。そして、将来のことに思いを馳せる。

学生のときには未知で不確定だった将来という期間はもう過ぎてしまったが、いまそれを思い返すと、それはひとつのリアルに感じられる例であって、べつの生き方もあったなどと考え出せば、その不安定な思いは学生時代に抱いた将来への夢と同じ感覚だ。

たとえば、そう、あの会社に入れたら（入っていなかったら）、ああいう女と結婚できたら（べつの女と結婚していたら）、などなど。

未来も過去も、客観的には区別はできる。自分の思いとは無関係に来たり去ったりするものだとしても、それについての思いは、いまの私には、そのどちらも現実とは異なる幻想にすぎないような気がして、両者に違いなどなく、そうならば、過去から未来に流れる時間などというものも思いの上での幻想にすぎない。たしかなのは、どんな幻想を抱くのも自由ないまの自分があるということだけだ。こういう達観は学生時代の自分にはなかった。

「そうとも」と子安は言った。「未来も過去も幻想にすぎない」

「時間などというものはないというのか」

「現在を示す時刻、というものはある。だが、時刻と時刻の隔たりを示す時間、などというものは、幻想だ」

「だが……百メートルを十秒で走るのと、九秒とでは違う。その時間も幻想だと言えるのか」

「それこそ、そのとおりじゃないか。いまスタートした、いま走っている、いまゴールした、たしかなのはそれだけだ。電子計測器に一瞬ノイズが入って狂うこともある。そんなことはまずないという、確率のもとでしか、その時間は意味をもたない。それが幻想でなくてなんなんだ。だいたい、その時間の間、走者が本当にずっと走りつづけていたかどうかも、目で見ていたとしても、怪しいものだ」

「そうかな」

「そうさ。でなけりゃ、手品も成立しない」

「手品だ？」

「ああ」子安は珍しく真剣な顔でうなずいた。「いわゆる時間というものは、人間には操作できない。いまという時刻しかないなら、当然のことだ。しかし、時間は流れると感じ、しかもきみの言うように、流れる速さを人間は感じている。感じとる能力があるのなら、それは操作できる」

「主観的、心理的な時間は、そうだろうな」と私。

「それ以外の時間などない、主観も客観も、関係ない、それが時間の正体なんだ。操作できるなら時間旅行も可能だ」

「どうやってだ」

「学生時代を振り返るのも、そのうちさ」

「なあんだ」と私。「そんなことか」

「原理は単純なものだ。それをいじりはじめると、素人には想像もつかない複雑なことが実現できるようになるんだ。数学は最初は馬鹿にしたくなるほど簡単なものだが、やがて多くが脱落するじゃないか。想像力の問題だよ」

「フムン……まあ、あれこれ空想するのはたのしいが、絵に描いた餅ではね」

「食えないリンゴとかな。おれは、それを食えるものにする仕事をしていた」

「リンゴの毒抜きか」

「そいつはいいや」子安は明るく笑った。

「時間旅行のことか」

「そう」まだ笑いながら、うなずく。

「結局できなかったんだろう」

「アイデアさえあれば、なんでもできる。パーソナル・タイム・シフトはさほどユニークなアイデアじゃない。まだやっているだろう。仕事ならやるしかない。おれは停年でやめた。それだけのことだ」

「過去を思い出させる機械でも作っていたのか」

「過去方向にシフトすれば、そういうことだな」

「未来も見れるとは思えない」

「未来も過去も同じようなものだと、きみも言ったじゃないか。学生時代に思う将来と、いま振り返る過去は、どちらも幻想のようだ、と。その気持ちが、おれにはよくわかる。そのとおりなんだ。ならば、どちらも幻想で違いがないなら、過去を振り返るように未来をのぞけそうだと考えたっていい」

「そんな幻想としての未来情報に価値があるとは思えないな」

「それは、過去は事実の集まりで、未来は不確定なものだ、という常識にとらわれているからだ。過去も未来も同じく、幻想情報で成り立っているんだ。だからといって、過去の歴史を知ることに価値がないとはだれも、きみも、思わないだろう」

「歴史には、しかし動かしがたい事実が含まれているのはたしかだろう」

「動かしがたい事実というのは、共通認識という現実の上で成り立っている、共同幻想だと考えるんだ。だとすれば、未来に対する共通認識を持てるような、なんらかのシステムを考えれば、歴史と同じレベルの共同幻想が成立する。それは、共通認識という現実の上で成り立つ、動かしがたい事実になる。そうなっても、そんな情報に価値がないなどと言えるのは、現実を知らない子供か、現実からドロップアウトした老人くらいなものだろう」

「その共通認識を持つシステムというのは、いま中央で進んでいるHIプロジェクトのことなのか」と私は訊いた。「あんたも、おまえさんも、関係していたんだな?」

「HIプロジェクトは新しい。ついていけない。いまの若い連中はなにを考えているんだか。人間の意識を脳以外の人工機械にみんな集めてしまおうなんて、正気とは思えんね。身体を捨てて、意識だけで生きていこうということだ。身体までも幻想にしてしまおう、という考えだよ。まあ、だいぶ前から、身体の存在が汚れた服か殻みたいなもので、できるなら脱ぎ捨てたいという風潮はあったが。厳しい未来を乗りきるにはそれしかない、という判断だろう。おれは、生きているうちは、残っている歯でリンゴをかじっていたい。で、ドロップアウトした」

「HIタンクに入れば、老化の苦しみからも解放されるそうだ」

「だれから聞いた」

「……息子からだ」

「なるほどな」同情するような眼で、子安はうなずいた。「きみの息子は、未来を見て、老人にはなりたくないと思ったんだろうよ。それできみは、どう思う」

「どうって……HIタンクにはだれでも入れるのではないそうだ」

「そこが嫌らしいところだ。全員が強制されるよりはましだが。世の中、ある風潮が主流になると、それにつれて環境自体も変化するものだ。人間自体もだ。毒を持った爺さんに育てられたリンゴが毒を持つようになるようなものだ……そうだリンゴの話だった。きみが、時間が幻想だなどと言い出したんでついその気になってしまった。おれはもうリタイアしたんだ。その話はやめだ」

「面白いと思うがな」

「息子を相手にやるがいい。あのプロジェクトはすべてを仮想にしてしまおうという計画だよ。唯一の時刻という現実すら幻想にしてしまう。そこで食うリンゴは幻だ。おれはまだ本物のリンゴを食っていたい。きみもあのリンゴに興味があるだろう？」

「あのリンゴ……あの林檎畑か……うん」

あれがリンゴなら、食べたいものだ。食べられる実かもしれないと、子安に言いにきたのだった。子安は、それ以外の話題はもうお断り、と言っていたので、ここにまだいたいのなら、うなずくしかない。私はもう少し話をしていたかった。お茶でも飲みながら。のどが渇いている。キッチンの流しを振り向くと子安は察したらしく、なにか飲むかと言った。

「水以外になにかあるかい」

「コーヒーがある。インスタントだが」

「それは珍しいな。どうやって手に入れたんだ？」

「隣の部屋の藤井という古狸が見せびらかしていたやつを、酒の配給券と交換したんだ。娘の差し入れだといっては、果物やらなにやら見せては自慢しているが、娘の顔なんか見たことがない。どこからかくすねてくるんだと、みんなが思っているよ。本当のところは、だれにもわからん。たぶん、藤井氏自身にも。現物があるんだから、そんなことはどうでもいいんだ」

酒の配給券はどうでもいいとは思えないが、子安は酒はやらない。しかし、コーヒーはこのところ酒よりも手に入りにくい。子安のところにはそんな珍しいものがときどきあって、いつも驚かされる。ここに来る楽しみのひとつだ。

「どこにある」

「流しの下だ」

それは、いまの時代にまだあったのかと思わせる、どうやら本物のインスタントコーヒーだった。壜入りの茶色の粉末だ。湯に溶かすとコーヒーにもどるというやつで、コーヒー豆を挽いた粉末とは違う。なんだか懐かしい。

ヤカンに水を入れて、電磁コンロで湯を沸かす用意をする私に、子安が声をかけた。

「気を悪くしたか？」

「いや、べつに。なにが？」

「興味のあることだけを喋って、自分が満足すると他人のことなど、どうでもよくなる。子供のころからだ。性格だな。会話にならない。すまん」

「気にしてはいないよ」

子安は、優秀な学者か研究者だったに違いない。しかし敵も多かったことだろうな、と思う。だが、いまは、無害な老人だ。私がそうであるように、それを自覚しているから。社会に毒を流すような力はない、などと認めたくはないが、それが現実だ。

無害というよりも無力ということだ、と息子なら言うかもしれないが、それとは少し違う。

生きている世界がいまのように狭くなると、気の合う友人は貴重だ。その関係を支えるには以前に増して力がいる。若いころは、人間関係ほど煩わしいことはないと子安は感じていたに違いなく、私もそのころは自分は独りでも生きていけると思っていたものだが、いまになると、孤独はどんな病よりも恐ろしい。子安の気づかいは自分のことのようによくわかる。

「きみの言うとおり、ここの暮らしは学生時代を思い出させる」と子安。

「リンゴの話だったろう」

「毒リンゴの話から、親父の茱《グミ》のことを思い出したんだ」

「茱だ？」

「そう、茱だよ」子安は窓の外に目をやって、言った。「親父は中年になってから庭つきの一戸建の家を手に入れた。その狭い庭に、それまでの夢だったんだろうな、やたらと庭木を買っては植えたんだ。なにも考えていないみたいに、ヒマラヤ杉に、金木犀、無花果《イチジク》も柿もあったな。目茶苦茶だよ。そのひとつに、通信販売で買った茱があった。普通の茱よりも大きな実のなるビックリグミというやつだった。植えるところが、そんなんでもう余地がないものだから、それは日の当たらない隅になってな」

「枯れたんだろう」

「反対だ。伸びる伸びる。草というよりは木だろうが、日を求めて上へ、まるで雑草だよ。大きくなった。大きな実は生ったんだが、あまりに野放図に茂ったもんだから、親父はそれを疎ましく思うようになったんだ」

「切ったのか」

「結局はね。だがそうする前の何年かの間、親父はそれを、じゃまだと言いつつ、広がりすぎた枝を刈りつづけたんだ。こんなのは枯れてもいいと言いながらだ」

「かわいそうにな」

「どちらがだ？　ま、どっちもだな。ビックリグミはそんなことでへこたれたりはしなかった。どうなったと思う」

「さあな……毒入りの実でもつけたのか」

「そうだよ。毒ではないが、茱は反撃にでたんだ。まさかと思ったが、そいつは、枝に鋭い棘を生やしはじめたんだ。買った時はそんなものはなかった。苛められつづけてそうなったんだ」

「もともとそういう品種だったんだろう。大きくなると棘を持つという」

「そうかもしれないが」子安はうなずいて言った。「親父は自分が苛めたせいだと信じていた。おれもそう思った。いまでもそう思う。大事に育てていれば、逆に棘など生えてこなかったと、いまでも思えるんだ」

「そうか。あんたがそう言うなら、そうかもしれないな」

沸きはじめた湯の前にマグカップを二つ用意して、私はそう言った。本心だった。

「あれが普通のリンゴだとしても」と私は続けた、「毒を持っても不思議ではないわけだ」

「おれも本気であれに毒があるとは思っちゃいないが、あれを食うのは、毒を食らう覚悟がいるってことだよ」

「よく手入れされてるようだものな。大事に育てられているんだ」

「だがおれたちに食わせるためじゃない。それだけはたしかだ。どんな配給券も通用しない。

交渉したことがあるんだ。だめだった。あの爺さんは、裕福というか、おれたちを相手にしていない。おれたちを、泥棒だときめつけている。くれるとしたら毒リンゴだ。ちくしょうめ。落ちた実を拾うのさえ、見つかったら撃ち殺されかねない。危うくそうなるところだった」

「いつ？」

「去年だ。落ちているからいいだろうと思ったんだ。買うと言ってもだめだった。おれたち、少なくともおれには、売る気はないんだ。あんなにたくさんあるのに」

「量は関係ないだろう」

「一個でも取ればこちらの勝ちだ。簡単に盗れる実には毒を仕込んであるかもしれないから、食ってみるまでは勝負はわからん」

「それでは喧嘩じゃないか」

「戦争だよ。向こうは犬と猟銃で武装している。年代物の犬に鉄砲だが、あなどれん」

「盗むほうが悪いんだ」

「子供を教育するならそう教え聞かせないとだろうが、幸いおれたちの子供は大人になっている。いまさら教育もないだろう。どうせ聞く耳も持ってやしない。われわれは、もう我慢する必要はないんだ。戦争をしたけりゃやれる。悪いのは常に相手のほう、というのが戦争だよ」

なるほど、と私は感心しながら、インスタントコーヒーを入れた。人間、歳をとるほどどなんでもできるようになる、子安はそう言っているわけだ。いい性格だ。見習わなくてはならない。私はまだまだ修行がたりない。

あれはリンゴなのだと解れば、どうしたら食べられるかと思うのが当然だ。私はあの実がリンゴなら取りにいこうと子安に言いにきたのだ。それで子安もその気になったのだろうから、ここで私がやめようと言わなければならない理由はない。

「作戦が必要だな」

できたコーヒーを子安に持っていきながら、私は言った。

「もちろんだ」マグカップを受け取って子安はうなずいた。「あの爺さんはそれにかけては百戦錬磨だろうからな」

「こちらは二人だ。猫の手が必要なら、ここに出入りしている野良がいくらでもいる」

「そうとも」

あのリンゴはわれわれのものだ、と私と子安は宣言して、茶色の液体を飲んだ。豊かなコーヒーの香りはしなかったが、インスタントコーヒーはこんなものだったと思い出すと、さほどうまくない味も懐かしかった。

本物のリンゴこそ、もう久しく口にしていない。こんなコーヒーでも感動ものなのだから、本物のリンゴとなったら、恍惚として声も出ないかもしれない。

そんな想像をすると、どんな苦難を乗り越えてでも取ってこなくてはならない、そういう気分になる。リンゴ狩りは、使命であり、任務であり、私と子安が生きる当面の目標、生きがいになった。

二章　時　代

うまくいったらおなぐさみ、と子安は言った。なんだか悪戯をしようとしている子供のようだった。

私も童心に返った気分で、仕度をした。

たかがリンゴを一個か二個失敬しようというだけなのに子安は、着ていくものは夜陰に紛れる色がいいなどと、おおげさだった。

リンゴ一個といえども盗みは犯罪だが、常識としたら、この歳でそれをやったところで大きな罪とはいえないだろう。大量に盗もうというのではないのだ。計画的だが、悪戯の域を出ない。

いや、盗まれる側とすれば、量は関係ない、と子安は言った。向こうが真剣なら、こちらもそれ以上の覚悟が必要だろう、と。

「あの爺さんは本気で撃ってくるかもしれない。その弾がこちらに命中でもしたら、撃たれ損だ」と子安は言う。「命がけだ」

「それは過剰防衛だろう」と私。「法律では。法律というのは、偉大なる常識だからな」

「撃ち殺されてもそう言えるか？　いかに法律が偉大なる常識だといっても、殺されてからこちらに同情してくれたところではじまらない。だいたい、同情してくれるかどうかも、怪しいものだ」

「どうしてだ」

「法律というのは、当事者とは無関係なやつが判定するんだ。無関係なやつに本当のことがわかるわけがない」

「無関係な第三者だからこそ、公平な判断ができるんじゃないのか」

「それをやると称して、そいつは当事者の人格の善し悪しを判定するようなことをやる。公平な判断なんか欠陥だらけの人間にできるわけがない。欠陥のない人間などいないよ。公平、なんてのは、その判定に不服のない者だけが言えることとさ。殺されたら、なにも言えん。いい結果が出ても、生き返れるわけではない。それが常識というものだ」

「殺されるなんて、縁起でもない」

「だからさ、そうなったら、大怪我をして騒ぎになったりしてもだ、それではこちらの負けなんだ。公平な第三者なんてのが口を出す事態になったら、負けだよ。これは、あの爺さんと、われわれの勝負だ。法律なんてのを考えるのは、負けた後のことだ。勝てばいいのさ」

「われわれが勝って、例の爺さんが法律に訴えたらどうする」

「心配性だな。見つからないようにやるんだ。だから、準備が必要なんだ。ま、あの爺さんも法律などに頼っちゃいないよ。撃ち殺したら、おれたちの死体をリンゴの肥やしにして、勝ちを祝うだろうさ。撃ち損じても、訴えるもんか。補償金なんかもらっても、満足するような性格じゃないとみた。それなら鉄砲なんか持ってる意味がないからな」

「フム」と私。「けっこう危ないな」

「そう言ってるだろ。だから、やりがいがあるんだ」

なるほど、こいつはただの悪戯ではないのだ。私も気を入れてやらないといけない。

「しかしよく考えてみると」と私は少し考えてみて、言った。「わからないように取るのは、そんなに難しくないだろう。柵から手を伸ばせばとどきそうじゃないか」

「それが罠なのさ。やったことがある。どういう仕掛けかわからないが、まず犬がやってきて、爺さんがとんできた。どうも、鳥避けのセンサがあるらしい」

子安はしかし、そう深刻に悩んではいなかった。続けて、こう言った。

「なに、かまうもんか。盗まれたことに気づかれないなら、やる意味がないだろう。そう思えば、どんなセンサがあろうと、関係ない。要は気の持ちようだ」

子安はあくまでも楽天的な男だ。話しているとなんでもできるような気分になってくる。私が子安と親しくなったのは、この性格にひかれたからだろう。始めのころはわからなかったが。

では子安のほうは私のなにが気に入ったのかと考えると、よくわからない。自分のことは、だれでもそうではなかろうか——などといちいち考えこむ性格は、子安にはうっとうしいだろうなと思えるのだが、案外これが気に入られているのか。

まあ、そんなことは、どうでもいい。うまくいっていることに対して理屈をこねるのは、過剰防衛にも似て、物事をぶち壊しにしかねない。

私はそれでずいぶん損をしてきたように、いまは思える。なぜいい状態が続かないのかと以前は悩んだものだが、原因はそれだったのだ。理屈をこねなければうまくいっていたろうにと、いまならわかる。

うまくいっているなら、放っておけ。

護る必要などないのだ。悪い状態はもとよりそれにしがみついて護ることはないのだから、人生、なにも護るべきものなどないのだ。

若いころならともかく、この歳でそのように生きろというのは難しいが、まあ、歳には関係なく、護るものがあって悩むのは、人間の業というものだろう。

ようするに、子安の言うように、気の持ちようでどうにでもなるということだ。とりあえず必要のない理屈をこねていてはなにもやれない。

「犬か。鉄砲より、まずそれが問題だな。銃で撃たれたことはないが、犬に咬まれたことはある」

頭を切り換えて、私は言った。

「仔犬だったが、それでさえ、ばかにできない力だ。革の手袋がいるな。服は革のジャケットがいい」

「黒い革のつなぎがある」と子安。「それでいこう。夜は冷えるし、ちょうどいい。股引もはいていこう」

計画を立てるのは楽しい。もっとも、それは楽しい物事にかぎるわけだが。私にとっては久しぶりの、心が浮き立つ感覚だった。

本当に、こんなわくわくする気分は、ずっと忘れていた。なにかをやろうとするとき、嬉しくて、実現するのが待ちきれない、などというのは。

これは、そう、子供のころの遠足の前の晩の気分だ。

大人になってからは、それが仕事とは無関係な旅行でも、幼かったあのときに感じたものとは違っていた。どうしても、片づけなければいけない雑事や雑念や責任やらがつきまとう。大人になってから無条件に楽しかったこの感覚にいちばん近いのは、まだ独身だったころ、初めてクルマを買おうと、あれこれ迷ったときだった気がする。

クルマというのが、個人で所有できた時代だった。それは個人向けの商品として造られていたから、ありとあらゆる種類がそろっていた。

金さえあれば好きなものが選べたから、決めるまでは、迷ったり悩んだり、そんな苦労を味わうのも、クルマに関する楽しみのひとつだった。思い返せば、懐かしい。そんな時代が本当にあったのだ。

手に入れれば、自分で運転してどこにでも行けた。自分のものだから、名前をつけたり、洗ったり磨いたり、改造したりという楽しみもあった。

だが、いまクルマといえば、個人のものではない。完全無人運転のタクシーのようなもので、それは道路の一部だ。形こそ昔のクルマと似たようなものだが、それは動く道路といったほうがいい。動く歩道やエスカレータや、エレベータなどと同じく、利用したければだれでも乗れる移動のための自走機にすぎない。ボタンを押せば目的地に自動的に着くというのも、まさしくエレベータの感覚と同じだ。それを「これはおれのだ」などと独り占めしては意味をなさないという点でも。

物心ついてからというものクルマのことを自動車と呼ぶ人間には、少なくとも普通の会話をしているときには出会ったことがなかったが、いまのクルマは、文字どおりの自動車になったと言ってもいい。自ら動く車、だ。ヒトが運転する必要はない。

技術が進歩していけばいずれはそうなるだろう、という予想は若いころの私にもできた。だが、完全な自動車は、運転者を必要としないばかりか、個人の所有物の立場からも独立した存在になるなどとは、夢にも思わなかった。

機械を進化させる技術には関心を持っていたが、進化した機械を社会がどう扱っていくのかという思想《アイデア》には興味がなかった。しかしその両者は互いに関連し合い、相手に影響を与えながら、進歩していくものなのだ。

自動衝突防止装置は当時からあった。速度を制限速度に合わせて強制的に制御する技術もさほど革新的とはいえなかったが、その装置をつけることが義務づけられてから、クルマは自動車へと変わりはじめた。赤信号で自動的に停まり、ハンドルから手を離してもカーブをトレースし、ついに寝ていても目的地に着くまでになった。

クルマは自律する機械、完璧な自動車として完成し、だれが乗ろうと同じように動くようになり、そうなれば、乗るほうにしてもどれに乗っても同じだからなんでもいい、ようするに公共機関のバスと同じだから、個人で所有するのはばかげているという考えが出てきてもおかしくなく、実際にそうなった。

個人の所有物の対象から外すという、自動車を人から自立させる法的な決定は、それでもけっこうな時間を要したが、そうなったのは時代の流れというものだろう。望んでも自家用《マイカ》車《ー》を持てなくなったのは。

自分でクルマを作ったり、昔のクルマを所有するのは自由だが、そのマイカーを公道で走らせることはできない。自動車ではなくクルマが好きな人間には不満だろうが、全面的にクルマの所有が禁止されなかったことに感謝すべきなのだ。

いまそれを持っている人間はごくわずかな物好きだけだが、彼らにとってクルマとは、目的地に移動する手段ではない。楽しみのひとつとして、持っている。いまの自動車からは得られない、所有の楽しみ、自分で運転する楽しみなど、いろいろ。禁止は免れたとはいえ、持っているだけでペナルティにも等しいコストを負担してまで、それを楽しんでいる。

いまの私にはそんな経済的な余裕はないが、彼らのそんな気持ちはわかる。だが、一般的な息子の世代の人間には理解できないようだ。単なる移動手段以外に、楽しむためのクルマがあった、クルマとはそういうものだったのだ、というのは。

息子の世代はそういう楽しみのひとつを知らないといえるが、そんなことを息子に言えば、その楽しみを奪ったのはあなたたち父親の世代ではないかと責められるだけだろう。

それで私はクルマのことなどずっと忘れていた。子供のころの、遠足が楽しかった、それを忘れていたように。

そのような気分は二度と味わえないものと、漠然とあきらめていたのだが、それがこんな形でよみがえるとは、人生、捨てたものではない。若返る手段はどんな時代になってもあるものだ。

もっとも体力だけは、どうにもならない。時間が許せば、逃走時に備えて足腰のトレーニングをしたいところだった。

子安もそれには賛成だったが、なにせ鍛えるよりもいかにいたわるかのほうが大事だというのも事実だと子安も認めたし、体調を整えているうちにリンゴがみな収穫されては元も子もない。考えたくはないが、来年という時間はないかもしれないのだ。

それは歳に関係なくだれでもそうに違いないのだが、若いうちは実感がない。いきなり死んで驚いたりする。本人が驚くかどうかは、私には経験がないのでわからない。ぽっくり逝けるのがしあわせだという考えもわかるが、本当にそういうのがいいのかどうか、経験した者から聞いたわけではないので、それにこだわることもないと私は思うようになった。それも子安の影響に違いない。

その楽天的プラグマティストである子安は林檎畑の見取り図を作った。

「栽培されている品種は、サンふじだ。それもわるくはないが、あの爺さんは、もう一種類、レイゴールドというやつも作っている。それにしよう」

「そちらのほうがうまいのか?」

「好みによるさ。おれも詳しいことは知らないが、たぶん自家用というか、あの爺さんが好みで作っているようだ。それを狙わない手はないだろう」

「それでより面白くなる、か」

「わかってきたじゃないか」

「黄金のリンゴならもっとだろう。なにゴールドだって?」

「レイゴールド。たしか紅玉となにかの掛け合わせでできた品種、ジョナゴールドとかいうアメリカ人が作り出したやつを、さらにこちらで品種改良したやつだと聞いた。うろ覚えだから、自信はないが」

「紅玉というのは、聞いたことがある」

「小さめで酸味がある。野生的でリンゴらしいと親父が言っていたのを思い出す。もっとも、野生のリンゴなど、まずくて小さくて食えたものじゃないだろう。人間が苦労して改良を重ねればこそ、うまくなるんだ。どういう味にするかは好みの問題だよ。紅玉にしてもそうだろう。おれも好きだった」

「もう作っていないのか」

「酸味の強いのは嫌われた時期があったからな。ジュースやジャムなんかの加工用には酸味があったほうがいいらしい。甘いだけでは個性が薄れてリンゴだかなんだかわからなくなるからだろうな。加工用の品種がたりなくなった時期もあった」

「詳しいんだな」

「それも、親父のせいだ。日曜農園とかいう農地を借りて、リンゴを作った。よせばいいのに。けっこうな年数をかけたが、まるで実らなかった。手を掛けなければだめなんだ。親父にはそれをしたくても、暇がなかった。それでもあきらめきれなかったんだろうな、プロの助言を仰いだんだ。人づてに果樹栽培の専門家を紹介してもらったのさ」

「気合いが入ってるな」

「まったくだ。リンゴ作りを生業とする者を指導する専門家の助言だものな。だいたい土地や気候が合ってないとあきれられたらしいが、口説き落として見てもらったんだろう。おれはもう独立してたから、よくは知らないが。だけど、さすがプロの指導は違うな。翌年かその次の年だったたか、実をつけたよ。で、山のように送られてくるようになった」

「紅玉が」

「いや」と子安は懐かしむ目をして、言った。「それが、レイゴールドだよ」

「……そうか。そう例の爺さんに話せば分けてくれるんじゃないか?」

「交渉は決裂した。どういう形にしても分けてくれる気はないとわかったから、分捕るんだ。戦争さ。そう言ったろう」

「なるほど」私はうなずいた。「で、親父さんのリンゴはどうなったんだ」

「もうずいぶん昔の話だ。借地だったからな。都市計画とかでつぶされたよ。補償もなかったろう。生業ならともかく、単なる趣味だったんだ」

「気の毒に」

「生きのいい林檎の木が切られて、親父もがっくりきたろうな。植え替える金も土地もなかった。やり直す時間は親父には残っていなかった。そういうことだ。ま、人生さまざま、だよ。親父はそれでも、それですべてを奪われたというわけでもなかったし、実際、そのリンゴの手入れをするのはかなりの負担になっていたろうから、手を引く理由ができてちょうどよかったんだ。たぶん惜しいという気持ちはおれのほうが強かったろう。なにも手伝わずに無料のリンゴが届いていたのが、来なくなったんだから。しかし、まあ、そんなことは、言わなかった。親父はせいせいしていたかもしれないのに、同情すれば親父も自分を気の毒な人間だと思うようになったかもしれん。同情する気分になったのは、最近のことだ」

「同じような歳になったからだろう」

「歳はとってみるものだな。面白いことばかりだ」

「面白うて、やがて哀しき、だ」

「いと、をかし、さ。本人は自分を哀しいなんて思っちゃいないよ。ナルシストのようにカッコつけてるか、病気でもなければ」

「うらやましい性格だ」

「おれがか。ま、おれもカッコつけているってことだな。自分でそう言うのはいいんだが、他人から言われると腹が立つ。この話はやめよう」

「そのリンゴしかないな。レイゴールドか。私も食べてみたい」

「畑の奥のほうだ」

「犬対策を考えよう」

うまくいったらおなぐさみ、などと子安は口では言っていたが、本心はまさに戦争をやる気だと私にもその真剣さがわかった。私もすっかりそのつもりになった。

準備が整ったら、実行あるのみだ。

計画はじっくり練ったが、準備にはさほど時間はかからなかった。

欲しい道具は計画段階でいくつも挙げることができた。たとえば暗視ゴーグルとか。しかしそれらのほとんどが、用意するには金銭面でも時間的にも余裕がなかった。実行することなく計画だけを楽しむならいくらでも空想は広げられるものだが、それではやがて虚しくなるだけだというのは子安も私もわかっていたから、計画はいいかげんなところで切り上げて実行に移すことにした。

それには四日かかった。

たいした用意が必要でもないのにそうなったのは、珍しく雨が二日続いたせいだ。雨天のほうが見つけられにくいとは思ったが、ただでさえ夜は冷えるというのに、そのうえ雨に打たれるのは、そのままリンゴの肥やしになりにいくようなものだという気がした。

子安も私のその意見に賛同して、押入から引っ張りだした革のつなぎの手入れにその時間を使った。

二日という時間は無駄ではなかった。なにしろそれはカビだらけで、細かいひびが入っていて、色もかつては黒かったらしいが、カビで薄緑色だった。

さいわい昼間は晴れたから、一日陰干しにして、翌日に私が貸してやったミンクオイルで手入れすると、どうにか着られる程度になった。ひび割れはどうにもならなかったが。

「以前愛用していたライダースーツだ」と子安は試しに着てみて言った。「少し縮んだが、大丈夫だ」

「昔から腹は出ていたわけだ」

「これは最後のスーツさ。バリバリに峠を攻めていたときはもっと派手なやつを着ていたよ。もちろん、腹は出ていなかった。マシンをねじ伏せる体力もあった」

「あんたがバイクをやっていたなんて知らなかったな。なんていったっけな、ローリング族ってやつか」

「なんとか族という言い方は流行ったな。おれは若いころからつるんで走るのは好みではなかった。だから、族じゃない。ま、それをロンリー族とでもいうのならべつだが」

子安は趣味のバイクだけでなく、すべてにおいて、集団行動が苦手か、嫌っていたに違いない。私もそうだったからよくわかる。

「乗っていたマシンは」

「いろいろ。ホンダのN500の残骸をレストアしたこともある。楕円ピストンのスーパーバイクだった。おそろしくスムースで速いマシンだったな。ギアが何速に入っていようとおかまいなしに加速していくんだ。しかも荒荒しくない。電気モーターのようだったよ。結局それがものたりなくなったんだな。いや、あまりにすごすぎて、公道では性能をもてあますんだ。こちらの腕が足りないせいもあった。簡単にハイスピードが出せるんだが、いざなにかあるとなまじスピードが出ているから、下手な腕前では修正が追いつかないんだ。で、絶対的な速さは遅くていいから、もっと荒削りな原始的なやつに興味が移っていき、最後に乗っていたのはBMWのうんと古いマシンだった」

「水平対向ツインのだな」

「そうだ。知っているのか」

「バイクは詳しくないが、その程度は」

「そいつは嬉しいね。生き物のようなエンジンの鼓動がよかった。電気モーターも悪くはなかったが、そいつは嬉しい生き物という感じはしない。ガソリンエンジンとは別物だよ。スムースで気持ちはいいんだが、へんな喩えだが、そいつはマクロな生き物というより、ミクロな細胞レベルの運動メカニズムを模倣して造られたみたいな感じなんだ。ミクロなものをうんと拡大しているような、そのサイズでは自然界には絶対に存在しない、不自然なものというか……車輪というものがすでにそうなんだ。タイヤをつけたマクロな生き物はいない。細胞レベルでは回転メカニズムを持つものは珍しくない」

「タイヤをつけた馬として乗るなら、ガソリンエンジンのほうがまだ生き物に近い、というわけだ」

「そう。でも電気モーターも嫌いじゃなかった。より高度に人工的で、さらによくなる可能性が感じられたからな。遺伝子をいじってより高性能なものに根から変身させるような感覚だ。パーツを移植して作り替えるようなやり方ではなく。それは、おれの手に余る気がしたんだ」

電気モーターのほうがガソリンエンジンよりも構造が簡単でいじりやすいように思えるが、子安はその反対だと言っている、そう私は理解した。そう言われれば、そうかもしれないが、ようするに子安は熱力的なものをいじるほうが、電磁気的なものよりも、直感的に自分に合っていたというのだろう。

そう私が言うと、

「ま、簡単に言えばそういうことだ」と子安は認めた。「公道を愛車で走れなくなって、手放したよ。ガソリンは手に入らなくなったしな。もっとも、電気モーターだったとしても、結局は同じだったろう。それ以来、このスーツは着たことがなかったというわけだ」

私はといえば、自分の革のジャケットを用意した。これはひび割れてはいない。そうとうくたびれてはいたが。いつも手入れしているから、カビとは無縁だ。

「いい革ジャンだな。年季が入っていそうだが。いい具合にしわがよっている」

「父親の形見だ」

「ほう。長生きだったんだな」

「十二年以上前になる」

「そうか。よく……」

「手入れされている、か」

「それもそうだが、すまん、おれなら父親の着ていたものを自分が着るなんて考えたこともなかったから、少しな、驚いたんだ」

「母親のを着るよりはましだろう」

「似たようなものだという気もするが、だからどうだというんじゃない。うらやましいよ」

「いつも着ているわけじゃない。これを見ると、親父の趣味を思い出すんだ。あんたのバイクじゃないが、父は古いオープンカーをレストアしていた。で、仕上がったそれを運転するときにこれを着ていたんだ」

「そいつはいい。いい話だ。毎日でも着てろよ」

「当時の私は古いクルマには興味はなかったんだが、いま思えば父はいい時代を生きたと思う。いまやろうとしても私の財力ではできないからな」

「いつの時代でも苦労はあるし、楽しみも時代で変わるのは当然だろう。べつの楽しみを見つければいいだけのことだ。ま、その革ジャンを着るのもそのひとつなら、それでいいじゃないか。おかしな勘ぐりをして悪かった」

「いいさ」と私は言った。「私も、あんたがどうしてリンゴを、それも畑の奥にあるやつにこだわるのか、いろいろ勘ぐったことだしな」

「フム。そうだな。おれも同じというわけだ。親父の時代を懐かしんでいる」

「いいじゃないか。歳はとってみるものだ。若いころにはやれない。ちがうか」

「そのとおり」

わずかに苦みの混じったような笑みを浮かべて、子安は言った。きれいになった子安のライダースーツは、それでも少しカビ臭かった。

こうして準備を整えた私たちは、四日目の夜、リンゴ奪取計画を決行した。

三章　廃　車

よく晴れた夜だった。

りんと冷えた空気が自然の美しさと厳しさを感じさせる。山の端に細い鋭利な鎌のような三日月が出ていて、ふり仰げば都会暮らしでは光害で見ることのできなかった天の川がはっきりとした帯状に確認できた。

はじめは空に靄がかかっていると思ったのだが、子安に「雲ひとつないから、冷えるわけだ」と言われて、いま目にしているのは雄大な銀河の一部なのだと気づいた。

あの靄は冷えた水の集まりではなく、莫大な熱を放射する星の、無数の群なのだ。ひとつひとつを見分けることができないほどの数が集まって、もはや光点群ではなく、薄い光の帯に見える。観念や知識ではもちろん知っていたが、実際にそれを目にすると、理屈などどうでもいい気がしてくる。本当にそれがあるというだけで感動する。

外に出たときは白かった吐く息も、しばらくするとわからなくなった。身体も肺のなかも冷えきったためだろう。走れば蒸気機関車のような息になるかもしれないが、最初からそれでは身がもたない。できればこのままの状態で、つまり息を切らして走ったりすることなく無事に事を済ませて、熱い風呂に入りたいものだ。

夏用のTシャツの上に木綿とウールの長袖の下着を重ね着し、もちろん股引も忘れずはいていたが、この秋いちばんの冷え込みのようで、とにかく寒かった。たぶん、ぞくぞくした感じは寒さのせいばかりではない。武者震いもある。

昼間散歩しなれた道も夜になると雰囲気がまるで違う。なにかあったら、昼ならだれかの助けを期待できたが、夜は、全責任を自分で負わなければいけない、その覚悟があるのだろうなと闇が訊いているかのようだ。これまでそんな覚悟などしてまで夜中に表に出る用もなかったから、こんな時間に林檎の林に近づくのは初めてだった。

そんなに遅い時間ではなかった。草木も眠る丑三つ時にはまだだいぶ間がある、午前零時を少し回った時刻だ。

それも計画のうちだった。このあたりの地元の人間の九割は夜の十時には寝ていて、朝の五時には九割が起きている。

「あの爺さんはだいたい九時に寝て、四時、早いときは三時に起きる」と子安は言った。

「よく調べたな」

「電気が消えるのを見ればだれでもわかる」

「見ていたわけだろう」

「まあな。昨年調べた。それでも失敗したわけだが」

「それにしても、例の爺さんは早起きなんだな」

「われわれの常識だとそうだな。昨年は午前二時過ぎに行って見つかった。そろそろ起きるところだったに違いない。だからもっと早い時間のほうがいい」

草木や林檎は起きていてもいいから、例の爺さんと犬がよく寝ていてくれればいいので、それを考慮して、この時刻を子安が決めたのだ。

背には戦利品を入れるためのバックパックを、これには七つ道具も入れてある。

腰につけたウェストポーチには、犬に見つかったときにその気をそらさせるべく、メンチカツを入れてきた。

なぜメンチカツなんだ、と子安に訊いたところ、あの犬がそれを好きだから、という。

「それでは寄ってくるじゃないか。かえって逆効果だろう」と私。「犬避けスプレーとか、そういうやつのほうがいい」

「超音波発振機とかか」

「そう」

「それが手には入ったとしても、使いたくないね」

「どうして」

「おれは犬に咬まれた経験はないが、きみは、もし用意できるなら」と子安は私に訊いた。「毒薬でも持っていきたいのか」

「そんなものは役に立たないだろうな。即効性でもないかぎり。それに、殺すまでもない。殺したくはない」

「それを聞いて嬉しいよ。あの爺さんが追いかけてきて、それで心臓麻痺でくたばっても自業自得だ。同情なんかしてやるもんか。だけどあの犬には恨みはない」

「どう猛なんだろう」

「まあな。柴犬の血が混じっている雑種らしい。でも、性格は悪くない。爺さんにけしかけられれば飛びかかってくるが、気をそらせば、すぐになにを命じられたか忘れるような、優しい犬なんだよ。こちらが逃げたり構えたりしているかぎりは、忘れない。こちらが恐がると図にのるし、向こうも恐がって攻撃してくることもあるだろう」

「恐がるな、というわけか」

「そうだ。まあ、きみの気持ちもわかるよ。恐いかもしれないが、犬は嫌いじゃない、そうだろう？」

「フムン……難しいところだな」

「恐がると、体臭にその生理変化が現れるそうだ。犬の鼻はいいからな、それを文字どおり嗅ぎとるんだ。恐怖は伝染する。恐怖を解消するために破壊的行動に出る。いや、犬は単にその臭いが嫌いなんだろうな。だから襲ってくる」

「犬が好きだと、自分に言い聞かせてもな……生理変化までコントロールできる自信はない。体臭をどうやって変えろというんだ」

「なにも理屈を知らないよりはいいだろう。犬が嫌いでもいいから、相手もその臭いが嫌いなんだと、理解することだ。犬はきみが嫌いなわけじゃない、きみの身体から出る恐怖の臭いが嫌なだけなんだ。恐がるのはきみも好きじゃないだろう。嫌なのは犬ではなくてその恐怖の感覚なんだ。なら、きみも犬も、同じことを思っているわけだ。同じ気持ちでいる相手を恐がることはない。そうだろう？」

子安の言うことはいつも筋が通っている。

考えてみれば、私は犬をふくめて動物は嫌いではなかった。だが、幼いころ思いきり咬まれたときの恐怖はずっと尾をひいていた。

痛かったのは当然だが、それよりも、やわらかな自分の二の腕にあいた穴が目に焼きついて、たぶん痛さよりそれに恐怖したのだ。

もう半世紀も前のことなので、そこに想像が加わって事実よりオカルト的に脚色されているのかもしれないが、その穴から見えた脂肪層の黄色い組織、この黄色というのも記憶のなかで脚色された色のような気もするが、それがおそろしく不気味で、出血しただろうに、その血の色の記憶はないのだ。

たぶん子安の言うとおりなのだろう。私を咬んだ犬はもうこの世にはいないし、すべての犬に咬み癖があるわけでもない。子安は犬が好きで、よくわかっているようだった。ただかわいいというだけでなく、その危険な面も承知していた。

その子安が、例の犬は優しいというのだから、そうなのだ。人なつっこくてすぐお友達になれる、というのではなさそうだが、好物のメンチカツを見せられるとほかのことはどうでもよくなるという性格らしい。たしかに、憎めない。だからといってその犬が優しいとは私には思えないが、子安がそう言うのは彼が犬を好きだからに違いない。

その犬対策用のメンチカツは、前の日の夕食に出たものだった。

新世紀集合住宅というのは賄いつきの下宿のようなもので、入居しているのは老人ばかりだからようするに老人ホームで、その食堂のメニューもレストランのように自由に選べるわけではなく、管理されたものだ。そこで出る食事といえばまずいと相場は決まっていたが、食事込みの入居代が安いのだから当然だろう。まずいながらも食べられるうちは健康というわけだ。

メンチカツにしても牛肉ではなく、植物性の合成蛋白肉だが、そのほうが歳にあっていると私は思い、けっこう好きだった。が、子安はこれが大嫌いで、捨てるよりはましな利用法をこれが食事に出るときはいつも考え、苦労していた。私の腹に余裕があるときは子安のそれを、子安の好きなメニューが出たときと交換という形でもらったりした。

だから今回のメンチカツは子安にとっては有効な使い道といえたが、私にしてみればもったいない気がした。多いほうがいいという子安のいうことはわかってはいたが。

しかし、まあ、これで犬の恐怖から逃れられるのなら、安いものだろう。例の犬と好物が同じとはなさけないと思わないでもないが、その犬にそれで少しは親しみがわくだろうと子安に言われて、これで子安が犬好きでなければあまりいい気分ではいられないところだ。

子安のその言葉には皮肉がこめられていたが、犬や私に向けられたものではない。子安はあの食堂の、そのメンチカツが、本当に嫌いで我慢ならないのだった。こんなもの、犬も食うものかと子安はよく言った。例外の犬もいるわけで、嫌いなそれも役に立つことがあるというのに普段は忘れている、そんな自分をこそ子安は皮肉ったのかもしれない。

林檎の林はけっこう広い。どこからでも入れそうだ。だが子安は侵入ポイントを決めていた。

私がいつも散歩する道からそれて、林の間の小道に入った。左が狙う林檎の林で、フェンスで囲ってある。右手は葡萄棚が広がる畑だが、そちらは例の爺さんの所有地ではなく、いちおうフェンスらしき境界はあるが、傾きかけた木の柱に針金が三条ほど渡してあるだけだ。ここの持ち主なら、葡萄がとても好きなので一房譲ってくれないか、少し高くてもいいから、と言えば快く分けてくれそうだった。気が合えば年に一房や二房はただでくれるに違いない。

葡萄にすれば簡単だったなと思った。それに対して林檎の側のフェンスは本格的で、高さは背丈ほどだが上端が外側にハングしていて、おまけにそこに鉄条網を張っているという念の入れようだ。

「けっこう広いのに、全部このフェンスで囲ってあるなんて」と私は、少し白く見えてきた息を吐いて言った。「爺さん、金持ちだな。烏や雀にこんなフェンスは役に立たない。こいつは人避け専用ってわけだ。人を信用していない、人嫌いだとよくわかる」

「こいつはあの爺さんの趣味なのさ」と子安は言った。「趣味ってやつは金がかかるものだ。実益面からすればこんなのは無駄だとしても、一個も取られまいとするなら、これでもまだまだ金をかける余地はある。自分のリンゴを取りにくるやつがいると信じてるからできるんだ。そういう意味では人を信じてるわけだよ。おれはこの囲いが無駄にならないように、その信頼に応えてやっているんだ。お互いやりがいがあるというものだ」

「あきれたもんだ。ゲームじゃないか」

「そうだ。シリアスなゲームだ。私有地に入ってきた者を鉄砲で撃つ気なんだからな。ただ盗まれるのが嫌なら官憲に訴えればいいだけだろうに、あの爺さんはそんな第三者をゲームの仲間に入れる気はないというわけさ。その根性は見上げたものだ」

「それでは……思うつぼじゃないか」

「後悔してるなら、やめろよ。今年は二人で来るなんてあの爺さんも予想してないだろうから勝算はあるが、きみを無理に参加させるつもりはない」

「そういうことは、早く言ってほしかったな」

「何度も言ったろう。冗談で言っていると思ったかい」

「まあ、半分は」

「怪我をしてから冗談だったではすまないし、死んでから文句は言えんぞ。やめるなら、まだ遅くはない。どうする」

「いまさらやめられない。やるよ」

「その意気だ。やりたいことをやって死ぬんだから文句はないだろう。文句が言えるのは死ぬ前だけさ」

「まったく、プラグマティストにはかなわんな」

闇のなか、子安の白い歯が見えた。笑ったのだ。笑顔で子安は私の肩をたたくと、さあ行くぞと、うながした。

少し行ったところで、先を歩いていた子安は急に立ち止まると、ここだと言った。

「ここ？　ここから入るのか」

「そうだ。このフェンスに切れ目を入れて――」

「ペンチを出そう」

「もうやってある。気づかれていないようだ」

「いつやったんだ」

「きみがこの計画から降りるかもしれないし、おれのほうがよく知ってるし、きみの手を煩わせるまでもないと思ってね、ゆうべ切れ目を入れておいたんだ」

「手際がいいな」

「どんな仕掛けがあるかもしれんし、様子見もかねてだ。フェンスの網を切られたらすぐわかる装置はまだ使っていなさそうだ」

用意周到だ。子安がここのリンゴの奪取を試みるのは三年目、三回目なのだった。三度目の正直にしたいな、と子安は言った。七転び八起きというわけだが、七転八倒という言葉もある。

その切れ目は星明かりの下ではわからなかった。私が小さなペンシルライトをポケットから出すと、子安は、点けないほうがいいと注意した。

「光センサがあるのか」

「あるかもしれないと、いま思いついたんだ。安い監視カメラはあるが、四六時中モニタを見てはいられない。なにかの警報センサと連動してカメラのスイッチが入るらしいとまでは、わかる。だがそれらしい装置は見あたらない」

たとえば、フェンスの網を揺すったり切ったりしたら警報を発するとか、フェンスのすぐ内側にレーザーのビームを張っておいてそれが遮断されることで侵入者を感知するとか、もっと簡単な、赤外線センサで近づくだけで反応する装置とか、おれならそうすると子安のいう装置はないらしかった。

「だからといって、安心していると痛い目にあう。監視カメラは遊んではいないんだ。昨年はそれでやられた。なにか仕掛けてある。ライトの光かもしれん。去年は使った。それで見つかったんだろう。単純で原始的だが、効果はありそうじゃないか」

「懐中電灯の明かりで警報装置が起動するというわけか。誤動作も多そうだな。クルマのヘッドライトとか」

「ちらつく小さな明かりにだけ反応させるのは簡単だよ。そのためにコンピュータという文明の利器があるんじゃないか。現代によみがえった原始人のようなことを言うなよ。フム。きっとそうだ。センサはそれだけではないだろう。危険性があることは避けるべきだ。なあに、見つかったら逃げればいいいんだ」

子安は身をかがめると足下からなにか取り上げた。網を切ったフェンスはここだという目印だった。黄色いおもちゃのアヒルだ。ラバーダック。

「腹を押すとガアガア鳴くんだ。あとで聞かせてやるよ。音に反応する警報センサがあるかもしれないからな」

ポケットにそれを大事そうにしまう子安がおかしかった。これだけ二人で喋っていながら、音を立てると見つかるかもしれないから鳴かすのはあとで、もないだろうに。思い出のあるアヒルなのかもしれない。そのラバーダックといっしょに子安が風呂に入っているのを想像してしまう。

そんなものを目印に使ったりして、なくなっていたらどうするつもりだったんだろうと思ったが、もしそうなったらいっそう復讐の念をこめてやれそうだし、目印というよりもここの見張り番のような感覚でかわいがっているそれを置いたのかもしれない。子供っぽいが、わかる気がした。

「さあて、覚悟はいいな」子安は深呼吸をして言った。「行くぞ。おれについてきてくれ。まずこいつを開く」

両手で網を鷲摑みにして引くと、枠からはずれてめくれあがった。本のページの下端を三角に折るような感じだ。

その三角形の隙間に子安は背のバックパックが引っかからないように気をつけて、畑側に身をすべりこませた。

私もそれにならってフェンスの内に立つと、なんだか別世界にシフトしたかのような、非現実的な気分になる。

　脱出口がここだという目印にペンシルライトの赤いフィルタ側を点けていく予定だったが、それは明るすぎて警戒システムに引っかかるおそれがあると子安は言った。

　だが、目印なしではいざというとき迷うかもしれない。

「どこでもいいからべつの網をあわてて切って逃げることもできるが、そんなやり方はスマートではない。下手な方法ではあの爺さんのゲームを続ける気を失せさせ、警察に通報されかねない。スマートに、ここから煙のように去り、してやられた、来年は負けないという気分にさせないといけないんだ」

　と子安は、例の爺さんとルール協定を取り交わしてあるようなことを言う。

　爺さんの思惑は子安の想像にしても、それが的を射たものなら、荒っぽく網を切ったら損害賠償を請求されるだろう。ゲームはご破算になる。そうはしたくないと私も思う。

「どうするかな」

「腕時計の照明くらいなら大丈夫だろう」と私は旧式のそれを左腕からはずして、言った。

「EL照明だ。ちらつかないしペンシルライトより暗い。しかし目印にはなる。これでも役に立つだろう」

「いい考えだ。やってみよう」

　私はそのライトボタンを押してみた。淡いインディゴブルーの均一な光が文字盤を浮かび上がらせた。闇に慣れた目にはけっこう明るい。

ね」


「いいな、それでいこう」

「ボタンはロックされない。押しつづけていないと消える」

「強力な瞬間接着剤を持ってきた。余裕があったらこの破った網をくっつけようと思ってね」


「接着はまずい」愛用の時計だ。「そうだ、絆創膏がある」

ウェストポーチから出して、それでボタンを固定してみた。うまくいった。

私はそのマイクロ灯台を破れた網の上に引っかけた。すぐに取れるように、しっかりとバンドを止めることはしなかった。子安がラバーダックにたぶん愛着があるように、私のこの腕時計も、思い出のこもった品だ。他人からは価値がなさそうに見えたとしても。

これを回収するには必ずここに戻ってこなくてはならない。

抽象的な覚悟が現実のものになった。

私と子安はそのインディゴブルーの明かりに満足した。出口を示すサインだ。効率のいい発光素子だから電池が切れる心配はしなくていい。夜明けになればそんな微光はわからなくなるが、そんなに長居はしたくない。

うまくいくことを祈り、私たちは等間隔に植えられた林檎の木の間を目的の黄金のリンゴ、レイゴールドめざして進みはじめた。

私は林檎の木というのに対して、もっと大きくて雄雄しい、樫の木のようなイメージを抱いていたのだが、それでは本物を目にしてもわからないわけだった。

ここにある林檎の木はイメージより小さく、そこに大きな実が無数について枝がしなっている。背伸びなどしなくても目の高さにもあるから、取るのはやさしい。収穫作業がしやすいように品種改良が重ねられた結果なのだろう。柿の木なら、見たこともあるし、絵本や風物詩としておなじみだったが、そう、私は林檎も柿のようなものだろうと漠然と思っていたのだった。木登りしなくては実が採れない巨木だとイメージしていた。だが、そうではないのだ。きっと柿も、商品用の品種は改良されて意外に背丈が低いのかもしれない。

簡単に取れる位置にあるからつい手を出したくなるが、そうしないようにと子安に注意されている。簡単だがしかし効果的な罠が仕掛けてあるかもしれない。品種のほとんどはサンふじだ。それでそのような罠が仕掛けられているとしたら、例の爺さんがとくに大事にしているというレイゴールドにはどんな仕掛けが施されていることやら想像もつかない。

その数本の虎の子、レイゴールドは畑の奥まったところ、持ち主の家のそばにあった。入ってきたところが奥なのであって、その爺さんが寝ている大きな屋敷からすれば裏庭にあたる。昔ながらの農家の家は立派なものだ。かなり古かったが。

無事にその家の黒い輪郭が見えてきた。棟続きに、これも大きな納屋がある。フェンスは途切れることなく納屋と屋敷に接続されているから、フェンスを乗り越えることなくここから畑の外に出るには、農機具のある納屋を通って反対側、表側の扉から出るしかない。そちら側は庭だ。けっこうな庭園と言ってもいい。

庄屋のような家の構えだが、実際、大昔はそうだったのかもしれない。いまはそこに例の爺さん、老人が独りで、いや犬といっしょに、暮らしている。ゲームでもやらないと寂しいだろうなと、ひっそりとした大きな屋敷を目にして、ふとそう思った。

納屋の前に自家用だろう、わずかな野菜畑があり、目的の林檎の木はそのわきにあった。三本。

「さあて、今年こそはやってやるからな」

子安はささやくようにそう宣言し、深呼吸すると、サンふじの林から出た。私も遅れないように続く。足下はあまり歩きよくはないが、土のいい匂いがする。

息をつめて、目標の林檎の木に近づく。

ここまで見つからなかったのだから、あとは一気に取って逃げればいい。取るのは簡単でも、問題は逃走だ。いかに逃げきるかが勝負だった。早くけりをつけたいと、そのレイゴールドの木に実が生っているのを見た私は、それに手を伸ばしかけた。

「待て。焦るな」子安が鋭い口調で私を止めた。「急いては事をし損じる。なにか仕掛けてあるぞ。そうやすやすと取らせてはもらえないだろう」

静かだった。屋敷はあいかわらず暗いままだ。子安は慎重に、目標の林檎の木が星明かりに照らされる側に回りこみ、ウェストポーチから素早く老眼鏡を出した。それをかけて、リンゴの実に触れんばかりに顔を近づける。息を詰めて。私は少し離れて子安にならった。

「……これだな。見えるか？」

なんのことか私にはよくわからない。

「もっと近寄らないと……おれの眼鏡を貸そうか」

「なにがあるんだ」

見当もつかないものを見るというのは、難しい。見えていても見えなかったりする。

「よく眼をこらしてみろ。細い蜘蛛の糸のようなのがわかるか」

この暗さでそんなものが見えるものかと思ったが、星明かりを頼りに角度をかえたりして、ようやく子安が言っているものらしい、かすかな線が、あるといえばある。

一本ではない。見えてくると、それがわかる。まさに蜘蛛の糸だった。縦横に張り巡らされている、網状のものだ。全体は見えないが、これは林檎の木をすっぽり覆うネットに違いない。

「カラスアミか」

「カスミ、だよ。霞網。こいつはしかし、もっと細いな」

「簡単に切れそうだ」

「切れて、わかるのか。それとも見た目より強くて、触れるとわずかな電流変化を察知するのかもしれん。身体をアースにして」

「手袋をつけていても無駄かな」

「やはり、こいつは切れるんだろうな。破れるというべきか。それで警報が鳴るんだ、たぶん」

さて、どうすべきか。考えようと口をつぐんだときだった。屋敷に明かりが灯った。二階だ。

「たぶんトイレだ。あわてるな」

子安はそう言い、私の袖をつかんだ。思わず身をかがめかけていた私は尻餅をつきそうになる。

「こっちだ。早く」

林檎の陰に隠れる。それならもっと回りこんだほうがいいと、そうしかけた私を子安が引きとめた。

「そっちじゃない。落とし穴がある。今年はないかもしれんが」

「落とし穴とはまた原始的な」

「落ちたらそのまま墓になる。土を掛けるだけでいいんだ。合理的だよ」

「落ちたのか？」

「落ちかけただけだ。危うく墓に飛びこむところだった。墓代はタダだが、いや、リンゴの肥やしで払うわけで……」

物音がして、子安も私も身をこわばらせる。納屋のほうからだった。あれは、犬だ。寝ていた犬が起きて、ぷるぷると身震いした音だった。

まずかった。二階の窓が開く気配はなかったが、犬は困る。手早くやるにかぎる。

私はリンゴに神経を集中して雑念を払い、仕掛けの糸がさほど密でない箇所を見つけると、それを幸いに、ポーチから鋏を出し、ひとつの実をつかんで、慎重にへたを切った。右手にたしかなリンゴの実の重みが載った。

「やったぞ」

子安は無言でうなずいた。こちらを見てはいない。犬だ。納屋の扉は少し開いている。いつもそうなのだろう。犬のねぐらはその内らしい。ここ掘れワンワンと吠えそうな、白い、いかにも農家の庭に似合う犬が、そこから出て、こちらをうかがっている。

犬が鼻先を上げているのが夜目にもわかる。尾を振りながら近づいてくる。子安はメンチカツを出した。包み紙ごとそれを転がすように放る。

子安は私の肩をたたくと、「撤退」と鋭く言い、後ずさる。

ワンと一声吠えて犬が駆けてくる。飛びかからんばかりの勢いだったが、途中でメンチカツに引っかかった。鼻を包みに突っこんでいる気配。ガサガサ、グフグフ。

爺さんの注意をひくには、その犬のひと吠えで十分だった。二階の窓が開いたのがわかる。

「エスビー、追いかけろ」

犬の名は子安によればエスパとかいうことだったが、私にはエスビー、と聞こえた。聞く者によっていろいろで、本当は全然ちがうのかもしれない、などとこんな状態で思っている自分に感心する。その爺さんが、夜中に愛犬が吠えたら即侵入者ありと信じているらしい、その気合いの入れ方にも。

「かかれ、エスビー！」

犬が嬉しそうにワンワンと返事をした。爺さんは窓際から離れて見えなくなった。が、すぐにやってくるだろう。エスピーだかエスパだか、とにかく犬は気になるが、逃げるならいまだ。

私と子安は後も見ずにその場を離れる。

ぱっと明かりが点いた。背後と、続いて畑のなかにも。

レイゴールドの照明は例の霞網の仕掛けと連動するシステムに違いなかったが、私がうまくそれを回避して作動させなかったので、爺さんが手動でスイッチを入れたのだと思われた。せっかくうまくいっていたのに、犬の鼻は偉大だ。脅威というべきか。

「メンチカツだ」走りながら子安は言った。「ウェストポーチの口を開けてたんで、やるまえから嗅ぎつかれたんだ、こちらが風上だったからな」

「好物の匂いが漏れだし流れていったわけか。かえってまずかったかな」

「手ぶらだったら、ただ吠えつかれるだけだ。これでよかったんだ。走れ」

タフタフと、犬が体重をかけて地面を蹴って駆ける、音とも震動ともつかない気配が近づく。私は自分のメンチカツの包みを取り、肩越しに放る。犬がそれにつられて進路を変えた様子がわかるが、たしかめる余裕などない。林檎林に飛びこむ直前、パンと、クルマの、昔のだが、バックファイヤーに似た音がした。

銃声だ。本当に撃ってきた。冗談ではない、シリアスだ。

周囲の林檎の木は密集していて、走りにくい。作業しやすいように最小限の間隔に植えてあるのだ。来た道筋はこんなではなかったから、あれはひとつの林を区切るために広げてある、大通りのような、作業車などが入れる道なのだろう。それを見失っていた。方向がわからない。密集した枝の、ただでさえさほど高くないというのに、いまは重い実をつけて垂れ下がるそのアーチの下を、頭を低くして中腰で走るのはきつい。犬にはきつくない。低い枝も邪魔にはならない。こちらは必死だが、犬は遊び気分だ。

残ったメンチカツを放っては走り、林檎の枝に顔をたたかれ、うめいては舌打ちし、地面に足をとられて転び、起きては駆け、吐く息はそれこそ蒸気機関車だった。

開けたところに出ないと、どちらに逃げていいのか私も子安もわからなくなった。

また銃声がした。そう近くはなく、威嚇のようだったが、まるで鬼に追いかけられている気分で、冷静な判断などできない。

「当たったらどうするんだ」

などと子安が言った。当てるために撃っているだろうに。背筋を幽霊の冷たい手でなでられているかのような恐怖に駆られて、私は走った。実際は、枝に邪魔をされているので全力疾走などできない。思うように前に進めないもどかしさに苛立ちながら。

「焦るな。犬に当たるかもしれないから、水平撃ちはしてこない。リンゴも傷つくから」

当たったらどうする云云はそういうことかと、少し私は自分をとりもどし、先を見通す余裕を得た。

いきなり視界が開けた。夜空が見える。月がわかる。だいたいの方向がそれで知ることができる。オリオン座も、探せばあるだろう。天の川も。畑に点いた照明はそれほど強力ではなかった。明かりに身をさらすのは危なかったが、まだ爺さんに追いつかれてはいない。脱出口に早くたどりつくほうがいい。こんな危ないゲームはさっさと終えるにかぎる。

最後のメンチカツを、私たちを追って林から出てきたエスピーに、引きつけておいて、子安はそれを林檎林のなかに向けて投げた。こんどは全力で走ることができた。エスピーも全身全霊をこめてメンチカツを探すため、また密集した林に飛びこんでいった。本当に好きなのだ。

開けた道、とはいえさほど広くはないのだが、その道が交差するところに出て、見覚えのある筋かどうか、立ち止まって、頭を巡らせた。来たときは照明されてなかったから、同じ道筋かどうかなどわからないが、方向は確認できる。

そこで私は、この危険なゲームのすべてを意識から飛ばしてしまう、それを見たのだ。

「こっちだ」

そう子安が言う、反対側だった。そんなに離れてはいない。五、六歩の距離を、私は引き寄せられるようにそれに近づいていた。

「こんなものが、あるなんて」

信じられなかったが、たしかにそれは目の前にある。

クルマだった。もう錆びて朽ち果てようとしている、廃車だ。しかし形はとどめていた。車種がわかる程度には。

「プレリュードだ」

「なに？　前奏曲か？　前触れのことか。なにを言っているんだ。プレリュードとカノンといえば……」と子安。

「カノン？　大砲とは関係ない」と私。

「大砲じゃない――」

「このクルマだ。名前だよ、プレリュード」

「それがどうした。名車なのか。廃車だ。医者にもいろいろある。油を売る油があっても、ここでは売れん。早く――」

名車は目医者に、廃車は歯医者に引っかけた駄洒落なのか。私にはくだらなく、自分がからかわれたかのような気にさせる駄洒落だ。

私は無言でそのもう元の色もわからない、鉄錆色のクルマを見つめた。父と母と過去の自分の記憶がよみがえる。

私の父はクルマのレストアを趣味にしていた。古いクルマを再生するのだ。壊れたりガタがきている箇所の交換部品を調達し、なければ自作する。ついには自作のために旋盤などの工作機までそろえてしまったほどの気の入れようだったが、最初に手がけたのがこの車種だった。同じ名で何度かモデルチェンジされた車種のなかでも最初の、初代のプレリュード。

私はまだ幼く、これをレストアしている父の姿はあまりよく覚えていないのだが、当時すでにこの車種は古かった。それを知ったのは父がレストアし終えてからも長くそれを手放さなかったからだ。

取り立ててレストアするほどの名車というのではないのだが、と父が、思春期を迎えたころだったろう私に言ったのだが、それは鮮やかに記憶に残っている。

『最初に買ったクルマがこれだった。中古だったが。思い出のクルマというわけだ』

結婚まえの母といっしょに、あちこちドライブしたらしい。父は詳しくは話さなかったが、それには理由がある。

母は私を産んですぐに亡くなった。私にはその産みの母親の記憶がない。物心ついてから母といえば、父の再婚相手の、育ての母であり、私にとってはそれ以外の母親など想像できなかった。だが父にとってはそうではなかったのだろう。両親の恋愛時代の話など聞きたくはなかったが、私には、父がそのクルマを再生して、若くして亡くなった妻の、恋人時代の思い出を偲ぶというのは、神聖で敬けんなものに感じられた。

いや、父がそれを目的としてレストアしたというのは、私の勝手な思いこみかもしれない。ほかの女の思い出もあるだろうし、純粋にそのクルマに対する想いだけでもレストアする動機としては十分だったろう。いずれにせよそれは父の心の内の出来事だ。

父は再婚した妻には、育ての私の母だが、そのクルマの思い出など話さなかったと思う。母は嫉妬深いひとだったから、私を産んだ女のことなど父の口から聞きたくなかったろう。

父はしかし私には話したわけで、だれかに言わずにはいられなかったに違いない。

だが私にこそ話すべきではなかったと思うのだ。父がどういう動機でその車種をレストア用に選んだのであれ、私にしてみれば、そんな話を聞かされた以上は、見るたびに、記憶にない亡き産みの母に思いを巡らさずにはいられなくなったのだから。知らされなければそれほど産みの母にこだわらなかったろう。当時もそしていまも、そう思う。

父は私に話したことを後悔したようだった。まもなくして父は長年持っていたそのレストアしたクルマを手放した。そのときの私の憤りは、まるで、そう、両親が離婚した子供が感じるものと同じだったかもしれない。あのクルマは産みの母の象徴になっていたからだ。私にとって、それは特別な思い入れのあるクルマだった。

こんな林檎畑のなかでそれと同じクルマに出会うとは。奇跡を見せられているかのようだった。この世で決して二度と会うことができない母親に引き合わされたかのような。しかも残酷な現実の姿として。

朽ちて土に還ろうとしている、人間なら骸骨かミイラだった。

フェンダーに触れるとがさりと崩れた。赤い錆が指についた。血の臭いを嗅いだのは錯覚か。いや、この鉄の臭いかもしれない。

長い時間立ちつくし、物思いに耽っていた気がしたが、時計で測ればわずかなものだったろう。

「――行こう。歯医者より外科の世話にならないうちに」

と子安が言った。言い終えたのだ。駄洒落を子安が言った時間しか経っていない。なにか意識しなかったが、目医者、歯医者のほかにも言っていたようだったが。

犬が吠え、それを呼ぶ爺さんの声がした。我に返ってそれを耳にしても、なんだかそれもこの世のものとは思えない。

禁断の実が無数に生っているこの空間のせいかもしれなかった。

どうやってフェンスから現実世界へ戻ったかもよく覚えていない。爺さんの点けた明かりのなかでも、私の腕時計のマイクロ灯台は役に立った。とにかくそれを見つけて、出られたのだから。

子安は私に破ったフェンスを元の位置に押さえつけさせ、瞬間接着剤を使った。

それから、来たフェンスぞいではなく、葡萄畑を突っきって、戻る道に出た。

その間中、背後にしてきたあの光景が本当だったのだろうかと、そればかりが頭のなかを駆けめぐっていた。

四章　凱　旋

凱旋した私たちは興奮していて、寒さも気にならなかった。集合住宅の子安の部屋に無事もどり、熱いコーヒーで乾杯すると人心地がつく。

子安ははしゃぎながら、バックパックの口を開けると、そのなかから、玉入れの勝敗のカウントをするように、ひとつひとつ赤いリンゴを取り出した。

サンふじだった。逃げながらも手当たり次第にもぎ取ってきたらしい。私は気づかなかったが、まったく見上げた根性だ。毒を食らわば皿まで、というわけだ。

目的の黄金のリンゴ、レイゴールドは私のポーチを膨らませて、ただ一個、ここに持ち込まれた。

貴重な戦利品だ。よく取ってこれたと、いまさらながら、思う。

疲労を感じる余裕ができて、酷使した肺や横っ腹や、手足の筋肉が、みなそれぞれべつの種類の痛みを訴えているのを感じる。これらには一週間は悩まされるだろう、ことによるとそのうちのいくつかは、死ぬまで後遺症として残りそうな予感がする。とくに右足首が、痛い。いつひねったのか覚えがないが。

十六を数えたサンふじはベッドに並べられ、さっそく子安はそのひとつを袖で磨いてかぶりついたが、真の戦利品であるレイゴールドは、本などを床に下ろして広くなったテーブル上に据え置かれた。

子安はもちろん上機嫌だった。ゲームに勝ったのだ、今年は。

その戦利品を前にして笑いながら万歳を繰り返す子安を、私はベッドに腰を下ろし、右足首をさすりながら見つめた。無邪気なものだ。子安がこうなのだから、負けた側の爺さんの悔しがりようは想像するにあまりある。

「どうした?」

少し落ちついた子安はリンゴをかじりながらも、私の夢から醒めたような態度に気づいたのだろう、ふと我を取りもどした視線をこちらに向けて、言った。

「足を痛めたのか」

「軽い捻挫だろう」と私。「たいしたことはない」

「冷やしたほうがいいな。いまはまだ興奮してるし、だが後でひどくなるといけない」

「若いころは翌日にピークがきたものだが……歳を取るにつれて、翌日より二日目、三日目のほうがひどくなるんだからな。この歳ではいつかな。死ぬ間際かもしれん」

「弱気になるなよ。医務室へ行って湿布薬をもらってくるか」

「いや。この時間だし、薬ひとつもらうにも、あれこれ訊かれたり書かされたり、面倒だ。いつ、どこで、なにしたんだ、と、煩わしくてかなわん」

「たしかに、つべこべ言わずによこせと言いたくなるが……でも手当したほうがいい。放っておいたらひどくなる。どうするかな」

「濡れたタオルで冷やすさ。じっとしていれば痛くはないから、骨は大丈夫だ」

「そうだ、いいことを思いついた」

子安はかじりかけのリンゴを差し出して、言った。

「これをすりおろして湿布しよう」

「効くのか？」

「ジャガイモでやるといい、というだろう」

「フムン……そういえば、聞いたことがある」

「だろ？　リンゴも似たようなものだ」

「そうかな」

「信じろ。やらないよりはましだ。毒にはならん」

そうかもしれないと、私は納得した。

子安はさっそく下ろし金でリンゴをすりおろし、タオルに塗り、足首に巻いてくれる。効くかどうかはべつにしても、手当を受けるというのは心を落ちつかせるものだ。私はほっとした。

礼を言うと子安は、「きみにはハードだったかな」と私を気づかった。「でも、予想以上にうまくいった。きみのおかげだ」

「スリルいっぱいで面白かった。あの爺さん、本気で撃ち殺す気があったのかな」

「さあな」醒めた口調で子安は言った。「まぐれでも当たれば怪我はするだろうが」

「危ないゲーム設定のほうがやりがいはあるわけだ」と私。

「そういうことだが……怒っているのか。おれが勝手にきみを引きこんだと」

「楽しんだよ。ゲームにも勝てたしな。戦勝祝いはあらためてやろう。今夜は疲れた」

「いっしょに浮かれろとは言わんが、本当に気を悪くしてないか？」

「してない」

子安は勘のいい男だ。私が、あのときからゲームのことは上の空になっていることを、理由はわからないいまでも気づいたのだ。

私はあの情景が忘れられなかった。

いままさに朽ち果てようとしているクルマ、過去の想いが亡霊のようによみがえり、たち上った、あの光景。

リンゴで冷やされている足首を気づかって目をやると、ジャケットの袖が視野に入り、私は父の愛用していた革のそれを着てあの廃車を見ていたのだということに、いま気づいた。あの場では、ただただわきあがる想いに圧倒されていただけだったのだ。

夢ではない、と父の形見のジャケットが保証してくれているようだった。

子安はこのゲームを計画し実行し、そのゲーム結果に満足していた。だが私はあの廃車のことが、子安にとってのリンゴ・ゲームのように、頭からはなれなくなっていた。

「いまあれを……レストアできたらな」

「気にしていたのは、あれか、あの廃車だな。そうか。なるほど」

子安にぽつりぽつりと私は話した。四輪車にはあまり詳しくはない子安だったが、私の想いは理解した。かつてのクルマは単なる移動手段ではなかったということを。

それは身体を運ぶと同時に、魂をも駆り立て、駆動したのだ。

「わかるよ。よくわかる。ただの道具ではないんだ」子安はうなずいた。「あの爺さんに掛け合って、引き取るか」

「だめだろう」

「おれが交渉してやるよ」

「そうじゃない。あの廃車はどう見ても、レストアは無理だ。錆がクルマの形をしている状態だよ。触っただけで崩れてくる」

「そうみたいだな。フム」

子安は私の脇に腰を下ろして、深呼吸すると、言った。

「おれのゲームに付き合わせたんだ。こんどはきみの番だ。なにかいい方法があるだろう。やったらいい。この歳になって我慢することはない。おれたちはもう十分我慢を重ねてきたんだからな」

それはそのとおりだ。私も子安が楽しんだように、満足したかった。しかし、どうやって？　あれと同型のクルマなど、もうこの世にあるとは思えない。

もしあったにしても、私にはそれを引き取るだけの経済的余裕はない。だいいちレストアの知識も、私はあまり詳しくはなかった。

そう言うと子安は、「それはやる気の問題だ。どうにでもなる。要は満足できればいいんだ」と笑う。

「それはそうだが……」

「さすがに疲れたな。明日考えよう。明日できることは今日するな、というじゃないか」

賛成だ。私は足首を気にしながら立ってみたが、リンゴの湿布が効いているらしく、激しい痛みはなかった。

テーブルの上のレイゴールドをなでて、私は笑った。なんでもできるのだ、このリンゴはその証だ、そう思うと子安の満足感が実感できて、私は心の底から笑っていた。

そう、今日は満足して終わりだ。明日できることは明日にすればいい。もし明日という日がなかったとしても、それなら明日の苦労もないわけで、それはそれでいいことではないか。なにも思い煩うことなどないのだ。

そう思えるのは、明日からまたやるべき事柄、考えるべき計画の、楽しい予感を得たからだろう。子安が楽しんだように私にもできるはずだ。

いい一日だった。子安におやすみを言い、私は満足して自分のねぐらに帰った。

五章　息　子

凱旋した夜の眠りで、久しくなかったことだが、母の夢を見た。父でもそして実の母でもなく、私にとっての母、育ての母親が、少し寂しそうに「やりたいのならやればいい」と言っている夢だった。

例の廃車を見たことで父と実の母に想いを馳せた私だったが、それでは私に無視された、育ての母が不憫だと私は無意識に思っていたらしい。それを現す夢だと、起きてそう思った。なんだか亡き育ての母が夢を通じて、忘れないでくれと告げているような気もした。

その母は私が実の子でないせいもあってだろう、いろいろ気を遣ってくれた。私も母を悲しませるようなことはしないよう気を遣ったものだ。いつもうまくいったわけではなかったが、生きていくには避けられないことではあった。実の母は私が悲しませる前にもういなかった。いまはもうどちらの母も鬼籍に入っているが忘れては不憫だと感じるのは、血の繋がっていないほうの母だった。

この夢は、例の廃車と同型の車種をレストアしたいという気分を薄れさせた。

ベッドの上で私は、足首のうずきを気にしながら、車種にはこだわることはないと思った。

あれは父のクルマだ。私は自分のをやればいいのだ。それなら母も寂しくはなかろう。

今日という日がまた始まることに感謝して、私はベッドを降りる。

まだ正午までには間があった。

朝食は食べ損ねたが昼飯は大丈夫だ。食事の時間は厳格で、朝食を取り損ねたから残り物でいいからくれと言っても、出てくるのは嫌みな文句だけだ。空腹だが、なに、いま少し我慢するだけでいい。

狭いバスルームで足首のリンゴ湿布を取り、シャワーを浴びて、さほど捻挫がひどくないことにほっとして出ると、映話が鳴った。珍しく外線からだった。私はバスローブを着ていたが、こちらの姿は送信しないモードにして受けた。

『あれ。お父さん？』

画面に息子の顔が出た。あちらには、用意されている私の肖像画が出ているのだ。リンゴの絵でも出すようにしておけばよかったと私は思いながら、「いまシャワーのあとだ」とこたえた。

『へえ。暇なんだな』

よけいなお世話だと思いつつ、それは口には出さない。

「なんの用だ」

それはないでしょうお父さん、用がなければ映話してはいけないなんて水くさい、などという言葉を期待したが、息子は私のそんな気持ちに気づかないのか、気遣う気がないのか、すぐに用件に入った。

『いい知らせがある。これからそちらに行くから』

「これからだ？」

『うん。三時間はかからないから、二時前後には着くだろう。待っていてくれ』

「待っていろ？　いい知らせとはなんだ」

『映話では言えないよ。二時ごろになる。部屋で楽しみに待っててくれないかな、出歩かれると探すのが大変だから。たいした予定はないんだろう』

「いまどこだ。研究所か」

『そう。長話はできないんだ。詳しくは着いたら話すから。いい話だよ、お父さん。だから顔を見せてくれないか』

息子は笑顔でそう言った。私は静止画像を解除してレンズに向かい、応えてやった。

「来るのはかまわんが、気をつけてな」

『なにに気をつけろと？』

「クルマだ」

『自動誘導装置の暴走はめったにないから、大丈夫だよ。気にしてたら乗れないさ。あいかわらず心配症だなあ』

自動誘導のクルマならぬ自動車では事故の心配はないというのだろうが、機械任せの運転は私には不安だった。ジェットコースターのようなものだ。レールから外れる心配はないとわかっていても恐いのは、自分でコントロールするすべがないからだ。息子はしかし恐くはないのだ。慣れているからだろうし、昔のクルマを運転した経験もない世代にとっては、当然だろう。いまのほうが比較にならないほど安全には違いない。

『心配ないって』

「わかっている」

こちらにも都合があるのだとわからせるために渋い顔を見せてやったつもりだったが、息子は勘違いしたらしい。まあ、無事に来てくれという気持ちは偽りではないのだが。

『じゃあ、あとで。切るよ』

「ウム」

切れた。暗くなった画面をしばらく見つめたまま、息子のいい知らせとはなんだろうと考えた。同居できる広い家を見つけたとでもいうのか。

いっしょに暮らすのに息苦しくない家などというのはいまやこの新世紀集合住宅のあるような地方しかない。人口も少なく、一人分の空気の割当量がここでは無限のようで、そもそも空気の量などということを意識することもない。

息子の暮らす中央都市は違う。巨大な蟻塚にも似た人工の山とでもいうべきもので、その内部空間は明るいが、いってみれば洞窟だ。限られた空間を高度に利用してはいるが、集中しつづける人口を詰めこむのだからだんだん狭くなる。そしてやたらと気ぜわしい。

私はそれが嫌で、ここに来たのだ。息子と離れるのは寂しくもあったが、顔を突き合わせていては、我慢ならないことも我慢して耐えなくてはならない場面もあったからだ。

当時も同居していたわけではない。近くの居住区の独立した住まいに、ここと同じような狭い部屋で暮らしていたが、蟻塚様の息苦しさが嫌だった。もはや土の見られる土地がないのならあきらめるしかなかったが、そうではなかった。

たしかにその中央都市は便利で文化的ではあった。あれでもっと人口が少なければいいところだ。しかし増えつづけるいっぽうだった。全人口そのものは減りつつあるというのに、それが数ヵ所に集中しつづけているのだ。

コンピュータ・ネットワークが発達して情報管理が徹底すれば人口の一極集中などなくなるはずだったが、現実は反対だったわけだ。情報を手に入れやすくなった分、情報だけではない生の実体を求めたくなるのは自然な成り行きだろう。だから人が集まってくる。ネットワークで物質のやりとりができ身体も転送できるというのならそれはなかったろうに、そこまで技術は進歩していない現実では、あたりまえのことが起きているといえる。情報を発するヒトが大量に集まっていることが、さらに人を集めるのだ。情報量はますます増大し、内容はそれに比例してあいまいになってゆく。たしかな情報を得るには膨大な処理エネルギーが必要となり、そのための人員も増えつづける。エントロピーの法則そのものだった。

しかし、たしかになにかにつけて便利であることには間違いなく、一人暮らしの老人こそそれを享受すべきで、いつでも助けを期待できるのはいいことだった。働く気があれば仕事はなんでもある。だが働かない者を入れておく余裕はないということだろう、当局はそこが老人のスラムと化すのを恐れたのかもしれない、私の考える理想とは逆の政策をとった。まるで姥捨てのようだ。しかたがないといえば、わからないでもないのだが。

もっと歳をとったらなにか軽作業の仕事をそこでして安心した老後というのを私も考えたものだが、退職した直後くらいはしばらくなにもしない時間が欲しいという理由もあって、ここに来たのだった。

息子は働き盛りの現役だった。それをなげうってそこを出るわけがなかった。広い家などというのは、幻想だ。

すると、いい話とは、なんだろう。私にやりがいのある仕事を見つけたとでもいうのか。よけいなことだ。

いずれにせよ、いい、というのは、息子にとってのことで、私の気持ちとはずれていることらしい。だが内容については見当がつかない。自分の息子だというのに、なにを考えているか、わからない。もっともそれはいまに始まったことではない。ヒトはだれでもそうなのだろう。いつまでも親にわかる子供など、自立した人間とはいえまい。喜ぶべきことなのだろうが、少し不安でもあった。

こんな気持ちはだれにも、子安にも打ち明けたくはなかった。

もういちどバスルームに戻り、念入りに髭を剃り、薄くなった髪に櫛を入れた。

洗濯したてのシャツに袖を通し、ネクタイを締め、ツイードのジャケットを着た。

かなり前に買ったイギリス製ジャケットはいまでは私の体型にすっかりなじんで、肘や肩も窮屈ではない。肘には革を当てているが生地そのものはいたんではいなかった。肘の部分が曲がり少し膨らんだせいか、袖丈が短くなったようだが、もともと長めだったので、いまはちょうどいい。

イギリス人は手が長いんだ、と衣料関係の仕事をしていた友人が言っていたのを思い出す。私もそれには気づいていた。服からではなく、クルマからだった。

車種は忘れたが、父が純粋なイギリス車をレストアしていたことがあり、それに私も乗って、とはいえ運転はさせてもらえなかったが、そのチェンジレバーが少し遠いな、と感じた。機構関係でそうなっているのかと思ったが、離れたミッションをケーブルで操作する方式だったから、レバーの位置はどこにでも設定できるわけで、わざわざ使いにくいところにするわけがない。平均的イギリス人にとって自然な位置がそこに違いない、それで、手が長いらしいとわかった。

そんな差など外観では、見ているだけではわからないが、服や道具を使ってみると違いはあきらかだ。使い方や着こなし方も違うのだろうと思わせる。キモノを法被《はっぴ》かガウンのように着ているのは珍妙だが、洋装も同じだろう。

しかし、まあ、息子に会うにはこれがいいと私は思った。

ベッドを直し、部屋を整理すると、やることがなくなった。

映話を内線にして子安を呼び出すと起きていたので、結局その部屋に行くことになった。

部屋に入るなり、子安は、「決まっているな」と言った。「待っててくれ、おれも一張羅を着るから」

「そうじゃないんだ」と私。

「なにが違うって？」

「レイゴールド獲得の戦勝祝いではないんだよ、これを着てるのは」

「フムン……じゃあ、デートか」

「まあね、そんなところだ」

「驚いたな。いつの間に？」

「息子だ。今日来るんだそうだ」

「なんだ、そうだったのか」

「そうだ、じゃない。どんな話を持ってくるのかわからん。困った息子だよ」

　私は映話があったことを子安に話した。

「そいつはたぶん」と子安はこともなげに言った。「ＨＩタンクに入る切符が手に入ったという知らせだよ」

「だれが入る切符だ」

「もちろんきみのだ。だれでも入れるわけじゃない。コネが必要だ。きみの息子はＨＩプロジェクトに関係しているんだろう」

「ああ。研究所にいる」

「じゃあ、間違いない。きみだけでなく、きみの息子家族そろってＨＩタンク入りを許可されたのかもな」

「それがいい知らせなのか」

「きみの息子にとってはそうだろうな。気持ちはわかる」

「私は嫌だな」

「そう息子に言えばいい。気を悪くさせないようにな。息子の価値観にとっては、すごいことなんだから」

「身体も意識も情報数値におきかえて仮想空間に入ることが、どうすごいんだ。本物の身体を捨てるわけだろう。自分の実体がないHIタンクでは、リンゴも食べられない。そんなところに入りたいなんて、私にはわからん」

「ま、きみも息子から説明を何度もされたとは思うが、HIタンクでもリンゴは食えるよ」

「本物のリンゴじゃない」

「それはきみが、HIタンクのなかはすべて仮想だと知っているからだ。知らなければ、区別はつけられない。実際、たいした差などないんだ。たとえば」と子安はガウンの紐を結びなおして、テーブルの上の昨夜の戦利品、レイゴールドを指した。「これは本物か?」

「もちろんだ」

「どうしてわかる?　よくできたホログラムかもしれない」

「触ればわかる」

私はふと不安になって、レイゴールドに手を伸ばした。

「待てよ」と子安。「触るまでわからないということは、それがホログラムでも、本物を見ているときとまったく同じことがきみの頭のなかで起きていた、ということだ。そこでは、本物、仮想の物、という区別はない、ということだ」

「しかし、触れば……」

「HIタンクと呼ばれる空間内部では、触る段階でも、わからない。それどころか、食べることもできるし、味わうことも、それがエネルギー源になることまで、われわれがいまいるこの空間と区別はつけられない。そういうシステムなんだ。タンク、などという呼び方に惑わされてはいけない。その内部は、一種の異次元、べつの宇宙と言ってもいいんだよ。外のわれわれから見ればそこは仮想現実世界だが、内部に入ったら、そこは仮想などではない。たしかな現実世界なんだ」

「……しかし」

「そう、しかし、だ」と子安はうなずいて言った。「問題は、そんなシステムにどんな意味があるか、ということだ」

「あんたもHIプロジェクトに関わっていたんだったな」

「初期の段階だったけどな。試したこともあるが、出たり入ったりしていると、おかしな気になってくるんだ」

「現実と仮想の区別がつけられなくなる？」

「そう。ごく原始的なシステムだったが。入るなら、入りっぱなしというのがいいんだ。実際、いまは管理要員や研究員以外の人間はそのようにされるだろう」

「片道切符で入る、ということだ」

「そのとおりだ。戻ってはこれない。プロジェクトの性格上、当然だろう。HIタンクはゲームマシンではない。集中しつづける人間を詰めこむための現実空間が足りなくなったから、仮想の場へ人間存在をコンパクト化して送りこむのを目的として開発されたシステムなんだ」

「そこがどんなにいいところだと言われても……私は嫌なんだ」

「その気持ちはよくわかるよ。おれはきみよりよく説明できると思う。以前、その開発現場にいたからな」

「嫌なことに理屈はいらん」

「きみの息子はそれでは納得しないよ。どうして嫌なんだ？　おれも、嫌なんだが、それはこういうことなんだ。そこに入るということは、この世に見切りをつけて、べつの次元に行く、ということなんだ。これがどういうことか、きみも感づいているとおりだ」

「どういうことだ？」

「死んで天国へ行くってことさ」子安は薄笑いを浮かべて言った。「HIタンクに入れば、肉体は無意味になる。タンクを支えるシステムが壊れないかぎり、不死が実現されるんだ。不治の病に冒されていたり、いま苦しんでいる人間には朗報だろう。きみは、そしておれも、しかし、そうじゃないよな？」

「ああ。楽しんでるよ。まだ生きていたい」

「そうなんだ。そのとおりなんだ。いうならばだ、そこは死後の世界といってもいい。この世に見切りをつけるわけだからな。いったん死ぬんだから、以後不死というのはあたりまえだろう。ＨＩプロジェクトというのは一種の集団自殺計画だ、そう思った。おれが仕事から離れたのはそれが原因なんだ。いまの若い連中の考えについていけなくなった。そういう世代を育てたのは、おれたちなんだ。やりきれないと思った。しかし、それは新しい価値観なんだ。そんなのは幸福への手段ではない、とは、旧い人間には言えないだろう。未来は若い者たちのものだ。どうするかは彼らが決めることだ、そう思った」

「フム」

「まだ死にたくはないが」と子安はこんどは明るく笑った。「死んだら、それできれいさっぱり終わり、というのがいい。おそらくＨＩタンクのなかでも、強制的に自己存在をクリアにする手段はあるだろうが、そんなのはメモリがクリアになるのと同じで、簡単すぎていけない。肉体などとうの昔になくなっているだろうしな。土に還った身体がリンゴの肥やしになるだろう、という楽しみもない。だいたい、おれは天国など信じない。限りがあるから面白いんだ。無料のゲームマシンより、金をすり減らしながら味わうゲームのほうが面白い。人生も同じさ」

「……息子の世代はそれがわからないんだ」

「いや、だから、それはまたべつの話だよ。彼らには彼らの、価値観があるんだ。おれたちには理解も想像もできない、新しい人生観なんだろう」

「まったく、同じ人間とは思えないな」と私。

「ヒトという種が変容しようとしている、大きな転換期にいるのかもしれん」と子安は言った。「それを見てるのも面白い。彼らに同調しては、その変化がわからん。外からでないと、見られない。それも、仕事から離れた理由のひとつだ。しかしHIタンクに入るのも、悪くはない。きみが想像するよりも違和感はないと思うよ。病気になりたければ可能だろうし、病気を自慢することもできるさ。価値観の問題だ。この世に未練がなく、やり残したことも思いつかないのなら、入るといい。チャンスはそうないだろう。おれは、入りたくても許可はおりないよ。プロジェクトに反対しぶっつぶそうとした人間だからな。だが入ったら、そこではなんでも可能だ」

「クルマのレストアも――」

「簡単だよ。HIタンクの管理データベースには、ありとあらゆるものがぶちこまれているに違いない。これまで人間が造ってきたクルマのデータなどものの数じゃないだろう。プレリュードだってあるさ。部品調達に苦労することもなく可能だろう」

「無料のゲーム、というのに似てるな。苦労するところが面白いんだ」

「ま、そうだろうな。レストアでなく、新しく造るのなら、いまでも設計だけならできる。昨夜寝ながら思いついたんだ。それを言う前に、きみのこの話だ。HIタンクに入るなら、設計もそのなかでやれる。実際に組み立てることも可能だ。どのみちすべて仮想といえば仮想なんだが、その空間ではしかし、組み立てられるクルマは本物と言ってもいいんだ。それなりの苦労はあるし、その苦労もそこでは現実そのものだろう」

「あんたは」と私は言った。「息子以上に惑わしてくれる」

「かもしれん」子安は真顔で言った。「おれはあんたの息子の価値観もなんとなくわかるし、もちろん自分のことも、きみの気持ちもわかるからな。きみが決めることだ。きみがいなくなったら寂しいが」

「私は……」自分がなにを言いたいのか、意識を探ってから、言った。「身体に未練がある。そう簡単には捨てられない。親からもらった身体だ」

「古いね、考えも、その身体自体もさ」

「まったくだ」私は肩をすくめる。「おふくろがよく、だから大事にしろと言っていた。実の母親でなかったから、なおその言葉は重かったよ。子供のころ、運動会のあとなど、きょうはよく走ってくれた脚に感謝して風呂で洗うようにと言われたものだ」

「へえ、それはじんとくる話だな」

「昨日のことのようだ。ずっと忘れていたのにな」私は足首を指して言った。「昨日はきみに手当してもらった。感謝してるよ。身体の部分がよく働いてくれるのには感謝しなくてはな。古い考えだとは思わない。真理だ。そう思う」

「わるかった」

「いや。たぶん、息子の世代では、親からもらった、などというのは、古いんだろう」

「合成食品の毒か薬かという食い物しか食わせてないんだ。未練もないのもわかるさ」

「まあな。フム。外からこの時代の行く末を観察するというのは、われわれの役目かもしれん」

「真面目だな。ま、そこがあんたのいいところだよ」子安はそう言って、ガウンを脱いだ。

「さて、朝飯にするとしよう」

「昼だよ」

「きみは朝食べたのか」

「いいや」

「じゃあ、朝飯だ。いっしょにどうだい」

「少し散歩してくる」と私。

「そうか。気が向いたら、あとで息子さんが持ってきた話を聞かせてくれないか。全然違う話かもしれない」

「わかった。レイゴールドはとっといてくれよ」

「承知、承知、勝手に手はつけない。安心して息子と水入り、じゃない、水入らずをやってくれ」

私は子安に肩をたたかれて、部屋を出た。

規律に縛られた新世紀集合住宅の建物から出ると解放された気分になる。

足の向くままに歩き出す。今日もよく晴れている。今朝は放射冷却現象で冷えこんだに違いない。リンゴは大丈夫だったかな、などと思いつつ歩を進めると、昨夜の戦場のわきに出ている。

実っているのがリンゴだとわかってしまえば、リンゴ以外の実には見えない。プラムか、それに似た、もう少し大きなネクタリンというやつ、そんな実だと思いこんでいた。まるで違うのに、思いこんでしまうとそうとしか見えなくなるのだ。

フェンス沿いに歩く。いつもの散歩のコースをいつものぶらぶら歩きで。

昨夜破ったフェンスがわからないように接着されているかどうか気にはなったが、もちろん我慢する。あの爺さんがどこで、まだあきらめずにゲームの続きをやっていて、見張っているかわかったものではない。

昼の光の下で見る林檎の木は、昨夜感じた大きさよりさらに小さい。まったく、昨夜の出来事は仮想空間での幻想だったかのようだ。

あんなに密集した、しかも丈の低い木木の枝をかいくぐり、走ったなどというのが信じられない。さぞかし枝枝を傷つけ、実を落としたに違いない。しかしあの爺さんに育てられた林檎は少少のことではしおれないだろう。見るかぎりでは、そんな枝はわからない。

しかしあのどこかに、あったのだ。あの、クルマが。

幻ではない、現実だ。いまこうして散歩していることも、昨夜の出来事も、これからの生活も、足首がまた痛くなってきていることも。この生活が気に入っているのだ。捨てる気にはなれない。捨てろという誘惑に負けないよう、この現実の空気を胸いっぱいに吸いこみ、私は腹を空かして戻った。

　昼食の時間が終わるぎりぎりに間に合い、ぬるくなったうどんをたいらげ、セルフサービスの茶を時間をかけてすすり、さてそろそろ部屋に戻って待っているかと腰をあげると、館内放送で呼び出された。

　面会者が部屋で待っているから、すぐ戻れ、という。息子に違いない。早い到着だ。それにしてもせっかちだと思う。子供のときからそうだった。息子にかぎらず、現役時代の私も同様だった気がする。なにもしない時間が耐えられないのだ。ただ待たされるなどというのは、耐え難い。すべての時間を意味のある情報で埋めないと不安になる。空白の時間は消去して、限りある自己という器の内部を最適化し、いつも効率よく情報をコンパクトに納めておかなくては気がすまない。

　そうやって失ったものも多いに違いない、などと考えないでもないが、では具体的になにを失ったのか、などというのは私にはわからない。消去し自己に取りこまなかったことがなんなのか、などと問うてもわかるはずもなく、意味もない。ただそのときはそのように生きてきただけのことなのだ。いまは、ぼんやりと待つのも悪くはないと思っている。息子といまの私は違う立場にいる、ということだ……。

「どこへ行ってたんだ。心配するじゃないか。部屋で待っていてくれと言ったのに」

　私の顔を見るなり息子は言った。

「すまんな。昼食をとっていたんだ」

おまえが来るのが早すぎたんだ、などと言えば角が立つ。

「鍵が掛かっていなかったよ。不用心だ」

「とられて困るようなものはない」

酒を盗まれたことはある。よくあることだとここで暮らしはじめてしばらくして私は知った。対処法も子安に教えられ、もう慣れてしまった。とられたら、とりかえせばいいのだ、だれにとられたかに関係なく、だれのでもいい。もっとも、とられても、とったことは私はない。正義感からというより性格だろう。ここでは好きなようにすればいいのだ。

「それならいいが……」

「いいんだ。心配いらんよ」

息子は元気そうだった。顔は青白いが都会暮らしの人間は皆そうだ。

「ここではなんだから、ラウンジへ行くか。名ばかりだが」

酒も茶もコーヒーも手元にないのでそう言うと、ここでいい、と息子は言った。

「他人に聞かれないほうがいいから」

「HIタンクのことか」

「そのとおり、当たりだ」

子安の予想したとおりだった。息子は自慢げな笑みを浮かべた。

「私の切符がとれたらしいな」

「そうだよ。すごいだろう。こんなところとは、おさらばできるんだ。お父さんには不自由させてきたけど、ＨＩタンクに入ればなんでもできるよ」

「切符をとるのは、大変だったろう」

「まあね。切符か。許可証だけど。金では買えないよ。でも報われたんだから、よかった」

「おまえや、おまえの家族はどうなんだ。いっしょに入れるのか」

「ぼくは外で仕事がある。ＨＩタンクを守る使命というかな。この仕事をしていると、家族も原則として入れない」

「フム」

「ぼくも退職したら入れるよう、工作している。すぐ入れるならさっさと入りたいよ」

「私だけというのは……」

まさに姥捨て、いや爺捨てだな、と私は思った。老人のひがみだろうか。

「ＨＩタンクのなかで待っててくれればいいさ。退屈はしないよ。待っている間、寝ていてもいい」

「待ち時間を消去できるわけだ」

「そうだよ。お父さんもわかってきたじゃないか」

息子は屈託なく笑った。私がこの機会を自ら棒に振るなどとは息子は思っていないのだ。

「さて、どうしたものかな」

「歳をとってから冒険したくないお父さんの気持ちもわかるよ」珍しく殊勝に息子は言った。

「でもＨＩタンクに入るのは、冒険なんかじゃない」

「システムクラッシュが起きたら、内部にいる者は消えてしまうだろう。意識も情報化されて保存されているだけというから」

「だからそうならないように、ぼくのような人間がいるんだ。クラッシュするときは外の世界もどうにかなったときだ。それを心配してたらなにもできない」

「それはそうだが、私が言いたいのは、HIタンクに入るには、この世に見切りをつける覚悟がいるということだ。新世界に旅立つようなものだからな。人生の幕を閉じる場をどこにするか、という選択をしなくてはならん」

私は立ち話ではなんだからと息子に食卓の椅子を勧め、自分はベッドに腰を下ろした。

「どうした？」

「なにが」

「脚をひきずっているみたいだったが」

右の足首だ。痛いのをかばっているのが息子にわかったらしい。

私は昨夜の冒険を話した。息子はふふんと鼻で笑った。リンゴ騒動を。

「おかしいか」

「だって、子供の戦争ごっこみたいだ」

「他人が大事にしているものを力ずくで奪うというのには、悪魔的な面白さがある。人間らしいというべきだろう。ゲーム、スポーツ、戦争、みな目的や動機がなんであれ、この快感と無関係じゃない」

「それが人間らしさというんなら、生物として欠陥があるということだ」

「欠陥だと？　偉そうだな。おまえは違うとでもいうのか」

「ＨＩタンクに入れば、自分のもの、人のものという区別はない。喧嘩もだから生じない。心も傷つく心配もないんだ。だからって、退屈ではないよ。創造的なことに時間が使える」

「自分のもの、他人のもの、という区別なくして、なにが創造できるんだ。自己のユニークさから新しいなにかが生まれるんだ。ＨＩタンクのなかでは、物だけでなく、自己というのも他者に融合していくだろう。他人の視点で世界を見ることがこの世界よりずっと違和感なくやれるだろうからな」

「それは――個としての自己は絶対的なものだ、という考えは、お父さん、古い考えだよ。古いパラダイムだ。いまは通用しない」

「新しいパラダイムで新しいヒトが創られていくのかもしれんな。それなら私は古い人間だ。そのように生きてきたし、このままで死にたいんだよ。こんな考えでＨＩタンクに入っても、内部に悪影響を与えるだけだろう。新しい世界は新しい頭の者たちで築いていけばいい」

私は、と続けた、「自分は自分でいたいんだ」

「自分が独立して存在しているというのは、幻想なんだ。入れば変わるよ、考え方もなにもかも。個が情報として、全体に融合する。争いはなくなる。自他の区別は意味を失うからだ。人間は、お父さんが考えているより、ずっと柔軟に環境に適応するものなんだ」

「いまこうして話している私も幻想だというのか」

「そのとおりだよ」

「ばかげている」

と反論しかけて、私は子安が同じようなことを言っていたのを思い出した。

価値観そのものが違うのだ。どちらが正しいかという問題ではない。

「HIタンクのなかでは自分などというのが幻だと、苦労せずに悟れるわけだ」

「だろうと思うよ」

「みな聖人になれる。だが、いまでも自分は幻想だというのだから、どこにいても同じだ。ならば私はいまのままがいい」

「じゃあ……お父さんは」

「おまえの気持ちはありがたいと思っている。感謝している。だが私はまだここでやりたいことがあるんだ」

「向こうでもなんでもやれるのに、それでもか」

「なんでもやれるなどというのは、それも、それこそ幻想じゃないのか」

「どうして？」

「たとえば……そうだな、恋人と別れて一人で行く気にはなれん、と言ったらどうする」

「付き合っている人がいるのか」

「たとえば、と言ったろう」

「二人分は無理だが、とにかくこんなチャンスは二度とないってことは、わかってほしい。

お父さんは、いまはまだ元気だから、そう言ってられるんだ。あとから、やっぱり入りたいと言われても、かなえてはやれないと思う」

「わかっている」

息子の言うとおりだろう。あとで悔やまないように、せいぜい楽しまなくてはいけない。

「それでも？」

「ああ」私はうなずいた。「やりたいようにさせてくれ」

「……信じられないよ。全財産を使い果たしてもだめな者もいるってのに」

「もし私の分の切符が使えるなら、おまえの家族のにしたらいい」

「家族と離れて暮らせというのか」

「おまえは私にそうさせるつもりだったわけだろう。私は家族ではないのか」

「なにを言っているんだよ。ぼくを怒らせたいのか。悲しませたいのか。気に入らないのか、ぼくが？」

「悪かった。おまえを誇りに思っている。私の好きにさせてくれ。私にもプライドがあるうちは」

私はベッドから立ち、そう言った。

「わかった。無駄足だったわけだ」

息子のその皮肉は、思うように事が運ばなかったことへの苛立ちからか、それとも本当に父親に久しぶりに会うことが無駄だというのか、いずれにしても私にはきつい一言だったが、お互いさまだ。私も不用意なことを言ってしまっていたから。

「なにもないが、ラウンジでなにか飲んでいかないか。お茶だけは飲み放題なんだ」

「いや、時間があまりないんだ」

息子も立って、言った。

「すぐに戻らないと」

「そうか……」

「わかっていれば、お父さんの好きな酒でも調達してきたんだが……ＨＩタンクに入れる知らせは、どんな美酒より価値があると思ったから、急いで来たんだ。気が利かなくて悪かった」

「すまなかった」

「いいんだ。あとで送るよ。いまどきなかなか手に入らない銘柄の酒が好みなんだからな。あまり期待しないでほしい」

「気持ちだけで十分だ。心配せんでいい」

私は息子と並んで廊下に出た。互いに顔は見なかった。乗ってきた自動車のところまで送るという私を息子は拒まなかった。

そのクルマならぬ自動車は玄関前に停まっていた。タイヤが四本ある灰色のセダンという、なんの面白味もない乗り物だった。形も角張った、いかにも造りやすそうな実用一点張りというもので、私が幼いころ夢見た未来の進歩的なイメージのかけらもなかった。

息子がドアに近づくと、それが自動でスライドした。自動装置が、乗車予約して待たせている息子を認識したのだ。

　息子が乗りこむとモーターが始動する。

「運転はしてきたか」と私。

　自動車とはいえ、誘導支援のない場所へ乗り入れる場合のための、簡単な手動運転装置がある。完全な手動ではなく、単に方向を指示するハンドルがあるだけで、主要な制御はクルマ自体がやるのだが。

「いや」と息子。「ここはマップ外の建物じゃないよ」

「ああ、そうだったな」

　必要もないのに、運転することはないのだ。こんな自動車では、手動とはいっても運転とはいえないだろう。しかしそんな簡単な手動誘導でさえ、息子には煩わしく、難しいものなのかもな、と私は思った。

　自動エレベータと同じ感覚なのだ。自動装置を解除して思いどおりの床のレベルにエレベータのケージを止めてみろと言われたら、私だってとまどうだろう。もっとも私なら、それも面白いと、やれるものなら熱中しそうな気もするが、息子はそんな楽しみを理解しないに違いない。

　いまの自動車は、運転するものではないのだ。もはや乗り物ですらないのかもしれない。ドアの内に入り、出るとべつの場所、という感覚なのだろう。そのなかにいる時間が一瞬ならば物質転送機であり、息子にとっての自動車は、転送時間がやたらとかかる性能の悪い物質転送機、という感じではないかと私は想像した。

おそらく私の想像は、そう間違ってはいないだろう。転送される自己というのは、一度自分を情報化し抽象化する感覚だ。それはＨＩタンクのなかの世界とたいした違いはない。

息子はＨＩタンクの外にいながら、すでにその内部世界にいるに等しいのだ。私はそう悟った。

「じゃあ、行くよ」

「元気でな」

私はうなずき、息子の妻と子の名を言った。

「よろしくと伝えてくれ」

「うん。お父さんも元気で。そのジャケットはよく似合ってる。あまり着てなかったけど見覚えがあるよ。それを着ているときは若く見えたものだ」

「そうか？」

「うん。来てよかった」

「忙しいだろうがまた来てくれ」

息子は無言でうなずき、自動車に行き先を告げ、スタート許可を与えた。息子は自分でそれを運転しているかのように、一度も振り返らなかった。

自動車が廃屋の角を曲がって見えなくなると、視界がぼやけた。瞼というワイパーを使いながら私は、しばらくそのまま立ちつくす。

六章　心　機

息子が来て、ほんのつかのま話し、そして戻っていった日、私は子安の部屋には行かなかった。

ＨＩタンクに入るのを拒んだことは、後悔しなかった。ただ、もう息子に会えないような気がして、私の心は沈んだ。

ＨＩタンクに入れると言いにきた息子を追い返したとき、私はもう息子に再び会わないという覚悟で見送ったのだ。自分からは、会わない。息子が来てくれるのを待つだけだ、と。こんど息子がここに来るとき、私は生きているだろうか。

そんな女女しい自分を子安にさらけ出したくはなかった。

だがいつまでも部屋にこもっているわけにはいかなかった。眠れないまま夜を明かすと空腹を覚えたし、食事をとらないでいては管理者が医師を呼ぶかもしれず、それはさらに自分を落ちこませるに違いなかったから、私は食堂に行った。

朝食の席では子安には会わなかった。昼には子安はいたが、こちらに気づかないようだった。気づかないふりをしてくれたのかもしれない。ありがたかった。

なにをするでもなく、過去の、息子が幼かった日日などを思い出したりしていると、夕食の時間になった。

なんだか自分がただ食べることだけを目的にした機械になった気がした。食べることだけは忘れない。腹がくちくなったら、寝るだけか。寝食を忘れて没頭することがなくなると、ヒトはなんのために生きているのかわからなくなるものだな、などと考えはじめるのは、いいことなのかもしれない。

ガツガツと食欲を満たすためだけに部屋を出るのに嫌気がさして、私は少し遅めに食堂に行った。早い時間は混雑する。

思ったとおりほとんどが食事を済ませたあとらしく、空席のほうが多い食堂だった。子安がいた。私を認めると手を挙げて私を招いた。メンチカツ定食という私の好物だった。レイゴールドと、メンチカツ好きのエスビーという例の犬を思い出した。

子安の隣に腰を落ちつけると、子安は自分の皿のメンチカツをフォークで示し、よかったらやる、と言った。

「口はつけてない」

「いただくよ」と私。「どうりでのんびりと、まだいると思った」

子安は笑った。

メンチカツの嫌いな子安はそれを食べあぐね、捨てるのも忍びなく、効率のいい利用法を考えているところ、という様子だった。が、おそらく子安は、それにかこつけて私を待っていたのだ、と思った。私も、そして子安も、しかしそんなことは口には出さなかった。私はありがたくそれを自分の皿に移した。

「そんなものがよく食べられるな」

「人の好物にケチをつけるものじゃない」

「フム」と子安は肩をすくめた。「ま、好物があるのはいいことだ」

子安はフォークを置くと、トレイのわきの本を引き寄せ、私が食べはじめたメンチカツを見ないようにした。

「なにを読んでいるんだ」

「クルマの本」

と子安はそっけなく言う。私にもそれがわかった。細かい文字の間に、線画が載っている。クルマの外形だった。

「どこから見つけてきたんだ。どういう本だい。なにが載っているんだ」

「戦勝祝いにきみにやろうと思っていたんだが、来なかったからな。昨日だよ、これを手に入れたのは。お隣の藤井氏がへんな本を持ってるのは知っていたんだ。付き合うのは嫌だが、蔵書には興味があった。サンふじを手みやげに、本を見せてくれと、昨日行ったんだが、面白かった。イラスト集や絵本や写真集が主で、おれの趣味とは少し違うが、そこでこいつを見つけた。サンふじ五個と交換してきた。クルマにはあまり執着がないようだったから、安く手に入った」

「安くはない」と私。「あれだけ危ない目にあったんだ」

「ま、そうだな」

「そう言ったんだろうな」

「特別なリンゴだと？　言うもんか」

「どうして」

「リンゴ奪取作戦はおれたちだけの秘密だ。そんなことを言う必要はない。この本にしても同じさ。もともと藤井氏のものかどうかなどわかったものじゃない。いまこの本はおれのもの、五個のサンふじは彼のもの、というわけだよ」

「フム」

食べながら、横目で見る。気になった。

「クルマ好きなら一度は目を通していると言われた本だ」と子安は自慢そうに言った。「もっともおれは実物を手にしたのは初めてだ。まさかまだこんな本があるとはな」

「見せてくれ」

「食べろよ。この本は食わずにきみにやるから」

子安はその本を閉じて表紙を見せてくれる。離れているのでよく題字が読めない。子安が読み上げてくれた。

「ミニ・ストーリー――小型車の革命。ローレンス・ポメロイ著、アレック・イシゴニス序、小杉彰太郎訳、二玄社」

「ミニ？　ＢＭＷのミニか。ローバーだったな、イギリス車だろう」

「そうだ。モーリスだよ。モーリス・ミニの開発ストーリーだ。面白いよ。このクルマは数式や抽象理論から生まれたんじゃない。核になったのは、もう四十歳を目前にした一人の男が描いたスケッチなんだ。こんなクルマにしようというそのアイデアスケッチをもとにして、実際に設計され生産に移されたというのはすごい。個人的な趣味のクルマならともかく、何百万台も生産されるクルマが、アレック・イシゴニスというその男の手書きのスケッチから生まれたんだ。これが面白くないわけがない」

「そのクルマは……子供のころまだ走っていたな。小さなクルマだ。覚えがある」

「おれもだ。しかしこんな歴史があったなんて知らなかった」

「一人の技術者の夢を純粋に結実させることのできた、いい時代だったわけだ」

「いや、これを読むと、当時でもこんなことは例外的な、幸運が重なってのことだったらしい。読めばわかる」

「たしかミニのエンジンは消防ポンプのやつを使ったんだ」

「消防ポンプだって？　そんなことは載ってないぜ」

「親父がそう言っていた覚えがあるんだが……あれはちがうクルマをレストアしているときだったかな。イギリスのクルマだったと思うが。そうだ、消防ポンプがもとになっていたのはロータス・エリートだ。ＦＷＥというエンジンだった、たしか。ＦＷというのはフェザー・ウェイトの略で、いかにも消防ポンプらしいエンジンの名だと思ったんだ。Ｅが、エリートのEだった。——ミニのエンジンは？」

子安は図版を頼りにページをめくって、すぐに見つけた。

「Aシリーズというやつらしい」

「かしてくれ」

「待てよ、食事中だろ。おれが読んでからだ。戦勝祝いもまだだ。今夜、やるか」

「いいね」と私。「どこかで酒を見つけてくる」

「リンゴより酒か」と子安は笑った。

酒よりその本を早く見たくて、私は好物のメンチカツを急いで食べた。しあわせな気分だ。お茶を飲むのもそこそこに、私は席を立った。

子安の部屋は久しぶりな気がした。その本で囲まれたテーブルの上に、戦利品のレイゴールドが誇らしげに載っていた。それをとったあの夜のことが、なんだか遠い昔のことのようだ。

「まだしなびてはいないね」

私はレイゴールドにそっと触れて、言った。

「あたりまえだ」と子安。「おととい収穫したばかりだ」

レイゴールドはつややかだ。紅玉を思わせる赤い色が、上部に向かって薄くなり、黄金のような黄色に変わっていき、へたの周囲はまた赤く、だから黄色の部分は金の輪のように見える。

「うまそうだな」

「うまいさ」子安は真顔でうなずいた。「デザートに食うのがいい」

「いま？」

「そう。眺めていてもしょうがない。食うためにとってきたんだ。なに、欲しければ、まだたくさん生っていたじゃないか」

「この一個をとってくるだけでもあんなに苦労したのに、まだたくさんある、はよかったな」

「味見をしてみるか？　足首の痛みはどうだい」

子安はクルマの本をおき、レイゴールドを取って私に差し出した。

「大丈夫だ」と私。「あんたがまずやれよ。それはあんたの戦利品だ」

「すまんな。では、お言葉に甘えて」

子安は何度も磨いたに違いないその表面を、もう一度袖でこすり、それから皮ごとがぶりとかじった。カプッ、といい音がした。

子安は目を閉じて、じっくりと味わった。昔の、親父さんが独力で育てたレイゴールドを思い出しているに違いなかったから、私も余計な口をはさんだりはしなかった。

もう一口かじる子安の目が潤む。思わずもらい泣きしそうになって、私にも一口くれないか、と言ってしまう。涙もろくなっていけない。

「ああ、そうだな」

子安は私に背を向けるとキッチンからナイフをとってきて、リンゴを半分に分けた。

「一切れでいい」

「好きなように」

子安は言い、窓際へ行き、食べつづけた。

私はナイフで三分の一ほどにして、皮はむかず、かじった。なんともリンゴらしい香りと酸味が口いっぱいに広がった。サンふじよりはるかに酸っぱいが、適度な甘みもあった。実はしまっていて、堅めでさくっとした歯ごたえがいい。リンゴらしいリンゴというのだろう、わかる気がした。いうなれば、と私は思った、こいつはリンゴのクラシックだ。

私たちは無言で食べた。

歯のいい子安は芯までたいらげた。種だけは残した。子安は用意していた鉢にそのレイゴールドの種を埋めた。水をやり、きょうの日付と〈レイゴールド〉と書かれたネームプレートを鉢に刺すと、窓際の本の上に置いた。

それで無事に、おごそかに、祝典は終了した。

「種から芽が出て苗が育てば、表に植え替えよう。実が生れば食い放題だ」

「気の長い話だな」

「みんなそうやって育つんだ。水をやって三分というわけにはいかない。ま、そのあいだ、きみの趣味に付き合うよ」

子安はおいてあった〈ミニ・ストーリー〉を取り上げ、私にくれた。私はうやうやしく受け取った。

「自分の部屋でゆっくり読んでいいかな」

子安は今夜は独りで思い出に浸りたいようだったし、私もその本を落ちついて読みたかったのでそう言うと、子安は、もちろん、と言った。

「もちろん、いいとも。なんだかくたびれたよ。今夜は早く寝るとしよう」

「気を遣わせてしまったからな」と私。「すまなかった。いい本をありがとう」

「足首をいたわってくれ。リンゴ作戦は楽しかった。きみのおかげだ。それはささやかなお礼だ。ここには酔っぱらってこないでくれ。おれは酔っぱらいが嫌いだ」

「飲酒運転はしないさ」

私はそう言い、子安の部屋を出た。

新しい生きがいを小脇に抱えて。

七章　一転

どんな古いクルマでも、造られた当時は新しい。そんなことはあたりまえだと疑ったこともなかったが、しかし、真に新しいものは希にしかこの世に出てこないものなのだ。

子安からもらったその本を読んで感じたのは、そういうことだった。

私が子供のころ、実用的な小型乗用車といえば、ほとんどが直列四気筒のガソリンエンジンを車体の前に横置きにして前輪を駆動する形式だった。ちょっと贅沢をきどったようなクルマには六気筒を、しかし直列六気筒は長くて横置きにはできないからV型のものを載せたり、毛色の変わったところでは五気筒を縦に置いたものもあったが、新型車だから以前とは全く異なるかといえば、構造的にはどれも似通ったものばかりだった。

小さなクルマといえばそういうものだという、その手本となった原点が、この本に書かれたミニというクルマなのだと、私はあらためて知った。幼い私が見ていたクルマのほとんどが、このミニというクルマのバリエーションにすぎなかったというのは、驚きだ。

四日かけてその本を読み終えた私は、面白かったかと私の部屋に感想をわざわざ聞きにきた子安に、そう答えた。

「それは少し言いすぎじゃないかな」と子安は言った。「すべてのクルマがミニと同じコンセプトで造られてきたわけじゃない」

「構造上の新しさという点で、だよ」と私は説明した。「エンジンの下にミッションを重ねて置き、それを車体の前部に横置きにして、前輪を駆動するというレイアウトさ。外形をコンパクトに、室内はできるだけ広く、というと、これしかない。それ以前の小さなクルマというと……」

私は乏しい知識ながら、振り返った。

「RR、エンジンをリアに置き、後輪を駆動するのがいちばんだと思われていたんだ」

この本にも出てくるが、ジアコーザ博士のフィアット500、有名な初代チンクエチェントとか。

日本にもスバル360というマイカー時代の幕開けを告げる名車があった。スバルはフォルクスワーゲン・ビートルを手本に小型化したようなかわいいクルマだった。博物館で見たことがある。メカニズム的には革新的ではないと思うが、革新的といえばスバル1000のほうだろう。ミニよりもあとだったと思うが、水平対向エンジンを縦に置き、前輪を駆動するというレイアウトは世界的にも例がなかった新しいもので、アルファロメオのアルファ・スッドがこれを手本にしたという。スバルという日本語の車名を冠したクルマが、クルマの本場のヨーロッパで手本にされたというのは象徴的だ。

この時代、日本の技術者も新しいクルマの理想を掲げ、模索し、試行錯誤を重ねていたのだ。ところがマイカー時代の黎明期にあった日本の消費者たちは、革新的なメカよりも、丈夫で見栄えよく豪華な装備、というものを選んだのだ。その風潮はずっと続き、そういうクルマがスタンダードになってゆく。

「エンジンを床下に置くことだって考えられる」と子安は言った。

そのとおりなのだが、ミニを越えるようなそういうクルマは、より技術が進歩するまで実用化されない。

「それを実現するには、よりコンパクトで効率がよくて静かなエンジンでなくては、乗用車には向いていないだろう」と私。「乗用車でも床下レイアウトがあたりまえになるのは、ミニから五十年近く立ってからだ。それも長くは続かなかったが」

「四輪を四つのモーターで直接駆動できればそれがいちばんだものな。軽くて効率のいいインホイール・モーターが出てきて、クルマは新しくなったわけだ。タイヤとモーターが合体しているインホイール形式は、全輪駆動にして自在に制御できる。ま、そういうことなら、そうだろう」と子安はうなずいた。「サスペンションの形式とかいろいろ改良されてはきたんだろうが、技術分野にも流行があるからな、あまり意味のない変更もあったろう。そういうのはたしかに新しいとは言えない」

「そうなのか？」と私。

「なにが」と子安。

「技術分野にも流行があるって?」

「あたりまえだ。まあ、いい点があるからそれが流行るんだろうが、同性能をそれ以外の手段では実現できない、などということは、まず考えられない。ではなぜそれにこだわるかというと、それが流行っているからだ、としか言えない場合があるってことだ」

「フウム」と私。「素人にはわからないな、そんなことは」

「技術屋の独り善がりだけじゃないよ。素人がいいと勝手に思いこんでいるために、造る側としてはそんなのは無駄だと思いつつ、売るためには造らなくては、ということもあるんだ。とにかく」と子安は言った。「その時代背景を無視してこの世に出てくる技術などというのは考えられない。造られる物は、その時代を映す鏡だよ。ガソリン自動車の末期の日本車がみんなミニのバリエーションに見えるというのは、その時代の人間がクルマという物に新しい画期的な価値を期待しなくなったからだろうさ」

そうかもしれない、と私は思った。

まったく新しい乗り物が必要だと考える人間が出てきて初めて、新しいクルマが出てくる。ミニというクルマがまさにそうだったのだ。それを設計し、生産を決意した人間たちは、時代をリードした。新しい物で、新しい時代を引き寄せたわけだ。五十年分ほど。

その間、クルマはよりよくなっていったが、まったく新しい考え方によるガソリン自動車は、少なくとも日本からは生まれなかった。マイカー時代の黎明期のスバルに代表されるようなクルマはたしかにあったのだが、主流にはならなかった。

現在のようなクルマの完全自動運行を世界に先駆けて実用化したのは日本だった。

それは新しいクルマの発明というよりも、新しい移動方法の実用化というべきだろう。道路そのものをインテリジェント化し、そこを走るクルマを道路の付属物として考えることで自動車と道路をまとめてシステム化してしまった。そこを走るクルマの形はさほど変わらないにしても、それはもはやかつてのクルマとは別物といえる。

私は、そうした自動車ではなく、人間が運転する末期のクルマが、新しい思想とは無縁な旧態依然としたクルマが、当時はまだ生産されていたそれが、好きだった。

子供心にも新車が出るとわくわくした。それらは父がレストアしている古いクルマなどとは比べる気にもならないほどカッコよかったし、子供のころは運転できなかったが、後にそれができるようになると、恰好だけでなくすべての点で古いクルマより新しいもののほうがよかったし、好きだった。古いクルマのほうが面白いという同年代の友人もいたが内心私はそんな者を軽蔑した。若いくせに、新しい物に興味がないなんて、と。

たしかに若者が新しい物や出来事に興味がないなどというのは異常だが、異常なのは彼ではなく、その時代だったかもしれないと思う。結局、当時のクルマは新車にもかかわらず、新しくなどなかったのだ。

それはともかく、私はといえば、過去のクルマにはまったく興味がなかった。ようするに、私は父親の趣味を理解できなかった。

漠然となんとなくわかった気でいただけだったのだが、子安からもらった本を読んで、私はこう悟った。

旧いクルマというのは長い時間を経てきたのであり、そういうクルマを愛するというのは、その車に積まれた時間をのぞき観ることなのだ。運転すれば、過去を体験できる。外の景色は現代だとしても、室内空間は過去なのだ。それは一種、タイムマシンなのだ。よき古典を読むのにも似ている。

「こんなふうにクルマが造れたらな」

私はその本の表紙をなでて、言った。その本の活字は私の眼にはいかにも小さく、読み辛かったし、一息に読むのがもったいないということもあって、読み終えるのに四日もかかったのだが、じっくりと読んだかいがあったというものだ。

「ミニをレストアしたくなったろう」と子安は笑った。「ミニならまだどこかにあるかもしれない。なにせ四十年以上も生産されつづけた車種だ」

「いや、レストアはいい」

「どうしてだ。金がないからか」

「そうじゃない。金がないのは本当だが」私は首を横に振った。「私はこのクルマ自体には興味がないんだ」

父の気持ちが理解できても、それでも、古いクルマの良さは私にはわからなかった。

〈ミニ・ストーリー〉という本の内容には感心したが、しかし私はミニというクルマの時間を共有してはいなかった。だからミニというそのクルマが好きかというと、私は一度だけ昔乗ったことのあるそれを思い出し、あんな重いハンドルで乗り心地の悪いクルマには二度と乗りたくはないと思うし、例の父のプレリュードのような思い入れもミニにはなかった。

私がミニの開発物語で感銘を受けたのは、当時すでにある、手持ちのエンジンや等速ジョイントなどの要素を使って、まったく新しい全体像を頭で描き、実際に造ったという事実に、だった。既製の材料を使っても、天才的なひらめきがあれば真に新しい物を造ることができるのだというところに感動したのだ。できあがったミニというクルマにはもちろん感心したが、それ以上に、それを造った者たちの生き方や時代に感慨を覚えたのだった。

この本に出てきた者たちのように新しい物を造ることができたら。どんなにいい気分だろう。

若いころと変わっていない、そう思う。私は新しい物が好きなのだ。いや、単に物ではない、クルマが好きだった。自分で運転し、どこへでも行けた、いまはないクルマという乗り物が。

「レストアではなくて、新しいやつを造りたいというのか」

「やれたらいいな、ということだ」と私は言った。「うらやましいと思った」

「やればいいさ」と子安。「だれに遠慮しているんだ?」

「それこそ金がない」

「金があってもできないことは、この世にはいくらでもある」

「もちろん私にはクルマを造る才能などない――」

「そういうことじゃなくて、だ」子安は苦笑して言った。「どういうクルマを造りたいのか、そのイメージがはっきりしなくては、どんなに金があったところで造れやしない、ということだよ」

「フムン」

「造る気さえあれば、いいところまで現実に造ることができるんだ」

「どうやって？」

「実際に組み立てるところまでいかなくても、イメージを設計図に現すことはできる。スケッチでもいい。ペンと紙代だけでやれる。それでは造ったことにならない、なんて言うなよな。そこまで造れればたいしたものなんだから。漠然と空想することはだれにでもできるが、新しい物をスケッチできるまで想像力を駆使できる人間はそう多くはいない」

「金がないことのほうがまし、という気分だ」

「金のあるなしはたいしたことじゃないという気分だろう」

子安はあくまで楽天的な男だ。

じゃあ、と私は言った。

「金も才能もない人間はどうすればいいというんだ」

「好きなことをやっていればいいんだ。簡単なことだ。好きなこともないとしたら、そいつは病気か死体だろう」

子安は私が入れた、もう冷めた番茶をすすった。私は舌を火傷しそうな番茶が好きだが、子安は猫舌だ。

窓の外は雨だった。散歩に出る気にはなれないが、落ちついてものを考えるにはいい。

「好きならなんでもそこそこのレベルにいけるよ、だれでも。金も才能も関係ない」

「そうだな」と私はうなずいた。「だれに遠慮することもないわけだ。迷惑はかけないし」

「そう。絵心がなくても、コンピュータが支援してくれる。絵を描けば、コンピュータが勝手に設計図に起こしてくれるよ。いい時代だ。想像することだけに集中できるんだからな」

理想のクルマでもなんでも想像できるわけだった。

「コンピュータか」

私はベッドのわきのサイドテーブルにある映話を見やった。ここにあるのはありきたりの標準タイプで、昔流に言えばそれは情報端末機だ。形もかつてのサブノートタイプといわれたコンピュータからあまり進歩していない。

受信信号で自動でふたが開き、ディスプレイとキーボードが現れる。最新のＭＰＡ規格、マルチ・プラットホーム・アーキテクチャ、に準拠しているはずだから、機構的にはどんな外部コンピュータにもアクセスできるはずだ。資格、手続き、認可、料金、などという使い手の財力と使いこなせる能力をべつにすれば、ＨＩタンクを制御する巨大な人工知性体にも直接接続が可能らしいが、まあ、現実にはそんなことはできない。手続き上の制限とか操作能力というのは無視できないからだ。たとえば、戦闘機を自由に使っていいと言われたところで、それを有効に使える者はごく限られる。それが現実というものだ。

しかしそんな外部コンピュータがなくても、この映話機単体でも絵を描いたり設計図の線を引いたり、それをもとにした三次元のイメージを画面上に出すことは簡単だ。ようするにコンピュータなら、ここにある。この映話機のことだ。

「そうさ、そいつでやればいい」

「フム。ということは……コンピュータ空間内で架空のクルマを造るといってもいいわけだ」と私。「コンピュータ上で理想のクルマ造りをするなんて、息子のＨＩタンクへの考え方と同じだな」

「そいつは違うよ」子安は真面目な顔で言った。「現実に物を設計するということと、仮想空間で架空の物を造ることとが、同じであるはずがない」

「どう違うというんだ」

「一言で説明しろと言われても困るが……」

「そんな気がするだけ、だろう」

「いや……たとえば、コンピュータに管理される空間内では、予想外のことは意識しようとしまいと、絶対に起こらない。でたらめな数字を発生させる乱数発生機能を考えてみろよ。いろいろな関数で乱数を作るわけだが、本来乱数というのはでたらめな数字なわけで、そんな計算で作り出す数列は厳密には乱数とはいえないわけだよ。その数列はある法則に従っているわけだからな。そんな空間でなにかを創造するときは、作る前からどんなものになるか予想することができる。言い換えれば、その空間ではすべての因果関係を予測可能なんだ。

現実空間ではそうじゃない。設計しても実際に造ると予想もしなかったことが起きる。それが欠陥なら、設計に手直しが必要だ。そしてまた造る。その繰り返しになる」

「厳密な理屈ではそうかもしれないが、そんなに神経質にならなければＨＩタンク内の世界でも現実と同じように物を造れるだろう。設計しては手直しをする、という造り方ができないはずがない。逆に言えば、現実世界で予想もつかないことが起きるというのは、人間が自然法則のすべてを知ることができないというだけのことじゃないのか？　自然界にも真の乱数など存在しないのかもしれないじゃないか」

「そういう問題じゃないんだ」と子安はねばり強く言った。「なんというかな……コンピュータ空間ではすべてがシミュレーションにすぎない」

「それこそ当然じゃないか」

「その空間内では、設計するという行為自体もシミュレーションにすぎないわけだよ。現実世界で設計図を引くことと、その設計行為自体のシミュレーションとが、同じであるはずがない」

「それはそうだ」

「したがってだ、コンピュータを利用して設計することと、コンピュータ空間に入って架空の物を造ることが同じだ、というきみの考えは間違いだってことになる」

「……そうかな」

「きみの言いたいこともわかるよ」子安は笑って言った。「設計するというのは、それをもとに造られるその物を図面上でシミュレートすることだ、というんだろう」

「そう、そうだ」

「高度なコンピュータの設計支援能力を使うと、実際に造る前に、さまざまなシミュレーションがたしかに可能だ。物を設計するときには、もちろんそうしたシミュレーションは重要だ。どうなるかわからないまま線を引くんでは話にならない。だけど、そうしたシミュレーションは設計のひとつの手順であって、すべてではないんだ。設計図を描くということは、そうしたシミュレーションと試行錯誤を繰り返しながら図面自体を創造する行為なんだ。設計する行為自体がひとつの創造行為であって、なにかのシミュレーションではないんだよ。だから」と子安は真顔に返って言った。「設計図が完成したにもかかわらず、その設計した物が実際には造られなかったとしても、その設計図自体は独立した創造物として認めていいとおれは思う。コンピュータ空間で架空の物を造ることとは違うよ。創造行為のシミュレーションとは違う」

「実際に物を造らなくても、設計するだけで価値がある、ということだな」

「おれはそう思うが、価値観の問題だろう。きみの息子のような人間は、ＨＩタンクのなかでの創造行為はシミュレーションなどではない、と言うだろうさ。そのとおりかもしれないんだ。見解の相違にすぎないのかもしれん。いまおれたちが生きているこの現実世界というものの自体がすでに架空だとすれば、きみの息子の考え方はもっともだろう。ＨＩタンクの内も外もたいした違いはない、ということだ。でもおれはそうは思わない、そういうことさ」

設計だけして、実際には造れないなら、それは虚しいと私は思って、息子の言うＨＩタンクのなかと同じだというようなことを言ったのだが、子安はそうではないと言っているのだった。私にもそう思えてくる。

「設計というのは」と私は言った。「小説と似ているかもしれんな」

「そうか？」

「小説空間は疑似空間だ。一種現実のシミュレーションだとしても、小説自体の存在は架空ではない。ＨＩタンクのなかでの創造は、言ってみれば小説内の登場人物による創造行為といえるのかもしれん。そこでは厳密な乱数は得られないだろう、作者の思惑により管理される世界だから」

「なるほど」と子安はうなずいた。「で、その思惑というやつから逃れられないわけだが、現実世界のわれわれも、大自然という思惑か法則からは逃れられない、所詮どこでも同じだ、というのが、きみの息子に代表される現代的世界観というわけだ」

「それは結局のところ、真に新しいことや創造などというのはこの世に存在しない、という考え方だ……寂しい思想だ。息子たちをそうしたのは、われわれの責任だな」

「なに、そう悲観的になることはないさ。その時代にあった考え方が生じるのは当然だ。若い者はそうでなければな。十分に創造的態度じゃないか。息子たちを誇りに思えばいいんだ。おれたちに理解できないくらいのほうが頼もしくていい。しかし、まあ、だからといって、旧いおれたちがそれに無理に同調することはない。新しい時代の思潮に納得できるならＨＩ

タンクに入れればいいし、逆に嘆くもよし、おれたちはどちらをも選択できる立場にいるんだ。時代を創ってきたんだから、その権利がある。歳をとる楽しみはそういうところにあるんだと思うね。長生きはするものさ」

いつもながら子安の考えは前向きだ。元気が出る。それは子安という男の性格によるのだろうが、いま話を聞いていて、それだけではなく子安がこれまで物を創りながら培ってきた、ものの見方によるところも大きいのではなかろうかと私は思った。

物を創る分野に関わるうちに、自分と、ひいては人間の能力の限界を実感し、ある種悟りの境地に達したのだ――と言えばおおげさかもしれないが、それは現実世界のなかで自分がどこに位置するのか、自分の立場というものを明確に得るということだ。創造してきた者の自信と言えるかもしれない。世界そのものは変えられないにしても、世界観は自分の意識でどのようにも変化する、そもそも世界とはそういうものなのだと、子安は信じているようだ。世界観は自分で創るものであり、創ることができる、という自信があればこそに違いない。

私は役所でずっと事務職に関わってきて、なんの創造もしてこなかった。だがそれがどうしたと子安なら言うに違いない。どんな境遇でも創造行為は可能だ、と。私はただやらなかっただけなのだ。

同じ仕事をしていてもそこに創造の喜びを得る者もいれば、そうでない人間もいるだろうから、感受性の問題なのだろう。仕事上で難しいのなら趣味でやればいいのだ。私の父がそうだった。子安の父親のリンゴ作りもそうなのだ。ヒトはなにかを創らずにはいられなくて、それができないとき、人は病気になる。

「歳をとる楽しみ、か」と私はつぶやいている。「そんなことは考えてもみなかったな」

「なさけないな」と子安。「こんなに面白いことはないぜ。子供のころ、おれは早く歳をとりたいと思っていたよ」

「負け惜しみではなく？」

「なんで負け、なんだ。老けこむのは嫌だが、歳をとる分、それだけデータがたくさん得られるわけだろう。子供のころ、自分専用のコンピュータを買ってもらったときのことを思い出すよ。なんでもできると嬉しくなって、小遣いの計算やらなんやらみんなコンピュータにぶちこんだはいいが、子供の身の回りの生活データなどたかが知れている。一瞬に処理計算は終わるから、これが子供心にも実につまらなかった。もっとコンピュータが悩むような、その動きがわかるような膨大な自分に関するデータを入れたいものだと思った」

「……おかしな子供だったんだな」

「そうかな。きみは子供のころ、たとえば両親の住所録なんかをのぞいて、こんなにたくさんの知り合いのデータがあってうらやましいとか、自分の住所録にもこんなふうにたくさんデータを入力できたらなと、思わなかったか？」

「覚えがない」

「そうか……じゃあ、おれがへんだったのかもな。ともかく、おれはそうだったんだ。自分の生活データは時間が経たないと蓄積されないから、コンピュータをそれらしく使うために、デジタル回路の設計ソフトを買ってきてパソコンを自分で設計する遊びを始めた。これもコンピュータにはたいした負担はかからなかったが、たとえばそれこそクルマのエンジンを設計してその要素を組み合わせ、3D図面を描かせたりするほうが処理時間はかかったろうが、機械的なものには興味がなかったんだ。で、この歳になって、きみがクルマだというんで、それも面白いかな、と。いまのコンピュータは昔とは違う。いじめるのは難しいだろうが、面白そうじゃないか」

いまのコンピュータは自然言語をほぼ理解する。普通に会話するようにコンピュータを操作できるようになったが、完璧の域にはまだほど遠い。いじめるのはかわいそうだろう。そう言うと子安は笑った。

「たしかに。コンピュータの会話能力はまだ幼児並だからな。人生経験が足りない子供のようなものだ。そう考えると楽しいね。おれたちはいまの若い者が知らない過去のことも知っているわけだ。その知識が現代に通用するかどうかなんて、どうでもいい。時間の蓄積、データの量が多いというのが、いいんだ。それをいろいろいじる楽しみがあるってことさ。われわれは、いまのコンピュータや若い連中にはわからないクルマの歴史を知っている。好きなクルマを創るのに不自由はない。とくに、きみは、そうだろう」

「フム」

私は茶を入れ替えながら、父のプレリュードや、自分が初めて買ったクルマや、子供のころ胸をときめかした当時の新車や、父がレストアしていた旧いクルマたちのことを想った。

いまは、そのようなクルマはない。マニアは持っていても、公道上を走っているのは自動車であってクルマではない。自分で運転するクルマではないのだ。いまクルマを創ろうとすれば、クルマというものがわかっていなければならないだろうが、若い世代の人間がやろうとすれば、まずそれから学ぶ必要がある。だが私の世代では特別それを意識しなくてもいいのだ。

言語に似ているかもしれない。私たちにはクルマというものはネイティブだが、若い世代では外国語にも等しい。これがたぶん、子安のいう歳をとる楽しみというものだな、と私は自分なりに納得した。

「新しいクルマを設計する、か」

「そうさ」と子安。「おれが手伝ってやるよ。リンゴの芽は当分でないだろうしな」

「そうだな。面白そうだ」

雨はまだ降りつづいている。これから冬に向かう。じっくりクルマを造るにはいい季節だ。

「うまくやれるか、自信はないが、やってみるか」

「きみはイメージを考えるだけでいい。おれが図面に起こしてやる。ミニを造ったアレックのように、きみはスケッチを描けばいいんだ。そうしたら、おれがコンピュータを使って現実の形に整えてやる。簡単だろう」

ミニというクルマはアレック・イシゴニスという男のアイデアスケッチから生まれた。彼はもちろん素人ではなく、それまでにいくつかクルマを設計していたし、計算尺を駆使して自分で設計する能力があった。設計技師だったのだから当然だ。ミニは革新的なクルマだったが、そのプロトタイプの設計に実際に携わったのは彼と二人の部下、その下に四人の製図員に二人の学生アルバイトの雑用係、という少人数だったという。半年で試作車が完成したというから、素人考えでもそれはすごい。どういうクルマを造るべきかというイメージがしっかりしていたからだと思う。

私はといえば、ずぶの素人だ。ミニのようなことが自分にもできるとは思わないが、なに、へたなものを造ったところでだれにも迷惑はかからない。クルマ造りのノウハウに関しては子安も私と似たようなものだから、設計したクルマは玄人から見れば噴飯物になるに違いないが、かまうものか。

物を、創る。そう考えただけで若返った気分になれる。

「やろう」

私はうなずいた。

雨は私のなかの生きがいの種を発芽させたようだ。いい雨だ、と私は思った。

八章　思　索

どんなクルマでも自由に創ることができるとなると、私はとまどってしまった。新しい物をスケッチできるまで想像力を駆使できる人間はそう多くはいない。子安はそう言ったが、まったくそのとおりだと思い知らされる。

漠然とあれこれ空想することはできても、いざどれがいいかとなるとはっきりした形にならず、雲か霧のように消えてしまうのだ。

そもそも自分はどういうクルマがいいと思ってきたのか、それがあいまいだということに私は気づいて、愕然とした。まったく、驚くべき事実というやつだ。私がかつて「ああ、いいクルマだ」と感動していたのは、いったいなんだったのだろう？

まず、スタイルだ。第一印象は外観に左右されるのは間違いない。運転できない子供ならばなおのこと、スタイルこそ、そのクルマのすべてといってもいい。

新車の外観が目新しいことに、胸をときめかせていた気がする。目新しい、ということがかっこいいと思っていたわけだ。で、すぐに飽きるのだ。自分は本当はどういう形が好きなのかわかっていない、ということではなかろうかと、私はまた自分の主体性のなさに我ながら驚いてしまう。

「ま、それは流行の最先端をいっていた、ということだよ」と子安は慰めとも皮肉ともとれることを言った。「それも楽しみのうちさ」

「メーカーの狙いどおりだな。流行に踊らされていたわけだ」

「目新しさだけでモデルチェンジをするとしたら、踊らされるのはメーカーも同じさ。しんどいことだったろう」

「大衆は飽きっぽいからな。まあ、私が、かもしれないが」

「デザイナーがはっきりとした合理性を説明できる形なら、好き嫌いはべつとして納得させられるものだろうが、そうでないとすぐ飽きられるというのは、わかるよ。デザインコンセプトが、なんとなくかっこいいもの、なんていうんでは、出た当初は新鮮でもすぐ飽きられる。作り手としてはほんとに難しいと思うね」

「その点、モーリス・ミニのデザインは合理的というんで説得力があるわけだ。美しいとは思わないが、いい形だ」と私。「ミニをベースにたしかマルチェロ・ガンディーニがデザインしたイノチェンティ・ミニというやつがあったが、そちらのほうが現代的だったな」

「かすかに覚えがあるが、だが生き残ったのはオリジナルのミニのほうだったろう。まあ、華麗とはいえんが、オリジナルのミニのスタイリングは美しいと思うな。合理的な形は美しいよ」と子安。

「いかにも技術屋だな。合理性イコール美しい、というわけだ」

「なにが美しいのか自分でもわからない、というよりずっといいだろう」

「フム。まあそうだな。美しさを感じる能力というのは、訓練しないと身につかないものなんだな。あんたは技術屋としての美のセンスが身についているわけだ。ミニのスタイルが美しいというのは、そういうことだろう」

「ミニのスタイリングについては、あの本にもあったろう」

子安はそう言い、例のポメロイ著、小林彰太郎訳、二玄社刊の本〈ミニ・ストーリー〉を取り上げて、ページをめくった。ほら、ここにこうある、と子安はページを押さえて、読み上げる。

〈――全長わずか3mの枠内に4人のおとなを楽に乗せなくてはならないとしたら、もはやそこにはしゃれたスタイリングの入りこむ余地はない。だがイシゴニスにとっては、『流行というのは醜悪さの一形態であり、あまりの醜悪さに6カ月に1度は替えなければならないほどだ』というオスカー・ワイルドの警句と一致するようなボディスタイルを描き出すことが、楽しみであり必然でもあった。イシゴニスの考えでは、車が立派にその務めを果たしつづける限りは、たとえ6年たっても変更すべき理由はない。――〉

なるほど、と私は思う。実際、ミニは六年どころか、生産されつづけた半世紀近くの間、スタイル上の大きな変更はなかった。その出た当時からすでにクラシカルだった形こそ、かくも長く愛された理由だったろう。

「オスカー・ワイルドといえば」と私は思い出した、「たしかこんなことも言ってなかったかな。人を外見で判断しないのは愚か者だけだ、と」

「そいつはいい。そのとおりだ。クルマも同じことだろうな」子安はうなずいた。「中身は外観に現れるものだ。軽薄な外観をしたものは中身も同様だというのは、疑いのない真理だよ。中身というのはメカニズムではなく、メカも見ることができる外観のうちと考えると、設計者の頭のなか、ということだ」

軽薄な頭を笑われるかもしれないと思えば怖い気がするが、創作というのは、みんなそうだろう。ま、笑うほうの頭が軽いという場合もあるわけだが。

「まずスタイリング以前に、どういうクルマなのか決めないと、スタイルもヘチマもないだろう」と子安は言った。「実用車にスポーツカーのスタイルでは使うのに不便だし、その逆はもっと悲惨だ」

「まあ、羊の皮を被った狼、というコンセプトもあるけどね。実用車を過激にチューンしたやつもいいものだ」

「狼の皮を被った羊というのもかわいくていいな」

「それじゃあ、ぬいぐるみだよ」

「ふわふわの、ネコとかトラのきぐるみを着せ替えられるクルマはどうだ？　虎の威を借る狐ならぬクルマだ」

「そいつはいい」

想像するとおかしい。ひとしきり私たちは笑った。

「面白いが」と私。「もうそれはクルマとは言えないよ」

「そうだな」と子安。「そういう楽しみ方は、ほかにいじるところがなくなるか、クルマのメカニズムに興味がないか、考え方によっては末期的な楽しみと言えるかもしれん」

「まあ、そういうぬいぐるみ的なクルマと言われてもしかたがないものも多かったろう、いまにして思えば。革新的なクルマはそうたびたびは登場しないわけだから」

「革新的クルマを創るか？」

「そんな能力は私にはない」私は真面目に言った。「どういうクルマであれ、その時代のプロの集団が頭を振り絞って造ってきたんだ。素人の私が、ちょっと考えてそれを越えられるというのは、おこがましい」

「健全な考えだ。みんなそう思ってくれると技術屋としてはありがたいね。くだらないものを設計してはいられない気になれる」

「自分で自分のために創るなら、しかしそういう量産車に課せられた制約からは自由だから、その面では……いままでになかったクルマが創れるかもしれない。一からやるのは無理だから、手本が必要だろうが」

「フム。当時の技術屋が、計画はしたが実際には造られることがなかった、というものだな。あの時代に、こんなクルマがあったらな、というやつか」

「いま、がいい。いま欲しいクルマだ。自分で運転できてどこにでも行けるやつだ。エンジンの鼓動でクルマの状態がわかり、自分が操っていることが実感でき、しかも心地よく、運転自体が楽しくて、目的地などどこでもいい、というやつだ」

「無目的にただ走るだけのクルマか」

「目的はある。運転すること――」

「わかるよ。それが許容されなくなった時代背景もわかる。クルマというのは、自分の意志で、誰にも管理されず、どこにでも行けるというところに夢とロマンがあったんだ。馬を御すようなものだ」

「クルマをそういう目で見ていれば、クルマを道路の管理下において制御しようなどという発想は出てこなかったろう」と私は言いながら、寂しくなる。「クルマの歴史の長いヨーロッパなどで自動化が日本より遅れたというのは、ようするに日本人というのはついにクルマを理解し得なかった、ということじゃないか。いまの自動車は、言ってみれば、鉄道車両と同じ発想だよ」

「日本人の多くはクルマという乗り物をそのように理解したのさ。外国人と同じように理解しなければ理解したことにはならない、というのはきみの思いこみにすぎないだろう。気持ちはわかるが……鉄道とはな。そうだ、鉄道といえば」子安は思い出したように言った。

「かつて自動連結器が発明されたとき、日本では一夜にして、まあ十分準備してのことだろうが、すべての手動連結器を自動のそれに徹夜で一斉に交換したという伝説がある。連結器というのは違う種類どうしでは繋げないわけだからな。ヨーロッパあたりではそうはすんなりいかなかったらしい。事情はどうあれ、日本というのは、新しい物を導入するときは一気にやってしまう、というところがあるな」

「几帳面というか、せっかちというか、そうだな、たしかに」と私。「過去にこだわらないというのか、新しい物好きというのかな」

「個人差もけっこうあるだろうが、その民族特有の性格というのがたしかにあるだろうな。クルマにしたって——」

と子安が言いかけたところで、部屋のドアが予告のノックもなしにいきなり開いた。

「あ、やっぱりここにいましたね」

と言って入ってきたのは、子安の階の階長をやっている、自称画家の、私の覚えでは一カ月前は自称作家だった、御仁だ。

白衣に白髪の長髪を垂らしたベレー帽姿は、いつもと同じだった。

その勢いに子安はのけぞり、椅子から落ちそうになる。

「子安さん」

「はい」

「逃げてもだめですよ」

「誤解だ」

「五階の掃除はいいんです。あなたは三階の住人でしょう。五階の掃除をしてどうするんですか」

「してませんよ」

「認めましたね。掃除当番をやはりサボっていたんだ」

「おれが、サボっているって？　ばかを言うなよ」

「自分でサボったことを認めておいて、なにがばかですか。わからないことを言う人だ」

「わけのわからんことを言ってるのは、あんたのほうだろうが。まったく」

「まあまあ、落ちついて」と私は割って入った。「お互いに誤解があるようだ」

「おれは、はなからそう言っているだろうが」

「ものを言うのは口であって、鼻ではありませんよ」

「あんた、真面目に会話する気があるのか？」と子安。「こちらの頭までおかしくなりそうだ」

「お元気そうではありませんか」と自称画家。「掃除、できますよね」

「ああ。やるよ。いま、かい」

「あすから、一週間お願いします」

「一週間も、だと？」

「これまでサボった分も加えてです」

「サボったんじゃない、具合がわるかったんだ」

「過ぎたことはともかく、あなただけが掃除しないわけにはいかない。おわかりでしょう」

「あんたは昔、役人か教師をやってなかったか？　ま、いいさ。やるよ。やるから、廊下を汚さないでくれ。靴底に絵の具を塗って歩いたりするやつがいるんだ。冗談じゃないぜ」

「わたしのことでしょうか」

「当たりだ。なんなんだ、廊下に靴のマークをつけたりして。右側を歩きましょう、という印じゃないよな。でたらめについていたから。おれへの嫌がらせか」

「わたしの作品が理解できない人がいるのは悲しいことだ」

「おれもあんたの芸術と汚れの区別がつけられない人間の一人だからな、実に、ほんとに、悲しいよ。おれが当番のときは、だから廊下をカンバス代わりに使うのはやめてくれ」

「わかりました」

「約束してくれるか？」

「しましょう」

「よかった。これで、心置きなく掃除に専念できる」

「ところで、なにをしているんですか、お二人で」

「さようなら」と子安。「ご苦労さん。ではまた来週」

「それはクルマの絵ですね」

自称画家は子安を無視し、私が映話の画面上に悪戯描きしたそれをめざとく見つけて言った。

映話から画面だけ外せるようになっているのでそれを食卓に置いてある。ごく薄いのでノートのように使えて便利だ。画面に入力するペンにも、画面と本体を繋ぐにも、線がついてないのは煩わしくなくていい。

その便利な画面に私が描いたクルマの絵ときたら、しかし凸の下側にまるを二つ描いただけといえるような、小学生でももっと気の利いたものを描く子がいるだろう、といったものだった。

「恥ずかしながら」と私は言った。

子安は早くこの御仁を追い返したいという態度がみえみえだったが、私は目配せでそれを制した。この老人ホームというべき住宅の人間はみな多かれ少なかれ寂しいのだ。仲間外れにされては生きていく希望を失う。

この御仁の奇態な行動もだれかれの注意を引きたいがためなのだろう。ここで中途半端に追い返しては、五階の廊下も足跡だらけにされるかもしれなかった。もっとおかしな、予想もつかない芸術作品で五階の通路がディスプレイされるのも面白いかもしれないが、きっとそれは彼の悲惨な心理状態を表すものになるだろうから、平和であるべき公共の廊下にはふさわしくないに違いない。当人が言うように、すべての住人がその作品を理解するとは思えない。

だが私は、自称とはいえ画家という人間がどんなデザインの感覚を持っているのか、それに興味がわいた。

そこで私は、彼の質問に答えた。実は、クルマを造ろうとしているのだ、と。

「で、どんなスタイルがいいのか、あれこれ考えているようなわけですが」と私。「経験も才能もないもので、ろくなものを思いつかない」

もちろんデザインよりもクルマの種類を決めるほうが先決なのだが。

「あんたならどんなクルマをデザインする?」子安が訊いた。

「わたしは絵描きですから」と自称画家先生。「クルマといえば立体でしょう。絵は平面だ。わたしの専門ではありませんね」

「だろうと思った。うまい答えだ」

子安は安心したように笑ってうなずいた。

「わたしだけでなく」と画家先生は子安の嘲笑を意に介さずに言った。「平均的日本人はみんな苦手ではないでしょうか」

「日本人にはクルマのデザインなどできないなどと言い出すんじゃなかろうな」と子安。

「専門家はべつですよ」と画家先生。「わたしが言っているのは、あなた方のような、素人一般のデザイン感覚のことです。むろん、わたしも含めてですが」

「そいつは厳しい――」

「そうかもしれない」私は子安をさえぎってうなずいた。「子安くんとも話していたのですが、民族に特有の性格がある、と。それなら、得意、不得意なこと、というのもあっていいわけだ」

「もちろん、そうでしょう」先生は嬉しそうに言った。「日本人のデザイン感覚というのは、平面上で発揮される、二次元を主体としたもので、三次元や立体で考える伝統はごく最近のことなのだと思いますね。たとえば、そう、キモノのことを考えてごらんなさい」

「ごらんなさいときた」と子安。

子安ではないが、この先生は本当に教師だったことがあるのかもしれない。

「キモノの裁ち方は平面的です。だから平らに畳むことができます。ところが、洋服というのは、人体という立体に合わせて立体裁断して作られるものです。洋服は最初から立体としてデザインされているわけです」

「フムン」と子安。「しかし……」

「庭にしても、そうでしょう。日本庭園というのは、『ここから見るのが最高』という、ポイントがあるものですが、それは、額縁を通して鑑賞する、という鑑賞の仕方でしょう。額縁上にあるのは平面です」

「……なるほど」と私。

「日本人というのは、抽象化する能力に長けているのだと思いますよ。デザイン感覚からして」

「そうかなあ」とまた子安。「抽象理論はフランス人向きだと――」

「抽象的な理屈をこねるのが得意だという意味ではなく、ですよ。日本庭園は雄大な自然をいったん理想化して解釈して作られる。それをまた、額縁を通して鑑賞するという抽象化が行われるわけで、理屈ではなく、感覚的にとらえるのです。その感覚のない人間には、いくら見たり考えたりしたところで、額縁の先に表現されたものは見えてこないでしょう」

「そういうことなら」子安はこんどは素直にうなずく。「そうかもな」

「そういう面での日本人のデザイン感覚はすぐれたものですよ」と先生。「障子の桟は水平と垂直の直線で構成されていますね。直線というのは高度に抽象的な、人工的な存在ですね。そこに、これも人工的に手を加えた純白の和紙を張る。放っておくと日に焼けるので、白さを保つためには張り替えが必要になる。畳も縦横比の決まった長方形ですし、柱も垂直です。ろくでもないという、ろく、という言葉の意味は、水平基準のことだそうです。ろくがしっかり出ないと、建物は傾いて建つわけで、ピサの斜塔などというのは日本人なら我慢ならずにさっさと建て替えていると思います」

「ピサの斜塔はともかく」と私は思いついて言った。「家紋のデザインにはよいものがありますね。種類も多い」

「ヨーロッパの紋章というやつは、ライオンが蛇を飲みこんでる図、というようなのが多いよな」と子安も言った。「連中のデザイン感覚というのは具体的なんだ。直截というのか。手で触って確かめられるといった感覚でデザインされるんだ。立体的といえば、たしかにそう言えなくもない」

「それに対してわたしたちの感覚は、対象からもう一歩離れて、抽象化し平面化するわけです。直截的な表現を嫌う、という感覚がデザイン面でも発揮されているといえるかもしれませんね」

「わびさび、だよなあ」と子安はなんだかできの悪い生徒のようなことを言う。

「そういうことでいえば」と先生、「そこには静止空間の感覚も含まれるでしょう。それも無視できない。一瞬のなかの永劫感覚とでもいいますか。クルマというのはダイナミックなものですから、止まっていてはいけないわけで、わびさびの感覚では表現しにくいでしょう。おわかりですか」

「私たちの血のなかにはいまだそういうものが息づいている、というわけですか」と私。

「だと思いますよ」先生は重重しくうなずいた。「ですから、こう言えるでしょう、平面図ですばらしいクルマをデザインすることはできる、と。あるいは、ある角度から見たときに最高にすばらしく、ほかの角度からのスタイルは見る側も無視すべきだ、というクルマのデザインは得意かもしれない、ということです」

「どこから見てもかっこいいといえば」と私、「イタリア車だな。フェラーリ。ピニンファリーナのデザイン。日本車にはそういうのは少ない。その原因が、そうだったのか」

「いいえ、それは専門家であるデザイナーの力量に関わる問題で、デザイナーの人種には関係ないでしょう。いまは素人のデザイン感覚の話をしているわけですから。ですが、素人が見たときの感想というのは、人種により異なるとは言えるでしょうね。一般的な日本人がかっこいいと感じるデザインというのはあるでしょうから、それ用にデザインしたクルマが外国では評価されないとしても、それはデザイナーの力量が低いとは言えないわけです」

「フム」と私はため息をついた。「専門家の意見は参考になる」

餅は餅屋とはよく言ったものだ。

「お役に立てて、嬉しいです。わたしも新たな創作意欲がわいてきました。お二人もがんばっていい作品を創ってください。では」と画家先生は言い、ドアの前で振り返り、「あ、子安さん、掃除当番は忘れないでください」

そう念を押して、踊るような足どりで出ていった。

「意気揚揚と去っていったな」と子安はあきれたような顔で言った。「なにを考えているんだか。きっと、立体的な靴痕を作るのを思いついたんだぜ。ちょっとやそっとの掃除ではおちないやつをさ」

「平面的な、というのにこだわっていたから、それはないだろう」

「わかるもんか。自分にはミケランジェロの血が流れている、などと言い出しかねないやつだ」

「クルマのスタイルにはそういう血が必要なんだ。なければ取りこむとか。専門家ならそうすべきなんだろう。立体を把握する感覚が基礎になるのはたしかだろうから。こんなふうに平面図を描いているようでは、だめなんだ」

「クルマのスタイリングのアイデアスケッチというのはたしかに三面図ではないな。まず立体的なイラストがあって、それから必要なら三面図にするという順序だろう」

「私には、しかしクルマの立体図をいきなり描く才能はない。日本人の伝統的感覚とやらの以前の問題だ。三面図をもとにして立体像を作るのは、コンピュータがやってくれるが……」

「それを繰り返す、か。カット・アンド・トライだな」

「順序が逆だが、それしかなさそうだが……いいクルマというのは写真や三面図より実車のほうがかっこいいものだよ。最初から立体的な形のイメージがあって、それをもとにデザインすべきなんだ。あたりまえのことだが」

「子供のころ、コンピュータの画面上で立体モデルを作ったことはないのかい。粘土をこねるように、ほかにもいろんな方式があるが、簡単だよ」

「……ないな」

「実車のデータをコンピュータに取りこんで、自分なりに加工したりして遊んだことも、じゃあ、なさそうだな」

「思いつきもしなかった」

「情けないな。立体モデルもイラストも、コンピュータを使えばそれなりに恰好のついたやつを創れるのに……ま、ひとつモデルをコンピュータ上で作ってしまえば、その立体像を変形するのは簡単にできるよ。角を立てるとか、もっと肉づけして、とか」

「そうなると、まさしくデザインセンスの問題になる。私はあの画家先生の言うとおりの伝統的な日本人だと思うから、ミケランジェロふうの華麗な具象的ボリュームラインにあこがれても、たぶん実現できない。こいつはおそらく歳をとってから外国語を学ぶのに似ている。イタリア語の響きにあこがれても、ネイティブの響きを真似るのは困難だ。実用上は意味が通じればいいわけだが、華麗さとかカッコよさというのは、実用とは対極にあるものだよ。それができないというのは、寂しいね」

「寂しいと思うこと自体が寂しいじゃないか」

「そうだな……あこがれているスタイルは真似できても、しょせん真似しかできないと思うから、寂しいんだ」

フェラーリのような、かっこいいとあこがれているクルマのデザインソースを集めて数値解析し、それからそのかっこよさを真似することはできるだろう。そんな作業は、それこそコンピュータを使えば簡単に違いない。

しかし同じコンセプトのデザインを一から作るとしたら、どういうラインがかっこいいかという感覚が備わっていなくては、できない。それは、考えることなしにどういうものがよくて、どういうラインが許容できないか、無意識に選択することだ。

「真似などしなけりゃいい。簡単じゃないか。寂しくない」と子安は簡単に言う。「おれたちの身体は米と醬油と味噌でできているんだ、断じてハンバーグやメンチカツなどではない。この感覚でいいスタイルというのを作ればいいんだ」

「私はメンチカツが好きだが――」

「たとえばの話だよ。きみの感覚でやればいい。しかしあの自称画家の指摘も一理あるってことだ。自分の感覚にないものをやろうとしたら、どこかで無理が出る。そうなりゃあ、嫌気がさして、はい、おしまい、だ」

「クルマというのは障子や畳とは違うと思うがな」

「そうかな。おれは、そういう、わりと直線ラインのクルマというのは嫌いじゃない。日本の風景に合ってる気がする。あまりくどいのはなあ……正直、おれはどうもイタリア風はあまり好きじゃない。よくわからんのだ」

「わかる気がする」と私。

「おれのことがわかってどうするんだ。やってるのはきみだろう。好きにやれるんだ。売ることは考えなくていいんだから、気楽なものさ」

「ああ。なんとなく、どういったクルマがいいのか、わかってきたな、おかげで」

「そうか？」

「ロングノーズ、ショートデッキの二人乗りスポーツカーなどというのは、まず無理だ。とても私では、スタイルからして創れないよ。真似すら、うまくできそうにない。いじっているうちに、自分で情けなくなるだけだろう」

「そう、あきらめが肝心だ。自分のことがわかっていないとなかなかあきらめきれないものだから、あきらめられるってのは、たいしたことなんだ。いくらメンチカツが好きだといってても、しょせんきみも日本人だ。だいたい、メンチカツなんて、日本人が創り出したものじゃないのか。あの自称画家の説は、どうもうまく言いくるめられた気もするが、ない袖は振れない、というのはそのとおりだろうからな」

「なんだ、それ」

「へんな喩えだったかな。でも、わかるだろう」

「まあね」

「で、どんなクルマが見えてきた？」

「華麗な、というのは無理だが、小粋な、というやつはできるだろう。コンパクトな実用車がいいと思うが、それだけでは夢も希望もないからな」

「粋なクルマか。法被に豆絞りの手ぬぐいが似合うやつかい」

「それじゃあ、いなせな江戸趣味じゃないか。纏を立てて走る趣味は私にはないよ」

「それも面白いのにな。フム。じゃあ、木枠でボディを飾るとか」

「ミニのカントリー仕様であったな。〈ミニ・ストーリー〉に出ていた。いや、そういう細かい部分はさておき、だ。イメージとして、小粋な、というクルマだよ。小さめの――」

「小さいというのは日本人は得意だ。盆栽に、ソニーだ」

「クルマではどうかな。大柄な実用車のいいデザインはアメリカ車が得意だったが。小型車ではミニや、イタリア車やフランス車にいいのがあった……そう考えてみると、つくづく、クルマというやつは西洋的なものだったと思うね」

「フウム」と子安は深く息を吐いて、椅子の背に寄り掛かった。「思ったよりも面倒だな、これは。どんな無茶なのを創ってもいいという素人でさえこうなんだから、当時の設計屋さんは苦労したろうな。なんでも創れるというのは幻想だったか。ま、考えてみれば、そうだな」

「やりがいがある。ひとつひとつ決めていけばいい」

迷い、探し、決定する。人生のあらゆる場面で、人間はそうやって生きているのだと私は思った。苦しみも、そして大きな満足も、そこから生じるのだ、と。

九章　悪　童

私と子安はクルマ作りに熱中しはじめた。

やろうとしているのはクルマ作りのごく一部にすぎないと、私もそしてたぶん子安も承知していた。

本当に製造まで考えて設計するならば、細かい部品の材質や性質からその加工方法まで熟知してかからなければならない。そのような知識は私たちにはなかったから、設計といってもフレームや車体の形状や部品の配置を決めてそれを描くというレベルの作業だった。それでもこれは思った以上に大変だった。それを描くというのは設計の真似事ではなく、立派な設計の一段階の実行なのだから当然だと子安は言った。

決定すべきことが山ほどあった。

トレッドとホイールベース、左右のタイヤ間距離と前後の軸間距離は重要だったし、そもそもタイヤのサイズが問題だった。

クルマとはまさしく車で走る乗り物だから、タイヤこそ最も基本的な部品だ。

ミニのような一〇インチという小さな直径にするか、フォルクスワーゲン・ビートルのような一六インチホイールという大きなものを使うかでは、車体デザインがまったく違ってくるのは当然だった。

車体をコンパクトにするには小径のタイヤがいいが、それでは乗り心地の点で不利になる。どこかで妥協というか、折り合いをつけて決めなければならない。実際には製造されないにしても、作る前段階から予想できる、自分の望みとは離れたクルマ作りはしたくない。

それで大いに迷い、それだけで時間が過ぎていった。

最初から完璧に決めようとするのがいけないのだ。そう悟ったのは、画家先生がやってきたあの雨の日から三日後だった。

四日めからは、とにかく迷いながらも決めていこうということになった。

迷い、探し、決定する。人生と同じだな、と私は思った。創作とはその繰り返しだと実感する。人生そのものも、偉大なひとつの創作行為なのだろう。

息子からはその後なんの連絡もなかった。

迷いながら些細なことでも決めかねているときなど、ふと息子はどうしているだろうという想いがわき起こった。息子にはなにも迷うことなどないように思えるが、あれで息子なりにいろいろあるに違いない。人はみな同じだ。

それでも子安のようにうらやましい生き方をする者と、そうでない人間がいるのは面白いことだと私は思う。

子安と付き合うようになって、その知恵を少し学んだ気がする。楽しく生きる秘訣は、決めたことは後悔しない、それにつきるのだ、と。

思い煩うのはみな同じだが、そのあとの考え方で差がでるのだ。まあ、それが性格的にやりやすい者は幸せだ。後悔先に立たず、ならば後ろに置いていけ、と割り切れる者はそういないのではなかろうか。たぶん子安も性格だけでなく努力したのだろう、私もそうしよう。

「大人二人が無理なく乗れる最低限の車幅はだいたい一五〇〇ミリだろう」と私は言った。「プラス一〇センチあればゆったりとした空間が作れる。だから車幅は一六〇〇ミリぐらいにしたい。すると、トレッドも一四〇〇ミリ程度にできる」

「長さはどうする。後ろもゆったり乗れるのはどのくらいだ。こいつは室内長の問題だな。幅だってそうじゃないか。車幅より室内幅だろう？」

「経験からいって、だいたいそうなるんだ。後席はさほど広くなくていい。それよりコンパクトな車体を優先させる。後席は、まあ、乗れればいいというのでいいよ。トレッドが一四〇〇ミリなら、ホイールベースは、ええと」と私は映話の電卓機能を使った。「二二六五ミリ以上だ」

「なんだ、その半端な数字は」

「黄金分割比だ。約一対一・六一八さ」

「どういう意味があるんだ、それに？　黄金比は知っているさ。クルマになんでそれが出てくるんだ。トレッドとホイールベースの長さの比率はそうやって決めるのか？」

「さあな」

「さあな、とは無責任な」

「専門家じゃないんだから、しかたがないさ」と私。「しかし、レーシングカーなんかだと、この比率に近いような気がする。曲がるのに有利になるからだろう。トレッドに対してホイールベースがうんと長いんでは、バスかトラックだよ。乗用車でも直進安定性や乗り心地を考えれば、この比率から大きなほうにずれる割合が多くなると言っていいだろう」

「じゃあ、それでいこう」と子安。

「それとは？」

「二二〇〇ミリ云云さ」

「それはやりすぎだ。作ろうとしているのは実用車なんだから、ま、常識的な線で、二三五〇から二五〇〇ミリというところだろう」

「ずいぶん幅があるじゃないか。実際のクルマはどんな感じなんだ？　そうだ、ミニの比率を参考にしてみよう」子安は〈ミニ・ストーリー〉のページをめくって調べた。「ホイールベースが二〇三二ミリ、駆動輪の前輪のトレッドが一二一三ミリだ。比率はいくつだ？」

「約……一対一・六七五だ」

「黄金分割比は？」

「一対一・六一八」

「近いな。きみの説だとミニはレーシングカーだぜ」

「レースで活躍したのもわかるね」

「きみの説ばかりのせいではないだろうが、なるほどな」

私はいい気分になり、「ミニはコマネズミのように走る感じだろう」

そう言うと子安は、「コマネズミなんて、見たことないぜ。そのネズミはそんな走りをするのかい」とからかう。「ま、よくそう喩えるのは聞くが、よく考えるとわからん喩えというのは世の中多いよな。クルクル曲がり、チョロチョロと走るってところだろうが」

「そう突っこまれたら困るが……そうだな、私もそんなネズミは知らない。だけどドブネズミじゃ、イメージよくないだろう」と私。

「ミズスマシ、という喩えもある」と子安は、ネズミが嫌いらしい。

「とにかく」と私は続ける。「もう少し落ちついていてもいい。タイヤのサイズは一三インチ以上を使おう。ホイールベースは二四〇〇だ。全長は四メートル以下、できれば三八〇〇ミリ程度でどうかな」

「どうせ作るならでかいほうがいいのに」と子安は真面目に言う。「余裕があれば作りやすそうだし」

「小粋でなくなるだろう」と私。「大きくてゆったりとしたデザインもそれなりに難しいものだよ」

「フムン。じゃあ、オープンカーがいい」

「幌のデザインは専門家でも難しいらしい。とても――」

「幌なんかいらない。雨の日は乗らないことにすればいいんだ」

「ドライブの途中で降ってきたらどうするんだ」

「少しくらいなら平気だ。停まらなければ大丈夫だろう。停まるときは傘をさせばいい」

「オープンカーがいいのはわかるが、幌もないのでは、現実離れのしすぎだ。だいたいどこに駐車しておくんだ？　屋根付きガレージを持てる身分じゃないんだぞ」

「そう所帯じみたことを考えるなよ、情けない」

「あまり非現実的にはなりたくないんだ」

「フム……じゃあ、簡単な幌をつけよう」

「あんたはバイクが好きだから、そうなんだろうな」

「きみはオープンカーは嫌いなのか」

「嫌いではないが……なにかと不便だからと思って、実際に買ったことはなかった」

「不便なところがいいんじゃないか」と子安は諭すように言った。「実用一点張りでは夢もくそもない」

「それはわかるが」と私は説明する。「軽快なロードスターは少少の雨でも幌を開けて走るのがかっこいい。逆に、大きくて高級なコンバーチブルなどは、いつもオープンにしているのは軽薄だ。そういうクルマはめったに幌など開けるものではない。どちらにしても自分には似合わないと思う。そんなクルマをデザインするのは、無理だ」

「わかった、わかった、きみのクルマだ、好きにしろ」と子安はあきれたように言った。

「好みは人それぞれさ」と私。

「少し現実的すぎる気もするが、結局きみはオープンカーは好きじゃないわけだ」と子安はずばりと言った。

「近親憎悪的なところがあるのかもしれない」と私は子安の指摘にうなずく。

「子供のころ父親のオープンカーに乗せてもらえなかったとか？」

「そうそう。親父はオープンのやつをよくレストアしていたが、それに息子を乗せて走る趣味はなかった。まあ、まともに走らないほうが多かったし。たまに乗せてもらっても、エンストしたり、修理の手伝いとか、あまりいい思い出がないんだ」

「幼児体験というのは尾を引くものだからな、そいつは気の毒だ。オープンエアモータリングというのはいいものなのにな」

「頭ではわかるよ。しかし、自分がそれを楽しむ図、というのが私にはイメージできなかったんだ。かっこよく乗りこなす、というのが。親父がうらやましかったが、意地でもああはなるまい、という……」

「それも、ま、カッコつけた覚悟ではある。ここで妥協してもつまらん。意地は通すべきだ。おれが余計なことを言ってわるかった」

「複数持てるなら、一台はオープンが欲しい、というのも本音なんだ」

「わかる。最初の一台は、屋根のある実用車だ。雨が降っても傘をささなくていいやつ。それでいこう」

「私はそこから先へは行けなかったわけだな……父親は本当にクルマ好きだったが、私はそうではなかったんだ。結局、好きなクルマというのが見つけられなかったんだ」

「レストアではなく、一から創りたかったんじゃないのか、いまみたいに。その楽しみ方がわからなかっただけさ。いいじゃないか、いくつでも創れる。いまなら」

「フム」

一言でクルマの楽しみといっても、さまざまだ。そういうことなのだと私は思った。言い訳することはない。

自分にふさわしいクルマが欲しいのだ。

フェラーリなどというクルマはどんなに金があっても自分には似合わないと思っていた。オープンカーも、それをそれらしく使うというのは自分にはできない、それを走らせるのはある種我慢が必要だが、それが嫌だった。クルマは我慢して乗るものではないと私は信じていた。

不便ではなく、快適で、ときにはきびきびとした走りも楽しめるクルマ。そういうクルマがこれまでになかったはずは、しかし、ないのだ。ありとあらゆるクルマが作られ売られてきたのだから、これこそ自分にふさわしい、というクルマがあったはずだ。

それを見つけることができなかったというのは、私に見つける気がなかったからだというのは簡単だが、それでなくとも、クルマ関係の仕事をしているわけでもない人間には、市販されているクルマをみんな試してみてから自分の気に入ったものを選ぶということはまずできない。勘でよさそうなものをいくつか候補に上げておき、ちょっと試乗して、選ぶことになる。ときには試乗すらしないで。

しかしクルマというのは乗ってみなければわからないものだ。よりよく知るには、乗りつづけないといけない。乗っていればそれなりにそのクルマのことがわかってくるだろう。それで愛着がわいてくるにせよ、勘が外れた、こんなクルマはだめだと悟るにしても、ある期間が必要だ。

私はそこまで一台のクルマに長く付き合った覚えがなかった。自分ではけっこう長く乗っているつもりのものでも五年ほど、短いものでは二年ほどで買い換えてきた。

結局、私が所有できたクルマは一ダースに満たない。覚えが正しければ十一台だ。

何万種あるかもわからないクルマのなかの、たった十一種。そう考えれば少ないが、クルマというものは、修理保全部品と父がやっていたようにレストア趣味があれば永久に乗れそうな気がするから、そう思えば十一台は多いかもしれない。現実的な使い方でも十年は乗れるだろうから、気に入ったクルマさえ見つけてこれたならば、三、四年で買い換える必要はなかったということになる。

私はしかし父親のように気に入った旧いクルマをレストアしたり、あるいは新車でも自分なりに改造したりする趣味はなかった。

おそらくそれが、いまにして思えば、じっくりと一台にかかわってこなかった理由のひとつかもしれない。

当時から私は、自分にふさわしいクルマが欲しいと思ってはいたのだ。いや、自分だけのクルマ、と言ったほうがいいかもしれない。

大量生産されるクルマといえども、自分の手に渡るクルマというのはそれしかない、この世でただ一台のクルマではある。

しかしそれは理屈で、自分のクルマと同じ車種のものは必ず複数存在する。それらは、コピーなのだという理屈も同時に成り立つわけだ。オリジナルはただ一台、一台というより、ただひとつ、そのクルマの設計図で表された、それのみだ、生産されるクルマはそのコピーにすぎない、と考えてもいい。だとすれば、オリジナルのクルマを持つなどというのは、市販車では不可能なのは当然だ。

それは承知していた。自分の買ったクルマは同型車が何万台あろうと自分だけのクルマに違いないと、わかっていた。見かけだけでも他人と違うクルマに乗りたいとまでは思ってはいなかった。

それでも、これは自分だけのものだと感じるクルマにはついに出会わなかった。

それは市販車というのはオーダーメイドではなく、私だけのために作られているのではないという当然の前提から、したがってこれは永久にお仕着せのクルマだと、はなからあきらめていたからだ。

そのクルマの成り立ちや、設計者の意図や、メカニズムを時間をかけて理解するなら、それなりに、自分の乗っているクルマはこう乗ればいいとわかり、その結果それを自分のものにできたはずだ、といまなら思える。

だが私はそれをしなかった。だからこれこそ自分にふさわしいというクルマには、出会わないというより、どんなクルマを買っても自分のものにできなかったのだ。

もっともこんな考察めいた理屈はいまだから言えるのであって、当時はさしたる不満もなく乗り、買い換えてきた。

いま、さらに振り返って考えれば、そうしてきた理由の原因はやはり父親の存在が大きいとわかる。

私がクルマを買うと、父はそんなお仕着せのクルマは面白くない、とよく言った。いまにして思えば大きなお世話なのだが、当時の私は真っ向から父に反発し、『親父のレストアしたクルマなんか、恐くて乗れるもんか』と逆襲したものだった。

あのとき、父の持っていたガレージのなかの設備を拝借して、自分のクルマを自分で整備するということをやっていたならば、もう少し一台一台を長く乗り、愛着を持てたのかもしれない。メカニズムの特性などをよく知り、不満な点も含めて、自分にふさわしいクルマとはどういうものなのか、経験を積めたのではないかと思える。

いい環境にあったのに惜しい気がするが、水中の魚は水を知らないと言われるように、とくに子供時代の環境というのはその水から離れてみて初めてわかるものだ。

私はとにかく父のようにクルマこそすべてという生き方はしたくなかった。では、ほかになにをやったのかといえば、寂しいかぎりだが。

この歳になって、なにをしたかったのかがわかる。当時の自分は意識していなかったが、子安の言うとおりだ。

私は自分で自分のクルマというものを作ってみたかったのだ。クルマ自身と対話するようにそのコンディションがわかる、そういうものが欲しかったのだ。たとえ出来が悪くても、それは自分がいちばんよく知っている、自分だけのクルマに違いない。

自分で創造したそれは、自分自身を外部に表出したものだ。うまくそれを実現できたクルマを操るというのは自己を確認するに等しい。

限りなく、どこまでも、走っていけるクルマ。それが私自身の望みが形になったものならば、そのクルマもそれを駆る私も一体であり、そのときクルマはもはや単なる移動手段ではなく、自由な精神を解放する、魂の駆動体になるのだ……

そういうクルマが、私の望みだ。

「どうした?」

と子安が言って、私は我に返る。

「……クルマというのは乗って走ってこそ、クルマだ。絵に描いた餅は所詮は食えない」

しみじみと私は答えた。

「そうさ」と子安はうなずいた。「大発見だったんだ、それは。きみはいまになって、HIタンクに入りたくなったのか」

「いいや。なぜHIタンクの話になるんだ。私はクルマは――」

「絵に描いた餅は実際の餅ではない、という世界がおれたちの常識だ。しかし両者は互いに仮想次元体で、どちらがオリジナルであってもいい、絵に描いた餅も、もしかしたら食えるのではなかろうかという発想から、HIタンクは生まれたんだ。絵に描いた餅はなぜ食えないのか、と考えるところから始まったようなものだ。HIタンクのなかでは餅を食いたければ絵に描いたものだって食える。仮想次元境界がない、もしくは弱いからだ。きみはそうしたいのかな、と思ったんだが」

「いや、そんなことは……ただ、クルマは眺めているだけではだめだということが言いたかっただけだ」

「たしかに餅も食わなければかびが生える。でも餅とクルマは同じじゃない」子安は私にうなずきながらも、そう言った。「クルマというのは材料をこねればできるというものじゃないだろう。どんなものでもよいというなら、スクラップを見つけてきて、レストアするなり、手段はいくらでもある。それこそ、消防用ポンプのエンジンを探してきて、木製のフレームでもいいから組んで、クルマらしきものをでっち上げるというのも、それなりの楽しみだろう。それも面白そうだが、それにしたって、まず設計図なりスケッチなりが必要だ。それがなくては始まらない。この世では絵に描いた餅は食えないが、設計図に描かれたクルマは造ることができる。乗って走るのはそれからだ。乗るところだけやりたいのか？」

「いや」

私は首を横に振り、なにを考えていたのか子安に話した。

クルマ自身と対話するように操る喜びと、自己の確認手段としてのクルマ。魂を駆る、魂の駆動体としてのクルマを想った、ということを。

私がこれまで所有してきたクルマは、父が言うようにお仕着せなりの乗り方しかしていなかった、本当に走らせていたとは言えない気がする、ということだ。そういうクルマでも乗り方ひとつでできたろうに、それに気づかずにすごしてきたのはいかにももったいなかった、と私は言った。

「……なるほど。それはわかるよ、乗り物を走らせる快感はまさにそのとおりだ。バイクでも馬でも、ドライブするというのは一体感を得て快感になる。自分で無理矢理操っているうちは、まだまだだ。乗馬には、馬なりにまかせる乗り方がある。マシンも同じだ。マシンが行きたいほうに行かせる乗り方ができるというのはドライビングの奥義かもしれない。それにはマシンの性能というか、性格をよく知って信頼感を持たなくてはな。構造を熟知している人間が自分で設計して自ら造って乗る、というのが理想だろう、たしかに」子安は何度もうなずき、「きみのやりたいことというのは、まさにその理想の実現というわけだ」と言った。

「だがな」とさらに子安は続けた、「絵に描いた餅云云は、やはり設計のみで造れないのは面白くない、ということじゃないかな」

「それもたしかにある。まず設計が先というのはわかってはいてもね」私は正直に認めた。

「だが、ＨＩタンクのなかで、とは思わない。この身体で、乗ってみたい」

「わかる。だからきみはあまりに現実離れしたものは設計したくないんだ。それで相談というか提案だが、理想に近い既製のエンジンやシャシーを使うのはどうかな。まだ現存するそういう部品は、映話でデータベースにリンクしてみればわかる。それを手に入れれば実際に組み立てられる、というほうがやりがいがあるし、その気になれば実際やれるよ」

「それはいい」私は嬉しくなる。「エンジンなんかはゼロから設計するのは無謀だし、それは過去にあったものを使うつもりでいたからな。ほかの部品もそうすればいいわけだ」

ミニのエンジンにしても、ありものを使ったのだ。一から設計した新造エンジンではなかったが、できあがったクルマは革新的だった。革新的なクルマではなくとも、メカニズム的にはなにも新しくなくとも、人気を得たクルマは多い。かつてある時期のアメリカの男たちのお気に入りだったマスタングなどは、ありあわせの部品をもとに設計されたという。野生の馬を意味するその名のとおり、きっとじゃじゃ馬的なクルマで、乗りこなす難しさと楽しみにあふれていたと想像できる。設計者は新技術を追求したのではなく、新しい面白さや楽しみを提供しようとしたのだろう。わかりやすく、奇をてらわずに。それが成功したわけだ。それも革新的といえばそう言える。そういうクルマはみな作り手の意図が明快でわかりやすい。欲しいクルマがないから自分で造った、というようなクルマだ。

「ボディにしても、望みどおりのデザインの新品を手にする方法がある」

子安はにやりと笑って言った。

「どうやってだ」と私は首を傾げる。

「造らせればいいんだ。設計どおりのやつを」

「だれに？」

「いま自動車を造っている自動車製造公団の、ボディ製造マシンだよ。そのコンピュータに侵入してだ。デザインのプログラムを入れ替えるんだ。その気になれば不可能じゃない。天才ハッカーなら、望みどおりのデザインのボディを造らせることができる」

「あんたならやれるというのか」

「年季が入ってるからな、最近の若い者には負けないさ」

「……すごいな」

「ま、できたそのボディをどうやって持ってくるかが大問題ではあるな。不良のボディができたそうだが、そんなものはいらないだろうから、くれ、などとのこのこ出かけていったら、自分が犯人だと自首するようなものだぜ。公団内部に手引きしてくれるやつが必要だ」

「その方面の人脈はある」と私は役人だった過去を思い出しながら言った。「公団に天下りした知り合いは多い。なんとかなるかもしれない」

「そいつはいい。だてに歳は食ってないな、お互いに」

「まず設計だ」

「俄然やる気がでてきたな」

たいしたキャリアではなかったが、その気になれば利用できる過去が私にもあるわけだ。実際に造ってみたいというクルマの設計ができれば、そこからさらに先に進める、というのは励みになる。

子安にしても、単に私のクルマ作りに付き合っている以上のやる気がわいたのが、わかる。子安にもリンゴ以外の目標ができたわけだ。

子供のころに自分でコンピュータを作り、コンピュータの化け物を駆使するというイメージのあるHIプロジェクトにも関わった子安なら、公団のコンピュータをハッキングして云云は机上の空論ではなく現実味を帯びた言葉に違いなかった。

ならば、本当にボディからしてオリジナルのクルマにいま乗るというのは、夢ではないのだ。

歳をとればこそできることがある。私は心を躍らせながら、そう実感した。

「過去のデータからするとだ」

子安はさっそく映話を使い、無料のデータベースにアクセスし、クルマ関係の資料を検索して言った。

「きみが予定しているクルマの大きさは、いかにも小さい。独立したトランクを持つのはほとんどない」

「いわゆる2ボックスというやつだろう」

「そうだ。代表的なのはやはり、ミニだな」

「もう少し大きくて、進化したやつがいい。フォルクスワーゲンのゴルフはあるか」

「……ある。うん、これが近いな。このクルマが頭にあったのかい」

「乗ってみたかったクルマはたくさんある。なにしろ乗れなかったクルマばかりだからな。

乗ってみるだけなら、キャデラックやジャガーやフェラーリも試してみたかったが、そういうクルマは自分のものにしたいとは思わなかった。私にとってはエキゾチックにすぎるから。だが……」

私は自分がこの計画をやりはじめて、自分がどういうクルマに実は乗りたかったのか、忘れていたそういうクルマがあったことを思い出した、それを言った。

「もしそのクルマが売られていた時代に生きていたら、少し無理をしてでも買いたかったというクルマが何種類かあった。ひとつは矛盾していると言われそうだが、オープンカーだ。ピニンファリーナがデザインを手がけたやつはいいなと思ったものだ。もうひとつは、一九八〇年前後にあったGTIというカテゴリーのクルマだ。コンパクトな実用車をベースに、それには不釣り合いな高性能エンジンを載せた、過激なやつ。ベースのクルマに比べればかなり高価だったが、どんなに高かろうと高級車ではない。そういうクルマを一度でいいから持ちたかったよ」

「羊の皮を被った狼、か」

「ベースになったのが実用車だから、そうかもしれないが、ほとんどが2ボックスのハッチバックのスタイルだったから、ホットハッチ、と言ったらしい」

「2ボックスか。ゴルフもそうだな」

「ゴルフGTIがGTIの元祖のようだ。ホットハッチといえば、ミニ・クーパーが先輩かな。ミニはハッチバックではなかったがコンパクトな2ボックス・スタイルではあった」

「ようするに、ただの実用車では嫌だ、というわけだ」

「まあね。ゴルフGTIは赤いストライプをバンパーやサイドモールにつけた。以後GTIのバッジをつけたクルマはこの手法をみんな真似する」

「スポーツカーなのか？」

「実用車の殻を被ったスポーツカーと言ってもいいかもしれない」

「なんで？　スポーツカーならそれらしい形のほうがいいじゃないか」

「その時代が、そういうクルマを生み出したんだろう。本格的なスポーツカーを持たないメーカーが速いクルマを造ってイメージを上げたいとか、買う側も本格的スポーツカーは高くて手がでないが、それよりは安く手にはいるとか」

「イメージのクルマか」

「実際に速かったんだ。当時のアウトバーンはまだ速度無制限の区間があった。ヨーロッパでは速いクルマは速く走れたわけだ。最高速度性能は実用的なものだったんだ。安く高速性能を手に入れたいという、そういうクルマの需要があったんだ。代表はやはりドイツの速度無制限の道から生まれたゴルフGTIだろう。GTIの名称は使っていなくても、イタリアならリトモ・アバルトとか、同様のコンセプトのスポーティカーがいろいろあった。形には目をつぶり、速いクルマが欲しいという人間にも売れたろうが、日本ではその高速性能は発揮できなかったろうから、さりげない実用車の形の奥にスポーツカーばりの性能を秘めているというのがいい、という、イメージをかうユーザーも多かったと思う。実用車のスタイルといっても、コンパクトでしゃれていた。それもいい。私はそちらの理由だ」

「一種の見栄じゃないか。屈折した」

「クルマを持つというのは、それだから面白いんだ。いろんな人間が、さまざまな理由で無数にあるクルマのなかから選んだんだ。かつてはそれができた。スポーツカーのスタイルで中身は実用車というのもたくさんあった。GTIとは正反対だな。しかしそちらのほうがGTIよりも長く生き残った。GTIというのはたしかに屈折した欲求の産物かもしれない。ドイツのアウトバーンで過激な走りをしてひんしゅくをかうクルマの代表がゴルフのGTIだったとか、実際事故率も高かったかもしれない」

「スタイルはとろい実用車なんだから、性能を自他ともに認めさせるには走りしかないわけだろう。当然そうなるだろうな。過激に走らせないならただの安車なんだから」

「高速性能を誇る高級車に切りこむように、大衆車で、速い。値段がいかに高かろうと、GTIは大衆車だった。階級制度に楯突くような存在だったといえる。だが時代はそうしたクルマを必要としなくなっていくんだ。アウトバーンも全区間速度制限されると単に高速性能だけを追ったようなGTI的なクルマは意味がなくなる。スポーツカーはスポーツカーらしく、サルーンはサルーンらしく、実用車はそれに徹する、という——」

「環境問題だろう。スピードは悪だという風潮のせいだ」

「現実的になろう、ということだったんだと思うよ。環境問題は大きかったが、結局は人間のクルマに対する要求が変わっていったんだ。過剰な性能は無駄だとか、スピードの出るクルマなら、なにも実用的なスタイルなどではなくそれらしい恰好のほうがいい、とか。それが手にはいるなら、そのほうがいい、というように。そう考えれば、それは進歩だし、社会がそれだけ豊かになった、とも言えるだろう。成熟したんだ」

「で、ついにクルマはなくなった。日本では。成熟は老いへの道だ。完成すれば消えていくしかない」

「違う道もあったろうにな。こうなるとは思わなかった。まさか自分で運転できるクルマという乗り物がなくなるとはな。日本ではそれがまた徹底している。普通の道はクルマは走ってはいけないんだから。いま道を走っている自動誘導の自動車というやつはクルマじゃない」

「現在の道を走らせるには、たしかにぴったりかもしれんな、GTIというやつは。見かけは実用車というところがこすっからくて、いい。悪ぶっている感じだ。屈折した欲求を満たす、というイメージがある」

「若い、という感覚があるだろう。乗る人間の歳には関係なく。なんでも手に入れられる大人に対して、貧しくとも若いということだけは負けないという、走る性能だけは大人のクルマに負けない、といっているようなそれがとても魅力的だった」

「暴走する青春、だな。ばかばかしくも幼稚だなどと言えば、老けている証拠だと言われそうだがな」

「成熟手前のクルマだよ、言ってみれば」

「いいことを思いついた」子安は真剣に、しかし目は悪戯っぽく輝かせて言った。「いまのきみの話を聞いていて」

「なんだ?」

「ボディはいま道を走っている公団製の自動車のままで、中身はおれたちが造るクルマというやつを、走らせるんだ。こいつは本当に羊の群に放たれた一匹狼だぜ。いいな、いいよ、これは。そいつこそ、現代のGTIじゃないか」

「……まさしく、そうだな」

「ま、きみの計画だから、そうしろとは言わないが、きみの気持ちがわかったよ。そうなんだよな。成熟しきっていない異端児、若いというのはそうなんだ。屈折した見栄だよ。若さは、馬鹿の代名詞だからな。馬鹿はいい、馬鹿は」

子安はさかんにうなずいてそう言った。

「まったく、人は見かけによらんな」と子安は続けた。「きみは歳なりに落ちついた、悟りきった枯れた爺さんだと思っていたが」

「自分ではその逆だと思ってるよ。いつまで経っても歳に精神年齢が追いつかない、と」

「だいたい自分の考えている自分と、人から見た評価というのは正反対だと思っていい。おれは自分では慎重派だと信じているが、他人はおれをどうも軽薄だと思っているらしい」

「軽薄とは違うが、若いよ」

「言ったろう、自分から老けこむことはないんだ。そう思ってる。きみもそうだな」

「好きなことを忘れなければみんなそうだ。他人から見ればまるで子供だ」

「GTIとはな。知らなかったが、要するに悪ガキグルマだぜ。嬉しくなるね。餓鬼はいつも腹を減らしている。腹を減らしているほうが生命力は高い……腹が減ったな」

「早いところ夕飯をすませて続けよう」

「そうしよう」

GTIカテゴリーのクルマについては、私にしても実際に乗ったことはむろんなく、いわば伝説でしか知らなかった。クルマを乗り回せる歳にはすでに過去のクルマだったからだ。

本などでその存在を知ると、こういうクルマがあれば、とは思ったが、実物のそんなクルマをレストアしてまで試してみたいとは思わなかった。旧いものより新しいもののほうがいいと信じていたし、それはいまも変わらない。昔のそんなクルマに乗ってもおそらくミニのように、尊敬はしても、こんなものかとがっかりするのではないかと私は当時から思っていた。

そういうクルマが新車で欲しい、そう思っていた。かつては存在した、いまは忘れ去られた、子安に言わせれば悪ガキというコンセプト、その考え方自体に魅力を感じたのだ。そういう考えが生み出した、新車が欲しかった。しかしそんなものが手に入るわけがなかった。そういうコンセプト自体が旧くなっていたからだ。だからあきらめるほかはなく、忘れてしまったのだ。

ないのなら、造ればいい。簡単なことだ。

完成された過去のＧＴＩにはおよばずとも、なにしろこちらは素人だから、しかし設計したクルマは新車だ。ぴかぴかの、この世に一台しかない、新車。

腹を満たしてからかつてのＧＴＩをもっと調べることに決め、私と子安は少年のように、悪童がふざけるように、そういうクルマでいま公道を走っている羊の群を蹴散らしたら面白いなどと冗談を言いながら食堂に下りた。

半分は冗談ではないと思いつつ。子安にいたっては、おそらく十分本気に違いない。少し背筋が寒くなりつつもやめられないところなども、少年に返ったような気がした。

一〇章　途　上

朱に交わればなんとやら、おそらく子安という男に出会わなければ欲しいクルマを設計することなど思いつきもしなかったろうし、仮に独りでやりはじめたにせよ、GTIのようなクルマにはならなかったろう。

季節はすっかり冬になっている。時間の流れるのがさらに速くなっていく、歳をとるにつれて、と思っていたが、クルマ作りをやっているこの期間はそうでもなかった。もう冬かとは思うが、振り返れば、あの日はエンジンをどうするかで子安ともめたとか、細かに思い出せるのだ。するとこの時の流れる速さは妥当だ、という気がする。

そのクルマは紆余曲折を経ながらも、なんとか形になってきていた。

肝心なボディスタイルだけはいまだにこれはというものが創れないでいたが、サスペンションの形式などは決まった。ごくごく平凡な、前輪がマクファーソン・ストラット、後輪がフル・トレーリングアームというものになったが、決定するまでには子安と喧嘩するような毎日だった。

私はいまさら新しい形式のものを発明できる、などとは思ってはいなかったので、オーソドックスなものでいこうと決めていた。しかし根が技術屋である子安は、細部にもこだわった。さほどクルマには興味がなかった子安だが、いったん設計に取りかかると、すぐに私などよりよほどメカニズムに詳しくなった。

私が過去の適当なクルマのデータをカタログを見る感覚でながめて、サスペンション形式はこれでいい、と言うと、子安は、そんなのはよくない、とくにフル・トレーリングアームなどというのは左右にぶれるだろう、と反対した。

「それでセミ・トレーリングアームというやつが出てきたんだ、たぶん。なにも性能の悪いのを使うことはない」

「そうなのか？」と私。

「どうして、なにがだ」

「GTIの時代にもフルトレというやつはあった。構造上はたしかにそういう欠点はあるだろうが、利点も多いから生き残ったんだろう」

「ダブル・ウィッシュボーンというやつがいい」と子安。「これなら、タイヤが上下に動いたときのホイールアライメントの変化も理想的に設計できそうだ。構造的にもがっちりとしているし。なにしろホイールを上下から、二つの、ダブルのウィッシュボーン・アームで支えるんだからな」

「レーシングカーはそうだな」と私。「しかし実用車に使うにはそいつを収める場所が問題だろう。ウィッシュボーンというそのアームを長くしないと、ホイールの上下可動距離、ストロークを大きく取れない。長くすれば車体に収まらない。レーシングカーはいいよ、コックピットは狭くていいんだから、うんと長いアームを伸ばしている。それで理想的なサスになっているんだ。乗り心地もけっこうしなやかなんだろうと想像できる。だが実用車用にアームを短くすればその可動角度が大きくなって、いろいろ無理が出そうだ。乗り心地を考えると、コンパクトにそいつを設計するのは、われわれには無理だろう」

「コンパクトというなら、後輪はビームアクスルというやつがいい。単純明快だ。棒の両端にホイールをつけるんだから。左右にはぶれない。ぶれるとしたらそのタイヤをつけたビームごとだが、それをおさえるには支え棒を一本つければいい。パナール・ロッドというやつだ。……パナールというのはどうやら人の名前らしいな。パナールさんがこの棒をつけることを思いついたに違いない」

「あたりまえだと思っていることも、最初に思いついた人間は偉いよ」と私。「しかしビームアクスルは左右繋がっているからな……やはり左右は独立して可動するほうがいい。固定軸は片輪だけ動けばいいところを、その動きを反対側にも伝えてしまうわけだろう。どたばたして車体がよじれるような嫌な感じだ。親父の旧いクルマで経験済みだ。それも乗り味だと親父は言っていたが、どうもなあ。車体自体の剛性の問題もあったんだろうが」

「うまく短所を解消したというビームアクスルもデータには載っている。コンパクトかつ独立懸架に負けない乗り心地、というやつだ」

「設計者の腕の見せどころ、というわけだ。乗り心地だけはしかし実際に造って、試しては改良していくしかないだろう。それがわれわれにはできないわけだから、最初から乗り心地に有利な独立サスを選択するのがいいと思うな」

「じゃあ、なにがいいんだよ。けちばかりつけて――」

「けちだ？　私は意見を言っているだけじゃないか」

と、もう子供の喧嘩だ。

「フルトレがいいって?」と子安。「当時のハッチバックがみんなそれだからという、ただそれだけの、そんな理由で？　もっと考えろよ。GTIはもとが実用車だからしかたなくオリジナルのサスを流用したんだろう。一から設計できるなら、GTIには違うサスを使いたかったに違いないぜ」

「そうかもしれないが、しかし実用車とは違うチューニングはしたろうし、そもそもオリジナルの基本設計が優秀なら、異なる形式をわざわざ選択することはないんだ」

「マルチリンクにしよう」

「そんな高度なサスのセッティングは手に余る」

「それを言ったら、どんな形式にしたって同じことだ」

「単純なほうが少しはましじゃないか。簡素なGTIにあっているよ。レース用の戦闘車両を造っているわけじゃないんだ。フルトレだって、サスにあまり負担をかけない、さほど太いタイヤをはかせなければ、問題はない。GTIより後期の、その跡継ぎのようなスポーティ・ハッチなんか、けっこうグリップのよさそうな太いタイヤを純正でつけている。このプジョーのホット・バージョンなんか」と私は映話の画面に出ているデータを指して言った。「GTIクラスよりさらに2ランクは上の過激なタイヤをつけている。だからといって、こいつだけがほかのバージョンと違うサスというわけじゃない」

GTIという名称はいつしか消えていく。GTIのGTはグランド・ツーリング、Iはエンジンの、ガソリンを送りこむ装置に気化器ではなく燃料噴射装置、いわゆるインジェクタを使っている、という意味だったろう。どんな実用車でも長距離を走ってあたりまえ、フューエル・インジェクションもごく一般的な技術になった時代には、その名称はもはや時代遅れということになったのだ。

「こいつにしたって、実用スペースは犠牲にしていない。後輪のダンパーをうんと寝かせて、室内にでっぱらないようにしている。ダンパーはタイヤの上下する方向に忠実に、できるだけ立ててあるほうが効率がいいわけだろう。ストロークもたっぷりとれるし、フリクション・ロスも少ないんだから。だがこのプジョーのやつはけっこう傾けて設計している。これでもフランス車らしいやわらかな乗り心地、と解説にあるから、不利な条件でもやれるんだ。そのへんが技術ノウハウというやつだろうな。ここまでは大丈夫、というのがわかっているんだ。サスペンションもエンジンに劣らず、そういうノウハウの蓄積の産物なんだ。いいサスというのは形式の問題じゃないんだ」

「ノウハウなどと言い出したら、おれたちにはできない、ということになるじゃないか」

「サスの形式の一般的な性格を一覧表で見て、あれがいい、これはだめ、というのは意味がないと言っているんだ」

「意味がないとはなんだ」

「頭だけで理想的な形式を追っても、現実的でない。いかにも技術屋が陥りそうで、いまのあんたはその見本だ」

「理想なくしてなにができる。どこが悪い。おれはな——」

と、また喧嘩になる。

ついには喧嘩別れになり、それぞれ自分なりに作ろうというところまでいったのだが、私は独りになるとコンピュータの扱いに手を焼き、子安は子安で部品自体に詳しくなってもクルマという全体像のイメージを具体的に摑みかねたようで、結局どちらからともなく折れて、また元の鞘に収まった。

「前輪はマクファーソン・ストラットね」と子安。「えーと、ストラットタワーにダンパーとコイルバネを同軸につける、か。よくできてるよ。マクファーソン氏の発明だそうだ」

「それからさまざまなバリエーションが生まれたことだろう。ダブル・ウィッシュボーンなんかでも、これが本当にそうか、というアクロバチックなアーム形状のがあるからな」

ボディのスタイルはまだ決めかねていたが、その大きさはほぼ決まっていた。ストラットタワーをもつサスペンションをはじめから使う気でいたから、ボンネット・フッドは非常に低くはできない。また、エンジンは四気筒を横置きにして前輪を駆動することから、ボンネットの下のエンジンルームには駆動系のすべてを収めるため、余裕があまりない。

エンジンは、ミシンのように小さくて、しかもGTIらしい走りを可能にする効率のいいやつがあればいいのだが、適当なものが見つからなかった。いや、あるにはあったのだ。自動車用ガソリンエンジンは、その末期には燃焼解析などが進歩して、かなり効率がよくなっていた。燃焼室の形状やバルブ開閉量の最適化、希薄混合比燃料の燃焼技術、熱力サイクルの再検討、過給技術や加工技術の進歩、新構造体材料の適用などで、コンパクトかつ軽量エンジンが造られた。燃料やオイル自体の性能も上がった。そんなエンジンはスムースでまさに電気モータのように回った。

ならばそのエンジンがいいではないか、と例によって子安は言ったが、私はまた反対した。

「精密に加工され、極限設計されているから、改造の手を入れる余地がまるでない。完成品なんだ。ガラス細工のように繊細だ」

「いいじゃないか、それで。繊細だというのはイメージだろう。常識の範囲内で使う分には問題はないはずだ。レーシングカーを造るわけじゃないんだろ？」

「そうだが……音がよくない」

「チューニングでどうにでもなるさ」

「そうかもしれないが、GTIにはそれらしい、その時代の、荒削りな、いかにもエンジンがその存在を主張しているようなやつがいい。不快な振動は嫌だが」

「ようするに、そのほうが好きだ、と」

「そうだ」と私。「出来のいいオートマチック・トランスミッションと組み合わせて電気モータのようになめらかに静かに回るのなら、なにもガソリンエンジンである必要はない。電気モータにすればいい。ガソリンを爆発させてがんばって動いているという、あのフィーリングを再現したいんだ」

父がかつて、どういう経路で手に入れたのか、アルファ・ロメオを走らせていたことがある。四葉のクローバーのバッジをつけた高性能版で、そのアルファ・ロメオはすでにフィアットの傘下にあった時代のものだったろうから、エンジンもシャシーもフィアットのものを使っていたと思う。しかしそのエンジンのヘッドカバーには自慢げに誇り高くアルファ・ロメオの文字がレリーフされ、エンジンのチューニングもアルファ・ロメオ独自のものだったろう、排気音も野太く、子供心にもこれこそ本物のクルマだ、乗ってみたいと思ったものだった。

「わからんでもない」と子安は意外にもこのときは素直にうなずいた。「おれの母方の爺さんがSLマニアだった。蒸気機関車だよ。爺さんも実際にSLの旅なんかしたことはなかったろうが、あのシュッシュッポッポが好きだったんだ」

「いかにも一生懸命、というところがだろうな。熱効率はすごく悪い。だがあの巨大さには圧倒されるよ、たぶん。私は実際に走っているのは見たことはないが」

「爺さんは、リタイヤすると、友人の工場を買い取ったのか定かではないが、とにかくそこで、実際に造っていた」

「SLを？　まさか」

「小さなやつだ。模型といえばそうだが、本物の小さなボイラに火を入れて蒸気で走るんだ」

「ほう。世の中にはすごい人間がたくさんいるものだ」

「鉄道模型の最高峰だと自慢していたっけ。懐かしいな。子供のころ乗せてもらった。おれたちも設計したら、なんとか実際に造る算段をしよう」

「そうだな」

わくわくする。

「歴史的エンジンね。いま適当なのが残っているかどうか」子安はデータベースを調べて言った。「歴史的といやあ、こんなのはどうだ」

「どれどれ」

「ニッサンのA12というやつだ。二代目サニーという大衆車のレーシングバージョンに積まれていた。過剰設計ともいえる頑丈なエンジンだったらしい。改造しがいのあるやつだったんだろうな。レース用にチューンアップして150馬力を絞り出したものもある、と解説にある。1200ccでこれはけっこうすごいだろう、当時としては」

「いかにもニッサンらしいな。見せかけの性能じゃないわけだ」

「見せかけの高性能エンジンなんかあるものか。見せかけなら、高性能じゃないんだ」

「公道を走る市販車ならレーシングエンジンのような耐久性はいらない。カタログの最高出力というのはスロットル全開で、その回転数に達したときのものだ。いつもそうやって乗っているドライバーは例外的だろう。それにしたってせいぜい加速中だ。アクセル全開で巡航するなんて、そんな道は日本にはなかった。それを割り引いて設計した高性能エンジンは多い。レーシングカーでなければそれでいいわけだ」

「なるほど。で、どうする。壊れないエンジンがいいよな？」

「もちろんだ」

「過激にぶん回すのはやめよう。歳のことは言いたくないが、目がスピードについていけないと身体ごとクラッシュだぜ」と子安は言い、「これはどうだ、ホンダのVTECエンジンというやつ。NSXに搭載されたものだ。このエンジンのNSXはまだたくさん走れる状態で現存する。公道は走れないが」

「3リッターのV6DOHCエンジンだな。いかにV6を横置きにしても、そんなエンジンは収まらないよ」

「4気筒の実用車向けのVTECというのもある。可変バルブリフト機構のことか。ヨーロッパのメーカーのエンジンにもある」

「BMWのエンジンはよさそうだったな。しかし時代が違う」

ニッサンのA12は旧すぎ、ホンダのそれは新しすぎる。

「GTIカテゴリーのクルマのエンジンはさすがにOHVではなくOHCだったが、DOHC、いわゆるツインカムではなかった。DOHCは高価だし、実用的な低速トルクも欲しいとなれば、ごくオーソドックスなOHC、シングル・オーバーヘッド・カムシャフトのエンジンでいい、ということなんだろう」

「わかった」と子安は私の気持ちをくんで言った。「ヨーロッパ生まれのGTIにはエンジンもあちらのものがいい、と」

「まあ、そんなところだ」

「では第一候補はゴルフのエンジンだな。いまあるかどうか調べてみよう」

「ゴルフは正統派にすぎる」

「注文の多いやつだな、まったく」

子安は映話のデータリンク機能を存分に使い、適当な、しかも現実に手に入りそうなエンジンを探した。

「その時代の、いま残っていて使えそうなやつというと、ほとんどない。とりわけ名車でも歴史に残るような革新的エンジンでもないということだな。データベースに載せていないものがマニアの所有であるかもしれんが、こんな平凡なエンジンを密かに持っているとも思えないし。現存するやつといったら、スクラップ寸前だろう」

「設計図だけならどうだ」

「保証はできないが、あちこちあたればどんなエンジンの設計図でもあるだろう」しかしな、と子安は言った。「やはり実際に造れる可能性のあるほうがいいだろう。それがきみの望みなんだから」

いまや、子安の望みでもあるらしい。たしかにそのとおりだ。

「どんなエンジンならあるんだ。スクラップじゃこまるが、あるにはあるんだな」

「これはどうかな。プジョー205GTIだ」

「1600ccか？」

「いや、1904ccだ」

「じゃあ、205GTIの後期型だ。1・6リッター・エンジンのほうがきびきびと走ったそうだ」

「詳しいんだな」

「好きなことは覚えているものだな。むろん実際に乗ったことはないが。そんなクルマがまだあるのか」

「個人管理のフランス車博物館だ。ここにある。だから手に入る可能性はゼロではない。方法はあるさ。合法、非合法、いろいろ」と子安は言って、そのエンジンのデータを映話画面に出した。「水冷直列4気筒、排気量1904cc、SOHC2バルブ、モトロニック電子制御燃料噴射装置つき」

「ボアとストロークは」

「ボア——シリンダ口径とピストンの行程か——83・0×88・0ミリだ」

「ロングストローク・タイプだな。高回転型ではない。いかにも実用的GTIらしいよ」

「圧縮比9・2、最高出力120ps／6000rpm、最大トルク15・2kgm／3000rpm」

「低速トルク重視型の質実剛健なエンジンだな。構造もシンプルだろう。気に入ったが……」

「どうした」

「トルクが15kgm台というのは、1・9リッターにしては小さい。間違いじゃないのか？」

「この数値だけが間違っているというのは考えにくい。クルマのエンジンならこんなものじゃないのか。モーターバイクなら吸排気のロスが少ないからもっと出せるだろうが」

「ロスか。もしかしたら、そうなのかもな。小さなリッターカーに1・9リッター・エンジンを無理矢理押しこんだようなものだろう。吸排気管の取り回しが大変そうだ。そのせいかもしれない」

「エンジン単体での測定値と、実際にクルマに搭載した状態の数値とではかなり開きがあるだろうな。この数値はどちらかな。わからんが、ま、こんなものだろう」

「1・6リッターのほうが無理がなくていい気がする」

「バランスを考えればそうだろう。しかし1・6のエンジンは手に入りそうにない。日本製の同時代のなら、ホンダのB16とかZCとか、ほかにもよりどりみどりだ。GTIなら、だけど少しばかげたことをやるほうが面白いだろう」

　子安の考えに私も賛成した。理想を言えばきりがないし、実際に手に入る可能性のほうが重要だと私は思った。

そのプジョーのエンジンとトランスミッションの形状などの資料をデータベースを通じて子安が探し出した。それをもとにして、本格的な部品配置にとりかかった。

しかしあちらを立てればこちらが立たずという連続で、それでわかったのは実車がいかによくできているか、ということだった。こちらはなにしろ素人でノウハウの蓄積などなにもないのだから当然だったが。

「ひるむな、倦むな、あきれるな」

と子安は呪文のように唱えつつ、私が配置したサスペンションやエンジンなどの振動特性をコンピュータを駆使してシミュレーション解析してみせた。

各材料の使用材質の特性データから比重を調べ、形状からその質量を算出したり、動く方向への慣性重量や加速度、バネ定数に、ダンパーの減衰率、などなどを考慮して、部品を組み合わせた状態を画面に描き出し、条件を変えながら動かしてみるのだ。それで不都合なことになれば設計変更、その繰り返しだった。

子安のその手腕は感動的だったが、圧巻は、エンジンの設計図をもとに、それをコンピュータ空間で再現してみせたことだ。画面に描かれたピストンが動き、エンジンが回るのだ。回していくとある回転数で共振することや、力学的応力の集中具合、各部変形量、熱量分布なども色分けして見られる。ものすごい量のマトリクス計算などをリアルタイムでこなしてそれを視覚化しているなどと子安は詳しく説明してくれたが、私に理解できるのは、このエンジンが造られた時代のスーパーコンピュータがやるような仕事を子安の操る映話がこなしているのだろう、ということだった。このエンジンの動く様子のリアルタイム・アニメーションだけでひとつの作品と言えた。

設計図をもとにしてここまでできるなら、と私は思った、ありもののエンジンではなく、自分で作りたくなった。

「そうこなくてはな」と子安。「やってやろうじゃないか」

「一からは無理だが、改造はできる」

「どこをいじるんだ。ボアアップかい」

「排気量はそのままでいい。燃料供給を、インジェクタから、キャブレタにしよう」

「なんだって。それじゃあ、退歩じゃないか」

「そんなことはないよ。レスポンスもいい。構造も簡単だ」

「調整はかえって難しいぜ。だいたい、始動性がわるい。運よく始動する、という感じじゃないか」

「それはおおげさだよ」

「オートチョークにしよう」

「それならインジェクタのほうがいい」

「なにをやりたいんだ」と子安。「始動で苦労したいのか」

「そのとおりだ」と私は言った。「エンジンをかけるというのは、わくわくする。ガソリンエンジンというのは、電気モータとは違う。スイッチを入れれば即、回るというものじゃない。コンピュータ制御の燃料噴射装置だと、それを忘れそうになる。ガソリンに着火してエンジンが回るというのは、一種、奇跡的なことだ。それを味わいたい。キャブ仕様にしよう。気化器を設計するんだ」

「わかったよ。きみのクルマだ。できて、エンジンの始動性が悪くても、泣くなよ」

私と子安はエンジンの設計をはじめる。もとになるものがあるので比較的早くできた。

コンピュータ空間で、クルマを組み立てる。

エンジンの車体への取りつけ、マウントには、ゴムのブッシュにダンパーを組み合わせ、エンジンの揺動の影響の少ないポイントを探した。

リアのサスペンションのバネにはトーションバーを使った。棒を軸周りにねじると反力で戻ろうとする性質を利用するバネだ。水平方向に設置できるので上の室内空間を犠牲にしなくてすむ。その棒を端から端まで同じ直径にせず、だんだん径を小さくする、いわゆるテーパをつければ入力に応じた反力を実現できる。そのシミュレーションもコンピュータは易易とこなし、最適なものを設計するのに役立った。前後サスにはハードコーナリングに備えてスタビライザをつけた。

こうして一応各要素をセッティングしてみると、もとになったエンジンが同じものだからというわけでもないのだが、大きさや足周りの形式など、２０５ＧＴＩによく似たものになった。

「いや、それよりよくできているさ」

子安は自信過剰気味に言ったが、その仕事ぶりをみれば、もっともだと納得できた。しかしクルマは乗ってみなければわからないものだ。私たちのクルマは気化器仕様だから、GTIではなくGTだ。Iはインジェクタの I らしいから。どんなフィーリングだろう。

実際に乗ることはできないものの、コンピュータ空間上で、私たちの試作車が走りはじめた。

速度を変え、路面状態をさまざまに設定し、サスペンションの状態、ステア特性、ラック・アンド・ピニオンのステアリングを切りこんでいったときのハンドルへの反力の変化などなど、無数の項目を細かに調べることができた。それでわかった結果をもとにまたいろいろ変更したりつけ加えたりした。

たとえば、このままだとハンドルが恐ろしく重い、とくにカーブ中の反力はハンドルを押さえこむのに苦労するほどだろう、これを低減させるにはキャスター角をとらないゼロスクラブにすればいい、これにしようと子安は言ったが、ただでさえホイールベースが比較的短く直進安定性に不利だというのに、このうえ悪影響が出ることはしたくない、ハンドルが少少重くても矢のような直進性が欲しいという私の主張でそれはやめ、新たにコンパクトなパワーステアリング機構を設計した。

コンピュータ空間上とはいえ、自分で設計しているクルマが走るのを見るのは感動ものだった。

細部を変更すると、小さく、あるいは予想外に大きく、さまざまなファクターが変化した。

完全剛体の理想モデルではなく、できるだけ現実に忠実な材料特性のデータを使ってリアルタイムで計算していたから、ハードなコーナリングをすればスチール・ラジアルのタイヤが変形し、片輪がコブ状突起に乗り上げれば、仮のモノコックボディを与えた車体も変形した。

そんなときは、タイヤのスキール音やミシリという車体のきしみ音が実際に聞こえるかのようだった。私がそう言うと、子安は「じゃあ変形量に応じてそのような音がそれらしく出るようにしよう」と言い、実現してしまった。私にすれば、そのように仮想空間でのモデルの完成度を高めることには興味がなく、想像力を使って実際にこれを走らせたときの乗り心地やハンドリングや加速性能などを予想するほうが重要だったが、子安はコンピュータを操ることを大いに楽しんだ。それに反対する理由は私にはなかった。子安のその仕事は子安自身を満足させていたし、私も想像しやすくなるし、だいいち、子安のその技術技量は見事で、見ていて飽きることがなかった。まるで魔法だ。

ボディの形状が決まらなければこのクルマの総合的最終的な動的特性を判定判断できないのだが、ここまでできあがってくると、ボディスタイルなどたいした問題ではない気がしてきた。

我ながらこれは意外な心境変化だった。あれだけクルマはまずスタイルだと思っていたというのに。そのデザイン創りから始めていれば結果はまた違っていたかもしれないが、まずクルマは走ってこそクルマだというので後回しにしたのだ。

「で、どうする」

一段落ついて、そう子安が訊いてきたとき、季節は二十四節気の大雪が過ぎ、もうじき冬至を迎えようとしていた。それを過ぎれば今年も暮れる。

「懸案のスタイルだが」

「どうでもいいとは言わないが……単純な箱形でいい」

「小粋で、というのはどこへいったんだ？　弁当箱のようなやつでもいいのか」

「小粋な弁当箱というのもあるさ」

私は横から見て、前のボンネット部分を逆台形にし、そこに後ろの室内部分の台形をくっつけた絵を描いた。

「これは少し大きなミニだぜ」

子安にそう言われれば、私のはミニより恰好が悪いが、そのとおりだった。フロントのウィンドシールドとリアの窓の傾斜角度が左右対称に近い、まさに台形だった。リアを垂直に切り落とせばイタリア的になるのだが、そこまで大胆にはなれない、と私はひとりごちた。

すると、「きみにも親父さんのイギリス車好きの血が受け継がれたのかもな」と子安は、案外そうかもしれないと思えるようなことを言った。

イギリスといえば歴史と伝統だ。イタリアは情熱と芸術、ドイツは質実剛健、フランスはアバンギャルドな未来抽象指向、というところだろう。クルマのスタイルにもそれがよく表れていた。

「で、日本は、わびさびかな。ま、いろいろあるが、こんなのはどうだ？」

と子安は言い、珍妙なスタイルを提案した。ヘッドライトは大きめの丸いのにしよう、というのは私も賛成だったが、丸いライトを円筒形の先端につけ、その円筒形のラインを車体サイドに後端まで延ばし、その上にキャビンを載せるのだが、前から見たそのキャビンの屋根は中心から左右にわずかに傾斜する、まさに屋根だ。

「こいつは霊柩車だ」と私。「でなきゃ、丸太を組んだ筏の上の屋台船」

「ひどいな。御輿だよ。わかるだろ、この前から後ろに延びるボリュームラインがかつぎ棒で――」

「ユニークではあるが、それは認めるが……御輿でなければ、駕籠だな。乗り心地が悪そうなイメージがつきまとう。なにも伝統を重視することはないよ。日本にとってクルマは新しい存在だったんだ。新しいイメージを表現すればいいんだ。かつてなかったものとして」

「じゃあ、任せた」

子安はさほど気を悪くしたふうでもなくそう言ったが、いざ任せられると困ってしまう。私にはデザイン感覚というものがからきし備わっていない。

子安の言うことにけちばかりつけていたのを反省し、というのは口実で実は自分でユニークなものを提案できないことから、このデザインソースを生かすことにしようと私は言った。

サイドに走る丸太のイメージは、その断面を扁平にしたりしてみたが、しかしいじるほどにおかしくなるので、いっそ丸太ではなく角材にしてしまえとばかりに、角を立てて直線ラインをつくるように変更した。子安に言わせると丸太から割り箸のイメージのラインになった。

キャビンの左右傾斜屋根はさすがに意味がないと思い、これをとっぱらった。ウィンドシールドだけ残してオープンカーにしたところに、幌をかぶせたようなデザインの屋根をつける。サイドから見ると後ろのCピラーが太いデザインだ。この太いピラーがカギ型に折れて薄い屋根の部分が前に延びる。この部分だけが車体から取り外せるように見えるデザインを私は描いた。

車体後部は2ボックス・スタイルを守ろうと独立したトランク部の出っ張りを押さえ、しかしわずかなノッチをつけて、ほぼ垂直に切り落とした。

後部ウィンドウはピラーより少し奥まったところにつける。このへんは少しミドシップのリアウィンドウのイメージがある。

「オープンカーか?」と子安。

「ハードトップだ。ランドトップのイメージもあるな」

「オープンに見えて実はそうではないなんて、物欲しげでつまらん。これならいっそオープンカーにすべきだ。そのほうがいさぎいい。脱着式のハードトップにすればいい。最初からそれ用にボディ強度を考えて作ろう」

「車重が重くなる」

「オープンはいいぞ。しゃかりきに走るより優雅だ」

「フムン」

それではもはやGTではなくなるが、それもいいかもしれないと私は思った。一度はオープンカーを試してみたいと思っていたことでもある。

そうしよう、と子安は言い、さっさと本腰を入れてボディ設計にとりかかった。

お世辞にも華麗とは言いかねるコンパクトな実用スタイルに、遊び心を持つ脱着式のハードトップを組み合わせるという、奇妙なクルマが完成しつつあった。

リアのブレーキやストップランプは縦長のなんの変哲もないコンビネーションランプにし、ヘッドランプは丸目で、ボンネットフッドの左右のランプにかかる部分を丸く切り欠いたので、どことなくスバル1000かフィアット・リトモ・アバルトにも似た感じのマスクに仕上がった。ひょうきんな、この大きさによく合ったかわいい感じだ、と子安は評した。いかつい怒ったようなフロントマスクにはしたくなかったので、私はけっこうな出来映えではないかと自画自賛した。

なんともおかしな、バランスの取れていないスタイルで、美しさとは無縁な、しかしこれはこれで見ていて飽きないのではないか、変な形ではあるが、コンパクトでかつ脱着式のトップにしたことで小粋な軽快感もあるし、これもかっこいい、と私は思った。

完璧にバランスの取れた対称的な美には魔が宿るというではないか。このクルマでは天使が遊ぶかもしれない。

一二章　天　使

私たちのクルマで遊ぶ前に、天使は一仕事したらしい。

クルマの構造設計はまだ完了してはいなかったが、ボディスタイルはできていた。もう少し早くこれを仕上げればよかったと私たちは悔やんだ。そのスタイルを紙に印刷して、例の自称画家先生に見てもらうつもりでいたのだが。

その画家先生が亡くなった。

よく晴れた早朝だった。なにやら騒がしいので目を覚ますと、子安が部屋に飛びこんできた。

「大変だ。松宮先生が落ちた」

「……だれだ、松宮先生って」

「自称画家先生だよ、三階の自分の部屋の窓から落ちた。救急車は来るわ、警察は調べにくるわ、えらい騒ぎだ。よく寝ていられたたな」

そういう子安もよれよれのパジャマ姿だ。このところ充実した毎日なので熟睡できた。

「どういうことだ。事故か。警察だって？　まさか喧嘩じゃないだろう。ひどいのか？」

「噂だが、死んだらしい」

「……死んだ？」

「うん。窓ガラスに鳥の絵を描いていたそうだ。外から見れるよ。無理な恰好で描いていて落ちたんだな」

「ガラスに描いていて、どうやれば落ちるんだ？」

「ガラスの外側から描いていたんだ。内側じゃない」

「それにしたって、窓ガラスを外してやればいいじゃないか」

「おれに怒るなよ。彼に訊いてくれ」

「気の毒にな……パフォーマンス中の事故だったのかもな」

「寂しくなるな」

この事件で集合住宅の朝の給食も少し遅れた。しかし食事の時間そのものは延長されなかったので食堂は混雑した。騒がしいその話題はもちろんこの事件についての無責任な噂話だった。私と子安は、黙って食べたが。

食事のあと、落ちつきを取りもどしたころを見計らい、私たちは現場の裏庭に出た。そして、三階の、その窓を見上げた。

三羽の白い鳩の絵だった。二羽が窓枠に止まり部屋のなかをのぞきこんでおり、もう一羽は羽を広げて、まさに窓枠に着地する姿が描かれていた。その飛んでいる鳩を描いている途中で落ちたらしく、その広げた羽の先端から白い筆痕が荒荒しく弧を描いて引かれていた。

「彼氏の生涯最高傑作だ」

用意のいい子安はオペラグラスを眼から外してしみじみと言った。

「自殺かもしれない」と私はつぶやくように言った。

「そうかな……それはないだろう」

「自分も飛べるような気になったのかもしれない。あるいは自分に羽がないことに苛立ったとか」

「ああ、それならありうる。あの鳩といっしょに飛び立てる気がしたのかもな。幻想空間に入ったんだ。ＨＩタンクのなかなら、それができたろう」

「そしてこの世から去った。それは間違いない」

新世紀集合住宅の管理当局は騒ぎを鎮めるために事故について公表した。

それによれば、画家先生は創作中に、無理な姿勢と寒気のために心臓発作を起こして窓から落ち、頭部損傷で死亡したという。妥当な見解ではあった。仮にそうではなく、先生の精神状態が正常ではなく、ふいに絶望感に襲われて、あるいは恍惚と夢想空間に遊びつつ、自ら飛び降りたのだとしても、それが証明されたとしても、当局は入居者の不安をことさらかき立てるような真相は公にしないだろうと私と子安は思った。当局の管理責任が原因ならなおさらだ。

結局真相はわからなかった。画家先生自身もそうではないかと私は思った。彼は落ちたのではなく、飛んだのだ、飛びつづけて、彼の魂はまだ飛んでいる、この世の不可能性から解放されて。そうであればいいと私は願った。

　管理当局主催のおおげさな葬儀などというものは行われなかった。ここで一生を終える人間は珍しくなかったが、遺体となったもと住人はひっそりと近親者らに引き取られて出ていく。それを友人に見送られる者もいれば、引き取り手が見つからない者や、いても来ないという気の毒な死者もけっこういるという子安の話だった。そういう冷たい身内でも、死亡原因が事故で賠償金が出るかもしれないと臭わせると、とんでくるという。現金なものだと、子安はためいきをついた。

　画家先生は遺言を残していた。自殺の遺書ではない。正式な遺言だった。それを知ったのは、子安と私が、管理室に、先生の引き取り手はあるのかと尋ねたときだった。できればなにか役に立ちたいが、と言うと、職員も私たちが興味本位ではないと信用したのだろう、実は、と説明してくれた。

　遠い親戚はあるが、遺体はそれに引き渡さず、確保してある墓地に埋めてくれ、という。くわえて火葬ではなく土葬に、と。

　その墓地の場所を聞いた私と子安は、思わず顔を見合わせた。あの、レイゴールドの、例の爺さんの、林檎畑の敷地内だった。

「あの爺さん、ほんとにリンゴの肥やしに使う気だ」歯ぎしりするように子安は言った。

　この遺言どおりにできるのかと私は職員に訊いた。答えは、問題ない、だった。墓地としての契約もしっかりしたものだし、いまは土葬も選択できるし、法的な問題はなにもないという。遺体を運んだり墓穴を掘るのに人手がいるが、友人なら手伝ってくれないかと言われた。行きがかり上断ることはできず、承知した。墓穴を掘るならアルバイト料をくれ、と子安はもちかけ、しばらく職員のその男は子安の顔を見つめたあと、いいだろうとうなずいた。

さっそくその日のうちに穴掘りをした。遺体は検視からまだ帰ってこなかった。正確には、そこに預けられていたのだろう。そこから住宅には戻さず直接埋葬するように手配していたらしい。

驚いたことに、その場所は子安の言うとおり、レイゴールドの近くだった。さすがに落とし穴よりは離れた、ちゃんと花壇のように仕切られた場所だったが。

「あんたか」

レイゴールドの爺さんが子安の顔を見て言った。

「いや、おれじゃない」と、子安はとぼけた。「同じ階の、まあ、友人だ」

ご愁傷様と爺さんは言い、この隣を空けてあるから、いつでもいいぞ、と笑った。

「金がないんでね、あいにく」

「いまなら安くしておく。すぐ使うなら、ただでいい。無料サービスだ」

「林檎の薪ならいま買ってやる。レイゴールドの薪なら。おれはそいつで火葬にされたいんでな。ま、売るならいまのうちだ。せいぜい朝起きたらその林檎の木が薪になっていないよう注意するんだな」

白い犬が、エスビーが、嬉しそうに吠えまくった。メンチカツが食べたくなった。

埋葬はその翌日になった。

一転した曇りで、いまにも雪が舞ってきそうな寒い日だった。遺言で宗教関係者の立ち会いは拒否されていたので、立会人は集合住宅の職員が二人、子安と私、そして墓地管理人のレイゴールド爺さんとその愛犬のエスビーだけだった。

子安と私は前日の晩に大急ぎで、作ったクルマの設計図を映話に付属しているプリンタでプリントアウトした。構造計算書類から、ボディのスタイル図など、数十枚にも上ったそれらを丸め、子安が見つけてきた塩ビのパイプに入れて密封した。

画家先生の棺は簡素なものだった。そこに、職員が、生前先生が愛用していたであろう万年筆と画材一式、スケッチブックを入れ、私と子安は、例の設計図を納めた。

遺体の表情は穏やかだった。ベレー帽をかぶり、タートルネックのセーターにスモックを着る、画家らしい装束だった。これはプロの葬儀屋の仕事だ、と私は思った。これは先生の遺言に従ってのことらしかった。

棺の蓋を釘で閉めたあと、各自で短く死者の冥福を祈り、私は先生の魂が永遠に自由でありますようにと祈った、それからリンゴ爺さんと犬をのぞく四人で、ロープで棺を深い穴に下ろした。土をかけ、最後に子安がリンゴの種、レイゴールドのそれを、盛り上がったその土を浅く掘って埋めた。リンゴ爺さんはなにも言わなかった。

先生の遺品は競売にかけられた。めぼしいものはなにもなかった。意外なことに、予想どおりというべきか、画布に描かれた作品はなかった。作品は、部屋の床や天井や壁に描かれていた。泥靴の痕に見えるのが作品なのだった。天井に猫の足跡がついていたりした。壁にはドアがいくつも並び、そのひとつが開け放たれていて、その先にも開いたドアが、ずっと無限に続いているのだ。

この部屋そのものがトータルで作品なのだった。これを保存しておきたいものだとは思ったが、私の力では不可能だったし、先生も望んではいなかった。残った作品はすべて消すようにと遺言され、きれいにするための費用を用意してあったと聞いて、子安は先生らしくない、とためいきをついた。それではあまりに常識人ではないか、と。おれなら火をつけて死んでやると子安は言って、職員からにらまれた。

私は先生の遺品から、瓶にまだ二割ほど残っているウィスキーを買った。どこで手に入れたのか、それは色も香りも度の強さも一級品だった。瓶はクラシックな三角柱のグレンフィディックのものだったが、中味はもっと高級品のような気がした。いやラベルのとおりなのかもしれない。ポピュラーなシングルモルトのスコッチ。最近はまともなウィスキーを味わっていない。

売れ残った衣類などは焼却処分された。

そして最大傑作の遺作、窓に描かれた三羽の鳩が、削り落とされ、洗い流されると、先生の魂は完全にこの世から自由になった。

子安はその絵をポラロイドででもとっておくかと言ったが、私は反対した。残すなら窓ガラスごとでなければ意味がないし、意味をもたせれば先生の遺志に反する。その絵は先生に返すべきだ。

その手伝いを、また私と子安とでやった。なかなか落ちなかったが。窓ガラスを外して外の水道の蛇口のあるところに持っていき、絵の具の盛り上がりをへらで削ってから、溶剤で溶かして拭くことを繰り返した。だんだん形を崩し、透明に近づくたびに、その鳩たちが現実から離れ、その主が旅立った後を追って彼岸へと去っていくようだった。

最後に洗剤で洗い、ホースで水洗いをして、タオルで拭く。

それをすでに無人になった、新しい住人を待つ部屋の窓に戻す。目を凝らすと透明な鳩が見える気がした。いや、気のせいではないと子安は言った。

「削るとき、へらで少し傷が付いたんだ。輪郭がわずかに見える」

眼鏡で見ればそのとおりだとわかる。あまり目立たないが、わかる。こいつは抜け殻だと私は思った。抜け出した本体はどこへ行くのだろう？

「消えてしまうんだ。きれいさっぱり」と子安は言った。「この世から。その先のことは、おれたちにはわからん。この世はＨＩタンクの世界とは違う。消えたら、どんな方法でも修復はできない。だからいいんだ」

私は無言でうなずいた。だから、たしかに、いいのだ。当の本人は。

私も子安も先生が期待していたかどうかはおかまいなしに、自分たちの満足のためにやれることをやった。

寂しい気分は長くは続かない。感傷気分は。それでも先生の死は、やはり心に重いものを残した。現実を考えさせるのだ。自分がそうなったら、息子はここに来てくれるだろうかとか、あの先生はああ見えても私などよりよほど現実をわきまえていた、自分はどうなのか、とか。

とにかくいま創っているクルマを設計してしまおう、これをやり残しては死ねない、という気分になった。

私と子安は最後の設計のつめに没頭しはじめた。もうじきできるという、完成をみるときの感動の予感が、私たちを急かした。

ほとんど徹夜つづきで最終設計に区切りをつける。この期に及んで設計変更などやりはじめたらきりがなかった。だから、とにかくここまでやった、これでいい、というところで、乾杯した。私は先生の形見のウィスキーで、子安は緑茶で。

それから子安は、設計図面をプリントアウトするために、本格的なプロッタプリンタをリースで調達した。データとしてだけでなく、図面にしてこそ、その図面こそ、ひとつの創作物なのだという子安の主張だった。映話のプリンタなどという簡易的なものではなく、清書はそれにふさわしい機材でやるべきだと。私もむろん反対はせず、リース代を負担した。

専門業者から借り出したその大きなプロッタを私の部屋に運びこみ、映話と接続した。それだけではプリンタを駆動できないらしかったが、子安が使えるようにしてしまった。詳しいことはわからないが、プリンタのドライバ・ソフトを子安は独自に作って映話に組みこんでしまった。

大きな白紙をプロッタにセットすると、設計図がその上に描き出されていく。素早く確実に。そのさまは、まったく美しかった。

足周りの部品から始めて、シートやパネルなどの部品図面、総合組立図に、最後に斜めからみたこのクルマの透視図を描かせる。

そのペンの動きは見ていて飽きない、動物的なものだった。太さや色の異なるペンを交換しながらめまぐるしくプロッタプリンタが作動する。この数ヵ月の成果を形にしていくのだ。

私と子安は無言でその前に立ちつくし、コンピュータの仕事を見守った。飲まず食わずで、まるで自分たちの受けた試験の採点作業を見るような気分で。

苦労して決めたボディが顕になりつつあった。

その素早くせわしいペンの動きを見ていた私は、ふと奇妙な非現実感にとらわれた。自動で動いているはずのペンなのに、だれかがそれを持って線を引いているかのような幻想におそわれた。

あの画家先生かと思い、よく見ると、子安で、私も描かなければと思う。と、その幻の子安がペンを休めて、顔を上げ、こちらを見る。その顔は子安ではなかった。どこかで見た顔。父だ。いや、息子の顔か、そんなはずはないと目を凝らす。そして、私自身の顔だと気づく。

そのもう一人の私は、私と目を合わせて微笑んだ。いい笑顔だ、と私も微笑み返した。

ペンの動く音が遠くなり、図面の線が、もつれた糸のように形を崩した。視界が暗くなる。そして思いつく。もう一人の自分、ドッペルゲンガーは悪魔か死神の使いだ、と。

いいや、そんなはずはない、と私はそんな思いを振り払った。天使だ。そう、このクルマで遊ぼうとやってきた天使。ちょいと遊びにきただけなのだ。

ふわりとした浮遊感。ふと、これが死につつあるということかという思いが頭をかすめたが、なんの衝撃もない。恐怖も、なにも。ただ世界が、自分が、消えていく感覚だけだった……

第二部　〈未来〉

一二章　変　身

翼人のキリアは変身装置に入る前に、なんども警告された。

肩から生えている美しい翼を捨てて人間の身体になろうなどというのは、いくら研究のためとはいえ、やりすぎではないか。

同僚たちはみなそう言った。人間研究プロジェクトの主任である老学者のカケリアスはもう少し哲学的な忠告をした。

「キリア、翼をなくすというのは、高所視野を失うことだ。それは単に上からの視覚をなくすというだけのことではないのだ。すべて物事を高みから考えるという、思考手段を失ってしまうことを意味する」

「人間はわれわれよりたくましい脚を持っていました。地面に密着した考え方をしていたに違いありません。それをわたしは実際に知りたいのです。それに、人間の身体に変身したからといって、翼人としてのわたしの人格まで変わるわけではないでしょう」

「それは保証できない。身体が変われば考え方も変わるだろう。いいかい、キリア、この変身装置は天然の創生装置である魂繭卵《コンケンラン》をわれわれが勝手に改造した、いわば間に合わせのマシンだ。人間に変身するのは可能だろうが、もとの身体に戻れるという保証はない。うまく戻れても、人間の身体になじんだおまえの人格はもとどおりにはなれないかもしれん」

「覚悟はできています。わたしは、カケリアス、自分が変わっていくことに恐れは感じません。生きていくというのはどのみち変わっていくということではありませんか」

「おまえは、翼を持って、魂繭卵から生まれてきた。おまえの魂がそう望んだからだ」

「魂だったときの記憶はわたしにはありませんが――」

「だれにも、ない。しかしこの身体は、魂が望んだ結果なのだ。おまえの魂は、人間の身体など望んではいない」

「たしかに、そうかもしれません。ですが……」

「人間になりたいのなら、人間として生まれ変わるがいい、そうは思わないか」

「あなたらしくもない。わたしに、いったん死んで、生まれ変わればいいというのですか。そうしたら、わたしのいまの気持ちはないでしょう。研究にならない。わたしは人間になりたいのではありません、過去の、人間というものの、生き方や考え方を知りたいだけです。発掘された過去の遺物やデータに興味があります。まったく異なる世界があったのです。それを調べたい。同じ高さの視点でもって、です。上からの視野には入らないことも、それでわかるでしょう。ですから――」

「よかろう」カケリアスは笑顔でうなずいた。「口頭試問は終わりだ」

「口頭試問？　試験ですか、いまのは」

「合格だ。人間に変身する許可を与える。おまえが適任だ。わたしが若ければ自分で志願しているところだ。みな尻ごみをする。最近の若い者ときたら……いや、おまえのような者もいるから愚痴はよそう。思う存分やるがいい。支援しよう」

翼人であるキリアはこうして人間の身体に変身することになったのだが、その前にもう一度空から世界を見ておくといいという老学者のカケリアスの勧めに従った。

研究所の屋根に向かって飛び立ったキリアは、そこにある出入口の自動扉を抜けて外に出た。

上空からの研究所の建物は平面的で厚みがないように見えた。かなり大きいが平屋で、その上の空間がいかにももったいなく感じられた。研究用などの、しっかりした土台を必要とする重い機械を据えつけたり搬入するには、立体構造の建物よりもそのほうが効率がいいためだった。

地表に広がる平面的配置や、空中に持ち上げるのが困難な重い機械、などというのは翼人の一般的な感覚からすればいかにも不自然な、人工的に創り出さなければ存在しないもの、だった。日常的ではない異質なものだ。ここでの研究生活の長いキリアにとっても、ときに息苦しさを感じさせた。空中散歩に出ると、下の世界は上下方向に圧縮され、重力に押しつぶされているかのように感じるのだ。

研究所を中心に広がるこの地区はその感覚に忠実に〈重く潰れた街〉と呼ばれていた。一般人からは多少の軽蔑をこめて。

そこに入る者は身体も重くなって飛ぶこともできなくなるのだ、などとからから翼人もいたが、キリアは気にしなかった。ここで暮らしたからといって身体が縮んだり重くなるわけでもない。しかしまあ、とキリアは思った、いまの自分は自ら望んで人間の身体に変身しようとしているのだから、潰れるわけではないが飛べなくなるのはたしかで、そんなことはふつうの翼人の感覚では理解できないに違いなく、そうからから翼人の気持ちはもっともではある。

研究する者たちにとって〈重く潰れた街〉とは、この地区全体を指す名前であると同時に過去の遺跡そのものを意味した。もとはといえばそれを呼んだ名だった。その遺跡はまるで重い強大な時間の力で圧縮されているかのようで、莫大な過去の時間が封じこめられているに違いなく、それに興味を持つ翼人たちがすでに長いこと少しずつその過去の時間の解凍を試みているのだった。

キリアは羽ばたき、上昇気流をみつけて滑空旋回した。

高みから見おろせばもうすべてが地表に張りついている。どんなに高い樹も、森も、〈重く潰れた街〉地区もその建物も、みなすべて等しく地表の一部でしかない。高空からの視覚ではそれがよくわかる。はかなくも薄い層の世界だ。

だがその一部分、過去のその遺跡の箇所は、その高みからしても異質に見えた。楕円形のすり鉢状にえぐられているのだった。周囲は崩れないように厚く樹脂コートされていて、かつて人間たちの作った競技場のようにも見えるが、近づけば規模ははるかに大きい。肝心なその中枢部は翼人たちが作った保護用の建物に包みこまれていた。

コンピュータと呼ばれていたものがその中枢だった。その管理制御システムや駆動用エネルギー供給システムが取り囲み、巨大なシステムを構成している。

それがどういうものなのかということはわかっていた。人間たちが身体を捨てて、意識だけの存在になり、入りこんだ容器だ。その内部は異次元の世界とも言えるだろう。

いわば意識を封じこめた、意識の場、なのだった。

発掘が始まったのはキリアが生まれる何世代も前のことだ。すでに一般の翼人たちには忘れられた存在だったそれは、遺跡としか言いようがない状態だった。崩壊寸前で、なかの魂たちもアクティブな状態ではいられずに消滅していた。しかし、場を生じさせるための、膨大な人間世界に関する情報は静止状態で危うく保存されていた。意識は消滅したが、その痕跡は残ったわけだった。キリアたちはそれを読みとり解析して、過去を知ろうとしていた。

かつて人間は、その意識の場に入る者と、そうでない者とに分かれたのだ。システムを支える奉仕活動をする者たちと、奉仕される魂たちとに。翼人というのは、奉仕する側の者たちが進化したのだ、というのがカケリアスの説だった。それでそのシステムに関する知識は完全には失われなかったのだ。だが、おそらく翼を得た先祖たちは人間とは異なる世界観を持つようになり、そのような人工的な意識の場を支えることに意味を見出せなくなったのだろう、と。

まったくそのとおりだ、とキリアは翼に気流をいっぱいに受けながら思った。意識をわざわざ人工空間に閉じこめるのにどんな意味があるというのだろう。それでは生まれ変わることもできないではないか。だが、人間たちにとっては重要なシステムだったに違いなく、それを、知りたいのだ。

高空からは〈重く潰れた街〉地区の全景を望むことができた。遺跡現場の周囲には、そこから得られた人間の技術分野の情報をもとに作られた工場群が立ち並んでいた。それもいまの規模になるまでに長い年月が過ぎていた。いまでは金属材料から繊維や電子部品まで、量産能力はべつにして、ほとんどの分野で試作生産が可能なまでになっていた。もっとも人間用の技術だったから、翼人のための実用品とは無縁だったが。

研究用の機械などもそこで作られていた。変身装置もそのひとつだったが、そのような翼人のための機械も遺跡から得られた知識を利用してはいた。しかし、そのままそっくり真似たものではなかった。

キリアは変身装置を作るときにその開発チームにいたし、翼人の華奢な身体では無理な仕事を肩代わりしている〈動く樹〉を改良する仕事にも携わったことがある。

〈動く樹〉は人間流に言えばロボットに近いとキリアは思ったのだが、似てはいても非なるものだった。それは道らしきもののないこの世界で自由に動けるように足の長い蜘蛛のような形をした大きな機械だったが、材質は金属ではなかった。動物と植物を融合したような、人工的な生物に近かった。そのようなデザインを考えて、その仕様を種に封入するのだ。それを受け入れる魂があれば、それは発生する。実際は魂繭卵というこの世界の生命を生み出す物体の力を利用して、魂を誘いこむのだ。それで〈動く樹〉は生まれる。動物でも植物でもなく、完全な人工物体でもなければ天然自然の生命体でもない。それらのどちらでもありどちらでもない、中間的なしかし独自に自律した存在だった。

人間たちが作った機械というものも、それとさほど変わらない存在だとキリアは考えたが、しかし人間が作ったものは、形はよくできているのに、魂を入れていない未完成品のように思えた。魂を吹きこむすべを人間は知らなかったのか、あるいはわざとそうしたのか、キリアにはわからなかった。それも知りたいことのひとつだった。キリアは物を作るのが好きだった。

〈重く潰れた街〉の上空を数回旋回したキリアは上昇気流から離脱すると、森に向かった。翼をいっぱいに伸ばして滑空する。森には一般翼人たちが暮らす街が点在していて、キリアもそのひとつの街に生まれ育った。〈コアキスの街〉というところで、いちばん大きかったが、その様相は街とはいえ〈重く潰れた街〉とはだいぶ違っている。

周りの自然の森より背の高い樹が密集しているのが街だった。

道路も街灯も無機質な材料で作られた建物もない。だが、道路というものが移動するための道筋ならば翼人のそれは空中にある。飛びやすい空間が樹と樹の間にいくつも開けていて、夜にはその道筋を示すために樹の葉の一部が発光した。街の樹は自然の植物ではなく、〈動く樹〉と同様に作られたもので、翼人たちにとっての建物、住居だった。〈相思の樹〉というそれは、いわば高層集合住宅だ。その樹は枝の一部を中空のボール状に密集させる。それが翼人たちの家だった。

キリアは〈コアキスの街〉まで羽ばたくことなく着けるかという自分で決めたゲームに勝ち、育った街の空間通路に入ると滑空をやめて、テルモンの家のある〈相思の樹〉の一本に向かって羽ばたいた。育ての親の家だ。

大きな〈相思の樹〉には無数の家があったがキリアは迷うことはなかった。だが、その見慣れた家にはテルモンはおらず、家の屋根にあたる上で若い翼人が昼寝していた。キリアがその家のある主枝に降りると家全体が揺れ、昼寝していた若者が目を覚ました。

「やあ」とキリア。「飛ぶにはいい日だ」

「やあ」と若者。「昼寝にもいい日だよ」

「キリアだ」

「キアスだ」

「ぼくの〈名づけた者〉はどこだい」

育ての親を尊敬して呼ぶ〈名づけた者〉という言葉をつかってキリアはテルモンについて訊いた。

「テルモンは死んだよ」と若者は身体を起こして言った。「十三日前だ。テルモンはぼくを〈名づけた者〉だから、ぼくとあと六人のテルモンに名づけられた者たちとで亡骸を海に還してきた」

「そうか」

キリアは悲しくはなかったが、テルモンを海に還す葬儀に参加できなかったことを寂しく思った。

「きみのことは知っている」とキアスは言った。「〈重く潰れた街〉へと出ていった変わり者だ。テルモンがそう言っていた。あんな街でうつつを抜かして、親に、〈名づける者〉の立場に、なるのを忘れた者などの手で海に還されたくはない、そう死ぬ前にテルモンが言ったから、呼ばなかったんだ」

「テルモンはぼくのことを怒っていたのか」

「キリアは毛色の変わった魂の持ち主だと言っていた。きみともっと長くいて、話相手になってもらいたかったんだな。変わっているのはテルモンも同様だ。ほかの親は、名づけた者が飛べるように育ったらどう生きようと気にしたりはしない。ぼくもさ。テルモンの身体を海に還したとき、魂繭卵を採捕してきた。あと十日で孵る。ぼくは初めて〈名づける者〉になるわけだ。ぼくはきみの妹になるんだ」

兄弟姉妹というのは、歳の順と、親の立場になっているかどうかで決まるのだった。キアスはまだ親になってはいないし、キリアよりはあとで生まれたからまだ弟だったが、〈名づける者〉の立場になればキリアの妹になる。

「楽しみだな」

「ああ。でも、きみにはわからないんじゃないか？　魂繭卵には興味ないだろう。〈名づける者〉になる気がないらしいから。ぼくの姉になる気はないんだ。ずっと兄でいたいんだろう」

「そんなことはないさ」

「テルモンにそう言ってやれば喜んだろうな。嘘でも」

「嘘だと思うのか」

「きみのことはよく知らないし、ぼくにはどうでもいいことだ、キリア。テルモンのことを訊かれたから話しているだけだよ。きみがテルモンを喜ばせたいのなら、いまでも遅くはない。嘘でないのなら魂繭卵を採捕してくればいい。テルモンの魂はまだ亡骸から抜けきってはいないだろうから、きみの行為を感じとれるだろう」

「そうだね」キリアは素直にうなずいた。「そうしよう」

キリアは人間に変身することをテルモンに伝えるつもりだった。きっと反対し、嘆くだろうとはわかっていたが、だからこそ黙ったままで人間にはなりたくなかった。テルモンという育ての親は、キリアが自立したあともなにかと生き方に干渉した。キアスが言うように家族意識の薄い翼人には珍しいことだった。親がそうだから、自分が変わり者なのも当然かもしれないとキリアは思った。

テルモンにとってキリアは、初めて育てた子だった。その後、キリアが〈重く潰れた街〉へと出てからテルモンが育てた子については、キリアは四人までしか知らなかった。研究所で重要な仕事を任せられるようになるにつれて、テルモンとは疎遠になっていったから。テルモンは、キリア以後の子には、普通の翼人の親の態度をとった。キアスという弟と話すとそれがよくわかる。しかしテルモンは自分のことを忘れたのではなかったのだ、とキリアは、だからそれにこたえなければならないと思った。自分も魂繭卵を採捕して〈名づける者〉になれば、テルモンの魂も納得するに違いない。

それにキリアは、自ら望んだこととはいえ、独りで人間に変身するのはやはり不安だった。研究所の同僚たちやカケリアスにはそんな弱気は見せたくなかった。気持ちを打ち明けて相談できる者といえば、テルモンしかいなかった。

テルモンが生きていたら、やめておけと言うに違いないが、どうしてもやりたいと言えば知恵を貸してくれるだろう。そう期待してやってきた故郷の街にはテルモンはすでにいなかった。だがその魂はまだテルモンとして残っている、とキリアは感じた。

『おまえも〈名づける者〉になるがいい。われわれはそのためにこの世に生まれてきた。名づけられることで魂は覚醒し、一時この世に遊び、つぎの世にどんな形になるべきか考え、成長する。わたしの魂もそうだろうし、おまえもだ。〈名づける者〉になるのはほかの魂に対する恩返しであり義務なのだ。それを果たすならば、なにも不安はなくなる。おまえがどう変わろうと、〈名づける者〉である事実は決して変わることはない。この世で変わらないのはそれだけなのだ、キリア』

テルモンの魂はそう自分を導いてくれている、とキリアは思った。決して変わらない立場を得るなら、なにに変わろうと、人間に変身しようと、そんなことはたいしたことではないのだ、と。

「食べるかい」とキアスが木の実を差し出した。「変わり者でも腹は減るだろう」

「ありがとう。でもけっこう。のんびり食べて昼寝を続けてくれ。魂繭卵が孵ったら忙しくなるだろうから」

「行くのか」

「邪魔をした」

「じゃあ、また」

「さよなら」

キリアは枝から飛び降りて、翼を広げた。下降しながら揚力を得るとそこで羽ばたき、上昇した。街のなかの通路空間を飛び、海側に出る道筋から街を離れるとまっすぐに海岸に向から。

気流は穏やかだった。さほど上昇せずに飛ぶと、弱い海風を捉えることができた。その潮の香りの向かい風に乗ってキリアは海を目指した。

大きくゆったりとしたストロークで飛びつづける。不規則な地平線の先に、空をなめらかに切り取る水平線の円弧が見えてきた。

潮の香りが強くなった。切り立った崖の海岸線を抜けると眼下に海が広がった。空よりも深く、微妙に色合いの異なる青を含み、見るところすべて異なるかのような海の色だった。

キリアは緩やかに旋回しながら降下した。

波は海岸線で白く砕けていたが、荒荒しさはなかった。こんな日に魂繭卵を見つけるのは難しいことをキリアは知っていた。魂繭卵は海そのものが産むのだ。詳しくは魂しか知ることができないが、それはおそらく深海で発生し、育ちながら上がってきて、産みの苦しみを体現するかのような嵐とともに一気に海岸へと吐き出されるのだ。

キリアはあきらめなかった。きっとどこかにこの自分に育てられたいと願う魂が魂繭卵になって、母なる大きな海という子宮からこの世界に出現しようとしている。

それをキリアは疑わなかった。テルモンの魂の存在を意識した。その導きで、自分と自分の採捕すべき魂繭卵がここに来ているのだ、と。

キリアは海岸線を飛び、それを探した。こんな穏やかな日には葬儀も魂繭卵の採捕も行われないので、ほかの翼人たちには出会わなかった。いるとすれば海がよほど好きな物好きだけだろう。魚やウミドリやその卵が好きな悪食趣味の者とか。そんな趣味は自分にはないが、とキリアは思う、物好きにはかわりない。

キリアはなんどかテルモンが海に還った沖合いに出る海岸付近を往復し、疲れて崖の上に翼を休めようと近づいた。ウミドリの営巣地が近く、巣の鳥たちが一斉に威嚇の声をあげた。

「邪魔はしないよ」

言葉は通じない。ウミドリたちの無数の黒い小さな不審の目がキリアを追った。キリアが羽ばたいて方向を変えても、しかし騒ぎは収まらない。

キリアは少し離れた崖の上に舞い降りた。上空に一羽の大きな黒い猛禽類が旋回しているのが見えた。

「おまえたちが警戒していたのはあれか」

キリアは下のウミドリたちに言った。

旋回する黒い大きな鳥は巨大なワシのようだった。自然林に君臨する王者の風格があった。それをこんなところで見るのは珍しい。

悠然と飛ぶそれにキリアは見とれた。彼らにも魂はあるのだろう。それは純粋で、生殖という方法で受け継がれるのだ。よけいな複雑さはなく、身軽で、だから翼人より軽軽と飛んでいる。美しい、とキリアは思った。

と、それは急旋回して体をひねると素早く翼を縮め、急降下を始めた。微妙にバランスを取り針路を調整しているのがわかる。なにかを狙っているのだ。下は海面だった。光の加減でキリアにはそれが狙っているものがよくわからなかった。波もなく穏やかな海面だ。

だがキリアは一瞬身震いするような予感を感じ、崖を蹴って飛び出した。全力で黒い鳥の狙う海面に降下する。

黒い鳥は海面直前で翼を広げ、鋭い爪のあるたくましい脚を突き出した。小さな水しぶきが上がって、白いものが海面に出た。その黒い鳥はその白いものごと上昇しようとしたが、つかみ損なった。あるいは重すぎて、放した。キリアは急降下を続けて、その白いものが再び沈む前に反射的に翼を畳んで小さな手でつかみ、そのまま水中に突っこんだ。衝撃はすさまじかったが、翼が水を吸う前に海面に出ると、力いっぱい広げて羽ばたいた。一度、二度、三度、足でも海面をたたいて、ようやく海面から空中に逃れた。

キリアはしっかりと一個の魂繭卵を抱えていた。白い回転楕円形の繭だった。一気に上昇するだけの体力を失ったキリアは海面すれすれを飛んで海岸崖下の岩場にたどり着き、その上にとまり、息を整えた。

見上げると黒い鳥が旋回していた。獲物を横取りされて悔しそうにも見えたが、あれはテルモンの魂の使いだ、とキリアは思った。

「ありがとう」とキリアは言った。

黒い鳥は崖に隠れて見えなくなった。森に帰ったのか。いや、テルモンのもとへではなかろうか。おそらく二度とあれに出会うことはないだろう、そう感じた。

キリアは体力の回復を待って飛び立った。黒い鳥はどこにもいなかった。実在の鳥ではなかったのかもしれない。それはキリアにはどうでもいいことだった。目的は果たしたし、テルモンの魂にしても同じだろう。だからその魂はもう完全にテルモンの属性から解放され、この世を去ったに違いない、キリアはそう思った。

「さよなら、テルモン。またどこかで会おう」

キリアは採捕した魂繭卵を抱いて〈重く潰れた街〉の研究所に戻った。

同僚たちはキリアの行動にまたとまどった。人間に変身しようというのに、親になるとは、どういうつもりなんだ、と。人間の身体で翼人の子が育てられるわけがないではないか。無責任だと非難された。

「無責任だって?」とキリアは答えた。「そんなことはないさ。この魂繭卵は、ぼくに採捕されるのを望んだんだ。責任というのなら、この魂繭卵に宿った魂にもある」

カケリアスはキリアの主張にうなずいて言った。

「変身装置にいっしょにつれて入るがいい、キリア。その魂繭卵からはおそらく翼人は生まれないだろう」

人間の子なのか、それとも合いの子かな、などと同僚たちは議論を始めたが、キリアには無責任で不毛な論争に思えて、わずらわしかった。研究所の翼人たちのなかに魂繭卵を採捕して〈名づける者〉になった者はいなかった。興味がないのだ。自分が魂繭卵を持つ立場になってみると、それはいかにも不自然だと、テルモンの気持ちがわかる気がするキリアだった。

「やめろ。生まれてくればわかる」カケリアスが一喝した。「魂が望んだ身体で生まれてくるのだ。それはキリアの魂とも通じている。われわれの思惑など、余計なお世話というものだ」

変身装置の最終調整が始まった。魂の存在を捉えるに違いない魂繭卵の機能に、人間の身体に関するデータ入力システムを融合させた装置だった。そのシステムは、もとはといえば翼人用の変身装置ではなく、人間の身体を作るものとして設計されていて、それで一人の人間をすでに生み出していた。〈動く樹〉を生むためのデータを人間身体用のものと入れ替えて、成功したものだ。

翼人でも変身が可能なように改造された変身装置だったが、なにしろ稼働させるのは初めてだったから調整点検には念を入れるのは当然で、しかしどこまでやってもやってみなければわからないというところもあり、キリアはプログラムのチェックをすませると早く実行したかった。同僚たちの興味もいまやキリアが決心したという事実より、変身が成功するかどうか、魂繭卵からなにが生まれるか、というものに変わっていて、最終チェックに没頭した。

いよいよ変身装置に入る段階になり、カケリアスがキリアに最後の注意を与えた。

「いいか、キリア、すでに翼人という身体を持っているおまえのような魂を変身させるのは初めてのことだ。人間の身体に関するデータはそろっているが、おまえの気持ちに揺らぎが少しでもあればそのデータは利用されずに無効になる恐れがある。その場合の結果は予想ができない」

「わかっています」キリアは魂繭卵を抱く腕に力をこめて言った。「失敗したらその責任は自分にあります」

「おまえなら大丈夫だ。わたしは信じている。なに、のんびり寝ていればいい。目が覚めれば成功しているさ」

「はい、カケリアス。行ってきます」

こうしてキリアは変身装置に収まり、変身を開始したのだった。身体を丸め、胎児のようになって。魂繭卵を抱きながら。

一三章　再　生

身体中にからみついている糸のようなものが溶けていくのを感じた。キリアは意識を取りもどし、誕生が近いのを知った。深呼吸をすると空気ではなく粘性の高い液体だった。これをいったん全部吐き出して空気と入れ替えなければならない。それは苦しそうだと思うとキリアの心拍数が上がった。

すると、変身装置はキリアの用意が整ったと判断したらしく、急激に収縮しはじめた。ものすごい圧力だった。

自分の胸のあたりで、もがいている小動物がいるのにキリアは気づいた。光もなく頭も動かせなかったから見ることはできなかったが、しなやかな長い胴体で、濡れたなめらかな体表には毛が生えている。翼人でも人間でもなかった。カワウソのようだとキリアは思った。身体を締めつけてくる力のために思いをめぐらす余裕はなくなった。小動物が圧力のためにキリアの胸から頭のほうに移動した。圧力は足から頭のほうに、まるでチューブを絞るようにかかり、この小動物から先に出ていこうとしていた。

上も下もわからず、ただ苦しかった。息ができない状態が永遠に続くかと思われた。鼻や口から大量の液体が吐き出されているのを感じた。頭部を締めつける力がなくなり、すでに頭が出ているのがわかった。まだ息ができなかった。頭が押さえつけられ、ぐいと引かれた。首から下の圧力が消え、キリアは空気を吸いこんだ。

全身が空気で満たされて膨らんだかのようだった。激しく呼吸を繰り返すと気が遠くなる。再び世界を意識したとき、キリアはベッドで身体を拭かれていた。

キリアはまぶたを開いた。粘つく液体は拭われて、視界は清明だった。ここはどこなのだと、キリアはとまどった。変身後の処置室のはずだが、見上げる天井の色が薄いピンクでしかも渦巻き状のむらがある。

上半身を起こすと、身体を拭いていた翼人の二人が後ずさった。周囲には変身プロジェクト班の同僚たちに違いない翼人たちが並んでキリアを見ていた。

「気分ハドウダイ」

一人が前に出て言った。それがだれなのかわからず、キリアはぞくりと身を震わせた。この者たちは自分が知っている翼人ではない、ここはどこかべつの世界だとキリアは心理的な恐慌状態に陥りかけた。

「落チツクンダ、きりあ」とその翼人が言った。「ワタシハかけりあす。言葉ガ聞キ取リニクイカモシレナイガ、予想サレタコトダ」

カケリアスなのか、この翼人が？

キリアには、翼人たちの顔の見分けがつかなかった。よく見れば、そうかもしれない、という程度でしかなかった。

カケリアスは翼をさっと広げて見せた。

「オマエニハモハヤ翼ハナイ。人間ダ。検査ノ結果、身体ニハドコニモ異常ハナイ。安心シロ。変身ハ無事ニ成功シタ」

その言葉の内容より、その翼の動きにキリアは違和感を覚えた。首を振って部屋を見ると、その視界の動きも違う。ぎくしゃくとしていてスムースでない。

「オマエハ人間ニナッタ。ワレワレトハ異ナル感覚世界ニイル。きりあ、違和感ハ当然ダ。変身ガ成功シタ証ナノダ。アワテルコトハナイ。訓練デノコトヲ思イ出セ。大丈夫ダ、ソノウチ慣レル」

そうだ、自分は人間になったのだ、自分が異世界にいるというのは正しいのだとキリアは両手を見て、納得した。翼人の感覚世界とはまったく異なる世界に移動したということ。これが人間の手で、とキリアはまだ激しく脈打っている心臓を意識しながら思った、それを人間の視覚で見ているのだ。その違いときたら、単に視力の良し悪しなどというものではなかった。

天井や壁の色のむらは翼人には見分けがつかない色の違いだ。動きがスムースさを欠くのは、外界の動きを処理する脳の機能が異なるからだろう。翼人たちの顔の見分けがよくつかないのも、形に反応する脳の機能差からくるのだ。翼人の時の記憶が残っているせいで違和感が生じている。だが、カケリアスが言うように、変身結果に異常がないというのだから、この感覚は正常そのもので、やがて慣れるだろう。

訓練時に何度も人間の感覚をシミュレートして体験していたが、実際の人間の感覚世界はそれとはかなり違っていた。しかしあの訓練なしでは自分は発狂していたろう、とキリアは思い、落ちつきを取りもどした。

「わたしの言葉が——」

わかりますか、と言いかけて、自分の声の野太いことや、翼人の言葉の発音のしにくさを意識して、キリアは思わず笑った。笑いをこらえることができず、まるで発作で、まだ興奮状態にあるからだとわかっていても、だめだった。

カケリアスはしきりにうなずいたが、その動きも滑稽だった。羽毛に覆われた全身や、嘴のある顔もおかしかった。それに、あの腕の細いこと。立派な翼に対して、腕ときたら、細く枯れたミイラのようで美しくない。

自分の感覚は本当に人間そのものになっているとキリアは気づいた。急速に人間感覚を正しいものとして意識しはじめているのだ。美的な感覚すら。

キリアは真顔になり、ベッドから足を下ろして立とうとしてふらついた。ベッドに寄り掛かり、腰を下ろして息をついた。翼人たちはキリアの胸ほどの背丈だった。わかっていたこととはいえ、小さいとキリアは感じた。それにあの短い脚では歩きにくいだろうと、キリアは長い自分の脚を見て思った。

当然だ、翼人は、飛ぶのだから。歩いたり駆けたりする必要がどこにある。こんな閉鎖空間にいること自体が不自然なのだ。〈重く潰れた街〉は翼人には不自由なところだ。しかし、人間になった自分には、ごく安心できる部屋の構造だ……

ベッドは人間用に大きめだった。それを見て、それからキリアは室内を見回し、そうやって身体を動かしてから、自分がなにを探しているのか思い出した。

「あれはどこですか」

翼人の言葉を発音するのはおそろしく困難で、なんども言い直さなければならなかった。翼人言葉を操る不自由さにキリアは苛立ちをこらえながら、なんとか意思を伝える努力をした。

「わたしの魂繭卵から生まれた、あの動物は、どこにいますか。カワウソのようでしたが」

翼人たちが笑いさざめいた。

「かわうそデハナイヨ、きりあ」

どうにか言葉が伝わったらしい。

カケリアスは後ろを振り向き、あれだ、と言った。翼人たちが左右に分かれて見えるようにした。

もうひとつベッドがある。その広い面に、一匹の動物がちょこんと載っていた。産湯につかり濡れた全身を、一度は拭かれたことだろうにそれでも神経質に、いかにも酷いめにあったと言わんばかりに、周囲の騒ぎには無関心に全身をなめていた。

それは一匹の猫だった。枯葉色の毛に、わずかにより濃い色のトラ縞のある、丸い顔をした猫だ。

「猫とはな」

その声に、その猫は前足で耳の後ろをなでてはなめていた動きを止めると、キリアを見た。まるで、なにか文句あるか、といいたげな態度だった。

「ぼくが、親だ。わかるか」

猫は、それには答えず、また耳の後ろに前足をやり、耳をこすった。そしてその前足をなめるという動作に戻った。わかっているけれど、それがどうした、と言っているかのようで、キリアは苦笑いをした。

「こいつは猫だ。本当の猫だぞ」

「マッタク、イカニモ猫ダ。猫ラシイ反応ダナ」カケリアスも笑った。「きりあ、オマエガコノ猫ノ〈名ヅケル者〉ダ。名ヲツケテモコノ猫ハ猫ノママダロウガ、呼バレレバワカルヨウニナル。モットモ、呼ンデモ走ッテクルトハ思エナイガ。猫ハ愛想ガナイ動物ダカラナ」

呼べば飛んできて自分になつく愛想のいい子が欲しいなどとはキリアは思ってはいなかった。幼いころのキリア自身も、そのような素直な子ではなかった。親のテルモンを頼り、尊敬はしていたが、愛想のいい子になってもっと好かれたいなどとは思わなかった。

そもそも翼人はみなそのような生き物なのだ。集団で暮らしていても、仲間意識はさほど強くはない。愛想を振りまく必要もなく、一人で生きられる。

〈重く潰れた街〉の翼人だけは例外かもしれない。個人が勝手な行動をしていては効率が悪いからだ。この街での暮らしが長くなると、ときに翼人より人間のような性質が必要になる。それで、カケリアスの口から「愛想」などという言葉が出たのかもしれないと、キリアは思った。

そのような人間的な、いまやまさしく人間になった自分が翼人を育てればその子はまともな翼人でなくなりそうで嫌だし、もとより自分の子が人間というのはごめんだった。キリアは人間になりたいのではなく、変身を望んだのは研究のためで、子には研究とは無関係に接したかった。そんな想いを読みとった魂があの魂繭卵に宿ったのだろう。猫はまさしくぴったりだ。

自分にとっても、猫なら大きすぎることもなく、愛想はなくてもなつくだろう。かわいがってやれば。名を、つければ。その猫にしても、研究用に自由を拘束されることもない。お互い、自由でいられて、しかし孤独ではない。名づけた者と名づけられた者という決して切れることのない関係で結ばれるのだから。

「来いよ」

キリアは両手を差し出した。まだ脚がふらつくので自分から行く気にはなれなかった。猫は脚を四本もっているが、こちらは二本しかないからな、翼もないし、人間の身体とは不安定なものだとキリアは実感する。

「ホラ、オマエノ〈名ヅケル者〉ガ呼ンデイルゾ」

カケリアスが猫を抱こうとすると、いきなりその猫はカケリアスに爪を立てようとした。

「やめろ」とキリアは怒鳴った。「パイワケット」

「ちゃいやちっと?」とカケリアス。「ソレガコノ子ノ名カ」

「はい、カケリアス」

猫は怒鳴り声に驚きベッドから飛び降りたが、だれも追いかけてこないのを知ると部屋の隅でまた身体をなめはじめた。

「パイワケット」

とキリアは再び呼んだ。猫はなにをわめいているんだという表情でキリアを見た。キリアが微笑むと、猫はうんとのびをしながらあくびをした。

「ちゃいやちっとトハ、面白イ。イカニモ、オマエラシイ」

カケリアスが笑った。

「知っているでしょう。人間ではおなじみの猫の名だ。もとはといえば魔女の使い魔の名ですよ。パイワケット」

「翼人ニハ発音シニクイ。ソンナ名ヲ選ンダナ、きりあ」

「はい、カケリアス」

キリアも笑った。遺跡のコンピュータにはデータを音声合成出力する機能もあったから、パイワケットという言葉はキリアもカケリアスも知っていた。キリアはその名をつけようと前から考えていたわけではなかったが、カケリアスの言うとおり、とっさに人間らしい言葉を無意識に望んだのだろうと思った。パ、という音は人間の口からは発しやすかった。パ。

しっくりくる。

パイワケット。

人間の世界の名は、人間が発音するほうが、もちろん言いやすくて、正確だし、だいいちしっくりくる。

「パイワケット、それがおまえの名だ。わたしがつけた。忘れるなよ」

猫は、にゃあと鳴いた。返事ではなく、どうやら空腹を訴えているらしく、うるさく鳴きはじめた。

「犬ノホウガ役ニ立ツダロウニナ」とあきれた口調で、同僚の一人が言った。「猫デハ、役立タズダ」

子というのはそういうものではないか、とキリアが言おうとしたが、カケリアスがその研究者に言った。

「面白イ考エダ。研究シテミルガイイ。犬ハ人間ト同ジョウニ絶滅シタ。オソラク、世界ニハモハヤ人間ト同ジク、犬ノ魂モ存在シナイノダ。ソレニ、きりあモ犬ハ望マナカッタロウ。きりあガ人間ナラベツダガ、変身シタトハイエ、きりあモ人間ヨリハ猫ニ近イ。翼人ハ犬ヤ人間ノヨウナ集団社会性ヲモタナイカラナ」

キリアは黙ってうなずいた。きっとパイワケットの魂も、もとはといえば翼人に違いなく、しかし、ただの翼人では嫌だったのだ。だいたい、親に子を選ぶことなどできない。子の魂が親を選ぶのだ。自分がテルモンを選んだように。

「なにか食べさせてください。わたしにも」

人間の身体に慣れるにはしばらく時間がかかりそうだった。その用意は整っていた。その先のことも。

一四章　教　育

キリアが落ちついたのは〈重く潰れた街〉から少し離れた森のなかの小屋だった。

小屋は丸太作りで、研究班が〈動く樹〉を使って建てたものだった。研究班は人間が暮らせるような用意を早くから整えていた。

小屋の前には野菜や豆やトウモロコシの畑があり、小屋裏の小川には魚もいた。着る物は工場で作られたし、衣食住に不自由することはなかった。パイワケットももちろんいっしょだった。

この実験環境のなかでキリアは、遺跡コンピュータのデータをもとにして作られた「人造人間一号」と暮らしはじめた。

その人造人間は人間の言葉を理解するように調整されていた。作られた当初は一人で立つことすらできなかったが、自律活動ができるように時間をかけて調整が重ねられた結果、言葉が使えるようになった。そうなると調整はもっぱら言葉によってなされた。人間界の知識を言語入力し、人造人間が自らの身体の状態を言葉で伝えられるようになると、その人造人間の頭に接続された脳の状態を制御する装置が外された。言葉による指令と身体の状態モニタが可能になったその段階では、調整は教育といってもよかった。

その教育の仕事をキリアが引き継いだ。計画手順どおりに。

キリアはまず、「人造人間一号」という呼び方をやめ、それにアンドロギアというたいそうな名をつけた。アンドロイドであり一種の道具であり、なにか怪物的だという思いをこめたものだった。

「おまえはアンドロギア。アンドロギアがおまえの名だ。いいな」

「おまえは、アンドロギア」

「ぼくはキリアだ」

「ぼくは、キリア」

「おまえは、アンドロギアだ。キリアはぼくの名だ。おまえの名はなんだ？」

「わたしは、アンドロギア」

「アンドロギア、ぼくの名を言ってごらん」

「ぼくの名は、キリア」

「キリアとはだれだ」

「あなた」

「そう、キリアはぼくの名だ。おまえの名ではないから、おまえが『ぼくの名はキリア』と言うのは間違いだ。わかるかい」

「はい」

「では、ぼくの名は？」

「キリア」

「キリアとはだれの名だ」

「あなたの名だ」

「ぼくはだれ？」

「あなたは、キリア」

「そのとおり」

アンドロギアの言語能力はかなりのものだった。だが、自己というものがあいまいなので、自分と他者を区別させようとすると、このように粘り強く教えていかなければならなかった。アンドロギアには自我がなく、精神活動といえるようなものはないのだ。これが専門的な知識を問う、たとえば「猫とはどんな動物か」というような質問には百科事典的な答えをしたが、では「おまえは猫が好きか」と訊くと答えられなかったし、「おまえの望みはなにか」というような質問には身体の欲求、すなわち、食べたいとか眠りたいとかいう答えしか返ってこなかった。

ま、予想されたことだ、とキリアは思った、アンドロギアには、魂が宿っていないのだ。

キリアは焦らなかった。研究班のほかの同僚たちほどにはキリアはアンドロギアに期待してはいなかった。研究班はいずれ人間環境に慣れたアンドロギアが、人間的な精神活動をするようになって、そんなアンドロギアから人間を研究しようと計画していたが、キリアは自らの身体でもってそれができる立場にいた。

だが、キリアの精神活動が人間的に変化していくことに対しては、カケリアスが行きすぎないようにと忠告していた。キリアが翼人に戻れなくなることをカケリアスは恐れていたし、キリアも完全な人間になりたいとは思っていなかった。ただ、翼人の感覚を完全に失って、もとに戻りたいと感じなくなったとしたら、そのときはそれでもいいと覚悟していた。研究班は完全な人間の見本をそれで手に入れることになるのだ、と。

それでも、自分が翼人の感覚を失っては、なにをしようとしているのかもわからなくなる恐れがあるので、カケリアスの忠告をキリアは忘れなかった。アンドロギアの人間性を発現させることができればそれがいちばんだった。それでキリアは、人間の身体をした記憶装置にすぎないようなアンドロギアを少しでも人間的にすべく、ともに畑仕事をし、魚を捕り、料理した。掃除や洗濯はキリアは苦手だったので、それはもっぱらアンドロギアに指図して、アンドロギアが一人でできるように教えた。一般の翼人は、掃除も洗濯もしない。猫のパイワケットはといえば、当然なにもしなかった。

アンドロギアを教育することでキリアは自らも人間の生活に慣れていった。それは、人間の身体に慣れるということでもあった。

人間の身体は地上を移動するのに実によかった。小屋は湿気を嫌って少し高いところに建てられていたが、その坂道は翼人の歩行ではかなりの勾配だとキリアは感じていた。が、人間の身体を得てみるとたいしたものではなかった。けっこう起伏に富んだ土地だと思っていたのだが、人間の感覚からするとなだらかなのだ。走らなければ息が切れるということはなく、これなら何時間でも歩きつづけられるし、どこまでも、地の果てまでも移動していけると思われた。

腕や手も翼人よりも力強く器用だった。小川で衣類を岩にたたきつけて洗濯したり、銛で魚を突いたりするのも、翼人の身体ではやりにくいことがらくにできた。畑仕事も同様だった。鍬を振るうのに大きな翼は邪魔なだけだろうし、もしそれが役に立つことがあるとすれば、日除けか傘代わりになるくらいだろう。しかしそんな厳しい天候の日には休めばいいのだった。

それを体験するだけでも、人間になった価値はあるとキリアは思った。アンドロギアを教育するのに翼人の身体ではついていけないのは間違いない。同じ視点から人間というものを観察するのは翼人の身体では無理だということをキリアは実感した。だいたい、翼人は農耕も洗濯もしないし、魚を捕るのに銛や網を使うこともない。翼と嘴を使い、飛ぶだけでいいのだから。飛んでいるだけでは、人間のことはわからないに違いない。

それでもキリアは人間の身体と暮らしに慣れてくると、ときどき、翼人ではなくなった自分を寂しく感じるようになった。当然だと思いつつも、具体的にどういう点でなのかということは、しかしあまり考えないようにしていた。この暮らしには人間の能力が適しているのだから、失った能力を惜しんでもしかたがない、と。

人間の身体で感じる四季の移り変わりはごくおだやかなものだった。遅い春から始まった人間の暮らしは、やがて盛夏を迎えたが、厳しい暑さではなかった。翼人には、気温や湿度、気圧の変化は飛びやすさに直接影響したから文字どおり肌で敏感に感じとれたが、人間にとってはたいした変化には感じられなかった。定期的に飛んで様子を見にくるカケリアスが、あるとき「ソロソロ秋ダナ」と言って、キリアは初めて、もうそうなのかと感傷的な気分になった。人間ではわからない微妙な季節の変化の予兆を翼人は感じとれるのだ、と。

そういう季節になって、キリアは、自分がときおり感じる寂しさについて考えてもよかろうという気分になった。いったいなにが寂しいというのか。なんの不自由もないというのに。人間の生活に慣れたため、感傷に浸る余裕ができたということか、それなら一種のホームシックだ。それではアンドロギアを教育するのに支障がでるし、いずれにしても、考えるいい機会だ、とキリアは思った。時間はたっぷりある。

アンドロギアが部屋を掃除する気配を背後に感じながら、キリアは窓辺に立ち、外を見ている。

広葉樹の林がすぐ近くにあり、パイワケットがその一本にしがみつき、上をうかがっていた。蝉を狙っているのだ。周囲はうるさいほどの蝉時雨だった。ホワイトノイズのような音に包まれて、キリアの心は逆に静かだった。

パイワケットは耳をねかせて太い幹をよじのぼり、尻を振って、ぱっと前足をくりだした。蝉はあざ笑うように尿をひっかけて飛び立った。パイワケットはあわてて幹から転げ落ちるように飛び降りた。地面でせっせと顔を洗う。パイワケットは新たな策をああして練っているのだろう。まるで興奮した魂を鎮めているかのようだとキリアは思う。それからメランコリィな気分が忍びこんでくるのを意識した。

そう、こんなときだ。パイワケットもアンドロギアも忙しくしていて、自分がぼんやりしているとき。魂が抜けてしまったかのような気分。この原因はなんなのだろう？

翼人でなくなったから寂しいのだ、という理由はごく表面的にすぎないのではないかとキリアは思った。蟬が飛び立つのを見てもうらやましいとは感じなかった。たしかに自分は翼人としての高い視点をカケリアスが忠告したように失ったが、人間になったのだから当然で、人間の背の高さでの考え方も悪いものではない、とキリアは思う。飛ぶことはできないが、身体を動かすことの喜びは翼人と変わらない、そんなときは魂も震えるかのようだ。

翼人のときのいちばんのそれは、やはり飛んでいるときだった。高く舞い上がり、そして急降下するときなど、まさに魂消《たまげ》るかのような快感だった。

だが、なにも飛ばなくとも、人間の身体でいても、そうした感覚は得られるはずだとキリアは日常を振り返ってみる。どこがちがうというのだ。

ああ、なんとなく寂しさの正体がわかってきた、とキリアは翼人でいたころを思い返す。あの感動は、単に高い視点から下界を見下ろせるからではない、飛ぶときの速度が快感なのだ。あれが忘れられないでいる。人間の身体では不可能な、あの速度感、飛翔感覚を失ったことは、たしかに寂しい。視点の高さなどではなく、速度だ。あの感覚。

いま人間の身体で表現するならば、振り下ろす鍬の速度感覚などは近いかもしれない。なにもせず、休むでもなくこうしてぼんやりしていると、速度感もなにもない。それは翼人でも同じことだ。魂が眠ってしまう。そんなとき、翼人なら、飛ぶ。では人間の自分は、どうすればいいのか。鍬を持って走るのか。

翼人に戻りたいと強く望んでいるのなら、寂しいはずがない。なにかを渇望する魂に寂しさが寄りつくはずもないからだ。

原因はそうではない。飛ぶことに匹敵する魂の解放手段を見つけられないでいるのが原因に違いない。人間の身体でも、すばらしく生を実感する瞬間がある。だが、それはいまのところそうしようと狙ってのことではなく、結果にすぎない。

翼人の記憶があるから、あの解放感を生じさせる速度感覚が忘れられず、しかし人間の身体であの速度を得ることは不可能だと、無意識に絶望していて、それが、ときどきふと心に空白を生じさせるのか。ようするに、魂を駆り立てるなにかを、人間の身体では見つけられないでいる状態が、気分を沈ませるのだ。

このところアンドロギアもとくに変わった反応を示さず、自分は自分で人間とはこういうものとわかってしまったかのようで、目標があいまいになり、惰性で暮らしているかのようだ。それも原因のひとつだろう。それだけこの生活に慣れた証拠だ。そう悪く考えることもない。

キリアはそう自分を励ますと、タオルを手にして外に出た。まだ顔を前足で洗っているパイワケットを抱き上げて、タオルでその顔をごしごしと拭いてやった。嫌がってあばれるパイワケットを放してやる。その小さな猛獣は新たな獲物を探して林のなかへと駆けていった。パイワケットはいかにも猫だった。魂繭卵から生まれたことなど、まったく感じさせない。

自分も人間なら、とキリアは思いを新たにした、パイワケットを見習って、より人間になればいいのだ。自分もアンドロギアと同様に人間としては未完成なのだろう。人間には人間の、魂を駆動する手段があったに違いない。翼のあるなしは問題ではないのだ。

こうして人間の暮らしにすっかり慣れたキリアは、発掘された過去の人間の遺物をアンドロギアに見せて、その反応を観察する計画段階に入った。

これまでの暮らしで、アンドロギアはすでにいろいろな人間の道具に接していた。衣類や食器、木製ベッド、箒や農機具など、生活道具一般。それらはいかにも人間らしい道具に違いなかったが、アンドロギアは使い方を覚えるだけで、人間らしい反応は見せなかった。まあ、そうだろうな、とキリアは思う。自分もそれらに感動などしなかった。アンドロギアが感動しなくて当然だろう。

人間的反応というのがどういうものか、キリアにも見当がつけられなかったが、少なくとも、こういう道具でアンドロギアから人間的な反応を引き出すのは期待できないことがわかった。それはカケリアスたち研究班も予想していたのだが、それが確認された、ということだった。それらは翼人が用意した、いわば個性のない一般的な道具セットにすぎない。アンドロギアが望んだものではないから、アンドロギアにとっては空気のようなものなのだ。あってあたりまえで、その重要性には気づかない。

そのため、過去に存在した実際の遺物に対してアンドロギアがどういう反応を見せるのか、という実験計画が予定されていた。しかし膨大な過去の遺物からなにを選べばいいのかは、キリアに任された。アンドロギアが興味を示しそうなものが翼人たちには予想できないのだ。でくの坊の機械人形にすぎないアンドロギアにはなにを見せても無駄だという気がしていたキリアだが、わずかでもアンドロギアが自己というものを持ちはじめれば、アンドロギアが興味を示しそうなものを選べるだろうと思っていた。

闇雲にアンドロギアになじみのない道具を見せたところでだめだろう。関心を示しそうなものでなければいけない。こんな平穏な毎日では、アンドロギアはずっとこのままに違いない。ならば、とキリアは、計画段階の手始めにアンドロギアの肉体的負荷を上げてみることにした。つまり、余計と思われる仕事をさせるようにした。

掃除洗濯、料理にその後片づけ、パイワケットを探してきて餌をやることまでキリアはアンドロギアに命じて、自分はのんびりと休むふりをしてアンドロギアを観察しはじめた。

九日間というもの、アンドロギアは指示どおりに働いた。よくできたロボットだとキリアは感心し、感心してはいけないのだったと思い直し、もう少し負荷を上げてみた。

秋の気配が人間の身体でもわかるようになったとはいえまだ太陽の日差しは強い日中、野菜の収穫をさせ、それが終わったあと、休ませずに小屋の大掃除を命じた。

「いいな、アンドロギア。箒で掃き、窓ガラスを拭き、バケツに水を汲んできて、床の拭き掃除だ。終わったら、着ているものを洗濯してこい」

「はい、キリア」

とおとなしくアンドロギアは箒を手にした。それから、深呼吸をして、さあ始めるのかと見ているど、立ったまま休んでいる。

「すぐに始めるんだ、アンドロギア」

するとアンドロギアは初めて、意思が備わっているかのような反応をした。

「少し休ませてください。わたしは疲れています。いますぐに掃除が必要とは思われません、キリア」

そこまでは、環境を判断する能力とセルフモニタを備えた機械ならば珍しくもない反応だった。が、アンドロギアは続けてこう言った。

「あなたが必要と判断するのなら、あなたがやればいいと思います。なぜ、あなたがやらないのですか」

これは初めてのアンドロギアの自己主張ではないかとキリアは感激した。アンドロギアは自分と他者の存在を意識しているのだ。

興奮をおさえてキリアは言った。

「掃除はおまえの仕事だからだ。ぼくの仕事はおまえに仕事の指図をすることだ。いますぐ指示した掃除を始めろ、アンドロギア」

「休まないで始めれば、効率が落ちます」

「ではこうしよう。ぼくが手伝ってやる。窓ガラス拭きはぼくがやる。それをどう思う」

「わたしの労力が軽減されます」

「おまえは少しらくになるわけだ。そのことを、どうおまえは感じる？」

「あなたが床の拭き掃除をすれば、もっとわたしの負担は軽減され、掃除仕事全体の効率がより向上するものと判断します」

腰を曲げる仕事はつらいものな、それをこちらに押しつけるとは、食えないやつだとキリアは、アンドロギアをふと同じ次元の生き物だと意識している自分に気づく。それだけアンドロギアの反応が自己を主張しているように感じられるということだった。

「ぼくが手伝えば、おまえの労力は軽減される。それを認めるか」

「はい、キリア」

「おまえの労力をぼくが軽くしてやることを、どう思う」

「効率的だと思います」

感謝の気持ち、などというのはまだわからないのだ。やはりまだアンドロギアはロボットにすぎない。しかしキリアは焦らない。

「では、ぼくの代わりに、もっと効率の上がる道具があればいいとは思わないか」

「質問の意味がわかりません」

「掃除の効率を上げるために、ぼくが手伝うのではなく、ほかにも手段があるとしたら、おまえはそれを望むか」

「はい、キリア。わたしはそれを望みます」

「わかった。きょうの掃除はしなくていい。おまえのその望みを忘れるなよ。ぼくが叶えてやる。そうしたら、感謝しろ。『ありがとう、キリア』と言うんだ」

「ありがとう、キリア」

「望みが叶ったらだ」

「はい、キリア。わかりました」

「水を浴びて汗を流し、着替えてから休んでいい」

キリアは翌日、〈重く潰れた街〉に歩いて出かけていき、カケリアスに、箒の代わりになる人間の道具をアンドロギアに見せて使わせたいと言った。

カケリアスと研究班は人間の道具の膨大なリストをキリアとともに検索した。キリアは原始的と思える電動の真空掃除機をリストから見つけて、これがいい、と言った。

その結果、必然的に小屋は電化されることになる。電話線も引いてもらおうとキリアは思った。翼のない身体で小屋と〈重く潰れた街〉を往復するのは、アンドロギアではないが非効率的だったから。

アンドロギアとの生活が一段階上がった。

一五章　学　習

　アンドロギアはキリアに「ありがとう」と言った。真空掃除機が気に入ったようだった。それはモータを収めた本体と吸い込み口をホースでつないだ簡単な構造で、自走自律型などという代物ではなかったが、アンドロギアは明らかに興味を示した。

「便利で効率よく掃除ができるようになったろう」

「はい、キリア」

「おまえは、こういう道具があることを知識としては知っているはずだ。どうしていままで、これを欲しいと言わなかったんだ」

「欲しいとは思いませんでした」

「必要性を感じなかったからだろうな。だけど、いままでの道具ではぼくの指示どおりに仕事をこなすのは無理だと感じたとき、もっと効率のいい道具が欲しいと、どうして思わなかったんだろう？」

「思いつきませんでした。道具を変えて仕事を実行するようにという指示がありませんでした」

「なるほどな」

アンドロギアは見かけは人間だが、プログラムどおりに作動するロボットにすぎない。今後またアンドロギアの仕事量を増やして今回のような事態になったとき、知識を生かしてなんでも要求していいという指示を与えたら、アンドロギアはそのようにするだろうとは予想できた。

その結果、掃除機は自走タイプに、洗濯機も調理器も、農耕器具も魚を捕るのも全部自律して作動する自動機械に置き換わり、そのうちにアンドロギアは安眠用のウォーター・ベッドが欲しいなどと言い出すだろう。

それではアンドロギアの存在意義がない。そもそも、そのような道具や機械を作ってきた人間は、それらに囲まれて、どのような存在意義を見つけてきたのだろう。安眠を得ることか。ついには肉体を捨てて、意識を保存するコンピュータという究極の安眠ベッドを作って、そこにこもるということが、人間の最終目標だったというのだろうか。それでは魂は死ぬ。

いまのアンドロギアはその見本だ。自ら求めるものを持っていない。

アンドロギアがそのうち人間性を持つだろうなどと期待して接していては、だめだとキリアは悟る。魂のないアンドロギアと惰性で暮らしつづければ自分の魂もまた抜けていくような気がする。

自分も人間なら、人間としてなにを望むか、自分の魂が望むものをアンドロギアに代わって探すべきだ。

それは研究班の計画にはなかったので、キリアはカケリアスに自分の考えを伝えるために電話の送受器を取った。電力線と同時に電話線も引かれたので、便利になったと思いながら。電話器は音声のみの簡便なものだった。その電話にカケリアスが出るとキリアは説明した。

「――ということで、いくらこの小屋に人間的な道具を持ちこんでも、無駄だと思うのです。電化されて便利になっても、アンドロギアはらくになることを認めるだけで、感激したりはしないでしょう」

送受器の向こうのカケリアスは少し考えていたが、やがて、キリアに任せよう、と言った。

『計画変更デハナク、あんどろぎあノ反応モ引キツヅキ見テイテクレ。計画ヲ先ニ進メルトイウコトダ。オマエノヤッテイルコトニあんどろぎあガ反応スルヨウニナレバイイ』

電話の音声での翼人の言葉はさらに聞き取りにくかった。

「わかりました。アンドロギアにはあまり期待できそうにありませんが、でも、わたしがいますから、そちらではわたしの変化に注目すればいいと思います」

『実験期間ヲ短縮スルコトヲ検討シタホウガイイカモシレナイ。オマエガ翼人ニ戻レナクナッタラ、ワタシノ責任ダ』

「いまのままでは、わたしは翼人でも人間でもない、アンドロギアと同じ人形ですよ、カケリアス。短縮するというのは、期間は限定されているということですか」

『ソウダ』

「聞いていませんよ、カケリアス」

『イイカイ、きりあ。ワレワレノ目的ハ、人間ヲコノ世界ニ再生シテ甦ラスコトデハナイ。彼ラハ絶滅シタ生キ物ダ。魂ノ世界ノ力ガ必要ナイトシタカラ、滅ボシタノダ。ソンナ存在ヲ甦ラスノハ危険ナコトダ。増ヤスワケニハイカナイ。オマエ一人デモ、危険ダ。期間ヲ限定スルノハ当然ダロウ』

「わたしが変身することを許可されたのは、必要だと認めたからでしょう」

『アクマデモ実験ダ。オマエ自身モ、人間ニナルコトガ目的デハナイト明言シタカラ、許可シタ。イツオマエヲ戻スカニツイテハ、正直ナトコロ、ヤッテミナケレバワカラナイ要素ガ多カッタカラ、特ニハ定メナカッタノダ。シカシ、永久ニトイウコトハアリ得ナイ』

「それはそうでしょう。わたしもいずれどういう身体でも死ぬでしょうから、永久には続けられない」

『ソウダ。人間ノオマエノ寿命ガツキルマデ、トイウノガコノ実験ノ最長期間ダ。ソレヲ短縮シ、期間ヲ定メタホウガイイトイウコトダ』

「そういうことなら、わかります。ですが、そちらで強制的に翼人に戻すようなことはしないでください。おそらくわたしの意志に反してそれを実行しても、変身装置のなかでわたしは翼人には戻ることなく、悪くすれば死ぬでしょう」

『オソラク、オマエノ言ウトオリダロウ。ワタシハソレガ心配ナノダヨ、きりあ。オマエガ完全ナ人間ニナッテシマウトイウコトガダ。魂ノ力ニ反スルコトダ。モトモトオマエハ翼人トシテ生マレテキタノダカラ。人間ニナッタオマエガ、仲間ヲ求メタクナルコトヲワタシハ恐レル』

「その点は大丈夫ですよ。わたしもアンドロギアも人間の生殖能力というものを持っていないですから。わたしとアンドロギアが完全な人間の魂を持てないのは、そのせいかもしれません」

『魂ハ再生スル。オマエガ人間ニナリタイト念ジタママ死ネバ、オマエノ魂ハ、人間ノ身体ヲ創ルダロウ』

「魂は時空を超越した存在なのでしょう。もしわたしがそうなったとしても、わたしの魂もいまのわたしの記憶はもっていないし、再生されるところは翼人のいるこの世界ではないと思います。ですが、ご心配もわかります。期間を短縮することに反対はしません。寿命いっぱいではなく、期間を定めるということでしたら、そのほうがいい。ですが、その決定にはわたしの意見も入れてください」

『ソウショウ。可能性ヲ摘ミ取ルヨウナコトハ、ワタシモシタクハナイ。ダガ、デキルダケあんどろぎあヲ主ニシテ実験スルコトヲ忘レナイデクレ。ワタシハオマエヲ実験対象トシテ扱イタクハナイノダ。オマエガ危険ナ存在ニナッテ強制手段ヲ取ラザルヲ得ナクナッタラ、後悔スル』

「わかりました、カケリアス。わたしはアンドロギアの教育に自信がなくなって投げやりになっていたのかもしれません。すみません。ご心配いただいたのに」

電話しながら周囲を見回すと、暮らし慣れた室内だというのに、どことなくよそよそしい。

ここは自分の家ではない、という感覚だった。人間の生活空間に対してそう感じるのは自分が人間になりきれていない証拠だとキリアは思った。自分は、人間の身体に翼人の魂を持った存在だ。この環境に違和感を覚えるのは当然で、研究のためにはそのほうがいいのだとカケリアスならば言うに違いない。ここの主はアンドロギアなのだ。

そのアンドロギアは食卓についてじっとしていた。椅子に腰掛け、正面を見つめている。眠っているのでもなく、休んでいるのを楽しむでもない、待機状態の機械そのものだった。

『弱気ニナッテテハイケナイ。ワレワレガツイテイル。焦ラズニ計画ヲ立テテ実行シテイコウ。オマエハヨクヤッテイル。新シイ段階ニ入ッタワケダ。ソレデ、手始メニ、ナニヲ望ムカ言ッテクレ。コチラデ用意スル』

「そうですね、まず、この聞き取りにくい電話をなんとかしたいですね。通訳機のようなものを作れないでしょうか」

『ダレカニヤラセヨウ。研究シテミル』

「アンドロギアが知識を持っていますよ。そうだ、わたしもアンドロギアの知識がここで得られるように、そちらのコンピュータの端末を設置しましょう。もとはといえば、アンドロギアの知識はそこから入力したものですから。それがここにあれば、アンドロギアの考え方のもとになったのがどういう知識なのか、モニタできます」

『了解シタ』

「それで、翻訳機はわたしが作れるかもしれない。人間がやるように。アンドロギアにやらしてみてもいいですし」

『期待シテイル。オマエハ物ヲ作ルノガ好キダカラナ。アンドロギアニモ教エテヤレ』

電話を切ってもアンドロギアはそのままだった。だがキリアの気分は軽くなった。カケリアスと話すことで魂が充電されたかのようだ。人間の身体でも楽しめることはあるのだ。生活に慣れることから、楽しむことに目標が上がったわけだ、とキリアは思った。アンドロギアもそうなればいいのだが、とりあえず、自分が手本を示さねばなるまい。

〈重く潰れた街〉のカケリアスから、小屋用の端末が用意できたという連絡がくると、キリアはアンドロギアをつれて取りにいった。アンドロギアは翼人の環境からなるべく離しておくという原則を破ることだったが、ここまでの経験からして影響はないとキリアは判断した。

カケリアスも反対はしなかった。アンドロギアに、発掘された人間の道具などを見せてみようと言った。発掘されたもの、発見されたものは、〈重く潰れた街〉の遺跡から出てきた巨大なコンピュータ・システムだけではなく、各地から長い年月の間にいろいろなものが見つかっていて、それらは〈重く潰れた街〉に集められ、整理されていた。アンドロギアにそのコレクションを見せて反応を観察するのはいい考えだとカケリアスは、キリアがアンドロギアをつれてくるのに賛同した。キリアはそれよりも、一人で端末機器を運ぶのは考えるだに難儀だったので、アンドロギアに手伝わせたいと、それだけだったのだが。

なにしろ歩いて往復するだけで太陽の生む影が角度にして三十度は動くほどの時間がかかる。掃除機は一人で持ってきたのだが、最初は軽いと思っていたそれが小屋に着くころには十倍の重さにも感じられて、キリアは懲りた。以前に工場に頼んで作ってもらった、手押し車を使うのだったと後悔したものだ。

今回は端末機本体にモニタ・ディスプレイもあるのだ。手押し車を使うのは当然としても、アンドロギアの助けもあったほうがいい。

そのコンピュータ端末は、翼人の設計になるものだった。人間の知識の応用だった。データ管理用のコンピュータ自体もそうだった。人間の遺物であるコンピュータの内容を翼人言語に翻訳して表示する機能がある。

人間の遺物のコンピュータに入っている知識データには、コンピュータと人間の脳を直接接続するインターフェイス装置に関するものもあったが、翼人たちはこれは採用しなかった。人間の脳ほどに自分たちの脳の構造に関する知識が翼人にはなかったから、その知識の応用ができなかったのと、もしできたとしても、それを使ったならば翼人としての感覚が薄れてしまい自分が何者かわからなくなることが予想されたため、だった。その遺物のコンピュータのデータ量は膨大で、脳をそれに接続してその広大な空間に迷いこんだなら二度と翼人として戻ってこれないことは考えられた。つまり意識が現実と完全に乖離してしまうかもしれなかった。いまのキリアにしてもそれを試す気持ちにはなれない。

人造人間であるアンドロギアにはそれを試してみることは可能だった。アンドロギアに人間の言葉やコンピュータの作動コードを教えこむことはでき、それで遺物のコンピュータとアンドロギアの脳との接続が可能になるが、それでは翼人との会話に翻訳機が必要になるし、それに翼人の場合と同様にアンドロギアを遺物のコンピュータと接続したとたん、現実世界とのコンタクトがとれなくなることが予想された。遺物のコンピュータが人間の形をしているだけ、というようなものを作っても意味がないではないかと研究班は、それよりも翻訳機なしで人造人間一号とのコミュニケーションがしやすいほうを選択したのだった。つまり、アンドロギアの頭脳に入力された知識は翼人用に翻訳されたほうのものだった。翼人が使うコンピュータから基礎的な知識が入力されたのであって、人間の遺物のコンピュータからではない。

キリアは、アンドロギアには翼人のものではなく人間の言葉を最初に入力すべきだったかもしれないと思う。アンドロギアを遺物のコンピュータと接続する試みは無謀だし、いまとなっては翼人の言葉しかわからないアンドロギアではやっても無駄だからそれはいいとして、アンドロギアを人間的にするには手間がかかる手段であっても人間の言葉を教えるべきだったのではないか、と。

〈重く潰れた街〉に着いてひと休みしながらカケリアスにそう言うと、カケリアスはいまごろそんなことを言うのかと笑って、茶をすすった。

「オマエハ物ヲ作ルコトニ熱中シテ、ドウ使ウカトナルト上ノ空ダ。ソノ問題ハヨク検討シタヨ。オマエハ翻訳コンピュータノ手入レニ余念ガナカッタカラ、ソノ場ニイナカッタノカ、忘レタノダロウ。あんどろぎあヲ教育スルヨウニナッテ、ソノ問題ヲ意識スルヨウニナッタノダロウ」

「そうでしょうね。アンドロギアはでくの坊ですよ。で、どうしてなんですか」

「あんどろぎあニ人間ノ言葉ヲ教エコンデイレバ、ヨリ人間ラシクナッタノハ間違イナイダロウ。シカシ、何度モ言ウヨウニ、ワレワレノ目的ハ人間ヲコノ世ニ甦ラスコトデハナイ。過去ノ人間トイウ生キ物ガドウイウモノカ知リタイダケダ」

「それはそうですが、そのためにも――」

「あんどろぎあガ人間ラシク行動シハジメルノハ、危険ナコトデモアル。人間ハスベテヲ支配シナケレバ気ガスマナイ生キ物ダッタヨウダカラ、ワレワレモ支配サレル恐レガアルカラダ」

カケリアスはあらためてキリアに説明した。

アンドロギアに人間の言葉を教えて遺物のコンピュータとダイレクトに脳を接続できるようにすれば、アンドロギアはその知識を利用してこの世界の支配をたくらむようになるかもしれない。翼人たちには悟られないように。それは、遺物のコンピュータに封じこめられた過去の人間たちの亡霊がアンドロギアという身体を得て甦るにも等しい。ただの過去のデータを収めただけのそのコンピュータが、現実の世界に干渉できる手段を得るということだ。そんな危険は冒せない。

「遺物のコンピュータの内容は莫大なデータ量ですから、すべてを解析するまでには至っていないし、この先何世代たっても翼人には絶対にわからないものもあるでしょう。それを知るためにアンドロギアという人造人間を作ったのではないのですか。アンドロギアの脳をそれとダイレクトに接続すれば、理解できない内容もアンドロギアの行動から直接知ることができる。そう思っていました」

危険を冒すことはできない、とカケリアスは繰り返した。翼人の世界全体を、ここにいるいわば翼人としては特異な一部の集団の好奇心で危険にさらすことはできない。

だからアンドロギアには人間の言葉を教えず、遺物のコンピュータと脳をつなぐためのインターフェイス装置を作ることもしてはいけないのだ。アンドロギアに入力されたデータは、だから翼人が解析し理解した、翻訳可能なものだけなのだ。

「それでアンドロギアをより人間らしくしようというのは矛盾しているのではありませんか、カケリアス。アンドロギアは翼人の言葉で考えているわけでしょう。われわれにはそれでアンドロギアの考え方が予想できて、たしかに危険は少なくなる。ですが、アンドロギアが自己を持ったとしても、それは人間としてではなく、翼人のものではありませんか。人間を知ることにはならない」

「ソンナコトハナイ。ソレデモあんどろぎあノ行動カラ得ラレルコトハ多イ。身体ガ異ナレバ、思考法モ、生活習慣モ違ッテクル。掃除機ナドトイウモノヲ欲シガルトハ、予想モシテイナカッタ、発見ダ」

「あれは、わたしが提案したのです」

「翼人ノ身体デハ思イツカナカッタロウ？」

キリアは翼を広げて、おそれいった、という身体表現をしようとしたが、翼はなく、肩をすくめる形になった。キリアは思わず苦笑した。カケリアスも笑って、茶をすすめた。

「きりあ、茶ノ味ハドウダ？　焦ルコトハナイ。過去ノ研究者ガ知ロウトシテモワカラナカッタコトヲ、イマオマエハ自分ノ身体デ体験シテイル。あんどろぎあガヨリ人間ラシクナレバ、人間ノ他者トノ関ワリ方トイウモノヲ研究デキルダロウ」

「そうですね」キリアはうなずいた。「茶はもう少し濃くて熱いほうがいい……わたしの人間の身体がそう要求しているのでしょう。魂の欲求とは違う。この身体で、魂が揺さぶられるようなことを経験してみたい」

「オマエノ口カラソンナコトヲ聞クトハナ」

「どういうことです」

「魂ノ存在ナド信ジテイナイモノトバカリ思ッテイタ」

「目には見えませんからね。触ることもできない。魂は不滅だと言われても、その記憶がないのでは、証明のしようもありませんし」

「人間ニ変身デキタノハ、魂ガ望ンダカラダ」

「理屈はどうにでもつけられます。でも、それでいい、と思うようになりました。魂があってもいいと。パイワケットはテルモンがくれたのだと。テルモンの魂が導いてくれた。わたしにもそれを感じる魂が宿っている。それを眠らしたくはありません」

　掃除機はアンドロギアが仕事の効率を上げるために、その身体が望んだ、と言えるだろう。アンドロギアにもそれはできるのだ。しかし、魂の要求はそんなものではないとキリアは思う。

「それも人間に変身してみて実感したことです。飛ぶことはすばらしい」

カケリアスはうなずいた。

「人間モ飛行機トイウモノヲ創ッタ。物ヲ運ビタイカラデハナイ、タダ飛ビタカッタノダ」

「わかる気がします。身体の負担を軽くするための掃除機とは違う」

日常とは異なる視点の移動手段は、魂を自由に解き放つ、とカケリアスは言った。

「そうですね。とくにわたしが思うのは、スピード感覚です。人間の身体ではたいした解放感は得られません。訓練すればべつでしょうが。マラソンなどというスポーツもあったことは知られています。淡淡と走るだけでも、たしかに非日常的な視点の移動感覚は得られるでしょう。乗馬というものもあった。馬という動物は人間よりはるかに速く走る。でももっと手軽に体験できる手段を人間は模索して創ってきたはずです。飛行機以外にも。わたしはその方面には詳しくないですが」

いろいろある、とカケリアスは教えてくれた。飛行機に、エアバイク、ヨットやモーターボート、地上では自動車に、自転車。飛行機からはスカイダイビングをしたと聞かされて、ああ、その楽しみは実によく理解できる、とうなずいた。

「わたしにもやれそうなのはありますか。飛行機やスカイダイビングは、いまさらという気がしますので、ほかに」

「ソレナラ、手軽ナ自転車トイウ乗リ物ガイイダロウ」

「どういうものですか」

カケリアスは両翼で円を描いて言った。

「二ツノ車輪ヲ縦ニ並ベテ、後ロノ車輪ヲ、べるとニ繋ガッタぺだるヲ足デ回シテ進ム。前輪ニハはんどるヲツケ、針路ヲソレデ決メル。資料デ見タコトガナイノカイ」

「わたしの専門は、光電子回路ですから……それを工場で作ってもらえますね」

当然、いいだろうという答えを期待したが、カケリアスは笑顔のまま言った。

「きりあ、オマエニ人間ノ身体ガアルノナラ、自分デ作ッテミルガイイ。設計ハデキルダロウ。ソレガデキタラ、ソノ設計図ヲモトニ、部品ヲコチラデ作ッテヤロウ。タダ完成品ヲ与エラレテソレヲ使ウダケデハ、人間ノコトナドワカラナイ。人間ノ身体デ考エルンダ、きりあ。ソウデナケレバ、オマエガサッキ言ッタヨウニ、翼人トシテノ感覚ニヨル満足感シカワカラナイ。ソンナ満足感ハ、スグニ色アセル」

端末を小屋に設置すれば参考資料はそれから引き出せるし、アンドロギアにも手伝わせるがいい、とカケリアス。

機械的な機構を設計した経験はなかったから、苦労しそうだなとキリアは思った。しかしその設計は、ここから荷物を運ぶための手押し車を作ることなどに比べれば、ずっとやりがいがありそうだった。

やってみます、とキリアは言った。

一六章　実　践

久しぶりにのんびりできて、小屋に帰ってやることもできたことだし、そろそろ戻ろうか、パイワケットも腹を空かしているころだろうとキリアは腰を上げたが、アンドロギアがいない。

収蔵庫で発掘されたものを見ているはずだとカケリアスから聞かされ、そういえばそうだったとキリアは行ってみることにした。

大きな建物だ。整然と並んだ棚が高い。自分の身長の十倍以上あるなとキリアは見上げる。梯子も階段もない。棚の各階層には止まり木があるだけだ。

羽音がして、同僚の一人のチャイが舞い降りてきた。

「アンドロギアはどこだい」

「アチラデ土器ヲ見テイルヨ」

「土器だって？」

「人間ノ食器ダヨ。あんどろぎあガ歩イテ見ルコトノデキルれべるニハソンナノシカ並ンデイナイカラナ。ソレヲ見テ、イイノガアッタラ知ラセロト命ジタンダ。アッチダ」

チャイは飛び立った。キリアは後を追って思わず飛ぼうとしたが、むろん飛べない。足を使った。チャイも気遣ってくれたので見失うことはなかった。

アンドロギアは棚を見ながらのんびりと歩いていた。

「いいのがあったかい」

キリアが声をかけると、アンドロギアは興味なさそうに「いいえ」と言う。

「どういうのがいいと思って探しているんだい」

「汚れがなく、傷のないものです」

「なるほどな。そういうものなら使いたいというわけだ」

「そうです」

「それをここで見つけるのは難しいだろうが、まあ、やってみるがいい」

「はい、キリア」

アンドロギアには実用になるものしか目に入らないのだ。多少傷がついていても美しい模様が残っている茶器などには興味を示さない。模様や形の美しさはアンドロギアの価値基準にはないのだ。

アンドロギアに仕事を続けさせて、キリアはチャイに「自転車はここにないか」と訊いた。

「自転車ダッテ？　ソイツヲあんどろぎあニ見セタイノカ」

「違うよ。ぼく自身の興味だ」

キリアはチャイに、先ほどのカケリアスとのやりとりを簡単に説明してやった。

「完全ナ状態デ持チコマレタ自転車トイウモノハ、ココニハタシカナイハズダ」

「そいつは残念だ。現物が見れればどういうものかよくわかるのだが」

「こんぴゅーた・でーたニハ入ッテイルヨ。ソレガ参考ニナルダロウ」

「外観だけでなく、細かい部品の、形状や材質がわかる設計図があるといいんだがな」

「ソコマデ詳シイでーたヲ入手スルノハ無理ダト思ウヨ。きりあ、かんにんぐスルヨリ、自分デヤレヨ。かけりあすノ目的モソレナンダロウ」

「それは、まあ、そうなんだが。しかし、現物を見たこともない物を一から設計するなんて、酷だよ。無謀だ。なんで詳しい設計図を人間は残さなかったんだ。面白そうな道具なのに」

「ソノ必要ヲ感ジナカッタノサ。スベテヲ後世ニ残スタメニ遺跡ノこんぴゅーたヲ作ッタワケデハナイノダカラ。八ツ当タリスルナヨ、ワカッテイルダロウ」

チャイの言うとおりだ。八つ当たりだ。

意識のみの存在になってコンピュータに入った人間にとって、必要なのは道具の形状と質感だけだったろうというのはわかる。実際にその道具を作るのに必要な材料や加工法や部品の強度などのデータは余計なものだ。コンピュータ空間で再現するためにはそのようなデータは必要ない。だから、残っていない。

いかにもがっかりしたというキリアの表情が翼人の同僚にもわかったのだろう、同情の声で言った。

「きりあ、自転車デハナイガ、設計図ノ現物ガ見ツカッテイルヨ」

「本当か。知らなかったな」

「キミハ担当デハナカッタシ、最近ノコトダシネ。自動車ノ設計図ダ」

「現物ということは、コンピュータに入っていたわけではないということは、つまりそれを描いた人間は遺物のコンピュータには入らなかったわけだな」

「ソウダ。時代ノ考証デハ遺物ノこんぴゅーたガ作ラレタ初期ノコロト推定サレテイル」

「そんなものがよく残っていたものだ」

「マア、奇跡ニ近イ」

「自転車とは違うだろうが、設計する行為の参考にはなるな。見せてくれ」

「マダ解析中ダ。ナニシロ化石デ発見サレタンダ」

「化石だって?」

「ソウ。化石。何枚モノ設計図ガ丸メテ容器ニ入ッテイタ。ソノママ円筒形ノ化石トシテ発掘サレタ」

「そいつはすごい。よくわかったな」

「最初ハナンダカワカラナカッタヨ。石柱ニシカ見エナカッタ。断層分析シテミテ、内部ニ模様ガアルノガワカッタンダ。文字ト線ダ。ソレデ、図面ヲ丸メタモノダロウト」

石に置き換わってしまった紙面を展開することはできないから、断層分析した内容を翼人用のコンピュータで解析しているとチャイは説明してくれた。描かれた線もぼやけてはいるが消えてはいないから再現処理が可能だ、と。

「ホボ完全ナ状態デ再現ガ可能ダト思ウ。実際ニ図面ニ描イテ再現スルコトヲ目標ニヤッテイル。アレハ自動車ノ設計図ダトハワカルガ、マダダレガドウイウ目的デ、トイウノハワカッテイナイ」

「それは簡単にはわからないだろうさ」

「ソウナンダ。ワレワレガ悩ンデイルノハ、ソノ自動車ガ、設計サレタ時代ノモノトシテハ旧イヨウダ、トイウコトダ。時代測定手段ノ誤差ダトスルト、測定精度ヲ見直サナクテハナラナイシ。問題ガ山積ミダ」

「それを解いていくのが面白い」

「ソノトオリ」

「見てみたいな」

「マダ解析中ダ。図面トシテ再現シタラ、人間ノキミノ目デ見テモライタイガ」

「いまはだめかい」

「イマハマダこんぴゅーた画面デ一部分シカ見ラレナイ。ソンナでーたデナク、再現シタ図面ノ現物ヲ手ニトッテ、人間ノ身体デ検討シテミテクレ。かけりあすモソウ言ウダロウ」

「わかったよ」

「図面ガ再現デキタラ連絡スル。自転車ニ乗ッテクレバイイ。歩クヨリハマシダロウ。飛ベナイノハ不便ダロウガ、ガンバレヨ」

「同情して助けてくれると思ったのにな。仕事に役立ちそうだとなると冷たい。わたしが予備知識なしで描いた自転車の設計図面と、その例のものを比べるつもりだろう」

「ソレハキミニモ興味ガアルダロウ」

「わかった、わかった、カンニングはしない。人間の感性にどこまで近づけるかやってみるさ」

アンドロギアはいまのところ、ここでいくら時間をかけても変化はなさそうだった。そんなアンドロギアをキリアは呼び止めて、帰るぞと言った。アンドロギアはおとなしく従った。

用意された端末機のセットと、それから収蔵庫でキリアが選んだカップを持って、二人は小屋に戻った。

そのカップは大きめのマグカップという代物で、翼人の手で修復されていた。

キリアがそれを見つけたのはその表面に猫の絵が描かれていたからだった。リアルなその眼にキリアは引きつけられ、だれかに見られているようだと感じたのはこのせいかと、それを手に取り、パイワケットに似た絵柄も気に入ったので同僚のチャイに許可をもらって、持ってきた。この白い猫の絵は、もとは彩色されていて、パイワケットのような茶トラの猫だったかもしれない。人間にも猫好きがおおぜいいたのだろう、いいことだ、と思いつつ。

修復の痕のひび割れ模様をふくめてすっかりお気に入りになったそのマグカップに茶を注いで、それを片手にキリアは自転車の設計を始めた。

端末機の設置に少し手間取ったが、それの起動に成功すると、キリアは自転車なるものを画面で見ることができた。それを参考にする。

三角形のフレームの両端に大きな車輪をつけた外観は、カケリアスが説明したとおりだった。聞いていてもよくわからなかったのだが、見ればなるほどと納得できる。

しかし実際に作るとなると、わからないことばかりだった。フレームの材質はなんだろうか、とか。キリアは人間の知識のデータバンクともいえるアンドロギアにいろいろ訊いてみた。

「フレームの材質は、さまざまです」とアンドロギア。「一般的には合金が使われています。金属です」

「どんな合金だ」

「鉄と炭素の合金がよく使われています。鋼です。クロームやモリブデンを含有するものもあります」

「当然、中空パイプだな」

「そうです」

「鋼管なら工場にありそうだ。問い合わせて、あるもののなかから適当なのを使おう」

トップチューブ、ダウンチューブ、シートチューブという三角形を構成するメインフレームはそれでいい。トップチューブとダウンチューブのつなぎ目にヘッドパイプがつく。ハンドルポストがそこを通る。ハンドルポストは、前輪を挟みこんで支持する前ホークに繋がっている。

その前輪を支えるホークがまっすぐではなく、先端にいくにしたがってわずかにカーブしているのにキリアは気づいた。

人間の好むデザイン上の処理なのだろうと最初は気にも留めず、一応自転車に見えるものを画面上に描いたキリアは、それをアンドロギアに見せて意見を求めた。おかしな点や欠けているところはないか、と。

「変速機がありません」

「それはいいよ。まず簡単に作れるものを設計するのが先決だから」

「ブレーキは必要でしょう」

「リムを挟む形式のものにする」

「この図ではわかりませんが、フリーホイール機構をつける必要があると思います」

「細部は軸受けやクランクギアといっしょに設計する。チェーンではなく歯付きのベルトにするかな。細かいところはいいから、全体の形はこんなものでいいと思うか」

「はい、キリア」

それでキリアは細部の設計に取りかかった。アンドロギアに頼ることなく。

単純に見える自転車もいざ作るとなると解決すべき点が無数にあった。パイプの継ぎ手はどうするか、歯車比は、軸受けのボールベアリングは実際に作れるか、各部の寸法は自分の身体に合わせるとしてどの程度が最適か、などなど。

タイヤをはめるリムは三十二本から四十本のスポークで中心軸のハブと連結するのだが、それは難しそうなので円盤タイプとし、それではいかにも重そうなのでハスのように穴を開けたりしてみた。試算すると車重は自分の体重の半分ほどにもなる。面倒でもやはりスポークにすべきだとキリアは思う。そのほうが軽く、横風の影響も少なくなるし、中心が多少狂っても修正が簡単だ。人間が車輪をこのような形にしたのには合理的な理由があるのだ。

端末から引き出せるデータを参考にしながらキリアは作業を進めていった。

その作業は、楽しいというよりも苦行に近いなとキリアは感じたが、完成したときのことを思えばわくわくしたし、これはやはり自分は楽しんでいると思った。我を忘れて没頭できるというのは、やりがいがある。

もっとも、トウモロコシの収穫作業があったり、端末につきっきりでいるとパイワケットがわざとその前に寝そべって遊べと催促するので、作業はなかなかはかどらなかったが。

だいたいできた、この仕様で工場に頼んでみよう、という段階になって、キリアは見落としがないか確認するためにデータ内の自転車と自分の設計したものをじっくりと見比べてみた。

そこで、前ホークのカーブが自分の自転車にはないことにあらためて気づいたのだ。これまでは無視して進めてきたのだが、一般的な自転車がみなこうなっているというのは単なる好みの問題ではなさそうだとキリアは思い直した。スポークの例もあることだし、と。

この形のスケッチをアンドロギアに見せて意見を訊いたとき、アンドロギアはこの点を指摘しなかったから構造上の大きな誤りというのではないだろうが、もしかしたらアンドロギアにはわからないのかもしれないと、キリアは訊いてみた。

「このカーブにはどのような機能的な意味があるか、わかるかい」

「わかります」

 こともなげにアンドロギアが答えたのでキリアは拍子抜けした思いで、では説明しろ、と命じた。

「それは、旋回時のハンドルの操作感を向上させる働きがあります。キャスター角とトレールが関与しています」

「ふむ。最初に訊いておくべきだったかな。もっと詳しく頼むよ」

 やはり重要な意味があるらしい。そんな用語をまったく知らなかったキリアは、アンドロギアが解説しはじめるのを複雑な気分で聞いた。アンドロギアの教育係の自分が教育されているわけだな、などと思いながら。

 キャスター角というのは、車輪を常に進行方向に向ける力を発生させるために、ハンドル軸を後方に傾ける、その角度のことだという。なるほど、ハンドル軸は傾いている、自分のもそうだとキリア。アンドロギアは画面に模式図を描いて説明した。

「この角度があるために、前輪の接地点と、前輪の旋回軸であるハンドル軸の延長線が接地する点との間にずれが生じます。このずれをトレールといいます」

 ハンドルが垂直についていれば、ずれはない。だがハンドル軸を傾けて設計すると、このずれが生じる。このトレールにより、進行方向とハンドルの向きが違っていれば、車輪の接地点は地面との摩擦による抵抗でその場にとどまろうとするため、ハンドルを復元しようとする力が生じて、車輪はつねに進行方向を向こうとする。つまり走り出すときなど、多少ハンドルがどちらに向いていようと、後輪が車体を前方に押し出す進行方向に前輪が自動的に向けられるのだ。

「このトレールがあるため、自転車を安定して走らせることが可能になります。もしなければ、つねにハンドルを正確に保持していなくてはなりません」

片時もハンドルから手を離せないのでは大変だ。ハンドル軸を傾けるだけで手放しでも乗れるようになるわけだなとキリアはそのことを理解した。アンドロギアが画面に描きこむ図が助けになる。

「……なるほど。しかしそんなことをしなくてもトレールは確保できるだろう」

「たしかにトレールを得る手段はいろいろあります。キャスター角をつけず、つまりハンドル軸を垂直にして、車軸支点をそれよりずらすだけにすれば、舵角によって変化しない一定のトレールが得られます。前輪の向きが、後輪が押し出す進行方向にいつもならうだけでよいのならば、それでいいのですが、しかし自転車はハンドルを切って旋回していかなければなりません。この形式の場合、ハンドルを切るとき、車輪の接地点は、旋回軸周りに旋回することになります。これでは操舵に大きな力が必要になります。トレール量が一定のまま変化しないためと言ってもいいでしょう。舵角をとっていったときに、旋回軸線の接地点に対して車輪の接地点がどう動いていくか、キャスター角をとった場合とそうでない場合の、その軌跡を描いてみれば理解の助けになるでしょう」

アンドロギアがその図を画面に並べて描いて解説する。

「キャスター角をつけてトレールを得る場合では、ハンドルを切るにつれてトレールが減少し、車輪の接地点は旋回軸の接地点に引き寄せられるように移動します。その分らくにハンドルを切ることができます。その状態でなお操舵しやすい力が発生するのが理想的です」

「前ホークを曲げると、それができるようになるのか」

「キャスター角があり、かつ車軸中心点すなわち車軸支点が旋回軸線上にある場合と旋回軸線上からずれている場合とでは、ともにトレールはハンドルを切る角度、舵角によって変化しますが、その状態は両者で異なります」

アンドロギアはその図も描き加える。

「車軸支点の旋回軸線上からのずれ量、オフセットですが、それをとらない場合はどんなにキャスター角を大きく設定したとしても、ハンドルを切るにつれてトレール量は減少していきます」

「どうして?」

「見かけのキャスター角が減少していくため、と言ってもいいでしょう。ハンドルを九〇度切って、前輪を車体方向に対して直角にしたとき、見かけのキャスター角はゼロになり、したがってトレールもゼロになります。この状態の車体を正面から見てみればよくわかります。車体正面から見たハンドル軸は左右どちらかに傾いているわけではなく垂直ですから、その前輪の接地点とハンドル軸線の延長である旋回軸線の接地点は一致して、トレールはなくなります」

キリアは図を見ながら、うなずく。

「車軸支点をハンドル軸線の前ではなく後ろにずらした場合、後方にオフセットさせた場合も、同様に舵角を増すにつれてトレール量は減少していきます。舵角を九〇度にしたときにもゼロにはなりませんが、最小になります」

「ふむ」

「一方、車軸支点のオフセットをハンドル軸の前方にとった場合には、あなたの言うところのホークを前に曲げるということですが、この形式では舵角によるトレールの変化パターンはいくつかに分かれます。ハンドルを切らない状態で、車輪の接地点と旋回軸の接地点を一致させるオフセット量を設定してトレールをゼロに設計することもできます。この場合は先の例とは反対に、ハンドルを切りこむほどにトレール量は増していきます。オフセット量の設定いかんでは、これを減少傾向にもできます」

「トレールがゼロの設定は論外だ。車輪の接地点が旋回軸の接地点の後方になるように車軸支点のオフセット量を設定するのがいい」

「それが一般的です」アンドロギアはうなずいた。「舵角をとらず前輪がまっすぐになっている状態では、同じキャスター角でも、車軸支点をずらした場合はそうでない場合よりもトレール量を小さくできます。それがこの形式の利点なのです」

「トレールを小さくできることが？」

「はい。トレール量は必要最小限にするのがいいのです。大きすぎると旋回しにくく、操舵力も重くなり、また路面のでこぼこによってハンドルを取られやすくなるからです」

「そうなのか……車軸支点をどの程度ずらせばいいかは、このへんを考えれば決められそうだな。ハンドルを切らない状態で車軸支点のオフセット量を増やしていくとトレールは減少していき、ゼロ点を越えるとこんどは車輪の接地点が旋回軸の接地点よりも前にくることになる……これではハンドルが一八〇度逆転するところでしか安定しない。トレールは車輪の接地点が旋回軸より後になるように作用するんだから」

「車輪の接地点が前方にくるというその状態は、この形式では舵角をとるに従っていつかは発生します」

「走っているときにハンドルを九〇度に切るなんてことはまずないだろうから、大きな舵角で発生する多少の不都合にはあまりこだわらなくていいと思う。問題は、トレール量と、舵角によるその変化のほうだ。トレールを舵角によらず一定にもできそうだが、大きすぎないトレール量でそれが可能なら、そう設定するのがいいだろうな」

「必ずしもそれがよいとは限りません」

「なぜ？」

「どのような操舵感を望むかによります。それを自由にできることが、車軸支点を旋回軸より前方にずらして設計することのもうひとつの利点です。車軸支点のオフセットをとらない場合は、ハンドルを切るにつれてトレールが減少していくため、ハンドルの復元力が減少していき、いったんハンドルを切りはじめるとハンドルが自ら切れていくような感覚になります。もとよりキャスター角のために、舵角のついた前輪は傾いていて、傾いた車輪はさらに傾いた方向に曲がろうとする性質があるので、この傾向はさらに顕著になり、ハンドルに正確な舵角を与えるのが難しくなります。車軸支点のオフセットをハンドル軸より前にとれば、トレールの変化や車輪の接地点の移動特性をうまく利用して操舵感の向上に役立てることが可能になります」

「……なるほど」

「これらのように、さまざまな特徴が各形式にありますが、総合的に判断すれば、ハンドル軸を後傾させて適切なキャスター角をとり、かつ適当なオフセット量を設定するのがよい、となります」

「……前ホークがちょっとカーブしているというのは、たいしたことだったんだな」

キリアは深呼吸をする。アンドロギアの説明内容を完全にものにするには時間がかかりそうだった。あらためて考察しようとするキリアに、アンドロギアがそれを遮るように言った。

「ホークの形状はどのようであってもかまいません。カーブをつけるのではなく直線のままで先端部分を前方に折り曲げても、あるいは直線のホークをオフセット分だけハンドル軸より前に離してハンドル軸と連結しても、機能的には同じです」

「強度を考えれば、たしかに緩やかにカーブさせるのが最適だな。走ればけっこうな衝撃力がかかる。それは計算したんだが……ハンドル軸から折れ曲がる形の直線のホークではその接合点に応力が集中してほんとに折れて破壊されそうだ。直線にするなら、ハンドル軸と平行にオフセット分だけ前に出すのが、作るのも簡単で強度的にも有利だ」

「モーターバイクではそのように設計するのが一般的です」

「ぼくが最初におまえに見せたスケッチで指摘しなかったのは、ホークがまっすぐでも当然車軸の支点はハンドル軸線からオフセットされているものと思ったからか」

「あの図は詳しい設計図ではなく、また、どのような性格の自転車であるかは知らされなかったためです」

前ホークが直線の形状でも件《くだん》のオフセット量をとることはできる。どのような形状にしろ、とにかくそのほうが操縦安定性にはつごうはいいが、わざと過敏なハンドリングにするのが目的なら、キリアの設計も間違いではないと言い、アンドロギアは説明を締めくくった。

ウウム、とキリアはうなるしかなかった。そのようなことはなにも考えていなかった。

自分独りでも考えていけばわかったろうとは思ったが、重要性に気づかなかったのはたしかだ。実際に作り、乗ってみて、どうもハンドリングがよくないからなんとかしたいと感じなければ、キャスター角などということは意識しなかったことだろう。設計図面にはキャスター角を示す角度がたしかに記入されているものの、深く考えた数値ではなかった。その角度をつけないとハンドルが手から遠くなる、という程度のことしか考えなかったのだ。

おそらく人間にしてもそうだろう、最初から操縦性を考慮して自転車の一号機ができたわけではあるまい。試行錯誤を重ねて改良されてきたに違いないのだ、自分にわからなくて当然だとキリアは自分を慰めた。

それにしてもアンドロギアの知識量には驚くばかりだった。しかも翼人のコンピュータにはない知能を備えているのがよくわかった。質問に対して的確に、どう答えればいいのか判断できるのだ。それにはキリアは感動した。しかし、アンドロギアが自転車に興味があるのかといえば、まったくその兆しも感じられなかった。アンドロギアはただ質問に答えただけだ。魂の存在を予感させる反応はまったくなかった。解説を終えるとアンドロギアはぼんやりと食卓で身体を休めながら、キリアの次の指示を待った。待機状態の機械そのものだった。

それでもアンドロギアの、知らなかった性能の一面を引き出せたわけだしとキリアは満足し、前ホークの形状を手直しして設計を完了した。図面にはキャスター角に加えて、前輪の車軸支点とハンドル軸線とのオフセット量も記入された。

参考にしたのが単に外観データではなく、このような設計図だったのなら、トレールというそのアンドロギアに教えられた数値について思い至ったのではなかろうかとキリアは、未練ではなく冷静に、そう思った。

そのような設計図は遺跡のコンピュータには入っていない。参考にした外観データのみだ。

しかしそのような外観のみのデータにしても、前ホークがカーブしているという操縦性を考慮されたものだということは、遺跡のコンピュータ内の仮想空間でもその形状が必要だったからだ、と考えられた。でなければもっと奇妙な形の自転車が無数にあってもいい。しかし操縦できないような不自然な自転車のデータはない。つまり、その空間は現実と同じ物理的環境を備えていたのだろう。トレールがなければ、仮想の自転車であってもふらつく、という空間だったに違いない。そこで意識だけになった人間は、仮想の自転車に乗り、物理的な感覚を楽しんだのだろう。スピード感を。仮想の空間では身体を移動したり物を運ぶ必要はないのだから、それでも自転車があったということは、そうとしか考えられない。仮想空間であっても、速度感を味わうために、それを必要としたのだ。

遺跡のコンピュータがごく一部の静的な機能を残して死んだあと、その内部世界を楽しんだ人間たちの魂はどこへいったのだろう？

もしかしたら、とキリアは思いついた、その魂は、より楽しむために、翼人を創ったのではなかろうか。翼人は、あのコンピュータに入らなかった者たちの子孫ではなく、その反対なのかもしれない。

それは新しい人間観だった。

翼人の身体では思いつかなかったのではなかろうかとキリアは想像した。より人間について知るには、遺跡のコンピュータ内のデータ解析よりも、実際に出土している遺物のほうが重要かもしれない。いずれにせよ、遺跡のコンピュータを利用し身体を捨てて意識のみになった人間と、そこに入らなかった人間とは区別しなくてはならない。そのコンピュータがすでに存在するにもかかわらず、そこに入らなかった人間に関する資料はごく少ないから、その研究は困難だろうが。

そう考えて、キリアはあの収蔵庫で同僚のチャイが言った設計図のことを思い出した。

それは自動車の設計図だという。コンピュータ空間には入らなかった者が残したのだ。もっとも、それを描いたあとで入ったのかもしれないが、描いたのは外の現実空間だろう。意識のみの仮想の人間ではない、いわば生《き》の人間だ。

〈重く潰れた街〉の工場に仕上げた自転車の設計図を端末で電送したあと、キリアはその発見された自動車の設計図をぜひ見てみたいと思った。

生の人間の描いたものならば、今回の自転車の場合のようにコンピュータの外観データのみを頼りにしてそれを理解するより、もっと収穫があるに違いなかった。自動車というものについて、それを設計したコンピュータには入らなかった、生の人間について。

現物の設計図が再現できたなら、それをもとに自動車も作れるかもしれないとキリアは期待した。それは自転車よりもスピードが出そうだ。

つぎはそれだ、とキリアは決心した。

一七章　意　識

　自転車の設計には予想よりもずっと手間取ったので、同僚のチャイが手がけている自動車の設計図の復元作業はもう終わっているだろうとキリアは思ったが、なかなかその知らせはこなくて、どうやらキリアの自転車が完成するほうが早いようだった。

　トウモロコシの収穫時期で忙しかったが、キリアは暇を見つけては、工場の自転車製作現場に足を運んだ。キリアが描いた設計図はごくおおざっぱなものだったから、実際に作るとなると工場側との打ち合わせが必要だったからだ。

　そのキリアの注文を直に聞いて協力してくれたのは、友人の一人であるチキティという翼人だった。

「きりあ、コンドノハ文明的ダナ」

　チキティはそう言って、笑った。

「そうかな」

「ソウサ。手押シ車ヨリモズット複雑ダ」

「ああ、そういえば、そうだ」

「石臼トカネ。石臼ヲ手押シ車デ運ンダロウ」

そうだった、とキリアは思い出した。小麦やトウモロコシを粉に挽くのに、作ってもらったのだった。ごくはじめのころだったし、石臼を使う仕事はアンドロギアにやらせたのでキリアはさほど意識していなかったが。

たしかに自転車は、手押し車や石臼に比べれば、より文明的といえるだろうとキリアは思った。なにより自転車はキリアにとって生活必需品ではなかった。楽しみのための道具だ。それこそ、自分の暮らしがより文明的になっているということではないかとキリアは思う。

「工場長ノちぐりすハ、ナンデコンナモノヲ作ルンダ、ト言ッテルヨ」

「もちろん、人間のことを知るためだよ」とキリアは言った。「実際に作って、乗ってみたいんだ」

「ワカルヨ、きりあ」

「わかる？」

「ワカルサ。人間ノ身体ダモノナ」

チキティは同情のまなざしで言った。

このころにはキリアはすっかり人間の身体に慣れていた。翼人の友人であるチキティは小さく、自分のへその高さほどの身長しかない。羽毛に包まれた身体はまさに鳥だった。頭は大きめで、嘴がある。短く太い脚。人間の知識からすると、カラス天狗のようだった。歩く姿は不恰好だ。しかし力強い翼がある。それを一振りすれば脚など必要ない。自転車などという移動手段も。チキティは、高速の移動手段をなんとかものにしたいという自分の気持ちがわかるのだ、とキリアは思った。

それに対して工場長のチグリスは、人間にはさほどの興味を持たない根っからの職人肌の翼人だったから、「なんで、こんなものを欲しがるのだ」と言うのは当然で、その気持ちはキリアにもわかった。それでもチグリスがキリアの設計図をもとに自転車を作ることに同意したのは、最高責任者のカケリアスが命じたからだった。

「チェーンはうまくできたかな」

通い慣れた工場で、キリアはチキティに訊く。

「デキタヨ」とチキティ。「苦労シタケド。キミノ設計図デハ心許ナカッタカラ、遺物倉庫カラ、発掘サレタ自転車ヲ参考ニシタ。ヨクデキテルヨ」

「それは、まあ、そうだろうな」とキリアはうなずく。「こっちは、素人だもの。時間のかけ方が違う。人間は何百年もかけて改良してきたんだ」

「ソレモソウダケド、問題ハ、製造方法ダヨ。ソレニ苦労シタ。形ハ真似レバイインダケド、ドウヤレバコンナフウニ加工デキルンダト、試行錯誤ダヨ」

キリアは何度も工場に足を運んでいたので、チキティのその苦労はよくわかった。実際に作るとなると、設計図を描く段階ではわからないさまざまな問題が次から次へと出てくるのだ。人間の技術資料はたしかに豊富にあったが、それらは観念的なものでしかない。それを役立てるには、実現するための物理的な環境が必要だった。このように加工すればよいという観念的資料があることと、実際に加工することとはべつの問題なのだ。物を創り出すというのは、大変なことなのだとキリアは実感し、そんなものをほとんど無限にといえるほど産み出してきた人間という存在に畏怖を覚えるほどだった。

「デモ、面白イナ」とチキティは笑いながら言った。「作ルトイウノハサ」

チキティは、自分には必要のない自転車というものを作ることを疎ましくは思わず、楽しんでいた。設計図に描かれたものを実際に形にしていくことは面白い、とチキティは言った。問題が出てくると、チキティはパズルを解くように、それを解決する手段を工夫した。キリアからみてもそれは実に楽しそうで、自分も工場に住みこんでやりたいくらいだった。だがアンドロギアとの実験的人間の暮らしを放棄するわけにはいかない。だいたい、工場のある〈重く潰れた街〉は人間が暮らすには不便だった。翼人のための街だったから、やわらかいベッドもなければ、料理のできる台所もないし、トイレもなければ、衣服を洗濯できる小川も近くにはないのだ。

「デキタヨ、自転車。きりあ、キミガ来ルノヲ待ッテイタンダ。ボクニハ乗レナイカラナ」

「ほんとか。どこにある」

「アッチダ」

チキティは飛び立った。

工場はいくつもあり、いずれも大きい。金属精錬施設や、化学プラント、電子精密加工工場などなど、大規模な大量生産能力はなかったが、いちおう人間の作ったものはなんでも再現できる施設がそろっている。チキティが自転車を組み立てているのは、機械工場だった。キリアは飛ぶチキティを追って走った。チキティが舞い降りたのは、工場の奥まったところ、広い作業台のある場所だった。

完成した自転車はその台の上に、前輪をクランプで、後ろは車軸をスタンドで、しっかりと支えられて置かれていた。

「へえ、すごい」

キリアは感心した。ホイールとリムは一体化されたプラスチック製だとわかる。三本スポークだ。

「強度は大丈夫か、チキティ」

「心配ナイサ。計算済ミダ。えんぷらダヨ」

「エンプラ?」

「人間用語デイウ、えんじにありんぐ・ぷらすちっくダ。多クノ種類ガアル。イロイロ考エタンダケド、コレガイチバン簡単ダッタ。苦労シタノハ、たいやト、ちゅーぶダヨ。無垢ノごむノたいやナライイノニ、中空ノたいやガ望ミダッタロウ。ごむ・ちゅーぶヲ作ラセタンダ。空気入レモ作ッタヨ。過去ノ遺物ヲ参考ニシタ」

「すごい」とキリアは繰り返した。「本格的だな。ここまで作ってもらえるとは、正直、思わなかった」

「マア、マダ、ボクトシテハ不満ダケドネ」

「なにが」

「ふれーむハ有リ合ワセノ鋼管ヲ使ッタカラ、重イヨ。強度的ニモ、過剰ダ。モット薄イ肉厚ノ鋼管カ、コイツモ炭素ふぁいばーカナニカデ作リタイトコロダ」

「いいよ、これで十分だ」

「変速機モツイテイナイ。イマ試作シテイル」

「変速機まで？」

「ソウ。外装式ノ簡単ナモノダガ。歯数ノ異ナルぎあヲ後輪同軸ニツケテ、ちぇーんヲ掛ケ替エテヤルダケダ」

チキティは自転車のサドル上で、自慢そうに羽を広げて見せた。作業台にはほかに三人の翼人がいた。チキティと一緒に自転車を作ってくれた、仲間だ。みな、キリアの友人だった。

「きりあ、乗ッテミロヨ」

作業台で、どうやら変速機のチェンジレバーとリンク機構を試作しているらしい、そう説明されなければなにを作っているところかキリアにはわからなかったが、そんな自転車試作チームの一人が言った。

「ソウダヨ、試乗シテミテクレナイカ」ともう一人。「デナイト、ウマクイッタカドウカ、ワカラナイ」

残る一人が、うなずいて、ペダルを回してみせた。逆方向に回すと、ラチェットが解放され、カラカラと軽やかな音を立てて後輪は空転する。

「ヨクデキタロウ。ちぇーんニハ苦労シタンダ」

キリアははやる心を抑えて、できたそれをじっくり鑑賞した。

「チェーンの具合はよさそうだな」

「張リ具合ハ、ココデ調整スル」

乗る前に機構について教わった。ハンドル軸などを支えるボールベアリングの製作がどれだけ大変だったか、などというみんなの苦労話にも耳を傾けた。

それからキリアは支持を外してもらい、自転車を床に下ろして、サドルにまたがった。ハンドルを支えて、床を爪先で蹴る。すっと自転車は走り出す。チェーンもペダルもついていない試作車ではこうして何度も試していたから、転ばずに乗れるようになっていた。

空転装置がうまく働いていて、それまでの試作車と同じ感覚で乗れた。ブレーキもちゃんと効くのを確かめて、キリアは向きを直すと、今度はペダルに足をかけて、踏みこんだ。バランスがうまく取れず、ハンドルをとられてふらつき、作業台にぶつかりそうになって、あわてたとたん、転ぶ。

「きりあ、大丈夫カ」

「……大丈夫だ。自転車のせいじゃないよ」

ブレーキをかけて止まればよかったのだとキリアは反省し、あらためて挑戦する。

ペダルがかなり重いと感じたが、二度、三度と転んで感覚をものにし、自由に走れるようになると気にならなくなった。平らな床を、自転車はビューというタイヤの音を立てて、滑るように走った。音が出るのは、タイヤが太めで、不整地を走るのに都合のいいようにブロック・パターンが刻まれているからだった。

キリアは人間の身体になってから初めての、これまで経験したことのないスピード感覚にすっかり魅せられて、広い工場内を走り回った。空中から工場長のチグリスにたしなめられるまで。

予想をこえる出来だった。本格的な自転車だ。キャスター角やトレールが設計どおりなのは当然としても、実際に工作して現物ができあがるというのはまったくすごいと、あらためてキリアは、それを現実のものにしたチキティ・チームの働きに感動した。

「乗って帰っていいかな」

「変速機ヲツケタインダ」

だから、まだ引き渡せないというのを、キリアは我慢することができなかった。

「シカタガナイナ。きりあ、キミノ気持チモワカルヨ。試作車ハモウ一台アルシ、気ニ入ッタノナラ、イイヨ。不具合ナトコロヲれぽーとシテクレ」

「アンドロギアにも、乗せてみたいんだ。この自転車がアンドロギアをもっと人間らしくさせるかもしれないから。それを早く試してみたい」

「キミハ、立派ナ人間ダヨ」

チキティは笑いながら、そう言った。

「もう一台あれば、アンドロギアと競走できるな。こんなに面白いとは思わなかった」

「競走ハ、かけりあすガ許可シナイダロウ。危険ダヨ」

「そうかな」

「きりあ、翼人ノキミハ速ク飛ベタ。ダレヨリモ速ク。デモ、イマハ人間ノ身体ナンダ。自重シロヨ」

「わかってる」

自転車という、人間の脚で駆けるよりずっと速い移動手段を得たキリアは興奮していた。それを自覚して、深呼吸をする。

「少し浮かれすぎたな。すまない、チキティ、みんな。でも、試乗させてくれないか。外で乗ってみたいんだ。明日、また乗ってここに来る」

わかった、とチキティは言った。スパナなどの工具をキリアはひとそろい受け取った。それらの工具も手作りだ。

「ホカニ、面白ソウナモノガアッタラ、言ッテクレ」

工場から、自転車にまたがって出ようとするキリアにチキティが声をかけた。

「ほかにも?」

「アア。自転車ヲ作ルノハ面白カッタ。正直ナトコロ、ソレヲモウイジレナイトナルト、寂シインダ」

なるほど、それで、乗って帰ると言うとチキティたちはためらったのかと、キリアは理解した。

工場で作るべきものはたくさんある。チキティたちの、それが仕事だった。過去の人間たちが作ってきたものを再現する仕事だ。それらはしかし、あくまで翼人たちの観念によって再現されるのであって、生きた人間が実際に使うというものではなかった。とくに自転車などというのは、翼人には乗ったり試したりすることができないので、観念を現実に形にできたとしても、使えないのだから人間が乗るところを想像するしかなく、それは観念のレベルで留まったままなのだ。

だが、キリアは人間の身体になっていた。キリアの身体があれば、実際に人間がそれを使っているところを観察できる。ようするに、作ったものが実際に役に立つのだ。それはやりがいがあるに違いないと、キリアにはチキティの気持ちがわかった。もとはといえばキリアが人間の身体に変身した動機も、人間というものを翼人の観念のみで理解しようとすることに限界を感じていたからだった。

「まかしてくれ、チキティ。暇にはさせないつもりだ」

「石臼ノヨウナノハ、ヤメテクレヨナ」

キリアは笑ってうなずき、アンドロギアの待つ小屋に帰った。アンドロギアは小屋に付属する納屋で、機械のように黙黙とトウモロコシを石臼で粉に挽いていた。

日が暮れる前にキリアはアンドロギアを戸外に連れ出し、完成した自転車を見せた。

「できたんだ、自転車。おまえのアドバイスをちゃんと取り入れて、ほら、前輪のホークの先端が曲がっているだろう。ハンドルの旋回軸と前輪支持点がオフセットされているわけだよ。どう思う」

「計測してみなければわかりませんが」とアンドロギアは言った。「見たところは設計どおりにできていると思います」

「それだけ？」

「質問の意味がわかりません」

「少しは感動しろよ、まったく。設計にも苦労したけど、チキティたちも大変だったんだ。設計どおりのものが実際に形になるのは、すごいことだ。そうは思わないか」

「はい」

「はい、とは、思わないということか？」

「あなたの意見に同意する、ということです、キリア」

　これは会話になっていないとキリアはため息をついた。

　アンドロギアは、独自の意見を持っていないのだ。知能は高いのに、自意識というものを持っていない。自意識がないということは、どんなに豊富な知識や高い知能があったところで、それを自ら生かすことができないということなのだとキリアは思った。アンドロギアはいまだに人間の形をした自動機械にすぎない。これではいくら人間の知識を詰めこんだところで、人間にはなれない。

　アンドロギアには、翼人たちが与えた自己を護る自己保存機能が組みこまれていた。熱い鍋に手を触れれば、素早く手を離して、必要なら水で冷やしたりする。疲れれば休むし、キリアが不合理な命令をすれば、たとえば、不必要な掃除をのんびりと休んでいるキリアが命じれば、どうして自分がそれをやらなければならないのかと訊くのは、以前経験したとおりだった。しかしそれらの反応は、アンドロギアの自意識から出たものではないのだ。アンドロギアには意識がないのだとキリアは思う。いかにも自己を意識しているかのような反応も、よく観察すれば、それらはアンドロギアの自己保存機能にあらかじめプログラムされた、言ってみればルーチン的、関数的な、入力に対して決まった値を出力する、という自動的な反応でしかない。予想される事態に対処するための無数のルーチン・プログラムがアンドロギアには用意されていて、それは複雑怪奇なのだが、それらを組み合わせればまずほとんどの事態には対処できる。完成した自転車を見てどう思うか、というような質問には、キリアの機嫌を損ねないほうがよい、とそれらのプログラム群により判断して、答えを出すのだ。その答えは、ようするに無意識的なものだ。

意識とは、かつて経験したことのない、まったく新しい事態に直面したときに、それに対処するための手順を自分で生成する能力だろう、とキリアはアンドロギアとの生活で、そう思うようになっていた。つまり意識というのは、用意されていないルーチン・プログラムを新たに自分で創り出す能力なのだ。ルールを創造する能力であり、創造力は意識から生まれる。人間が、物や道徳や社会を創り出してきたのは、意識というものが備わっていたからだ。いまのアンドロギアには、その能力がない。

どうすればそれが与えられるのか、キリアはずっと悩んでいた。そもそも、それは与えることができるものなのだろうか？　まったく新しいプログラムを生み出す能力を、高次のプログラムというような形でアンドロギアに組みこむことが可能だろうか。

どのようなプログラムも記述できる機械は原理的には可能だ。人間の知識からそのことはキリアは知っていた。だが原理的には可能でも、現実的ではない。無限の時間と無限の記憶容量があれば可能だというような条件は非現実的だ。意識は、現実に、そのような条件を無視して新しいプログラムを創生する。その働きは、おそらくプログラムというような時系列にそったやり方では記述できない、非時間次元の、順序を入れ替えても成立するような要素の組み合わせによって説明できる種類のものに違いない。プログラムとは言語的なものであり、言語は、単語を入れ替えれば意味が変わる。時系列にそって理解されなければならない。すると、意識の働きがそのような言語的でない、構成要素が時系列に依存しないものならば、それは言語的には記述できないのであり、ようするにそれは、プログラミングが原理的に不可能である、ということだ。

もしそれが正しいとすれば、アンドロギアに意識を生じさせるような高次プログラムは記述できないのであり、どのような汎用プログラムを、いくつ組みこもうとも、アンドロギアはより複雑な自動反応を示すようになるだけで、それから意識が生じるということは絶対にないことになる。

アンドロギアの身体は人間を忠実に再現したものだった。ただ生殖器官だけがない。意識を備えるには、生殖機能が必要なのかもしれない。それはありそうなことだった。

だがキリアはそのほかに、もっと重要な原因があるのではないかと疑っていた。

それはアンドロギアの自己保存機能というような、いわばアンドロギアの無意識分野を支配している件のルーチン・プログラムというようなものが、翼人たちによって組みこまれたもので、それは人間としては不自然なことだろう、ということだった。そんなアンドロギアは、とどのつまり、人間の身体を、翼人のプログラムで動かしている、機械なのだ。それは、アンドロギアの人間のハードウェアにとっても翼人のソフトウェアにとっても不自然な状態に違いない。

おそらくアンドロギアには意識という機能は潜在的には備わっているのだろうが、それが翼人たちの操作によって阻害されているのではないかとキリアは予想した。もしアンドロギアが、生まれたままの状態から時間をかけて人間的な環境で育てられたのなら、意識が発現したのではないか。そうキリアは思った。むしろそうならないように、最高責任者であるカケリアスはアンドロギアをそのようにコントロールしたのだろう。カケリアスは、人間を研究するのに人間の魂を呼び出すことを恐れたのだ。この世に、それが出現するのを。

この世を支配するのは魂であり、身体も意識も単なるその付属物にすぎないと考える翼人にとっては、その支配に逆らっていまこの世に人間の魂を呼び出す危険を冒すことはできない。厳密にいうなら、「人間の魂」というようなものはない。魂は、人間でも翼人でもないのだ。魂は、現実世界に自己を表現するために現れるとき、身体や意識のタイプを選択する。人間は滅びたのだ。それは魂にとっても理由のあることであり、それを翼人の浅知恵で再生してはならない、というのはキリアにもわかる。

意識と魂はべつで、魂のほうが高次的な存在だと翼人は考えるが、意識が魂と近い関係にあるとも信じている。ときには同列に語られるほどだ。意識は、オリジナルの魂ではないべつの魂を呼び寄せることがあるのだ。すると人格というものが変わってしまう。もしアンドロギアが意識を持ったならば、それがどんなタイプのものであれ、アンドロギアは翼人の個人の能力にはおよびもつかないほどの人間についての膨大な知識を持つことから、それがかつて人間を経験したことのある魂を呼び出す可能性はある。魂の存在は時間に依存しないと考えられるから、とカケリアスは説明した、かつて人間を経験した魂というよりも、魂がいま翼人たちが生きるこの時空においては放棄している人間タイプの存在を、再び選択しやすくする、という可能性だ。それの実現はアンドロギアが真の人間になることであり、「人間の魂」を再生するに等しい。

滅びる理由があったものをそのようにしてこの世に甦らすのは危険だという、アンドロギアに意識を意図的に持たせないようにするカケリアスの方針は、キリアには理解できた。

それでも、このまま自動機械でいつづけるアンドロギアといくら暮らしていても、人間のことはわからないとキリアは思っていた。もう少し人間的になってもいいではないか。人間としての意見が聞きたいのだ。だが自意識を持たないままのアンドロギアでは、それができない。だから、自己に目覚めてほしい、と。

それには、生殖器官を与えるか、いま使っている翼人の言葉を記憶から消して人間の言語を教えるか、あるいは例の翼人の組みこんだルーチン・プログラムを消去してみなければならないだろうとキリアは思った。そのすべてをやれば意識が発現する可能性は高いだろう。カケリアスはそれをやることには反対したから、その老科学者も、そうすればアンドロギアが真の人間になると信じているのだろう。

キリアはしかし、アンドロギアが完全な人間になる必要はないと思う。知りたいのは人間の意識から出た意見なのだから、アンドロギアが真の人間ではなく、翼人の存在を認め、それを選択しつづける魂を持ちつつ、人間意識で考える、そんな存在になればいいと思うのだ。では、自分はどうなのかと考えると、キリアは、自分の魂はもちろん翼人のままだが、意識はだんだん人間的になってきていると感じていた。

だから、アンドロギアにもそうなってほしい。

自転車に興味を見せないアンドロギアの反応に気落ちしたキリアは、もっとアンドロギアが人間的になればいいのにと願っている自分の、その動機に気づいた。

「アンドロギア、寂しいよ。ぼくは孤独だ。一人で喜んでいても虚しいばかりだ」

キリアはそう言い、自転車を押して納屋に収めた。アンドロギアはなにも言わなかった。

アンドロギアは友人にはほど遠い、とキリアは思った。自転車でアンドロギアとともに遊ぶ、などというのは、いまは甘い夢なのだ、と。

翌朝キリアは、居間の電話のコール音で目を覚ました。ベッドから降りようとすると脚の筋肉が痛い。自転車に乗ったからだ、いままであまり使ったことのない筋肉を使ったせいに違いない。

〈重く潰れた街〉とこの小屋とを結ぶ道は平坦ではなくけっこう起伏があった。昨日は興奮していたから気にもせずにペダルをこいだが、太股やふくらはぎがとくに痛くて、これはチキティの予定している変速機が必要だなとキリアは思い、筋肉痛をこらえて居間に行く。

電話はチキティからだと思ったが、そうではなかった。

「わかりました、チャイ。キリアに伝えます」

送受器を手にしているアンドロギアが言った。キリアが近づくとそれに気づいたアンドロギアが、いまキリアにかわると言い、送受器を差し出した。

「キリアだ。チャイ、どうした」

『例ノ、発掘シタ自動車ノ設計図ダヨ。復元作業ガヨウヤク終ワッタンダ』

「どの程度復元できた?」

『ホトンド完璧ダ』

「そいつはすごい」

『ソチラノ端末デ見レルヨ。遺物研究室ノこんぴゅーたニあくせすシテ、ソチラカラ見ラレルヨウニシテオイタカラ』

「ありがとう」

『ドウシタンダ、きりあ。元気ガナイジャナイカ』

「筋肉痛だ」

キリアは自転車のことを話した。

『ちきてぃハガンバッテイルナ。きりあ、自動車ナラ筋肉ハ痛マナイヨ。ナニシロ自ラ動ク車ダモノナ』

「いくらチキティでも、自動車を作るのは無理だろう」

『ソウ悲観的ニナルナヨ、きりあ』とチャイ。『復元シタ設計図ハカナリ詳シイモノダカラ、コレヲモトニスレバ作レソウダ』

「そう甘くはないよ」とキリア。「立体の模型を作るのはできるだろうが、本物を作るとなれば、そう簡単じゃない。自転車ができたのも奇跡的なんだから。チャイ、きみは作ってみたいのか？」

『興味ハアルヨ。ナニシロ、コンナニ完全ナ形デ図面ガ復元デキタノハ初メテダカラ。きりあ、キミモ見レバ、ソウ感ジルト思ウヨ。トニカクキミハ人間ノ身体ヲ持ッテイルシ、見テクレナイカ。人間ノ設計シタ道具ダ。感想ヲ聞カセテクレ。急ガナイカラ』

「わかった」

キリアはそう言い、電話を切った。

「朝食の支度ができています、キリア」

アンドロギアが、暖炉の前で毛繕いしている猫のパイワケットを見ながら言った。パイワケットはなにかを食べたあとらしく、満足そうだった。

「パイワケットに餌をやったのかい」

「いいえ」

パイワケットは、キリアとアンドロギアが捕った魚などをうまそうに食べたが、自分でも狩りをした。さきほど野ネズミを捕まえてきた、とアンドロギアが言った。それは一騒動だったなとキリアは思い、それにも気づかずに寝ていた自分は、やはりかなり疲れていたのだと深呼吸をした。

着替えて、小川で顔を洗うために外に出ると日はかなり高くなっていて、朝というより昼に近い。

アンドロギアはなにも食べずに主人が起きてくるのを待っていたのだ。食事をとるのは一緒にしようと決めてあるからだ。どんなに空腹でもアンドロギアはそれを守る。それでは自分になにかあったらアンドロギアは餓死しかねないとキリアは思う。いや、自己保存機能がそうはさせないだろう。どうしても食べることが必要になったら、アンドロギアは主人が死体になっていようとそのための食事を用意し、同じテーブルに着けさせて、食事するだろうとキリアは想像した。あまりいい気分ではなかった。

アンドロギアを機械とみるなら、それは命令に忠実で喜ぶべきことなのだろうが、いまはその融通性のなさが腹が立つ。同じ腹が立つにしても、アンドロギアが勝手に朝食を食べて、キリアの分はないとすましている事態のほうがましだとキリアは思い、小屋に戻った。

朝食のメニューは、トウモロコシのパン、イースト菌で発酵させたわけではないから正確にはパンではなかったが、それと、オートミールに、野菜サラダといえば少しは文明的だがようするに生野菜をちぎったもの、魚の干物といった、かわりばえしないものだった。キリアはこれまで食事内容にまで気を回す余裕はなかったが、これからはアンドロギアの知識をもとにして、バリエーションを増やしていこうと思いついた。アンドロギアはまったくそんなことには無関心だったが、命令すればやるだろう。しかしアンドロギアが自らうまいものを食べたいという動機で作ることはないのだ。ということは、とキリアは思う、自分が料理の腕をふるって作っても、アンドロギアはそれをうまいとは感じないのだろう、それでは一緒に食事をとる楽しみにはならない。

つまみ食いでもしていればいいのに、アンドロギアは辛抱強くキリアを待っている。

「腹が減ったか？」

「はい、キリア」

パイワケットは毛繕いを終えて、窓框《まどがまち》に乗り、伸ばした両前脚に顎を載せて昼寝をする。アンドロギアは野ネズミを食べているパイワケットを見ながら、その猫が自由に食事をとっているのをうらやましいと思ったろうかと、キリアはそう訊いてみた。

「いいえ、キリア」とアンドロギア。

まあ、そうだろうなと思いつつ、理由を訊ねる。

「どうして？」

「パイワケットが食べる行為と、わたしの空腹との間にはなんの因果関係もないからです」

「そんなことはあたりまえだろう。ぼくが訊きたいのは——」

と言いかけて、キリアはやめた。うらやましい、という感覚もまた自意識から出るものらしい。アンドロギアにはそう感じる能力がないのだ。

キリアは窓のパイワケットの背をなでる。その猫は寝た姿勢のまま尾を左右に振った。喜んでいるのではなく、邪魔をするなという表現だとキリアにはわかる。キリアは笑う。パイワケットには、翼人や人間のような形での意識はないのかもしれないが、魂はある。それでコミュニケーションがとれる。魂のないアンドロギアとの言葉によるコミュニケーションよりよほど自然で、よくわかる。

アンドロギアとの人間的な触れ合いを期待するのは、ほとんど絶望的だと思うキリアだったが、それでも、ここでこの計画を放棄するわけにはいかなかった。なにしろ、工場長のチグリスに無理を言って自転車なるものまで作っている。アンドロギアがこのままであろうと、それらの労力を無駄にすることはできない。アンドロギアがあてにできないのなら、自分で、人間の身体を使って人間を知ることに集中すべきだ。そう思いつつ、朝食をとる。

筋肉痛はひどいが、自転車に乗って憂さ晴らしをしたい、とキリアは思った。あの移動感覚は落ちこんだ魂をリフレッシュしてくれる。

だがアンドロギアにはそれが理解できないだろう。魂がない。だからそれに自転車の乗り方を教えても無駄だ。自転車が自動車という乗り物に代わったとしても。それが、キリアがチャイの連絡を受けてもさほど感動しなかった理由だった。

キリアは食事の後片づけはアンドロギアに任せ、自転車で遊ぶついでにチキティのところに行こうと思ったが、あまりに脚の筋肉痛がひどいのでそれはやめた。なさけなかったが、そうチキティに電話する。

　チキティに笑われると予想したが、その友人は、キリアには同情もせず軽蔑の態度もとらず、こう言った。

『きりあ、ちゃいノ設計図ヲ見タカ』

「いいや」

『自転車ヨリヤリガイガアル。きりあ、キミカラかけりあすニ掛ヶ合ッテ、作レルヨウニ手配シテクレナイカ』

「ぼくが？」

『ソウサ。実際ニ作ッテモ、乗ル者ガイナイノデハ意味ガナイシ、ちぐりすヲ説得デキナイ』

「考えておくよ」

『考エルコトナンカナイ。ドウシタンダ、きりあ。人間ノ身体ガ嫌ニナッタノカ。ソウナノカ？』

　そうかもしれない、とキリアは思ったが、それは口には出さず、電話を切った。

　いったいどうしたのか、とキリアは自分でも思った。昨日まではあれほど気分がよかったというのに。自転車などという乗り物では、所詮翼人の飛ぶときの快感に及ばないからか。いいや、そうではない。すべてはアンドロギアの反応のせいなのだ。自転車の現物を見てもう少し感動のそぶりでも見せてくれればいいのに、まったくの期待はずれだった。

あれでは、一緒に自転車を楽しむことなどできない。独りではしゃいでいても虚しいばかりで、人間らしい人間は自分だけだから文字どおりの孤独だ。生きる目的は楽しむことではないか。それができないのがつらい。人間というのは、パイワケットと違って、独りでは生きられない動物だったのだ、とわかる。楽しみを分かち合える相手がいないことの虚しさは、翼人の時にはさほど感じなかった。

だが、まだ降参するわけにはいかないとキリアは、電話わきに設置してある端末について、それを起動した。チキティやチャイを興奮させている過去の自動車の設計図というものを見て、自分が同じように感動できるものかどうか、確かめたいという気分だった。

正直なところ、ほかにやることを思いつかなかった。端末のモニタにその図の一部が表示されても、それをアンドロギアが見たところでなんの反応を示すはずもなく、キリアはそんなことは期待もしなかったし、そもそもアンドロギアのことは意識になかった。

ところが、ここで、予想もしなかった事態が起きた。

後片づけを終えたアンドロギアが、キリアの背後に立った。いつもの待機姿勢だとキリアは気にも止めなかった。

「これは自動車ですね」

そうアンドロギアが肩越しに声をかけてきたときも、キリアはアンドロギアの反応に変化を感じなかった。新しい現象を経験するときは、それがなんなのか、言葉に出して言うよう

に と命じていたからだ。

「そうだよ」

とキリアは、大量にある図面を、表示を切り替えて見ながら上の空で答えた。しばらくアンドロギアは黙ってモニタ画面を見ていた。背後のアンドロギアが沈黙したので、その人造人間が興味を持ってモニタを見ていることがキリアにはわからなかった。

その自動車の全体像の三面図をモニタに出したときだった。アンドロギアがこう言った。

「これは、クルマです」

「クルマ？　人間語でそれはたしか、タイヤのことだろう」

「車輪の意味ですが、ある時代の、自動車に対する俗称でもあります」

そうなのか、とキリア。

「しかもこれは、製作されたことのない、クルマです」

キリアはいぶかしく思う。

「どうしてわかる」

「もっと見せてください。すべての図面を。わたしはこのクルマのことを知っている」

「それはないだろう。復元されたばかりで、おまえの記憶データには入っていないんだぞ。勘違いだ。記憶違いだよ」

「いいえ」とアンドロギアは言った。「知っています」

アンドロギアには大量の人間の知識が詰めこまれていたから、そのデータを検索して既視感を覚えるのはありそうなことだった。だがアンドロギアはそうではないと言う。では、なにをもとにしてアンドロギアがそれを知っているというのかとキリアは、あまり深く考えずに問い返した。

「どうして、知っていると思うんだ」

「なぜなら……これは、私が描いたからだ」

「——なんだって？」

「私が、描いた。私が……私とは、だれだ？」

キリアはほとんど恐怖に似た感覚が全身に鳥肌を立たせるのを意識して、振り向いた。

「アンドロギア、おまえ、自分がわかるのか」

アンドロギアはモニタ画面を凝視したまま答えない。キリアは声をかけずに、アンドロギアになにが生じているのか、研究者の感覚を取りもどして観察する。

その人造人間は、まばたきをせずにモニタからキリアに目を移し、それから頭を巡らして部屋を見た。

「……アンドロギア」とキリアは呼ぶ。

「それは私の名だ」とアンドロギア。

「そうだ」

「しかし……」とアンドロギアは言った、「私は自分がだれなのか、わからない。ここは、どこだ？」

「大丈夫だ。心配ない。落ちつけ」

ささやくようにキリアは言った。アンドロギアの口調はそれまでのものとは変わっていた。キリアはその人造人間が、なにか得体の知れないなにかに変容しているのを悟った。間違いない。アンドロギアは自己を意識している。魂を吹きこまれて、覚醒したのだ。

「落ちついて」

キリアは繰り返した。自分にも必要な言葉だった。なぜ、どうして、という疑問がどっと頭に渦巻いたが、へたに対応しては、アンドロギアをまた機械人形に戻してしまうかもしれない。

自分はいま、機械が意識を持つ瞬間という奇跡の場に参加しているのだとキリアは意識し、慎重にアンドロギアを見守った。

一八章　覚　醒

アンドロギアはキリアを見た。小柄で痩せた男だった。彫りの深い顔で、眼は黒く、鼻は少し鷲鼻で、どことなく鷲の印象がある。

毎日見ていた顔だった。その髪は左右に分かれて肩まである。一昨日そのキリアの髪を自分が鋏で切りそろえた覚えがあった。キリアと一緒に暮らしはじめたのは春だった。いまはもう初秋といってもいい。その間、キリアがなにを喋り、どう自分に接してきたかを、思い出すことができた。

それでもアンドロギアは、キリアを初めて見る男のような気がした。部屋も、そうだった。この食堂のほかに、寝室や、台所や、外には納屋があるのは、わかる。わかるのだが、いま見えていないそのほかの部屋が本当にあるのかどうかは、実際に確かめてみないことには現実に存在しないような奇妙な感じがした。

その感覚は、初めての経験にもかかわらずかつて経験したことのように感じる既視感、デジャ・ビュ、とは反対だった。いつも見慣れていたはずのこの環境が、まったく初めてのことのように思えるのだ。

これはジュメ・ビュ、未視感体験だ、とアンドロギアは、自分に備わっている人間の知識から、この状態を説明できる言葉を無意識のうちに引き出していた。が、どうして自分がそのような心理体験をしているのか、その根本的な原因は、わからなかった。

自分が実に多くの知識を持っていることをアンドロギアは意識した。キリアが前にしているコンピュータ端末機がどのような部品で構成されているか、その作動原理をも求められれば説明することができた。

その意識でもって、アンドロギアはそのモニタ画面にでている線画をもう一度注視した。そして、クルマだ、とあらためて思った。しかしそれは、自分の知識にはあるはずのない自動車だった。これこそ初めて見るはずのものだ。

それを知っていると思うのは、まさしく既視感ではないか。自分は自動車というものについてはよく知っているから、未知のその線画を見てもそれが自動車だとわかるのは当然だ。だが、それは単なる自動車ではなく、クルマなのだ。

その感覚がどうして生じているのかとなると、アンドロギアには説明のしようがなかった。説明はできないが、クルマであるのは間違いない。なぜなら、自分がそれを描いたのだ。自動車というおおざっぱな範疇でくくられる一般的なものではなく、自分のものとしてのクルマという、特殊な存在なのだ。

その感覚は強力で、これが既視感という錯覚にすぎないのだと納得することがアンドロギアにはどうしてもできない。

その強固な感覚が、この環境に対する未視感覚を生じさせているのだ。もしそのクルマが実際に自分が描いたものだというのが事実ならば、キリアという男や、この部屋や、この世界そのものがいまだかつて見たことも経験したこともないものだ、という未視感も心理的な錯誤などではなく、実際にそのとおりの、未知の世界にいるのだ、ということになる。

アンドロギアは自分の手を見た。その手で自分の顔をなぞってみた。自分がどんな顔なのかは、わかるはずだった。よく自分の顔を見るようにと言われていたから、毎朝鏡で自分の顔は見ている。キリアに毎日髭を剃るように言われていたから、毎朝鏡で自分のす。よく見る、という意味がいまわかった気がした。いつもは、よく見ていなかった、と。鏡に映っていた自分の顔を思い出すのに苦労する。あれが、自分の顔か。いま触っている、顔。これも初めてのような感じだ。

手を、身体に沿って下ろす。股間にペニスがある。だが睾丸はない。一応男性の身体だが、生殖能力はないのだ。性的な欲求というものも、体験することができない。自分がそのように作られたのだということは知識としてはわかっていたが、しかしこれは不自然な気がした。こんなはずではない、という感覚がつきまとう。

「……おかしい。私はどうなったんだ。そのクルマのことは知っている。既視感とは思えない。それを知っている私は、では、だれなんだ？　私は男のはずだ。この身体は自分のような気がしないが……ではどんな身体が本当の自分なのかというのが、わからない」

「落ちつくんだ、アンドロギア。恐がることはない」

とキリアは端末機の前の椅子から立つことなく、言った。キリアは素早い動きはせず、大きな声も出さなかった。

「アンドロギア……それは私の名ではないような……へんな感覚だ」

「そう、おまえは、きみは、もうアンドロギアではないんだ」

「どうしてだ。私はどうなってしまったというんだ、キリア」

「魂が宿ったんだよ、きみの身体に。そのクルマを知っている魂が宿って、きみに意識を生じさせ、その意識と身体を通じて現実のこの世に覚醒したんだ」

「魂だって？」

「そうだ。人間がその存在をどのように感じていたかはよく知られていないが、おそらくはまともに信じてはいなかった。信じていたならば、自分の意識的存在をコンピュータに移植する、などということはしなかっただろうから」

「なぜだ」

「そんなことをする必要はないからだよ」

「どうして？」

「人間はようするに、不滅なるものを意識という存在に求めたんだろう。それより高次な魂のような不滅の存在で自らが生かされていることを、納得できなかったんだと思う。知っていた節もあるけど、認めたくなかったんだ。魂が人間の身体や意識を放棄して本来の形に戻るとき、当然人間ではなくなる。人間は自意識を失うことを恐れ、あくまで人間でありつづけようとしたんだ。遺跡に行けば、それがわかる。巨大な意識保存システムだ。しかし結局は、魂はその意識を放棄していった。魂が抜けていったんだよ。だからそのシステムも滅び、残ったのは大きな遺跡だ」

「魂などという存在については、私はよく知らない」

「そう、きみには、翼人の魂信仰の知識は詳しくは与えられていない。きみの意識が、翼人の、魂という言葉に違和感を覚えるのは当然だ。でも心配ない。きみには魂が宿っている」

「私は人間なのか」

「魂がきみに、このクルマというものを知っている人間の意識を与えたのだろう。身体は、翼人に作られた人造的な人間だ。でも、きみの本質的な実体は、人工的なものではないんだ。魂だよ。魂は、人間でも翼人でもない。きみが、かつて自分は人間だった、いまの自分の身体はおかしいと思うのならこう考えればいい、きみは、変身したのだ、と」

「キリア……あなたが翼人から人間に変身したように、か」

「そのとおりだ。ぼくの意識は、人間的になってきていると思う。でも魂は不変だ」

「魂が意識を生じさせる、というのは、よく理解できない」

「実を言うと、ぼくも、そうなんだ。理解はできないが、でもいまのきみを見れば、そう信じたくなる。意識を生じさせるようなプログラムを人工的に作るのは不可能だとぼくは考えている。もしきみの意識が人工的に作られたものだとしたら、きみの意識については、ぼくにも予想できる種類のものだろう。だけど、過去の、このような未知のクルマについて知っている、というのは予想もできない事態だ。きみの意識は、翼人たちの知らない過去の人間と通じているんだ。その理由を解明しようとしてもおそらくは論理的な記述はできないだろう。そのようなきみのいまの意識は、人工的に生じたものだとは考えにくいんだよ。人工的なものは記述可能だが、そうでないとすれば、人為を超えた存在が、すなわち魂がやったのだと考えてもいい、ということなんだ」

「過去に通じているというのはたしかなようだ。しかし、私が意識できるのは、このクルマを自分で描いたという感覚だけだ。自分とはだれなのか、わからない。魂が自分を知らない、ということがあるのか？」

「きみに宿った魂について完全に知ることは、ぼくらのような意識にはできないんだ。そうだな、きみの魂は、それを描いた人間に関心があるのではなく、そのクルマ自体なのかもしれない。その設計図は生き物ではないけれど、それでも魂がそういうものに宿るということは、あり得ると思う。いまきみを通じて甦ったのは、人間ではなく、このクルマ自体なのかもしれない。その魂が、いまのきみの意識を創造し、覚醒させたのだ、とも思える」

「意識を創造する魂か……私には信じられない」

「それこそ、人間的な感覚というものだろう。でも魂は存在するよ。翼人は信じている。とはいえ、ぼくもあまり信じてはいなかったんだ。でも、いまは信じるよ。きみに意識を与えたものがいるのは間違いない。そういう存在を、魂と呼ぶんだ。普段その存在を感じることはめったにないが、いまが、そうなんだ。ぼくには、思えば二度目だ。最初は、テルモンがパイワケットを授けてくれたとき」

「パイワケット……」

「ほら、あの猫さ。窓で寝ている」

「知っている」

「パイワケットは、ぼくの子なんだ」

「あなたが生んだのか」

「ぼくの子として、テルモンが授けてくれた。テルモンの魂が。そう思った」

「テルモンとはだれだ」

「ぼくの親だよ。話したことはなかったけど。翼人のときの話だから。そのうち、翼人のことを詳しく話して聞かせよう」

アンドロギアは疲れを感じて、食卓の椅子に腰を下ろした。心理的な混乱はまだ続いていたが、キリアが説明してくれたおかげで心理恐慌状態には陥ることはなかった。

「アンドロギア、きみは、そう、もうアンドロギアではない。ぼくと同じ立場にいるんだ。変身したんだ。変身した当初は、身体に違和感がある。だけどそれは長くは続かないよ。そのうち慣れる。だから心配はいらない」

キリアも端末機から離れ、食卓について言った。キリアは嬉しそうだ。

「私は、キリア、それでも自分が何者なのか、わからない」

「ぼくも最初はそうだった。翼人なのか、人間なのか、わからなくて不安だった。でも、ぼくは、ぼくなんだ。きみも、そうなんだ。きみ以外の何者でもないんだ」

「あなたは楽しそうだ。なぜなんだ」

「ぼくは孤独だった。アンドロギアのときのきみとは、こんな話はできなかったからだ。いまは、そうじゃない。まったく、アンドロギアのきみは、機械人形だった。わかるだろう？」

「そうだな……あなたの奴隷のようだった」

「それはいまだからそう思うんだ。それにしても奴隷とはね。それとは少し違う。道具だよ。機械にすぎなかった」

「あなたは、どうやって不安を解消できたんだ、キリア。自分は自分だと思えるようになるには、そうさせる方法があるはずだ」

「理屈っぽいのはかわらないな」キリアは笑った。「そうだな、それは、ぼくにはやることがあったからだよ。きみを研究すること、子のパイワケットの世話をしなくてはならないし、作物も作らなくてはならない。自分が何者かわからないというのは、自分がなにをしていいのかわからない、ということを言い換えたにすぎない。きみはいま、なにをしたい？」

「のどが渇いている。なにか飲みたい」

「それだけ？」

アンドロギアは、キリアがふと表情を曇らせるのを意識した。

「どうしたんだ、キリア」

「アンドロギアになにをしたいかと訊くと、そんなことしか言わなかった。アンドロギアがしたいことというのは、身体が要求することであって、意識がやりたいことではなかったんだ。アンドロギアには意識がなかった。きみは違う。そうだろう？」

「のどが渇いているのを意識した。だから、なにか飲みたいと答えた。いましたいことはなにか、と訊かれたから」

「自分が意識のないもとの状態に戻ることが怖くはないか」

「それは感じない。それを恐れているのは、きみだろう、キリア」

「そう。意識ある者の答えだ。安心した」

「意識があるというのは、くたびれるものだな」

「だろうな。意識というのは、未知の状態に対処するプログラムを不断に創り出しているんだ。きみの意識にとっては、この環境や、ぼくと付き合うのは初めてのことだろう。対処法を模索している。だから疲れるんだ。でもいったん、うまい対処プログラムができてしまえば、そのプログラムは無意識野に保存され、次からはそのプログラムに従って無意識に対処できるようになる。そうなれば、疲れなくなるさ。なにもかも意識することが必要なくなるのだから」

「私のこの疲労感は、意識的なものであって、身体的なものではない、というわけだな」

「そう。のどを渇かせたのも心理的な緊張が原因だろう。茶にしよう。ぼくは茶が好きだ。きみの好みはわからないけど。なにせアンドロギアのきみは、自分がなにが好きで嫌いなのか、意識できなかったんだ。きみは、自分の好みがだんだんわかってくるだろう。経験が必要だ。まず、茶だ。ぼくが入れてやろう」

「ありがとう、キリア」

キリアは軽い身のこなしで台所に立ち、茶を入れはじめた。アンドロギアにはなじみの光景だった。茶はたいがいキリアが入れた。疲れたときには濃いめに、などとキリアは気分に応じて入れ方を変える。アンドロギアにはキリアのその気分を読みとることができなかったから、キリアはそれをアンドロギアまかせにはしなかったのだ。

いまは、キリアは嬉しそうだ。それがわかる。その茶葉は、どこから手に入れたものだろうと、アンドロギアはこれまで思ってもみなかった疑問を抱いた。ここでは茶葉は栽培していない。

「これかい」訊かれたキリアは答えた。「研究所からだよ。〈重く潰れた街〉の連中が摘み取ってきたものだ。普通の翼人には、茶をたしなむ習慣はないんだが、研究所の連中は、人間を研究するというんで、こいつを試しているうちにすっかり気に入ってしまったというわけだよ。ぼくも嫌いではなかったけど、人間の身体になって、本当のうまさがわかった気がする」

ぬるめの緑茶がきた。懐かしいと感じさせる香りだ。

「どうだい」

「うまいよ、キリア」とうなずき、アンドロギアはふと思いついて、言った。「酒は飲まないのか？　ここにはないが」

「翼人はアルコールには弱い。発酵した木の実を楽しむ程度だ。研究所では、人間が記録に残したような酒はない。昔、そいつを試しに造って墜落しそうになったそうだ。カケリアスが言っていた。それ以来、禁止だ」

「そうなのか」

「残念そうだな。どうしてだ。興味があるのか」

「わからない……たぶん、私は酒が好きなんだろう」端末機のモニタ画面を見ながらアンドロギアは答える。「あれを描いた魂が、ということだな、きみに言わせれば」

キリアは真顔でうなずき、カップを手に、身体をずらして、モニタ画面を見やって言った。

「アンドロギア——いや、名前は変えなくてはいけないな……ともかく、きみ、少し落ちついたら、あの図面の内容について、訊かせてもらえるかな。チャイもきっと知りたがる」

「あれを描いたときの私は、酒が好きだったようだ。うぃすきー、それも、すこっち、だ」

「すこっち、とは、人間の言葉か」

「そうだ。知らないのか？」

「人間の言語は、研究されている。でも音声データは正確じゃないんだ。わずかな手がかりはあることはあるが、翼人には聞き取りにくい。奇跡的に残っていた音源が発見されてはいる。しかし翼人にはその発音は困難なんだ。しかも複数の言語が存在していた」

「スコッチ・ウィスキー、だよ」

「人間の身体、口による、正確な発音か。それだけでも偉大な発見だよ。だから――」

「私がこの状態からもとに戻る前に、できるだけ聞き出そうというわけか」

「そのとおりだ」

「私にわかることは、そう多くはない。あの図面にはもう一人、関わっていた気がする。茶が好きだった。その程度のことしか、意識できない」

「もっと詳しくあの図面を見ていけば、思い出すだろう」

「それは、わからない。記憶などというものはないのかもしれない。私にわかるのは、あれは、作られることのなかったクルマであり、未完成だ、ということなんだ」

「未完成とは、まだ描き足りない箇所があるということか」

「いや、あの設計図をもとにして、実際に作りたいと願っていた、ということだ……」とアンドロギアはキリアに目を移して言った。「おそらく私に宿った魂とやらは、それを完成させたくて甦ったのだろう、ならば、それが実現するまでは、私から抜けてはいかないだろう。キリア、私がやりたいことは、それなんだ」

「この設計図にあるクルマを、実際に作り出すことか」

「そうだ」

アンドロギアはうなずいた。そのために自分はここにいる。そう意識すると、この世界に対する不安や違和感が薄れていく。自分に対しても。

キリアは椅子を立って、端末機を操作して、図面を切り替えながら、言った。

「この図面はかなり詳しい。よくできている。しかし実際にこれをもとに作るとなれば、またべつだ」キリアは考えながら、独り言のように言う。「それを検討するだけでも、得られる人間に関するデータは計りしれないだろう。カケリアスに早く知らせないとな」

「あなたにも利益になる」

「ぼくの利益か」

「嬉しいだろう」

そう言うと、意外なことに振り向いたキリアはあまり嬉しそうではない。

「ぼくの嬉しさは、そう、研究が進むこともむろんだが、きみがそういう状態になったことが、重要なんだ。この図を検討することに、カケリアスはもちろん反対はしないだろう。だが、きみは、検討するだけでは満足しない。実際に作りたいという」

「そう」

「もし、カケリアスが反対したら？　そうでなくても、翼人の技術能力では不可能かもしれない。そうなったら、きみはどうなるんだ」

「それは、わからない」

「きっと、絶望して、魂が抜ける。いや、魂は絶望などしない。実現できる環境を探して移るだけだ。きみは、もとの機械人形に戻る」

「さまよえる魂、というわけだ」

「文学的だな。楽しいよ。ぼくはきみを失いたくない」

「おそらくいま私に宿っている魂は、さまよっている状態なんだ。きみのほうがよく理解できるだろう、キリア。私の魂を満足させ、解放することは、私を失うことにはならないだろう。きみはその魂から祝福を受ける。テルモンからパイワケットを授かったように」

「それとは違うと思うが……きみは思ったより、したたかだな。驚くべき環境適応力だよ。わかった。協力しよう。どのみち、魂には逆らえない」

「あなたと私の、魂同士の契約成立というわけだ」

「まったく、きみは、どんどん人間くさくなっていく。契約だって？　ギブ・アンド・テイクでいこうというのか」

「気分を害したのなら、すまない、キリア」

「いいさ。きみにはまだぼくの気持ちはわからないだろう。ぼくがこれまできみにとった態度からして、それと同じようにきみがぼくを目的遂行のために利用しようというのは、わかる。しかし考えてみれば、きみが人間性を得るというのは、ぼくが嫌いなタイプの性格である可能性もあるということなんだ。きみがぼくを手本にしているとしたら、それはぼくの責任でもあるのだろうが」

「私が嫌いなのか、キリア」

「わからないさ、そんなことは。まだ付き合いはじめたばかりなんだから。ま、それは、きみにはいまのところ別問題だろう。契約、けっこう。ぼくはきみを研究用に利用する。きみが満足いくように、最大限の努力を払う。それでいいだろう」

「怒らないでくれ、キリア」

「やるべきことは、どんな気分でもやるさ。まず、なにをしたい、アンドロギア」

「私の名は、アンドロギアではなくなったはずだが――」

「質問に答えてくれ、アンドロギア。まず、どうしたいのか」

「そうだな」取りつく島がなくなったアンドロギアは、なぜキリアの感情を乱したのかを意識することをあきらめ、考えた。「まず……自転車を見たい」

「自転車か。乗ってみたいのか」

キリアはまた笑顔になって、訊いた。

「いや」とアンドロギア。「設計したとおりにできているか、調べてみたい。昨日は、よく見なかったから」

「おまえさんが、興味を示さなかったからだ」

「昨日といまとでは、状況が異なる」

「わかってるよ、そんなことは。皮肉を言ってみただけだ」

「……自転車の作りを観察すれば、工場の能力の予想がつく。自転車が不完全にしかできない工場では、クルマの製作は無理だろう」

「チキティは優秀だ」

「チキティ……そう、覚えがある。優秀だ。しかし――」

「見てこいよ。言っておくが、翼人は、なんでも作れる。自転車の出来が悪いとしたら、チキティや翼人の工場に原因があるんじゃない。設計した者のせいだ」

翼人の技術能力ではクルマの製作は不可能かもしれないと先ほど言った言葉とは矛盾するのではなかろうか、とアンドロギアは思ったが、それは口には出さなかった。出来が悪いとすれば、設計した者の責任だ、という言葉は、そのとおりだと納得できたから。

もし障害があるとしたら、技術的なことではない、そうキリアは言いたかったのだろうとアンドロギアは理解した。しかし、いまそれをキリアに質すのは適当でない。

アンドロギアは無言で席を立った。キリアは不機嫌な顔をしていた。こういう時には、間をおくことだ。これはきっと、自分の意識というものが創り出した、キリアのいうところの環境対処プログラムのひとつ、対人関係問題に対処する方法で、それはすでに無意識野に保存されているのだろうとアンドロギアは思いつつ、自転車のある納屋へ、自分の意識にとっては未知の屋外へと、一歩を踏み出した。

一九章　自　転

納屋に入ったアンドロギアが最初に意識したのは、自転車ではなく、中央にどっかりと置かれた石臼だった。周囲はこぼれたりした粉で白くなっている。トウモロコシや小麦をそれで挽くのはけっこうな重労働で、よく自分はやっていたものだと、アンドロギアはその仕事を振り返った。そして、いまでもその労働から解放されたわけではないのだ、ということも意識した。

どのみち食べるためには必要な仕事だ。苦労に変わりないのなら、うまいものが食べたいものだとアンドロギアは思った。

これまでどんなものを食べてきたのか。メニューの記憶はあったが、うまいという覚えはなかった。まずい、という記憶もない。まさしく意識していなかったのだ。

材料の記憶はあった。動物性の蛋白源としての川魚は、ただ焼くのではなく、ムニエルにして、ソースを工夫すればうまいに違いないとアンドロギアは思った。ソースにもいろいろある。知識は豊富だ。その知識をもとに、試してみたいものだった。タルタルソースに、そう、醬油というソースもある。それを使えば、メニューにずっと幅が出るだろう。

それには、石臼だけでは無理だ。まず道具をそろえるところから始めなければならない。どのような道具が必要か、から始まって、それを設計し、実際に作らなければならない。

この環境でそれができるだろうか。

アンドロギアは納屋の壁に立てかけてある自転車を見つけた。翼人の技術レベルを調べてみる。クルマも作りたいが、食事の充実にも興味がわいていたので、自転車の観察に熱がこもる。道具が作れるなら、メニューの充実もはかれるだろうから。

自転車のタイヤが中空の空気入りチューブによるものだとわかって、よくできているとアンドロギアは感心した。空気入れの口金にはネジが切ってある。おそらく手作りで、バイスで切ったものだろう。雌ねじはタップを立てて切るのだ。バイスやタップという工具は、ではどうやって作るのかといえば、正確なネジ山の形状やピッチを得るには旋盤が必要だ。すると翼人は、そのような工作機械を使いこなしていることになる。

タイヤは合成ゴムで、ホイールはプラスチックだ。そのような合成化学技術もあるのだ。構造強度を考えて作られたプラスチック・ホイールに違いない。

フレームはがっしりとしていて、その重さからして鋼管だろう。鋼とは鉄と炭素の合金である鉄材の一種で、鉄といえば普通そうした合金のことだ。炭素の含有量の多寡や熱処理の違いによって、鉄は異なるさまざまな性質を持つようになる。炭素以外のクロムなどの元素を入れることにより、鉄はまた性質を変える。硬さやねばり、構造的あるいは耐熱強度など。純粋の鉄はごく柔らかく、構造材としては使えない。もっとも、純粋な鉄などというのは人工的に産み出すのでもなければ、自然状態では存在しない。酸化しているのが自然で、そうした不純物を限りなく除去していくと鉄は金に似た性質を持つようになる。透けるほどに薄く伸ばしたりできるし、限りなく純粋な鉄は錆を寄せつけず、まるで金のようだ。

翼人はそうした知識を持っているだけでなく、望みの性質を持つ鉄材を実際に作る技術があるということが、自転車を調べるとわかる。それは鉄に限ったことではない。クランクに触れ、弾いてみると、鉄とは違う感触で、これはアルミ鍛造品だろうと思われた。

自転車の各部をそうしてアンドロギアは調べていった。それは、作られた自転車というものと会話しているようだとアンドロギアは思った。訊けば、答えてくれる。コミュニケーションの手段は言語だけではないし、会話のできる相手も生物に限らないのだ。

「どうだい、アンドロギア」

振り返ると入口にキリアが立っていた。手元が暗いと思っていたが、そのせいかとアンドロギアは気づいた。キリアはしばらく黙ってそこから見ていたらしい。

キリアが自分のことを再びアンドロギアと呼ぶのが気になったが、それには触れず、アンドロギアは、観察して思ったことを話した。

「チキティは変速機も設計しているよ」とキリアは言った。「実際に作る気だ。つまり変速機を作る技術もあるということだな。フレームの鋼管は有り合わせのものを流用している。クランクがアルミだなんて知らなかったが、それは専用に作ったんだな。ようするにその自転車は試作品なんだ。各部品材料の、つぎはぎ的なバランスの悪さはそのせいだ。チキティは思いどおりのものを作りたいと言っているし、技術的には可能だろう」

「希望が持てる。クルマも作れそうだ」

「ま、そんなに甘くはないだろう」

「どうしてだ、キリア」

「クルマは複雑だから、自転車のようなわけにはいかない。作るとなれば、一大プロジェクトだ。カケリアスが許可するかどうか、わからない。その許可なしでは工場は動かない。自転車でさえ、工場長のチグリスを説得するのは大変だったんだ。作る技術があることと、実際に作れる、というのは別問題なんだ」

「……なるほど」

そういうことか、とアンドロギアは理解した。

「勝算はありそうかい、キリア」

「勝算だって？」

キリアは驚いた表情を浮かべた。怪訝な顔ならわかるが、とアンドロギアは興味を持った。

「どうして？　私はおかしなことを言ったかな」

「きみは、自分の思いを押し通すことを、戦いだと思っているのか」

「そんなに深い意味で言ったわけじゃない」

「いや、意味はあるんだ。勝算とはな。翼人の感覚では出てこないよ。こいつは面白い発見だ。きみはまったく人間的だよ。そう、カケリアスも喜ぶだろう。きみと暮らすことの本来の目的は、まさにそうした人間感覚を翼人が知るためなんだから。それがいま実現しているんだ」

「私の魂が抜ける前に、たくさん知ることだな、キリア」

「それは脅迫か。思いどおりにさせないと、という――」

「事実を言っているだけだよ、キリア。私はクルマを作りたい。実現できないとなれば、私の意識は意味を持たなくなる。それは私も嫌だ。戦いというなら、そうかもしれない。でも相手を打ち負かすという戦いではなくて、困難なことに立ち向かうという、闘いだ。あなたと争う、などということは考えていない。だから脅迫ではない。これは、取引だろうと思う。あなたが私から利益を得るなら、私のことも考えてほしいということだ」

「フム。ま、それが公平というものだろうな」

「あなたの協力なしではなにもできないんだ。なにかいい方法はないか、ということだ、キリア」

「そうか。うん……ぼくは少し懐疑的になりすぎているかもしれないな。なにしろ人間と付き合うのは初めてのものだから」

キリアは自転車に近づき、ハンドルを取って、納屋から引き出した。フリーホイールがカラカラと軽い音を立てた。その工作精度のよさを感じさせる快い音に引かれるように、アンドロギアも表に出た。

「なぜ、あのクルマなんだい？」

キリアは自転車にまたがり、友人と話すような口調で、訊いた。

「アンドロギア、きみは、自動車ならなんでもいい、というのではないんだろう」

「そうだな……自分で設計したクルマを、作りたいんだ」

「どうしてなのかな。チャイも言っていたが、あれが描かれた時代には、自動車は大量生産されていたはずだ。しかも、そうした自動車は、あのクルマよりは進歩していたらしい。詳しくは検証されてはいないが、あのクルマの時代の自動車のパワーユニットは、電気モータが一般的だったらしいということだ。なのに、あのクルマのパワーユニットは内燃機関だ。それは新発明ではない、むしろ遅れていたんだ。そんなクルマに、どんな価値があるんだろう？」

「私には、あれを描いたときの詳しい世界背景はわからない。しかし、あのクルマは、私にとって特別なものだった」

「趣味で自分のクルマを手作りする、というのが目的だったとしても、理解に苦しむところだ。懐古趣味としても理解できない。ぼくが自転車で苦労したキャスター角とか――」

「ホイールアライメントだよ、キリア」

「そう、それについてもよく考えて設計されているようだ。初期のクルマには未知の分野だろう。あのクルマは、初期のクルマを再現することが目的ではないんだ。懐古趣味ではないだろう。知り得るかぎりの新しい知識を駆使して設計しているのに、全体としては旧式なクルマだ。いったいなんなんだろう？　当時としてはすでに旧式なクルマを、新たに設計するという、動機だよ。それがわからない」

　自分が自転車を調べている間にキリアは研究所のチャイと連絡を取って、あらためてあの設計図を検討していたらしいとアンドロギアは気づいた。自分が翼人の技術レベルを知りたいように、翼人は人間の技術、いや技術内容というより、道具を産み出す動機というものに関心があるのだ。そうなのかと訊くと、キリアはうなずいて言った。

「翼人は、人間のような高度な道具を作ることには関心がない。それで十分暮らしていけるからだ。物を作ることに関心があるという、チキティのような、ぼくもそうだが、そんな翼人は例外なんだ。人間を研究しているから、人間的になっているのかもしれない。組織にしてもそうだよ。研究所のボスはカケリアスだけれど、そういう集団の上下関係という概念は、もともとの翼人にはないものだ。翼人は集団的生物ではない、単独でも生きられる生き物だからね。人間とはそこが決定的に異なる」

「あなたは、その身体からしても翼人としては例外的だというのは理解できる。そんな人間的な感覚を持っているかのような、例外的なあなたにしても、でも私がクルマを作りたいという動機は予想できないというのか」

「予想はできるさ。人間は結局はなにかを作らずにはいられない生き物だったんだ。たとえば身体を保護する衣服は必然的に作らねばならなかった。だがそれが高じて、作ること自体が目的になっていったんだ。作ることに快感を覚えるという。そうした創造の喜びというのは、チキティも理解している。ぼくも自転車を作るのは楽しかったし。でも予想は予想でしかない。知りたいのは、事実だ。予想を検証しなければ研究とは言えない。アンドロギア、きみが、『私の気持ちはわかりそうなものだ』と言っても、それでは納得できないんだ。それこそ、わかるだろう?」

「そうだな……しかしなぜこのクルマでなければならないか、ということになると、私にはわからないんだ、キリア」

「いいんだ、焦らせるつもりはないから。きみが作りたいというそのクルマを実際に作りはじめれば、たぶん自ずからわかってくることだとぼくは思う。でも翼人の関心については意識していてほしい、ということさ。自ずからわかるというのは、意識していなければ、それこそ無意識野に埋もれたままだろうから」

「わかった……ではあなたは、私がクルマを実際に作ることには反対ではないわけだな」

「そう。だれも反対するとは言ってないだろう。きみが勝手に、取引だなんだと言っているだけだ」

「フム」

「あのクルマを作る過程で、いろんなことがわかると思う。そうでなくても、きみの作りたいという気持ちは、ぼくがこの自転車を作ったときと似ているんだと思うよ」

「どんなふうに?」

「ぼくは、この自転車を実用のものとして望んだんじゃないんだ。もちろん、実用にもなるけど。川や研究所に行くにも歩くよりは効率がいい。でもこれが欲しいと思ったのは、乗れたら楽しいだろう、と感じたからなんだ。いまのぼくには翼がない。でも空を飛ぶあの移動感覚を忘れたくない。自転車なら、少しはあの感覚を得られるだろう、というのが、製作動機だ。いわば、魂の要求なんだ」

「私にとってのあのクルマも、そうだというのか」

「たぶんね。実用的な道具として設計するなら、パワーユニットひとつとっても、もっと効率のいいものがあの時代にはあったはずなんだ。メカニズム的にもより単純で、作りやすい物が。でもあのクルマはそうじゃない。きみの魂は、効率を求めているのではないんだ。物を作る楽しさ、などという動機でも説明できない、魂の感覚なんだ。人間か翼人かなどというレベルには関係ない、魂が望んだことだ。だからこそ、いまきみに意識があるんだと思う」

「また、魂か、キリア」

「そうさ」

キリアはそう言って、自転車のペダルに力をこめた。少しよろけたがすぐにバランスをとって自転車をうまく操り、走り出した。

畑を過ぎると丘があり〈重く潰れた街〉に通じる小径がついている。キリアはその丘を越えず、一番高い付近で自転車の向きをこちらに変えて、一息つくと、勢いよくペダルを漕いで駆け下りてきた。

坂道のせいでスピードがのると、クランクの回転に足がついていかず、キリアは両足をペダルから離した。ハンドルを取られないように注意しながら、キリアは歓声を上げる。納屋の手前でブレーキをかけたが、すぐには止まらない。ざっと砂煙を上げてキリアは転んだ。

「キリア」

「大丈夫だ」

キリアは笑いながら起きて、倒れた自転車も引き起こした。

「何度乗っても面白いよ。飽きない。耳元でびゅうびゅう風が鳴って、これで上昇できれば最高だ」

「魂が喜んでいる？」

「そうとも。そのとおりだよ」

「人間に見切りをつけた魂は、翼人を作ったのかもしれないな。飛ぶ快感を求めて」

「ああ、そういう説はたしかにある。わかってきたじゃないか、アンドロギア」

「そうかな。空を飛ぶ生物の歴史はそれこそ人間よりもずっと長い。もし魂が存在するなら、その魂は人間に、鳥ではないなにかを求めたのだろうと推測できる。当時は翼人はいなかったわけだし。翼人にない人間の特質といえば、それは、物を作る、ということではないかな。あなたが言ったように」

「だから、きみは作ればいいさ。協力するよ。でも、魂はいまのきみの意識ほど、かたくなではないよ」

「どういうことだ」

「きみは、作りたいから、作る、という。魂はもっと柔軟で、単純だ。魂は理屈をこねない。あのクルマそのものには、さほどこだわらないと思う。きみに宿った魂が、かつてあれを描いた人間ではなく、あのクルマの設計図そのものに宿っていたものだとしても、この世に甦るときはもとの形にはこだわらないと思う。設計変更も許容すると思うな。魂の目的は、きみにあれを作らせることとそのものではなく、あれをこの世に甦らせて、この世に遊ぶことだ。ぼくはそう思う」

「そんな、実在を証明できない魂などというもののことが、どうしてあなたにわかるんだ？」

「ぼくには魂が宿っているからさ。きみも、そうなんだ」

「それは論理的でない」

「魂は理屈ではないんだ」とキリア。「魂のすべてを意識が知ることはできない。それを知るには、意識以外の認識手段が必要だろう。ぼくらはその手段を持っていない」

「それは詭弁ではないか——」

「意識は、すべてを知らないと満足できないし、知ることができない領域があるということを、認めたくないんだ。いまのきみがそうだ。すべてを知ることができると思っている。理屈で解釈できると」

「できるはずだ。データを集めて考えれば」

「それこそ、意識の働きなんだ、アンドロギア。なんでもわかるはずだ、というのは。それは、意識というものが、未知の事態に対する対処プログラムを創造するために機能するものだからだ、と説明することができるだろう。つまり、意識は、未知のものに対処する機能といってもいいわけだから、わけのわからないものがあるとなると、そのままでは危険だと判断し、あくまでも知ろうとする。でも、そのような不安感覚は意識が生むものであって、その危険には実体がないことも多い」

「実体がない？」

「そう。危険だと感じても実際には危険でもなんでもないということだよ。魂についてすべてを知らなくても、生存の危険はない。知ることが不可能でも、だ。でも意識はそれを認めたがらないんだ。すべてを知ることが必要であるという感覚は意識からくるのであり、知ることができると思うのは思い上がりとも言えるし、それが意識の機能限界でもあるんだ。人間にとくにその傾向が強く認められるようだ。カケリアスも言っていた。翼人は、人間よりも高い視野を持っている分、意識も柔軟だ、と。この身体になって、きみと少し話したことでも、そうなんだな、と思うよ。翼人は空から見おろす視野を持っている。人間にはできない。その差はぼくが思っていた以上に大きいんだ。ぼくの意識は、きみよりは高所感覚を持っているということだよ」

「翼人のほうが人間よりも優れているというのか」

「魂に関する認識においては、翼人のほうがはるかに優れている。それは断言できるよ。いまのきみを見ていればね。でも、だから翼人のほうが人間より生存に有利だ、とは言えないだろう。人間は滅びたにしても、生物種としてどちらが優れているかは別問題だし、それは意味がないとも言える。魂にとってはそんなことはどうでもいいんだ。魂は、この世でぼくらのような存在を介して遊ぶだけだ。意識の機能レベルや、それがあるなしにも関係ない。パイワケットを見ればわかる。パイワケットに宿る魂も、この世を楽しむために現れたんだ。そしてきみも、そうなんだよ」

「楽しむために、か」

キリアはうなずいて、自転車を納屋に戻そうとした。それをアンドロギアは呼び止めて、言った。

「その自転車に、私も乗ってみてもいいかな」

「きみが、乗るって?」

「おかしいかな」

「いいや、ぜんぜん」

キリアは笑って、自転車の向きを変え、ハンドルを渡した。

「意識があるというのは、楽しいな、アンドロギア。乗ってみろよ。面白いから」

「フムン」

アンドロギアはキリアがやったように自転車にまたがって、ペダルに足を乗せ、そして倒れた。

「漕ぐんだ、アンドロギア。前進力がなければ話にならない。走り出せば車輪のジャイロ効果で安定する」

「わかっているよ」

キリアに助け起こされてアンドロギアは言う。

「負け惜しみ言って」とキリアは笑う。「理屈だけでは乗れないぜ」

悔しさを意識し、アンドロギアは再挑戦する。キリアが後部を支えてくれた。ペダルを漕ごうとすると、そちら側へ倒れそうになる。思わずハンドルを反対に切って、転ぶ。

「ハンドルを切る方向が逆だ」とキリア。

「それでは行きたい方向とは反対になる」とアンドロギア。

「走り出しもしないのに反対もくそもあるもんか。針路は、倒れずに走り出してから修正すればいいんだ。ぼくが押してやるから、ハンドルをまっすぐにしていろよ」

「わかった」

アンドロギアはキリアに言われたようにハンドルを固定した。ぐいと自転車が押し出される。少し傾いたまま走り出したが、ハンドルを動かさずにしっかりと支えたままにしていると、車体はさらに倒れこむ。足を思わず出して、転ぶ。

「アンドロギア、ブレーキだ。止まるときはブレーキをかけなくちゃ」

「そう言われても、ハンドルに注意がいっていると、ほかのことはついていかない」

「な、理屈どおりにはいかないだろ」

「もう一度頼むよ、キリア」

「いいとも」

二度、三度と押してもらっているうちに、ペダルを漕ぐ感覚がわかってくる。

「倒れそうになったら、ハンドルで修正するというより、身体の重心移動で立て直す感じだ」

「重心移動だって？」

「乗っているうちに、わかるようになるさ」

ブレーキを握りしめてスピードを殺すことを覚えると、転ばずに足をついて止まることができるようになる。

何度目かの後には、すぐ脇をキリアが走ってついてきているのに気づいた。思わずハンドルを持つ腕に力が入る。先はトウモロコシの畑だ。ブレーキは間に合わず、突っこんでいき、転ぶ。

「大丈夫か、アンドロギア」

「驚いた。支えてもらっていると思っていたのに」

畑から自転車を引き出して、アンドロギア。

「ちゃんと乗れたじゃないか。怪我は？」

「ない。と思う」

「今日はこのくらいにしておくか」

「いや、もう少しだ、キリア。乗れそうな気がする」

「その意気だ。いい気分だろう」

「ああ」

「きみの魂が、きみを動かしはじめたということだよ」

そうかもしれない、とアンドロギアは思った。自転車に乗れるようになるのは嬉しいが、それは困難なことを達成できる、という意識的なものだけではない。乗れるということ、そのものが楽しいのだ。それはキリアが言うように、理屈ではなかった。理屈ではないものが自分の意識を駆動しているのを、アンドロギアはたしかに自覚した。

自転を始める魂というイメージがふと浮かぶ。球体の形をした魂というものをアンドロギアは想像する。巨大な鉛のようなそれが、ぎしりと動く様を。ぎくしゃくとそれが回転を始める。回転軸が定まると、ぶれずに回りはじめる。しだいに回転を上げていくにつれて、とてつもなく巨大な鉛のような球体だったそれが、輝きはじめるのだ。やがてそれは光の球となり、かろやかに、なにものにも制限されずに回転数を上げていく……

「チキティにもう一台作ってもらって、競走できるようになるといいな」

「競走か」

「きみはもっと練習しないと、ぼくには勝てないぜ。ぼくは、ハンドルから両手を離しても乗れる」

「まるで子供だ、キリア」

アンドロギアは笑って、自転車にまたがった。

「子供だって？　きみは子供の人間の意識がわかるのか」

いきなり生真面目になるキリアに、アンドロギアは言った。

「はっきりとした記憶があるわけじゃない。でも魂というものがあるとすれば、それは子供のように、無邪気で、勝手で、非論理的で、自由だ。そう思ったんだ、きみを見ていてさ」

アンドロギアは自転車を漕いで、少しふらつきながらも納屋まで走った。

「うまい。もう乗れるね」

「楽しいな、キリア。よく作ったよ。チキティにも感心する。でも、これで遊んでばかりいては、飢え死にだ」

アンドロギアは自転車を納屋に戻した。

「トウモロコシも収穫しないと、畑で腐ってしまう。しかしトウモロコシばかりのメニューは飽きる。石臼も、なんとかしたいな。ものすごい工場があるんだ、利用しない手はない。電動ミルを作ろうじゃないか、キリア」

「掃除機のときとはえらい違いだ」

キリアは嬉しそうに言った。

「時間に余裕ができないと」とアンドロギアは真面目に言った。「私のクルマも作れないからね」

「そうだな。カケリアスを説得するのが先だが」

「昼食を作りながら、手段を考えよう」

キリアは同意する。

台所で川魚の干物を用意すると、パイワケットがいきなり駈けてきて、止める間も与えずに、さっとそれを横取りしていった。

「だめじゃないか、パイワケット」

「怒るなよ、キリア。猫は魚が好きなんだ」

「もう干物、ないぜ」

「魚を捕るのも、面白いと思うな」

「楽天家なんだな」

「悲観的な魂なら、こんなところには来なかったさ」

アンドロギアはそう言って、笑う。

キリアが少し首を傾げながら、レタスをちぎる自分を観察しているのをアンドロギアは意識したが、覚醒した直後のような不安はもう感じなかった。自転する車輪が倒れにくくなるように、自分もそうなのだとアンドロギアは思った。魂というようなものは、あるのだ、と。

二〇章　手　段

アンドロギアはキリアに紹介されるという形で、カケリアスに会いにいった。自転車に乗って。

自転車はまだ一台だけだったから、キリアは歩いた。キリアは楽しそうだった。

アンドロギアはカケリアスに会うというので、少し緊張して出発した。カケリアスについての記憶はあるのだが、その記憶から、その翼人が好ましい者なのか、警戒すべき相手なのかを判断することはできなかった。意識のない状態では、好悪の感情もなかった。ようするに、カケリアスに会うのは初めてといってもよかった。それはカケリアスにしても同じだろう。

カケリアスにクルマ作りを拒否されれば、落胆する。それは自分のことなのでアンドロギアはよくわかったから、カケリアスの出方をあれこれ予想して、つい緊張してしまうのだ。

そんなアンドロギアを見て、キリアが自転車に乗る権利を譲ってくれたのだった。

「なに、心配ない。おとなしくしていればいいさ。自転車に乗るのに集中すれば、そんな取り越し苦労は忘れてしまうよ」

それでアンドロギアはまだおぼつかない乗り方で自転車を操った。いちおう転ばずに乗れるようになっていたが、〈重く潰れた街〉への道は起伏も距離もあり、丘を越え野を渡り林や森を抜けるというもので、ちょっとした冒険旅行だった。それはたしかに、余計な心配を忘れさせてくれた。サイクリングは楽しかった。

研究所にはカケリアスをはじめ、キリアの同僚たちも集まっていた。チャイもいたし、工場からは総責任者のチグリスに、チキティのグループも顔をそろえていた。

カケリアスは、アンドロギアが意識を持ったというキリアの報告が正しいことをすぐに認めた。

「キミガ、コノ自動車ノ設計図ヲ描イタトイウノカネ」

カケリアスが訊いた。

「はい、カケリアス」とアンドロギア。

「描いたような気がする、ということです。アンドロギアには、過去の正確な記憶はありません」とキリア。

カケリアスはうなずいた。

「ソウダロウナ。魂ノ記憶ナドトイウモノハ、ワレワレニハ意識デキナイ。ダカラ、あんどろぎあノ魂ガ、コノ設計図ニ関与シテイタコトハワカッテモ、ドウイウ形デソウシテイタカハ、ワカラナイ。きりあガ言ウヨウニ、あんどろぎあノ魂ハ、コノ設計図ソノモノニ宿ッテイタモノカモシレナイ」

「理由はともかく、私はこれをもとに、実際に作りたいのです」

アンドロギアは、チャイが紙に復元したクルマの設計図を指して言った。

「私の意識は、そのために魂によって与えられた」

「ホウ、人間ノ口カラソンナコトヲ聞クトハナ」

「ですから」とアンドロギアは続けた。「このクルマを作らなくては、私の存在意味がない」

「キミノ魂ハ、シタタカナヨウダ」とカケリアス。

キリアが最初に感じたことを、カケリアスも意識しているのだとアンドロギアは思った。

「あなたがた翼人は、私という人間の身体を再現した。魂が宿ることは予想できたはずだ。あなたがたには、私の願いを叶える義務があると思う」

「偉ソウナコトヲ言ウナ」と言ったのは、工場長のチグリスだった、「オマエハ、研究用ノ人造人間一号ニ過ギナインダゾ」

「ちぐりすガ言ウヨウニ」とカケリアスは言った。「あんどろぎあ、ワレワレニハ、キミノ意識ノ願イヲ叶エル義務ハナイ。シカシ、魂ヲ呼ビ寄セタ、ソノ責任ハアル。キミハモハヤ人造人間一号デハナイノハタシカダ」

「どういう意味なのか、私には理解できないが――」

アンドロギアは、キリアにそっと背後をつつかれて、黙った。キリアは、ここで下手に対処するなと警告しているのだとアンドロギアは理解した。

「あんどろぎあ、キミハ客人ダ。コノ翼人ノ世界ヲ十分ニ楽シンデモライタイ。きりあガ世話ヲスル。キミノ意識ハ、コノ世界ニツイテモット学ブ必要ガアルダロウ。時間ガカカル。ソレデ、ナオカツ、ソノくるまヲ作リタイ意欲ガ持続シテイルナラ、方法ハアルダロウ。客人ナラ、ソレナリノ、ワレワレニ対スル礼儀トイウモノモアル。ソレヲ学ンデカラニシテモライタイ」

「かけりあす、私ハ反対ダ」チグリスが言った。「人間ノ命令デ、工場ガ動カサレルノハ危険ダ。ダイタイ、コノ自動車ヲ作ル、ドンナ意味ガアルノダ？　工場ニハソンナ意味モワカラナイモノヲ作ル余裕ハナイ」

アンドロギアは反論したかったが、キリアにまた制止されて、こらえた。

「性急ニ物事ヲ押シ進メルコトハナイ」とカケリアス。「魂モソレハ望ンデハイナイ。意識デハナク、魂ニ従ウコトダ、あんどろぎあ。魂コソガ、ワレワレノ主ナノダ。スベテソレニ任セテオケバイイ。性急ナ意識ハ魂ヲモ傷ツケル。私ガ言イタイノハ、ソレダケダ」

「わかりました、カケリアス」とキリアがアンドロギアに代わって、答えた。「そのようにします」

どのようにするのか、アンドロギアには見当もつかなかったが。

工場を見学してもよいかという申し出は許可されたので、アンドロギアはチキティたちのグループの案内で研究棟を出て、工場群のあるほうへ自転車で向かった。キリアは、残った。チグリスたち責任者とともに、カケリアスと会議だ。

チキティたちは気持ちよさそうにアンドロギアの上空を飛んだ。アンドロギアが必死に漕いでも追いつかないので、チキティはそれに合わせて、輪を描いてアンドロギアが追いつくのを待った。

息を切らして機械工場に入ると、チキティが奥へと案内し、ひとつの作業台に舞い降りた。

「あんどろぎあ、帰リハきりあト競走デキルヨ」

チキティは自慢そうに、作業台の上の、もう一台の自転車の完成品を指して言った。

「ああ、キリアが言っていた、変速機付きのやつだね」

「ソウダ。ソノ自転車ヨリ軽イヨ」

よくできている、とアンドロギアは素直に感心した。

「どうしてなんだ、チキティ。きみには乗れない自転車なのに、どうして?」

「満足ガイクヨウニ作ルノガ面白インダ。ヤレルコトヲヤラズニ妥協スルノガ嫌ナンダ。形ダケ真似スルンジャ、ツマラナイ」

「技術屋の、プライドだな」

「マア、ソウカモシレナイ」

アンドロギアはその新しい自転車を試乗がてら、工場群のすべてを見て回った。それから、過去の人間たちの意識を保存していたらしいという、巨大な遺跡を。

その遺跡は、まったく大きかった。すり鉢状に掘られた大きなクレーターの底に、人工的な白い球体の建造物の一部が頭を出していた。

チキティがアンドロギアの自転車のハンドルに降りてきて、言った。

「キミノ魂モ、カツテハアノ遺跡内ニ捕ラワレテイタノカモシレナイナ」

「どうかな……私にはよくわからないが、たぶん、違うと思う」

「人間デハナカッタ、トイウノカイ」

「あそこに入らなかった人間もたくさんいたんだろう。キリアが言っていた」

「ソウカ。ソウダナ。アソコハ、意識ニヨッテナンデモ実現デキル空間ダッタトイウ。ナンデモデキルノニ、ワザワザ設計図ヲ描イテ外ノ世界ニ残スコトハナイワケダ」

「巨大な、幻の空間だったんだな」

「翼人ニハ理解デキナイヨ。キミノ意識ノホウガワカリヤスイ」

「どういうこと?」

「くるまヲ作ル、トイウコトサ」

「フムン」

アンドロギアはあらためて遺跡を見つめた。あのなかで、仮想のクルマに人間たちは乗っていたのだろうか。現実のクルマの走り回るほどの大きさはないが、意識にとっては、その空間は無限だったことだろう。夢の世界だ。魂が抜けていったのは、その無限というものに意識が虚しさを覚えていったからだろうとアンドロギアは思った。夢を見つづけるのに飽きたのだ。

自分は、そうではない。限りがある。クルマ作りでさえ、実現できるかどうかわからない。

たぶん、それをも魂は楽しんでいるのだろう。夢ではない現実を。

　実際に作った車を走らせるには、ここはうってつけだとアンドロギアは、クレーターの周囲を見て思った。そのクレーターは、崩れないように階段状に掘り進められたものだった。一段のテラスは幅が広く、固められている。舗装された円周状のサーキットのようなのだ。

「ボクモ、あんどろぎあ、くるまヲ作ッテミタインダ」

「きみが？」

「ソウサ」とチキティは言った。「スグニデモ作レル」

　チキティは笑っているようだ。羽毛に覆われた顔の表情はよくわからないが。自慢そうな顔にも見える。

「すぐにでも、やれるって？」

「ヤレル。キミノくるまハ難シイガ。ボクナラ、ぱわーゆにっとハ電気もーたニスル。ソノぱわーゆにっとナラ、使エソウナモノガイマイクラデモアルカラネ」

「なるほど。それなら、工場にあまり負担をかけなくてすむ」

「ヤッテミルカ？」

「電気モータか……」

「キミノくるまハ、がそりんえんじんダ。構造ガ複雑デ、シカモ効率ガヨクナイ。振動モ激シイダロウ。ナゼソレニコダワルンダイ？」

「どうしてなのかな。たしかに、電気モータなら、往復運動ではないから、スムースだろうな」

「滑空スルヨウナ感ジノ走行感ダロウ。ソノホウガ洗練サレテイル」

「飛ぶような乗り心地か」

「ソウダヨ」

「でも、チキティ、飛ぶときは、翼を上下させるじゃないか。振動も出るし、往復運動だ……そう、私のクルマも、その感じなんだ。ただ走ればいい、というんじゃないんだ。私は、私の魂は、おそらく、あのクルマに、生命を感じたいんだ。生き物なんだよ、私にとって、あのクルマは。生命の鼓動を感じたいんだ」

「ソウカ……ナントナクワカルヨ、あんどろぎあ。デモ、実際ニ作ルニハ、妥協ガ必要ダ。ちぐりすハ難関ダゾ」

「そうだな。しかし、妥協はしたくない」

「ヤリガイガアルネ」チキティは甲高い声をあげて、笑った。「ボクモ、作ッテミタイ。しゃしーハキミノ設計図ノモノガ使エル。たいやモ作レル。電気もーたヲ載セレバ実際ニ走行デキルマデニ、作ルコトハ可能ダ。意味ガワカルカイ、あんどろぎあ」

「どういうことだ？」

「電気もーたデハナク、がそりんえんじんトみっしょんガ用意デキレバ、ソレト換装デキルトイウコトダヨ。ぱわーゆにっとヲベツニスレバ、比較的簡単ニ実現デキル、トイウコトサ」

「そうか。協力してもらえるのか」

「結果トシテハネ。デモ、キミノタメジャナイ。ボクハ、電気もーたノホウガ興味ガアル。ソノホウガスグレテイルカラ。構造モ簡単ダ。作ッテミタイ。デモ、ちぐりすハ納得シナイダロウ。かけりあすノホウガ物ワカリガイイ。キミノ願イナラ、聴クダロウ。ウマク説得デキレバ、ヤレル。ボクハ妥協シテモイイ。がそりんえんじんガ手ニ入ルナラソレヲ使ッテモイイ。マズ、作ル態勢ニ入ルコトダ。ソレハ、キミニシカデキナイ。きりあハ、ドウナンダ、キミヲ支持シテイルノカイ」

「たぶん。少しずつだが、分かり合えるようになってきた」

「ジャア、きりあニ協力シテモラッテ、手段ヲ考エルンダ、あんどろぎあ。工場ハ、任シテクレ。許可サエデレバ、ナンデモヤッテヤル」

「……わかった。ありがとう、チキティ」

「ソノ自転車、イイダロウ」

「ああ、とてもよくできている」

変速機はうまくできていた。車体も軽い。チキティの設計センスと技術力の高さの証明だ。アンドロギアは、遺跡の外周の階段状の、同心円のサーキットのような、それに目をやった。そこをクルマが走るのを想像して、ぞくりと身を震わせる。感動は恐怖に似ていると思いながら、アンドロギアは自転車を漕ぎだし、最外縁の円周路に降りた。

そこで息を整え、自転車をあらためてスタートさせる。低いギアから、高いギアへと、十五段あるギアをチェンジしながらスピードを上げていく。

　タイヤが上げるシャーという音が高くなるにつれて、まるで飛んでいるような感覚になり、アンドロギアは酔った。

　チキティが舞い降り、翼をひねってバランスを取りながら、羽ばたかずに滑空してアンドロギアのすぐ脇を追いかけてきた。飛ぶ翼人は、まさしく巨大な鳥だった。

　チキティは遅れをとると、力強く羽ばたいて加速する。その羽ばたく瞬間に翼が立てる空気をたたく音が、圧力波となって耳に届く。バウン、バウ、と。エンジンの鼓動のようだ、とアンドロギアは負けずにペダルを漕ぐ。

　疲れて漕げなくなるとアンドロギアは慣性のままに任せた。円周路はとても大きく、全力で疾走してもなお一周していない。フリーホイール機構があったので、ペダルに足を乗せたままにして休むことができた。風が心地いい。チキティも滑空してついてくる。

「いい自転車だ。走るのは気持ちがいい」

　激しい呼吸と動悸が収まってくると、アンドロギアは脇を飛ぶチキティに言った。

「くるまトドウ違ウ」

「そうだな……」

　アンドロギアは自転車を行くに任せたまま、少し考えて、言った。

「自転車は、身体の機能の延長だ。身体の一部だ。でもクルマは、べつの生き物だ。そこが違う」

「ドウ違ウ。ドチラモ人工ノ道具ダ」

アンドロギアはハンドルから手を離し、上体に風をいっぱいに受ける。大きく弧を描く道だが、ハンドルを操作しなくても思うように針路を保つことができた。それが嬉しい。まさしく自分の身体の一部を操るように、意識しなくてもできるようになっていることが。

工場への道のあるところでアンドロギアはブレーキをかけて、円周路から出た。

「クルマも、うまく乗れるようになれば、きっと自転車に乗るような感じが味わえるのだろう」とアンドロギアは言った。「でも、クルマはそれ自体がパワーを持っている、異なる動物体といってもいいんだ。自転車とはそこが違う。クルマとコミュニケーションを取るのは、自転車よりも難しいだろう。対話が必要だ。言葉ではない、対話が。それがクルマに乗ることの楽しさなんだ。うまくいく瞬間というのは、きっと自転車に乗るような、身体の一部になっているかのように感じる瞬間だろう。だけど、決して自分の身体ではないんだ。自分でないものが、自分と一体化する瞬間というのは奇跡的だ。それを求めているんだ」

「魂ガ？」

「そう、魂が。クルマの魂も、そうだろう」

「キミハ、翼人ノヨウダ」

チキティはそう言って、また笑った。

「戻ろうか。キリアが待っているだろう」

満足して工場に帰ると、キリアはチキティの仲間たちと談笑していた。

「遅かったな、アンドロギア」

アンドロギアはキリアに、遺跡のサーキットを走ってきたことを話した。

「そいつはすごい。転ばなかったかい」

「ああ、とても乗りやすい自転車だ。試作品とは出来が違う」

「ソウダロウトモ」とチキティの仲間たちが嬉しそうに言う。「苦労シタンダ」

「尊敬するよ」とアンドロギア。

「帰りは、ぼくがそれに乗る。いいだろう、アンドロギア？」とキリア。

「もちろんだよ、キリア」

「そろそろ戻ろう。暗くなると自転車では危ない」

キリアはチキティたちに挨拶し、アンドロギアをうながして、工場の外に出た。

「ジャアナ、あんどろぎあ」

自転車で走り出した上空でチキティが言った。アンドロギアは片手を放して、振った。

「なんだい、チキティは嬉しそうだったな」

高く舞い上がるチキティを見上げて、キリアが訊いた。

「チキティは、クルマを作りたいそうだ。私に、うまくカケリアスに掛け合うようにと言っていた」

「あいつらしいなあ」

「どうすればいいかな、キリア」

「カケリアスを説得する方法か。いや、チグリスのほうだな、問題は」

「チキティもそう言っていた」

アンドロギア自身もそう思った。わずかな時間だったが、実際に翼人たちの研究者に会ったことで、内部事情や、考え方の違いなどがわかった。来てよかった、とアンドロギアは思う。

「方法はあるさ」とキリア。「帰ったら、話すよ。いいことを思いついたんだ」

道は遠く、日が傾くのが早い季節になっていたので、二人は縦に並んで狭い道を急いだ。

小屋に着くと、さすがに疲れた。夕食の用意もしなくてはならなかった。パイワケットは二人の姿を見て出迎えるように小屋から出てきたが、むろん夕食の支度をして待っていたわけではなく、反対だった。餌をねだっているのだ。

「魚の干物がなくなるときにかぎって、自分でネズミを捕る気をなくすんだからな。パイワケット、きょうはなにもないぜ。パンとトウモロコシのスープだけだ」

「キリア、川へ行って、汗を流そう」

「いいな。ついでに、罠に魚が掛かっているか、見てこよう」

自転車は大事に納屋にしまって、小屋の裏の小川へ行く。

「キリア、水を小屋まで引きたいな」

「少し上だからな」

「パワーユニットがあればいい」

「ポンプか」

「そうだ。エンジンだよ」

「わかったぞ、アンドロギア。ぼくが考えたのも、それなんだ」

「生活必需品だと言えば、カケリアスも納得する。チグリスも強硬には反対できないだろう」

「そのとおりだ」キリアは真面目にうなずく。「それにしても、ポンプとはな。それは思いつかなかった。電動ミルくらいだ、ぼくが思いついたのは」

「発電機でもいい。エンジンの、自家発電機。4サイクル直列四気筒、排気量は一六〇〇だ。単位はあの設計図によるものだが」

「2サイクル単気筒で十分なのにな。そいつは傑作だ。かなりでかい。水汲みポンプをクルマのパワーユニットとして利用するわけだ」

「そのとおり。過去にはそういう例もあったんだ」

「そうなのか」

「ふと思い出した例だが……消防ポンプのエンジンをクルマ用に改造して搭載した例がある」

「いいな、それ」とキリア。「チキティなら、やるだろう」

「彼は優秀だ。なにより、彼自身も、やりたいんだ。私の魂がここを選んだ理由がわかる気がする」

「だめでもともとだ。やってみよう」

「だめではない。エンジンにこだわらなければ、比較的簡単に実現できるとチキティは約束してくれた」

「目的があるのはいいことだ――わあ、罠に掛かってる。大きいな」

「マスだな。こいつはいい。パイワケットがうなりながら食べるよ」

「ぼくもさ」

大漁だった。

疲労は食べ物が手に入ると快いものに変わる。二人は元気を取りもどして小屋に戻り、空腹を満たした。

心もきょうの出来事に満足し、アンドロギアは安らかに眠った。

空を飛ぶ夢を見た。並んで飛んでいるのはチキティかと思ったが、キリアなのだった。反対側にもなにか飛んでいた。羽を生やした、その生き物は、パイワケットだった。

猫も空を飛べることにどうしていままで気がつかなかったのだろう。

そう不思議に思いつつ、自分が飛んでいることにはなんの疑問も感じずに、アンドロギアは飛びつづけた。

二一章　命　名

キリアは、アンドロギアと相談した計画を、電話を使ってチキティに伝えた。

チキティは愉快そうに笑って、そいつはいい、と言った。

『シカシきりあ、えんじんハ鉄ノ塊ダ。トテモ重イゾ』

「モータにしたって、大出力になれば似たようなものじゃないか。同じパワーなら、モータのほうが軽いのかもしれないが――」

『イズレニシテモ重イ。ソンナ重イモノヲ、ドウヤッテソコマデ運ブンダ？』

「ここに運ぶことはないだろう。クルマに使うんだから」

『水汲ミぽんぷトイウ設定ナンダカラ、運ブ算段ガ必要ダヨ。表向キノ計画ガサ。建テ前デモ、ソノ手段ヲ考エテオクベキダ』

「ウーム、そこまでは考えなかったな。〈動く樹〉に運ばせることにしよう」

『モットイイ方法ガアル』

「どんな？」

キリアは聞き取りにくい翼人の言葉を聞き漏らすまいと、電話の送受器に耳を押しつけた。

『きりあ、くるまデ運ベバイインダヨ』

「なんだって？」

『くるまダ。くるまニ乗セレバイイ。自動車ダ』

「……なるほど。で、そのクルマは電気モータで動かすのか」

「ナニヲ言ッテイルンダ。ソンナノハ無駄ダ。くるまノぱわーゆにっとハヒトツデイイ」

「そうか、そいつは傑作だな。自走するエンジンか」

『ソウダヨ。えんじんニたいやガツイタ機械ダ。自動車トイウノハ、ヨウスルニ、えんじんガ自走スル機械ノコトダ』

「それは、アンドロギアの言うクルマとは違う定義だな」

『同ジモノデモ、見方ガ異ナレバ、違ウモノニナル。ちぐりすニハ自走えんじん機械ヲ作ル、ト言エバイイ。かけりあすハ理解スルダロウ』

「わかった。それでやってみよう」

『あんどろぎあハドウシテイル』

「台所でなにか作っている」

『くるまデハナクテ？』

「料理だ」

『魂ノ燃料ダナ。楽シムタメノ』

「似たようなことを言っていたよ」

『面白イ人間ダ』

「人間は面白い、というべきだろう」

『ソウカ。きりあ、あんどろぎあニ、暇ニナッタラ、えんじんニ関スル知識ヲ訊キタイ。コチラデハ、初メテノ機械ダ。アノ設計図ダケデハ、トテモ作レナイ。あんどろぎあノ支援ガ必要ダ』

「喜んでやるだろう。伝えておく」

電話を終えて、台所に行く。いい匂いがしていた。アンドロギアは大きな鍋で、なにかを煮ていた。

「なにを作っているんだい」

「ソースだよ」とアンドロギア。「ニンジンにタマネギ。そのほかいろいろを使って、ソースを作っている」

「スープとは違うのか」

「違う。魚を焼いて食べるのもいいが、そいつにかけるんだ。うまいよ。醬油も作ってみたいね」

「ふーん。期待している」

「任してくれ」

なにをチキティと相談していたのかと訊かれたキリアは、内容を話した。アンドロギアは笑った。声をあげて。ひとしきり笑ったあと、まったくチキティというやつは偉い、と言った。

「彼は、クルマというものをよく捉えているな。そう言われてみれば、そのとおりだ。エンジンが移動する機械か。考えてもみなかった。まさしく、消防ポンプ車だな。水汲みポンプ用のエンジンが走るんだから」

「ポンプ機能をつけるなら、余計な機構が必要になるだろう」

「喩えだよ。そんな機構はつけないさ、もちろん。チキティも端《はな》からそんなことは考えていない」

「すっかり意気投合しているな」

「どうしたんだ、キリア」

「べつに」

アンドロギアは鍋をかき回すのをやめ、電熱コンロの出力をみて、それからキリアに言った。

「キリア、私の観察研究がきみの仕事だ。私やチキティと同じ気でいては務まらないだろう」

「わかっているさ、そんなことは」

「なら、いいんだ。だが、私やチキティはきみを仲間外れにしているわけじゃない。私にもチキティにも、きみの協力が必要だ」

「ああ、そうだろうとも」

「人間は一人では生きていけないんだ。きみの憂鬱は、私にもこたえる。翼人はそうではなさそうだが。チキティは自分の思うとおりになれば、それでいいんだ。しかし、きみは、人間的になっている。仲間外れにされるのが気に入らない。疎外されるのは人間にとって、生存に関わる脅威だ。群れで生きる生き物だったからな。だから、疎外感は不安として意識される。いまのきみは、たぶん、そうなんだ」

「ぼくの意識か……」

「意識が感じる不安は、必ずしも現実的な脅威を反映しない。きみが言ったとおりだ。元気を出せよ、キリア」

「進歩したものだな、アンドロギア。きみに慰められるとはなあ」

「私はどうも、きみよりも長く人間をやっている気がするんだ」

「膨大な人間の知識を詰めこまれたからな」

「それもあるかもしれないが、感覚的にもなんだ。私はきみが落ちこむのをなんとかしてやりたいと思うんだ。年長者としてだ」

「フムン……テルモンのようにかな」

「そうかもしれない。身内、という感じだ。翼人のことはよくわからないが、似たような感覚なんだろう。もっと知りたいね。翼人の世界を」

「そのうち、案内してやるよ。〈重く潰れた街〉じゃない、ごく普通の街をさ」

「客人としてかい」

「そうだな……きみが年長で、ぼくを身内の家族と感じるなら……なんだろうな。翼人は、兄弟の関係も疎遠なんだ」

「叔父さん、か」

「叔父というのはどうだ」

「アンクでどうかな」

「なにが」

「私の名だよ。アンクルといえば叔父だが、それは堅苦しい。アンクといえば、それには生命という意味がある」

「いいな」とキリアはうなずいた。「きみは、自分で〈名づける者〉になったわけだ」

「名づける者？」

「そう。親のことさ。パイワケットは、ぼくが名づけた。弟のキアスは、もう妹になった。親になったから」

「なんだか、よくわからない」

「冬になる前に、〈コアキスの街〉に行ってみたいな。実際に見れば、納得するさ」

「どこだい、その街」

「ぼくの生まれた街だ。キアスもそこにいる。〈相思の樹〉が翼人の家だ。翼人は魂繭卵から生まれるんだ。魂繭卵は海が生む。翼人の身体は死ぬと海に還るんだ」

「……海か。行ってみたいな。生命の源泉だ。海から来て、海に戻る、か」

「道はないからクルマでは無理だな。自転車でも大変そうだ。歩くしかないだろう」

「飛べるということはすごいことだな」

「人間も、悪くはない。そうだろう？」

「ああ、そのとおり」

アンドロギアはうなずいた。

「アンク、元気を出せよ」

「きみの気分はもとに戻ったね。ありがとう、キリア。こんどは私が励まされた――おっと、焦げてしまう」

アンドロギアあらためアンクは、微笑んだ。しゃもじを手に鍋のソースをゆっくりかき回し、それから味見をした。キリアも。

「ウーム」とキリア。「まずくはないが……なあ？」

「うむ」

「なにか、こう、そうだな……塩気かな。なにか物足りない。塩気じゃないな。苦みかな――」

「足りないのは、こくだな。こくがない」

「こく？」

「表面的な味じゃなくて、味わい、だよ。隠し味が必要だ。苦みはいい線だ」

「違うのか？」

「渋みだよ、キリア。渋みが足りないんだ。もちろん、はっきりと渋いと感じては台無しだが。隠し味用にワインが欲しいところだ。酒の一種だ。肝心なのは、それなんだ。ま、そのうち、酒作りにも挑戦しよう。ワインは葡萄の実から作る。葡萄はあるかな。葡萄の木だ」

「あるとも。好物だ。ぼくはリンゴのほうが好きだが」

「リンゴ……林檎か」

「そろそろ実が生る時期だよ。採りにいこう。たくさん採って、保存しよう」

「いいな。酒も造れる。林檎酒か。それも悪くない」

「まったく酒が好きなんだな、人間は」

「ま、個人差もあったろうさ。しかし料理に酒はかかせないよ」

「わかった、わかった、作ればいいさ」

「さて、これはこのへんでいいだろう。食事が楽しみだな」

「チキティが、エンジンについて訊きたいと言っている」

「実際に相談にいかないといけないだろうな」

「その打ち合わせ方法の相談もある」

「忙しくなってきたな。やることがあるというのは、まったくいいことだ。さて、キリア、洗濯にいこう」

「洗濯だって？」

「きみがやるか、一人で」

「いやだ。なんでぼく一人でやるんだよ」

「だからさ、行こう。洗濯をしないと着る物がなくなる。われわれはあまり衣装持ちとは言えないからな」

当然だが、生活のための仕事の量はいままでと変わるところがなかった。しかしアンクにとっては、アンドロギア時代にやっていたことと同じ作業でも、意味は違っていた。アンドロギアは命令されたことを無意識でやっていたにすぎない。いまは、自分が快適に暮らすために必要な、自分のための仕事なのだった。手を抜けば、その分、わが身に返ってくる。クルマ作りと同じくらいに無視できない。

小川に行き、清流に入って洗濯物を岩にたたきつけて洗いながら、ロボットが欲しい気分だ、とアンクは言った。

「それは、きみだったんだがな」とキリア。

「私はロボットだったたわけか。あれだけの工場の能力があるんだ、機械的なものが作れる――」

「人間型のロボットは、だめだ。カケリアスは許可しないだろうし、ぼくもきみのその願いには反対だ」

「自律して動き回るロボットを望んでいるわけじゃない。掃除機があるなら、洗濯機だって欲しいじゃないか」

「それなら、ぼくも欲しいな」

「モータを指定しよう。クルマのスタータ・モータに流用できるようなやつだ」

「そういうことか。ま、エンジンよりは説得力があるだろうな」

「交流発電機にバッテリもいる。電気系は比較的らくだろうな。高度な電子制御によるドライブ・バイ・ワイヤ・システムも可能だろうが、それはいらない。あまりエンジンとドライバーの間にバッファのようなシステムは入れたくない。ダイレクトにエンジンと対話できるほうがいい」

　アンクはシャツを小川の清流から頭を出している岩にたたきつけて、言う。

「やはり、考えているのは、クルマのことなんだな」

「キリア、きみは、乗ってみたくはないか。クルマに。自転車よりも速い」

「そう、ぼくも試してみたいよ。速度感は魅力だ」

「クルマは、単なる移動のための道具じゃないんだ。きみも言ったろう、自転車を作ったのは、実用のためではない、と」

「ああ。わかるよ。きみのその気持ちは、わかる。問題は、その気持ちが、一般的な人間に通じる普遍的なものかどうかだ」

「人間研究か」

「そうだ。あまり特殊な例では研究にならない」

「あのクルマが特殊なものだということからしても、私の気持ちは、一般的な人間の、一般的な自動車に対する気持ちからは、ずれているだろうな。でも、道具ではないクルマというものを望んだ人間の気持ちそのものは、特殊とは言えないだろう。それを望む人間は多くいたんだ。ただ、時代がそれを許さなくなった、ということだろう。せめて設計図だけでも楽しもう、ということだったと思う」

「フムン」

「きみも人間の身体を持っている。感覚も似てきた。乗れば、わかるよ。クルマは乗ってみなければわからない」

「記憶があるのかい」

「いや」洗濯の手を休めて、アンク。「想像だ。どんな感じかは、実はわからない。だからこそ、実現したいんだ」

「うん。ぼくも自転車の次は、自動車だと思っていた。きみのいう、クルマだ」キリアも休んで、アンクを見つめた。「ぼくは、きみと初めてのような気がしない。ぼくの魂は、かつてきみの魂とともにいたんじゃないかな」

「ああ、それは考えられるね。私もそんな気がする」

「うまいな。ぼくも引き込もうとする」

「きみが言い出したことじゃないか」

「ぼくが翼人から人間に変身したのは、クルマに乗りたいからじゃない。人間の視点から人間を感じたかったからだ」

「それで、なにがわかった？　いままでに？」

「気のおけない話相手がいるのは幸せだ、ということと、それから……」

「それから？」

「クルマに乗ってみたい、ということだ」

アンクは笑った。

「冗談じゃないんだ」キリアは生真面目に言った。「研究所の対人関係は人間に似ていて、自分の思いどおりにいかないことも多い。気ままで個人的な生き方をする翼人としては、かなり特殊な環境だ。息苦しくなるときもある。そんなときは、飛んだ。だけど、いまのぼくには、翼がない。研究者の立場としては同じなのに――」

「ストレスの解消がしにくい？」

「まあ、そうだな。そうでなくても純粋な飛ぶ楽しみも、なくしてしまった。自転車はいい。飛ぶのに似ている。気ままな翼人に戻った気がする」

「クルマも、そうだろうさ。ストレスの解消は結果であって、目的じゃないんだ。翼人に戻れるという感覚はそうだろうな。私は翼人ではない。では、なにに戻れるというんだろう？」

「魂だろう」とキリアは言った。「そう、きっとそうだ。人間でも、そうなんだ」

「魂という言葉は実に便利だな。なんでも説明できる」

「きみは、アンク、魂を信じないのか」

「目に見えず、実体を証明できないものでも、信じることはできる。信じるよ。それも意識の働きだ。私の意識は……洗濯機が欲しい。足が冷たくなってきた。キリア、洗濯を済ませてしまおう。それからチキティと相談だ」

アンクは悪戯っぽく目を輝かせて言った。キリアはうなずいた。

小屋に戻って、洗濯物を干してしまうと、キリアはさっそくカケリアスに電話した。

カケリアスには、エンジンをクルマ用に使うことを告げる。クルマは、自分にも興味があるとキリアは言った。人間に変身したのだから、自分がなぜそれを望むのか、実際に確かめたいのだとキリアの言うことを、カケリアスは認め、やってみるがよかろうと、許可を出した。

「どうだった」

電話を終えたキリアにアンクが訊く。

「万事、うまくいくさ。チグリスのほうは、カケリアスがうまく説得するだろう。まずは。水汲みポンプ用のエンジンを作るという方法だ」

「自走エンジンができそうだな」

アンクは嬉しそうに言う。

「うまくいくかな」

「チキティの腕にかかっている」

「電話しよう。知らせてやろう」

チキティは待ちかねていたらしい。すでに、エンジンについての研究を始めていた。

『きりあ、アンドロギアヲ出シテクレナイカ』

「いいとも。アンドロギアは、アンクという名を自分でつけた。アンクと呼んでくれ」

『ワカッタ』

アンクはチキティの要請で、使える資料が翼人のデータにないかを調べた。翼人に詰め込まれたデータを、頭のなかを、検索してみる。意識がないときほどうまくはいかなかったが、思い出すことはできた。

発掘された遺物のなかに、形を留めている自動車のガソリンエンジンがあの大きな遺物収蔵倉庫にある。チャイの管轄だ。チキティはチャイとも連絡を取り、それが実際に保存されているのを確かめた。

『見本ガアレバ、ヤリヤスイ。ウマクイクダロウ』

それからというもの、チキティとキリアは、アンクから自動車工学の基礎から講義を受ける毎日になった。

ガソリンエンジンの基本的な動作原理はもちろん、まず、熱機関についての基本的な講義をアンクはした。熱力学だ。圧力と熱と気体体積の関係について、熱サイクルについての基本的な考え方の講義は、キリアには退屈だった。あまりよく理解できないからだが、チキティは熱心に聴いていた。

それからようやく、ガソリンとはなにか、という具体的な内容になる。揮発しやすい燃料だが、発火点は比較的高いため、点火装置が必要だ、その装置にはスパーク・プラグというものを使う、というように、だんだん細部にいくにつれて電気や機械工学的な分野についての講義になる。それはよりイメージしやすいため、キリアにも興味深いものになった。

たとえばエンジンブロックはどうやって作るのか、などという話になると、アンクとチキティの話は具体的で熱を帯び、そのやり取りはキリアには面白かった。

チキティとの相談には電話ではなく、音声も通じるようにしたコンピュータ端末を使うようにしたので、画面にチキティの顔や、絵が表示されたりする。

「エンジンブロックは鋳鉄だ。鋳造は知っているか」

『モチロンダヨ、あんく』

「シリンダは、ピストンが高速で往復するから、それに耐える材質が必要だ。べつに作ってはめこむ。材質によって熱膨張率が異なるのを利用して――」

『ぶろっくニ開ケタ穴ヲ研磨スルダケデハダメナノカ』

「高度な加工精度が要求されることはおいといても、対磨耗性などを考えれば、べつに作るほうが要求性質を得やすい。発掘資料のエンジンを参考にするといい。いずれにしても、どんな方法にせよ、メリットもデメリットも両方ある。すべて完璧、という方法はない。ブロックと一体でシリンダを作るとしたら、高度な熱処理技術が必要だ。ある程度の経験がないと失敗続きだろう。もし技術があるなら、アルミの鋳造ブロックでも鉄のスリーブを使わずアルミのまま円筒形の穴の表面を硬化させてシリンダにすることは可能だ。しかし、その技術を習得するだけでもかなりの試行錯誤が必要だろう」

『挑戦シテミタイネ。構成部品ガ少ナケレバ組立分野デノ問題ガソレダケ少ナクナルンダ。ソチラノめりっとモ考慮シタイ。ソレニ、あるみノえんじんノホウガ軽クテイイ』

「アルミは腐食しやすい。だが、それよりもまず、精度のいい鋳型を作るのが先決だよ」

　それで、鋳造技術についての講義が始まる、という具合だった。

　クルマ一台を作るには、そのような材料の性質の特性から、加工方法や技術についての検討から始まって、細かい部品、ネジ一本からスパーク・プラグなどについても設計しなくてはならなかった。ガソリンやオイルの性質や製法の研究もかかせない。

　仕事内容がそのように多岐に渡るため、チキティは効率を考えてクルマの構成材料別に担当チームを編成し、研究開発を進めた。工場のすべての能力を発揮させることが必要になった。

　翼人の工場は、何世代にも渡って少しずつ拡張され、いまは人間の得た技術をほぼ再現できる能力を持っていたが、このプロジェクトのように総合的にすべての工場群が稼働するという事態は最近にはないことだった。

　チキティはその現在の工場の能力で、クルマを作れることを確信した。問題は設計だったが、遺物のなかには保存状態のいいエンジンがあったのでそれが参考になったし、アンクの説明を理解するのにも役に立った。

　工場長のチグリスは、ただの水汲みポンプを作るのが、このような一大プロジェクトになるなどとは予想もしていなかった。チキティがエンジンだけでなく、タイヤや、それを支える機構や、車体のフレームを設計しはじめたのを知ったチグリスは、これはクルマを作るプロジェクトなのだと気づいたが、そのときはすでに細かいエンジンの部品の試作品が実際に作られていて、もはや中止させることがチグリスにはできなかった。ここでやめてしまえば、それらが無駄になる。ガソリンエンジンはかつて作られたことがなかったから、それを再現して調べてみること自体はチグリスも反対ではなかった。エンジンができたら、それを応用する機械を作ってみるというのはごく自然ななりゆきで、水汲みポンプはいいがクルマは駄目だと言い張る根拠をチグリスは持っていなかった。

ここまできたら、そのエンジンをクルマというものに搭載するのも悪くないとチグリスは思った。エンジンさえできてしまえば、その動力を使って動く自動車などというものを作るのは簡単で、それはおまけのようなものだというのが理由だったが、プロジェクトが進むにつれ、そんな自分の考えは甘かったとチグリスは反省することになる。

なにしろクルマにとってエンジンは重要だが、それがすべてではなく、ほかに解決すべき問題が次から次へと出てきて、そのたびに、工場の工作機のセッティングのし直しから、工作機自体を新たに作ることが要求された。クルマを大量生産するならともかく、ただ一台を作るには無駄だ。しかし最高責任者のカケリアスには中止の意志はなく、キリアのやりたいようにやらせておけと言うので、チグリスにはやめさせることができなかった。カケリアスは、キリアの身の上を考えてみろ、と言うのだ。翼人から人間という身体に変身してまで、人間を知ろうとしているのだ、いわばキリアは実験台になったのであり、その意志は尊重すべきだ、と。

それで工場長のチグリスは、中止の方向で考えるのではなく、工場全体の管理者として、できるだけ効率のいい稼働方法を実現すべく、目を光らせることになった。

チキティらが、この部品を作るには専用工作機が必要だ、などと言うと、チグリスは自ら徹底的に調べて、現在ある機械でできるように製作手段を変更しろと要求した。チキティたちはその要求に頭を抱えたが、工場長のチグリスがそう命じるからには従うしかないのだ。

チグリスの命令はしかし、回り道にはなるがやってできないような内容ではなかった。専用工作機があればワンステップでできるが、いまある機械では何段階もの加工手順が必要になる。複雑で煩雑な工程を経なければならないが、それでも、そうやってできないことはほとんどなかった。チグリスもとはといえば、チキティと同じような興味を持った技術屋だったから、いまの工作機でどこまでできるかについては熟知していて、そのうえでの要求なのだった。

チキティには、チグリスの考えがやがて理解できるようになった。ようするにチグリスは、翼人の工場を、クルマの専用工場にはしたくないのだ。工場長としてそれは当然の義務であり責任なのだ、と。頭の固い、若者に理解のない工場長だという見方から、だてに長年工場長をやっているのではない、工場については知り抜いていると、チキティはチグリスを尊敬するようになった。

やがてチキティは、加工法について積極的にチグリスと相談して計画を進めはじめた。チキティにとっては翼人の作り上げた工場という、その時間をかけて獲得してきた巨大な能力を、あらためて知る機会にもなった。

一方のチグリスはといえば、クルマというものについて興味を抱くこととなった。否応なく。なにしろ、知らないことにはなにもチキティらに命じられないからだった。

チグリスは、加工手段だけでなく、クルマの構造自体にも関心を持ち、チキティやキリア、そしてアンクに質問するようになった。

「コノたいやハ、ドウシテマッスグニ向イテイナイノダ」

工場にやってきたキリアとアンクに、チグリスは、チャイが復元したクルマの設計図を広げて、訊いた。

「ホイールアライメントですよ」

キリアは自慢げに言った。自転車で苦労したことだったから。キャスター角に、トレール。クルマには、キャンバ、トーイン、など、四輪車に特有の要素もある。アンクの説明にキリアも耳を傾ける。

「この設計数値はおそらく既存の自動車を参考にしたものだろう。頭で考えただけのものだ。ハンドリングの性格などはコンピュータでシミュレートできるだろうし、ドライブ・フィールもシミュレートするのは可能だが、設計したとおりに実際に作れるかどうかが問題だ。走らせてみて初めてわかるデータもあるだろう。バネやダンパの特性や車重、バネ下重量などが変化すればハンドリングも変わる。現実の環境は複雑怪奇だ。実際に作ってみて、試行錯誤で調整するしかない」

「料理と同じだな」

神妙な顔でキリアは言った。アンクは、そう、そのとおり、とうなずいたが、翼人は基本的に料理ということをしないためか、チキティもチグリスも、そんなものか、という反応しか示さない。

「うまい茶を入れるようなものさ」とキリアはつけ加えた。「よい茶葉があれば必ずうまい茶が飲めるわけじゃない。料理はもっと複雑だ」

「フム」とチグリスは、納得したように言った。「くるまトハ、実ニ人間的ナモノダ、トイウコトダナ」

料理とクルマは、たしかに人間的な共通点があると、キリアは、自分が無意識に言ったことを考えて、思った。そして、そんな言葉が出てくるとは、自分はほんとに人間的になったものだと、意識した。

「面白そうでしょう」

そう言うキリアに、チグリスは顔を動かさず、しかし「うむ」と同意した。

チグリスがやる気になった工場は、その総力を挙げて、クルマを作りはじめた。それが軌道に乗ると、アンクにはほとんどやることがなくなった。いまやその総指揮監督はチグリスが執っていた。

クルマ作りは、もう翼人たちに任せても大丈夫だとアンクは口出しはしなくなった。

クルマの出来上がりは待ち遠しいが、いずれ叶う。そうなるとアンクの興味は、料理や酒造りに向かった。

酒の材料にすべく、林檎狩りをして戻ってきた日、それを丸齧りしながら、アンクはその味わいにふと強烈な郷愁を覚える。

「どうしたんだ、アンク」

「わからない」

「泣いているのか？」

「どうしてなのかな。林檎狩りは面白かったのに……メランコリィだ。私には帰る場所がない」

「きみは、魂繭卵を改造したものから生まれたんだ。魂繭卵は海から来た。その身体にとっては、故郷は海なんだ。身体はまた海に還る。それでも魂は、不変だ」

「この世界は私にとって、立ち寄った場所、という気がする」

「カケリアスは、客人、と言っていたな。アンク、用意をして、見学にいこう」

「どこへ」

「コアキスの街と、海だ。魂にとっては、どこも同じだ。時空は関係ない。海を見れば、わかる。人間の世界とたいした違いはない」

「そうかな」

「そうさ。暇になったんで、目的を忘れそうになっているんだ」

そうかもしれない、とアンクは思った。翼人の世界を見るのもよい経験だろう。自分を、自分の身体を、生んだ魂繭卵というものが来た海を見るのも。

アンクはうなずき、リンゴをじっくりと味わいながら、食べた。

二二章　旅　行

キリアの故郷の〈コアキスの街〉は、飛べばすぐの距離だった。キリアは変身する前に、高く舞い上がり、風をうまく捉えて羽ばたかずに滑空していったのを思い出した。

しかし人間の身になってみると、思い立ってすぐ出発、というわけにはいかなかった。地表の様子を考えなくてはならない。林も森もある。さほど高くはないが、山越えもしなくてはならない。そもそも、道はおろか、道しるべがない。森のなかで迷ったら、永久に出られない危険も予想できた。

キリアはカケリアスに、アンクとの旅の計画を話し、許可を得ると、支援の要請もした。カケリアスはそれを受けて、上空からの俯瞰図、つまり地図と、磁気コンパスを、チャイに用意させた。地図には磁気コンパスで測った方位を記す。精密なものではなかったが、範囲が比較的狭いので、それで十分だった。念のため、カケリアスはチャイに道案内をするように手配した。

準備には数日かかった。道がないので自転車は不便だろうということで、徒歩による計画を立てた。余裕をみて片道に三日をかける行程だ。

季節は冬に向かっていたが、さほど厳しいものではなく、雪は降らない。しかし野宿となれば寒いので、シーツをオイル加工したテントを用意した。冬用に作ってあるアクリル綿入りの毛布を持つ。食料は、いざとなればチャイが調達してくれるので、その準備はそれほど重要ではなかった。それでもアンクはピクニック気分で用意した。魚の干物にパン、自分で焼いたビスケットに、収穫してきたリンゴ。それと水筒。

「林檎酒が間に合わないのは残念だ。そうだ、ホットケーキを焼けるように用意しよう。メープルシロップがあるといいんだがな」

「なんだい、それ」

「カエデの樹液だ。甘くて、おいしい。蜂蜜があるから、これでもいい」

猛獣の類はいなかったから武器は必要なかった。だがブッシュに行く手を遮られたときなどのために、手斧を用意した。それと夜の照明のためのオイルランプとライター。それらは、チキティがクルマ作りを中断して、大急ぎで作ってくれた。

用意できた道具を点検し、地図をもとに立てた行程計画に無理がないかを確かめると、旅の支度は整った。

いざ出発になると、ひとつだけ、やることが残っていた。パイワケットに餌を用意することだった。キリアは魚の干物を納屋のなかに何本も吊るして、飛びつけば取れるようにした。

「パイワケット、いいかい、みんな一度に食べてはだめだからな」

アンクは笑った。

「キリア、面白がってみんな食いちぎってしまうだけだよ」

「ま、それでもいいだろう。納屋のなかなら、雨が降っても濡れない。量は十分だし、飽きたらネズミを捕るさ」

荷物は背負い紐つきの籠を編んだものに詰めた。キスリングなどという、おおきなリュックを作る暇はなかったが、籠でも不便はなかった。

小屋には鍵などなかったが、荒らす者などいなかったから戸締まりは必要ない。が、念のため、カケリアスに命じられた翼人がパイワケットの様子を見がてら、留守番をすることになった。

アンクは出発前に、二人の荷物を持ってみて、重さを量った。かなりの重量がある。キリアの籠からリンゴなどを自分の荷に移して、キリアの負担を軽くする。

「どうしてさ」

「きみのほうが小柄だ」

「ふむん。食べ物をたくさん持てば、だんだん軽くなるからいいと思ったんだがな」

「それはあいにくだな、キリア」とアンクは笑う。「常に重さを量って、いつも均等に負担しよう。私のほうが少し重い、というように。うまくやる秘訣だ。人間の知恵だよ。きみは根はやはり翼人だな。自己を中心に考える」

「軽蔑するのか」

「違うよ、キリア。性質の違いを言っているだけだ。被害者意識だけは、人間的なんだからな」

「よいところだけ発揮できればいいのにな。物事うまくいかない」

「まあ、そんなものさ。気にするなって」

出発、だった。

キリアは見送るように小屋から出てきたパイワケットの頭をなでて、いい子で留守番しているようにと言った。

道案内のチャイは高空で輪を描いて、地上の人間の歩みに合わせた。キリアはそれを見上げて、言った。

「あの高さからはもう、海が見えるよ」

「すぐ近くだな、翼人には。われわれの足では遠い」

小屋の付近は開けている。しばらくは深い森もない。思ったよりは行程は進む。天候もよかった。

一日目は予定よりも五割ほど余計に進んだ。日が暮れる前に、川を渡ったところでキャンプをすることにした。浅いが渡るのに三十歩ほどを要する川で、道程での初めての渡河だった。テントを張り、薪を集め、河原の石を集めてコンロにし、料理をする。

「水が豊富なのはいい」

アンクは満足そうに、鍋をかき回す。

「シチューとはな。粉末の素は便利だな」感心して、キリア。

「ま、スープだよ。たいした具はない。こういうところで味わうのはうまいよ」

チャイも舞い降りてきて、入れた茶をうまそうに飲んだ。ちょっとした石の上で立ち、カップを持って茶を飲むチャイを見て、奇妙なデザインだな、とアンクは言った。

「なにが」とキリア。

「翼人の身体つきさ」

アンクは、寄ってくる虫を手で払いながら言った。

「この道で、野生の動物に何頭か出会ったが、シカもいたな、でも翼人は、どれとも違う。不思議な生き物だ。鳥なら、腕が翼になっているだろう、でも翼人は、腕はべつにある。昆虫に似ているな。独立した翼があり、独立した四肢がある。昆虫より一対少ないが」

「そうだな、たしかに」とキリア。

「天使のような、人間をもとにした鳥人間のデザインでもない。いったいどこからきたんだろう」

「フムン」とキリア。「人間の想像上の生き物に近いものがある。カラス天狗だ」

「カラス天狗か」アンクは笑ってうなずいた。「たしかにな。羽毛に覆われている。嘴もある。外見は大きな鳥だ。腕がもう少し大きく太ければ、まさにそうだな」

「ボクカラ見レバ」とチャイが悪戯っぽい目で言った。「人間ノホウガヨホド奇妙ダヨ」

「ぼくもそう思う」と真面目に、キリア。

「まあ、そうだろうな」とアンク。「形態だけでなく、性質も、だろう」

「魂が、デザインをやり直したのさ」

「人間は、失敗作だった、というのかい、キリア」

「成功も失敗もない。ただ、魂が都合のいいものを選択するだけのことだ」

「なるほど」

ホットケーキを焼き、干物を食べ、林檎と茶のデザートをとる。薪の火が、満ち足りた心の平安を映し出しているかのようだ。

風もほとんどなく、静かに夜がやってくるかと思われた、そんな雰囲気だったが、アンクはその自然の音のなかに、なにかが鳴いているようなかすかな物音が、風に乗って聞こえてくるのに気づいた。

「なんだろう。なにか鳴いているようだが、聞こえるか?」

チャイとキリアも雑談をやめて耳を澄ます。

「聞こえないよ」とキリア。「あ、聞こえた。フクロウかな」

「違ウナ」とチャイ。「ふくろうジャナイ」

アンクは素早く立った。

「キリア、猫だ。パイワケットだぞ」

「まさか。猫は犬とは違う。ついてくるものか」

「犬を飼ったことがあるのか」

「いや、このへんにはいない」

「知識だけで言っているわけだ。パイワケットがついてこないと、どうしてわかる。あれはパイワケットだ。川を渡れないでいる」

アンクは川を渡りはじめた。キリアはあわてて後を追った。チャイがさっと飛び立つ。もうかなり暗くて、見た目ではわからない。が、チャイがその声の主を認めた。舞い降りると、猫の威嚇の声。

「きりあ、あんく、ぱいわけっとダ」

チャイが上空から報告する。川岸で、腰を抜かしたように伏せてチャイを威嚇する猫を、アンクは認めた。キリアが駆け寄ると、牙をむいて怒る。

「パイワケット、ぼくだよ」

「不安と疲れで、どうしていいか、わからないんだ。キリア、手を出すな。咬みつかれるぞ」

アンクはしゃがみこんで、そっとパイワケットの名を呼ぶ。キリアはチャイに、魚の干物を持ってくるように頼んだ。それが来る前に、パイワケットはアンクに近づいてきて臭いを嗅ぐと、その膝の上に乗ってきた。

「大丈夫だ、パイワケット。よく来たな」

アンクはパイワケットを抱き上げて肩にしがみつかせると、川を渡る。その間おとなしくしていたパイワケットは、キャンプにつくとアンクの肩から飛び降りた。テントの付近を嗅ぎ回って、それからキリアが差し出す干物を食べる。

「驚いたな」とキリア。「いつもおとなしく留守番をしているのに」

「納屋に餌を用意したので、われわれが旅行するのを感じとったのかもしれない。捨てられると思ったのかもしれないな」

「パイワケット、ぼくが、捨てるわけがないだろう」

「ぱいわけっとハきりあデハナク、あんくヲ追ッテキタンジャナイカナ」とチャイが言った。

「ドウヤラ、あんくニナツイテイル」

「ぼくが親なのに」

不満そうに、キリア。

「きりあ、ぱいわけっとハ、キミカラ独立ショウトシテイルノカモシレナイ。〈名ヅケラレタ者〉ハイズレ一人前ニナッテ、独立スル」

「それはそうだけど」とキリアは寂しそうに言った。「でも、なあ」

「パイワケットも海を見たくて、追ってきたんじゃないかな」とアンクは言った。「魂の故郷だ」

「魂か……」とキリア。

「ぱいわけっとガコノ世ニ現レタノハ、きりあヲ利用シテ、あんくニ会ウタメカモシレナイ」

騒ぎが落ちついて、また茶をすすりながら、チャイが言った。

「魂ノ絆ハ、親子ヨリモ強イ」

「親と子か」

アンクは自分用に濃い茶を入れ直し、それを味わいながら、つぶやくように言った。

「私にも、親と子がいたような気がする。思い出せないが。なんだか寂しい気分だ……どうしてなのかな、思うと哀しい」

「思いどおりにいかないからだろう」ため息をついて、キリア。「テルモンの気持ちがわかったよ。パイワケットは、そう、チャイのいうように、彼自身の目的を持って、この世に出てきたんだ。ぼくも同じだ。親は、〈名づける者〉であって、それ以上のことは子にはできないんだな」

「フムン」

パイワケットは空腹を満たすと、毛繕いを始めた。何事もなかったかのように。食事の後片づけをしている最中にその姿が見えなくなって、キリアはそのへんを探し回った。チャイにも見つけられなかったが、アンクが寝る支度をしようとテントのなかを見ると、パイワケットはその片隅で丸くなって眠っていた。

翌日、パイワケットは見え隠れしながらついてきたが、やがてアンクの背に飛び乗ると、その荷物の上で寝てしまった。

「いい場所を見つけたな」笑いながら、キリア。

「ずっしりと重いよ」

「パイワケットはきみを頼りにしているんだ。その重みだな」

「きみにも分けてやりたいよ」

「荷物を少しこちらに移すか」

「いや、大丈夫だ。信頼には応えないとな」

昨日とうって変わって、道は険しくなった。さほど急ではないが登り勾配になって、山越えに移ったのがわかる。深い森になったので、頂上は見通せない。チャイは二人についてきて、ときどき密集した樹樹の上に出て、針路を確認した。

アンクは手斧を使い、行く手が遮られていなくても枝をそれで払い、幹に刻みを入れて、帰りのための道しるべとした。その作業に思いのほか手間取った。勾配が下りになるころには、もう日がかなり傾いている。アンクはそれでも、暗くなる前にもっと進めると思ったが、キリアが、もういいだろう、と言った。

「予定どおりだよ。昨日がんばったから。チャイ、どこか、近くに、見晴らしのいい開けたところはないか」

「回リ道ニナルケド、右手ニ行クト、崖ニナッテイテ、見通シガイイ。海モ見エルヨ」

「よし、今日はそこでキャンプだ」

ちょっとしたステージだな、とそこに着いたアンクは、荷物を下ろして、思った。チャイの言うように、海が灰色の薄い帯のように見えた。下り勾配はさほど急ではない。なだらかに緑の樹樹が平野部へと降りていき、その先に、その森とは明らかに異なる植生とわかる、こんもりとしたべつの森が見えた。

「わかるかい、アンク。あそこだ。〈コアキスの街〉だよ。人間の大都会の遠景みたいだろう」

「ビル群か？」

「そう。〈相思の樹〉の集まりだ。翼人の住居だ」

「チャイの案内があれば、今日中に着けるだろう」

「急がなくてもいい。それに、夜に、見せたいものがある」

「なんだい？」

「暗くなればわかるさ」

意識していたより疲労は濃く、夕食は簡単なパンと干物だけになった。茶を入れることはしかし忘れない。パイワケットには、水をやった。

テントを張って落ちつくと、あらためて茶を入れる。薪の火が明るくなり、闇が濃くなる。そのへんを嗅ぎ回っていたパイワケットも、暖かい火の前に戻ってきた。

アンクは、茶を飲みながら、明日行く方向を見やった。その闇のなかに、星のような光点があるのをアンクは発見した。薪の火の明かりが目に入らないようにアンクは立って、そちらを見た。

光点はひとつではなかった。目が慣れると、眼下に無数に見えた。まさに、星空を見るかのようだった。本物の星空は上にちゃんとある。

「綺麗だ。キリア、見えるかい」

「見えるよ。きみに見せたかったのは、あれだ」

「あれは……街の明かりか」

「ま、そんなところだ」

〈コアキスの街〉を中心に放射状に広がる、光点群だった。

「あれは、翼人の、道だよ」

「道？」

「空路というべきかな。街に通じる道筋を示している。発光する樹が並んでいるんだ。街のなかもそれで明るい。翼人は眼はいいが、まったくの闇では見えないからね。自然の森のなかを飛ぶのは、いまのチャイのようにけっこうつらいけど、街のなかは、ちゃんと空路が開けている。夜は照明される。まさしく、街なんだ。電気も機械も石も鉄も使わないが」

「みな植物なのか」

「そうだが、〈動く樹〉のような、人工的なものだ。〈動く樹〉は特殊だけど、似たようなものだ。〈動く樹〉は〈相思の樹〉を作る方法を応用したものなんだ。きみの身体も、ぼくの変身も、その応用技術の延長で成されたんだ」

「フム」

アンクは無言で鑑賞した。幻想的だと思うと同時に、人間の世界とさほど変わらない、という感じもした。

「チャイ、きみは、街で休んでいいよ。野宿は気の毒だ。キアスに、ぼくらが行くことを伝えてくれ」

「きあすニハ、モウ言ッテアル。アマリ興味ハナサソウダッタガ」

「ま、そうだろうな」

「ジャア、アリガタク、ソウサセテモラウヨ、きりあ」

「ここはわかると思うけど、明日、また火を焚くよ。それを目印にして、迎えにきてくれ。到着目前で遭難したくない」

「ワカッタ」

チャイは夜空へ飛び立った。光の導く、〈コアキスの街〉へと。

翌朝、チャイは元気いっぱいの様子で迎えにきた。アンクは、腕の筋肉痛がひどかった。キリアが手斧を持つことになり、出発した。パイワケットは相変わらず出発前にいなくなったが、アンクとキリアが進みはじめると姿を現してついてきた。

コアキスには昼前に着く。植生が変わって進みやすくなったので、アンクにも到着したのがわかった。

〈相思の樹〉は大木で、茂る葉のために空は見えない。だが、余裕のある間隔で生えているので、進むのは楽だった。日が射し込んでくる場所もある。

厚く積もった落ち葉のために、分厚い絨毯の上を行くかのようだった。むせかえるような甘い臭気が立ちこめている。

「これは発酵しているんだな。翼人の排泄物もあるんじゃないのか」

「でかいトイレか。かなわないな」

「そう嫌うなよ、アンク。種から芽が出て、それをほかに移植したりする、苗床のような場所でもあるんだ。手入れはされているんだ。まあ、人間の農業とは違うけど、翼人も、天然の木の実だけに食料を頼っているわけじゃないんだ」

一本の大木の下に着くと、ここだとキリアは言って、荷物を下ろした。見上げる高い枝枝に、大きな瘤のようなものがいくつもついている。あれが家だ、とキリアは説明した。瘤は中空になっている。そのひとつから、翼人が舞い降りてきた。

「きりあ、ホントニ変身シタンダナ」

キリアの弟、いまは妹の、キアスだった。

「そうなんだ」とキリア。「この身体では、ここまで来るのに苦労したよ。元気そうだな、キアス。無事に、〈名づける者〉になれたかい」

「アア。てぃかト名ヅケタ。モウダイブ大キクナッタヨ」

「ティカ、か。いい名前だな」

キリアは上の家を見上げる。かなり高い。

「ソノ身体デハ、来レナイカナ」

「気にしてくれるのか、キアス。変わったな。以前は、ぼくには関心などなかったろう」

「てぃかヲ見テモライタイダケサ」

「親になると、そうだろうな。わかるよ」

キリアは笑って、木をよじのぼろうとするパイワケットを抱き上げた。

「ぼくが採捕した魂繭卵から生まれたのが、この猫だ」

「猫トハナ。驚イタ。ソウイウコトモアルノカ」

上で、チャイの声がした。

「ワア、ツツカレタ。元気ノイイ子供ダナ」

「てぃか、ダメダヨ、ちゃいハからすジャナインダ」

「カラスだって？」

「ソウ、一昨日、からすト喧嘩シタンダ。マダ同ジヨウナ大キサダロウ、同ジ気ニナッテイルンダ、てぃかハ。――ソチラハ、ダレダイ？　変身シタノハきりあダケジャナカッタノカ」

キリアは簡単に説明した。なるほど、とキアスはうなずき、それから、言った。

「きりあ、アマリ魂繭卵ヲイジラナイホウガイイ。魂ヘノ冒瀆ニナル」

「それは、理解しているつもりだ」

「ソウカナ、きりあ」

「どうして」

「ソノ猫ハ、本物ジャナイ。本当ノ猫ハ、猫カラ生マレル。魂繭卵カラジャナイ。キミモ同様ニ、見カケハ人間デモ、人間ジャナイ。ソチラノあんくトイウ人モ、ソウダ。不自然ダ。

不自然ナ状態ハ長続キシナイ」

「ぼくは、いつまでも人間でいるつもりはないよ」

「キミハイイサ、きりあ。デモ、ソノ猫ト、あんくハ、ドウスルンダ？　研究ニ必要ナクナッタラ、捨テルノカイ。ドウ責任ヲトルツモリダ」

「それは――」

キリアは言葉に詰まった。これまでキアスが言ったようなことは、考えもしなかった。研究所の仲間や、カケリアスからもそのようなことは訊かれなかったし、仲間内で検討もされなかった。

「きりあ、キミタチハ、トテモ不自然ナコトヲシテイルンダ。人間ヲ知ルノハケッコウナコトダガ、魂ヲ冒瀆スルナヨ。てるもんガ生キテイタラキットソウ言ッタヨ」

「……わかったよ、キアス。きみは立派な親になったな」

「りんごガアル。食ベルカイ」

「ああ、ありがたいな」

「持ッテキテヤル」

キアスは家に向けて飛び立った。キリアは腰を下ろす。

「キリア、そう落ちこむなよ」

「こたえたよ、アンク。キアスは常識的な翼人だ。ぼくや、研究所の仲間たちは、そうじゃないんだ」

「そのようだな。来てよかった。きみと暮らしているだけでは、わからないことだ。私自身も、ここでは客だというのがよくわかる」

「きみを見捨てたりはしないよ」

「しかし、きみはやはり翼人に戻るべきだろう、いずれ」

「きみは？」

「魂が決めるさ。心配は無用だ。私の魂は、きみが作ったんじゃない。きみには責任など、ない」

「そうかな」

「そうさ」

キアスが、両手にリンゴを持てるだけ抱えて、降りてきた。チャイが、小さな翼人と舞い降りてくる。ティカだ。ティカはパイワケットに興味を示して、キリアの隣のその猫に手を出し、キリアに止められる。

「ティカ、だめだ。パイワケットは恐がっている」

フーとうなるパイワケット。アンクがパイワケットを抱き上げた。

「てぃかハ、マダヨク喋ルコトガデキナインダ」

キアスが、ティカを抱いた。

「てぃか、コッチガ、きりあ。伯母サンダ」

「伯母だって」とキリア。「そうか、ぼくもパイワケットの親だからな」

ティカは、人間の姿を恐がったりはしなかった。リンゴを食べながら、パイワケットを指して、カラス、と言う。

「翼人以外ハ、ミンナからす、ナンダ」

キアスは親らしく、自慢そうに言った。

「翼人は、親子や、兄弟の絆は弱いと聞いていたが、そうでもないんだね」

アンクもリンゴをもらって、言った。

「人間ハ、強イトイウノカイ」とキアス。「ドウ、強イノダ？」

「私は人間の記憶はないんだが……さほど違わない気がするよ」

ティカがリンゴを手に、よたよたと飛び立つ。チャイが追った。

「アマリ遠クヘ飛ブナヨ。疲レテ戻ッテコレナクナルンダカラ」とキアスは言い、キリアに、

「コレカラ、ドウスルンダ。ココデ暮ラスノカイ」と訊いた。

「いや、明日は、海を見てくる。それで戻るつもりだ」

「ソウカ。ジャア、明日ハ、一緒ニ海へ行コウ。てぃかヲツレテ。てぃかヲ、チョット遠出サセテモイイコロダ。冬前ニ海ヲ見セテヤロウト思ッテイタトコロナンダ」

「ぼくらは飛べないんだぜ」

「ダカラサ、チョウドイイ。てぃかヲ休マセナガラ行ケルダロウ」

昼食や、その夜の食事にも火は焚けなかった。火災を恐れる翼人は、火や煙には敏感だった。

パイワケットは、どこから捕ったのか、椋鳥のような鳥を捕まえてきて、アンクの前で自慢そうに放し、じゃれた。あれを焼いたらうまそうだなとアンクは思ったが、口には出さなかった。キリアはしかし、アンクが気にしたようなことには無関心だった。翼人は鳥ではないのだし、まあ、人間が猪や豚や牛を食べるのと変わらない感覚なのだろうとアンクは思った。

テントを張ったあと、キリアは危なっかしい動きで、キアスの家によじのぼっていった。アンクは遠慮した。姉妹としての話もあるだろうし（親の立場になると女性形になるというのはことさら説明されなくてもアンクは理解した）、キリアのように身軽に木をのぼる自信もないからだった。

キリアとキアスの話は弾んで、ときどき笑い声が聞こえてきた。それ以外にも、翼人たちの声がしていて、にぎやかだった。風に乗って聞こえてくるそれらの物音は、音楽を聴いているかのようだった。

街に夜がやってきて、発光樹が優しい光を放つようになると、アンクは先にテントにもぐりこんで毛布の上に横になり、平和な雰囲気を楽しんだ。暖かかった。周囲の臭いも、鼻が慣れたせいか、気にならず、むしろ安心できるものになった。

翼人たちは、たしかに生きている、とアンクは思った。その姿は奇妙だが、さほど人間と変わるところがない。親が子を思う気持ちも、兄弟を迎える態度にも、翼人に特有な理解不能というようなものは感じられなかった。理解できるということは、人間に近い証拠だ。

ずいぶんたってから、キリアが戻ってきた。パイワケットはアンクの足下で寝ていた。自分も少し眠っていたかもしれないと思いながら、キリアの寝る場所を空けた。

「家族はいいものだな」とアンクは言った。

「うん。来てよかったよ」とキリア。

「この街は、まったく平和だ」

「まあ、いろいろ暮らしていれば、あるけどね」

「夜露も〈相思の樹〉に遮られて降りないし、地面は暖かい。〈相思の樹〉とは面白いな」

「思うことを樹が実現してくれるんだ。こちらも、肥料をやったりして、樹の思いを叶えてやる」

「生きている家だな、まさに。ここは、自然の森とは違う。よく眠れそうだ。まるで、胎内のようだ」

「記憶があるのかい」

「いいや、喩えさ」

「そう、魂繭卵のなかのようだ。ここにいるかぎりはなんの不安もない」

「きみは、出たわけだ」

「そう。もっと広く世界を見たかった」

「そして、ここがある。帰ってくる場がある。きみは幸せだな、キリア」

「ああ」と素直にキリアはうなずき、「この身体で来てみて、実感したよ」と言った。

「変身か。見かけほど、しかしきみは変わってはいないんだ。変わったのは、きみの心だ。成長したということだろう。大人になったんだ」

「そうかもしれない」

とキリアは言い、テルモンやほかの兄弟姉妹のことや、幼なじみや、街の住人の話などをキアスとしてきたのを、アンクに語った。アンクは相槌を打ちながら聴いていたが、やがてその間があくようになり、規則正しい寝息になった。

おやすみ、とキリアは言った。

翌日の、海への道中は、にぎやかなものになった。

幼いティカは大空を一気に飛ぶということがまだできなかったので、キアスはティカをつれて、地上を行くアンクとキリアに同行した。樹から樹へと、枝を渡りながら。ティカが勝手な方向へ行こうとするので、そのたびにキアスは世話を焼いた。ついてくるパイワケットがまたティカに飛びつこうとするやんちゃぶりで、それはじゃれるというよりも獲物を狙う構えだったからキリアもキアスもパイワケットから目を離せない。

海への道は、これまで通った森よりは進みやすかった。昼前には、潮の香りがしてきた。森は林となり、植生がまた変わった。さほど高くなく、乾燥にも強そうな、ニセアカシアに似た林を抜けると、視界が開けた。一面の草原だ。わずかな下り勾配で、草原はかなり先で海につながるように見える。

ティカは雲雀《ひばり》のように舞い上がって、キアスとじゃれるように飛んでいった。チャイが落ちついた羽ばたきで、それを追った。アンクとキリアは、潮風を楽しみながら、足を踏みしめて海岸線に向かった。パイワケットは大きな水たまりには興味がないというように、アンクの荷物の上で休んだ。

切り立った崖の縁に着く。眼下に打ち寄せる波が見えている。ウミドリが騒がしかった。ティカがちょっかいを出しているのだ。

灰青色の海は荒れていた。

「海だ」とアンクは言って、崖っぷちに腰を下ろした。

「海だ」とキリアも言って、アンクにならった。

ティカとキアス、チャイのほかに、翼人が三人近くを飛んでいた。海面を狙うウミドリのような飛び方だった。

「魂繭卵を探しているんだよ」とキリアが説明した。「こんな荒れた日に、魂繭卵が海の底から上がってくる」

「見つけられずに打ち寄せられたままのものはどうなるんだ」

「そんなことは、考えたこともなかったな。見つけるほうが難しい。見捨てられる魂繭卵なとというのは、ないと思う」

キリアはパイワケットの魂繭卵を得た時のことを話した。例外的に静かな海だった。ワシのような鳥が、それを見つけたのだった。

「すべては、魂が導くんだ」とキリア。「それを実感した日だった」

「フムン」

パイワケットはアンクの肩に爪を立てて、アンクの肩越しに海を見、ウミドリに向かって牙をならして威嚇している。

ティカが疲れて、キリアの脇に舞い降りた。キアスとチャイも、並んで降り、休んだ。一人の翼人が海面に降下して、さっと舞い上がったときには白い魂繭卵を抱えていた。その翼人は上空を自慢そうに輪を描いて舞い、それから一直線に森へと帰っていった。

キアスがティカに、おまえもああやって、海から来たんだ、と言っていた。

「親子の絆か」とアンク。

「魂ノ絆ノホウガ強インダ」とチャイが言った。「てぃかモスグニ自立シテ、自分ノ道ヲ歩ム」

「親子の縁も、魂の絆とは言えるだろう」とキリア。「それが強い親子もいれば、独立したら互いに忘れてしまう者もいるということさ」

「ボクハホトンド覚エテイナイヨ」とチャイ。「親ノコトハ。自分ノ名ガ〈名ヅケル者〉ニヨルモノダト意識スル時クライダ」

「フム」アンクはうなずいた。「それは、人間も同じだろう。いろいろな親子がいたはずだ」

「翼人ハ人間ト似テハイルサ」とチャイ。「ダケド、翼人ト人間ハ違ウ。翼人ハズット進化シテイル」

「そうかな」

潮風を受ける髪を掻き上げて、アンクは静かに言った。

「どういうことだ」とアンクを見て、キリア。「翼人と人間はまったく異なる生き物というのは間違いないだろう」

「私は、この旅で、翼人の世界をかいま見たわけだ。街を見た。不思議な街だ。人間の技術世界とはまったく異なっている。身体もそうだ。翼人には性がない。それでも、私には、翼人もまた、人間の延長にある存在だとしか思えない。翼人は、どこから来たんだろう？　考えたことはないか、キリア、チャイ」

「研究サレテイルヨ、モチロン」

「キリアの説明だと、あの人間の、意識保存の遺跡システムと関係ある、ということだが――」

「そうだ。あのなかで滅びた人間のほかに、外で生きていた人間もいただろう。翼人は、その末裔だ、という説が有力だ。途方もない時間をかけて、翼を得たんだ。その意味では、翼人もまた人間なんだ」

「翼人は、時間の彼方から、ここに来た、か」

「ソノトオリダ」とチャイ。

「そのような途方もない時間は必要ないのかもしれない」

「アンク、どういう意味だ？」

「こう考えたことはないか」アンクはキリアたちに顔を向けて言った。「翼人は、意識保存システムの外にいた人間が進化したのではなく、むしろ逆だと」

「ナンダッテ?」とチャイ。

「それは、ぼくも考えたことがあるよ」とキリア。「意識によって、身体を飛べるように変化させて、そのシステムから飛び出したんだ、と。それなら、自然進化に任せるほどの時間は必要ない」

「そう、そうも考えられる。しかし、こうも考えられるだろう」アンクは息を継いで、言った。「翼人たちは、まだそのシステム内にいるのだ、と。この世界は、そのシステムの内部なのだ、われわれは、いままさにその内部にいるのだ、と」

「バカナ」とチャイ。「意識保存しすてむハ、現ニ遺跡トナッテ、滅ビテイルジャナイカ」

「巨大な仮想現実空間だ。なんでも再現できる。自己の滅びた世界をも」

「そうかもしれない」

キリアはチャイとは違い、静かにうなずいた。

「しかしアンク、そうだとしても、われわれにそれを確かめる術があるかな?」

「おそらく、ないだろうな。あるなら、とっくの昔に気づいている。ずっと忘れないでいる、というほうがいいかな」とアンク。「翼人は、自らその記憶を消してしまったのかもしれない。この世界が人工空間だということを意識から消して、生きやすくしたのかもしれない。ここにいるかぎり、現実そのものだ。外部にもうひとつの世界があるとわかっていれば、落ちつかないだろう。それを消してしまったのではないか、と考えることもできる」

「しかし、忘れきれるものではないだろう。魂というものの考え方は、まさしくもうひとつの世界があることを認める思想だ」

「そのとおりだ、キリア。しかし、この世界をどのように説明しようと、生きるのに不都合なことはなにもない」

「人工的ナ世界ナラ、滅ビルカモシレナイ。重大ナコトダ」とチャイが反論した。

「いいや」とアンク。「自然の世界にしても、同じことだよ、チャイ。宇宙は静止してはいない。いずれ滅ぶ。だからこそ、生きていられるんだ。魂の思想は、ここが人工世界か否かにかかわらず、通用する。意識は、世界のすべてを知ることはできない、というのは、どこにいようと真理だろう。われわれは、意識できないなにか大きな力によって生かされている、というのは、この場の状態にかかわらず、真理だ」

「この世界が人工的なものだからこそ、魂というものがより身近に感じられる、ということはあり得る」とキリア。「望めば叶うということが、人工的な中枢マシンによって成されているとすれば、そのマシンこそが魂の駆動体なんだ。きみは、アンク、本当はどうだと思っているんだ?」

「人間が実際に滅びた、遠未来だ。人工空間ではない、そう思う」

「ドウシテ?」とチャイ。「人工空間ダト思エバコソ、ソレヲ話シタノデハナイカ?」

「仮に、魂を駆動するのが人工のものだとしても、さらにそれを越えた真の魂の駆動体があると思う。考えてもみるがいい。私の魂はどこから来たのだ？　この世界にもとからあったとは思えない。あのクルマの設計図は、おそらくシステムの外にあったものだ。最初からそれを含めて私の魂が、クルマを作りたいという意識が、この世界に存在していたのだとしたら、このような面倒な手順は必要ないだろう」

「システムの外というのがどこか、というのが問題だろうな」とキリア。「ここが人工空間なら、その外にあるクルマの設計図などというのは、ここでは決して発見されないだろう」

「私の魂が、ここにその設計図をコピーしたのだ、とは考えられる。私が覚醒したのはあの設計図を見たからではなく、魂のほうが先にあの設計図を創りだしたのかもしれない」

「……なるほど」とキリア。

「いずれにせよ、私は外部から来たのだ、とは言える。空間的か時間的かは問わずに、だよ。確かめる術がないのなら、ここは遠未来だ、と考えるほうがわかりやすい。そのほうが単純で明快だ。おそらく真実はより複雑怪奇で、どう考えようと完璧には世界を捉えられないだろう。ならば、説明は単純明快なものがいい」

「ウウム」チャイが翼を広げて、身震いした。「確カメテミタイナ」

「チャイ、それにはまず、魂繭卵を採捕して、親になってみるといいよ」とキリアが言った。

「パイワケットが独立したら、ぼくもそうするつもりだ」

「きりあノ言ウトオリダ」キアスが、腕のなかでむずかるティカをあやしながら言った。

「ちゃい、キミタチ〈重ク潰レタ街〉ノ連中ハ、頭ノナカデコネテイル理屈ニ潰サレテイルミタイダ。ソノウチ、飛ビ方マデ理屈ヲコネナイト、飛ベナクナルゾ」

「そいつはケッサクだ」キリアは笑った。「そうかもしれないな」

「きりあ、冗談デハナイヨ、あんくノ言ッタコトハ」とチャイ。「キミハナニモ感ジナイノカ」

「感じたさ。人間に変身してから、ずっと、自分でも考えていたんだ。でも、ぼくが思っているようなことは、過去の何世代にも渡る翼人たちが、同じように考えてきたことなんだ。カケリアスに、きみの考えを言ってみるといい。カケリアスは先刻承知だよ。ここが人工世界である可能性のことは」

「ナゼ、研究シナイ？」

「しているさ。してきたんだ。魂の思想が、その答えなんだよ、チャイ。われわれは、先人たちが考え抜いてようやく導き出した答えを、すでに知っているんだ。人間を研究するぼくらは、人間的な手法で、そのべつな見方を編み出そうとしている。一般的な翼人のものとは手段が異なるんだ。しかし、行き着くところはほとんど同じだろう。アンクが、それを証明してくれたわけだよ」

「ここが、人工空間ではない、遠未来だ、と思う理由が、もうひとつある」とアンク。

「なんだい」とキリア。

「ここには、酒がない。ウィスキーをやりたいところだ。あの楽しみを人間が放棄するわけがないんだ。姿形を変えても、だ」

「まったく、たいした理由だな」

「真面目なつもりだが」

「茶にしよう。チャイ、すねていないで、枯れ木を集めるのを手伝ってくれ。きみも茶をやりたいだろう」

「ワカッタヨ」

茶とリンゴと、ホットケーキの昼食は楽しかった。ティカも珍しい食べ物にはしゃいだ。パイワケットは魚の干物を食べ、一行は満足して、雲行きの怪しくなった天候に追われるように海岸を後にした。

林に入る前にアンクは後ろを振り向いた。魂繭卵を探す翼人がまだ舞っている。すべては海から来た、海はすべてを知っているかのようだ、とアンクは思う。しかし、自分は、あそこから来たのではないのだ。

「どうした、アンク」

「クルマはどうなったかな」

「里心かい。帰りたいんだ」

「……そうだな」

〈コアキスの街〉に戻ると、天候は本格的に荒れはじめ、嵐になった。この季節のそれは最低三日は続くとアンクは聞かされた。

結局アンクとキリアは、それが収まるまで街で足止めを食らった。外が荒れ狂っていても風はほとんど吹きこんでこない。雨はところどころ開いた空間から降りこんだが、それはそのように計画されている場所で、テントを張った場所の地面はほとんど濡れず、ときおり上から滴がたれてくるくらいだった。

その間、アンクは街のなかをキリアに案内された。人間の姿に関心を寄せる翼人はほとんどいなかった。寄ってくる翼人は、みなキリアの知り合いなのだった。飛べないのは大変だろう、と同情される。キリアはそんな友人に、研究している内容を根気強く説明した。アンクには、退屈だった。一刻も早く、工場の様子を見にいきたい。

四日目に嵐が去り、奇跡のように雲ひとつないかのように晴れ渡ると、アンクは先頭に立って、帰路に着いた。パイワケットをひょいと荷物の上に乗せて。その猫は帰り道だと知っているのか、早く帰りたいというアンクの心を見通したかのように、姿を隠して困らせることもなく、おとなしかった。

帰り道は、往きに苦労して道をつけただけあって、ずっと早く進むことができた。

帰った小屋では、エンジンの試作品が完成した、というチキティの伝言が待っていた。

二三章　製　作

チキティの伝言を留守番の翼人から聞いたアンクは、旅行から帰り着いたその足で、自転車を漕いで工場に向かった。

キリアは明日でいいのにと言ったが、アンクは待ちきれなかった。キリアは小屋に残った。工場では、行くことをキリアが電話で知らせておいたので、チキティはもちろんチグリスもアンクを出迎えた。

そのできあがったガソリンエンジンの試作品は工場の中程の壁際に設置されていた。オイルと鉄と、ガソリンの臭いがしている。

「ヨク来タナ、あんく。旅行ハドウダッタ？」

「うん、楽しかった」

チキティに答えるのも上の空で、アンクは、試作品の様子を見た。エンジンの排気管は長く伸ばされ、マフラーを経て、工場の外に繫がるパイプに繫がっていた。排気管は見たところ新品で、焼けた様子もなく、エンジン本体も冷たかった。

「試運転は？」

「マダ、ヤッテイナイ。ヤッタケド、動カナイトイウホウガ正確ダガ」

「動かないって、どういうことなんだ」

「始動デキナイ、トイウ単純ナ状態ダヨ」

「フム」

アンクはチキティに説明される前に、エンジンの状態を見た。出力軸には、大きなモータのようなものが直結されている。スタータモータはちゃんとあったから、そのモータは始動用のものではない。

スロットル調整用のケーブルは引き出されて、運転席代わりの制御卓に来ている。制御卓には、回転計、速度計、燃料と水温ゲージ、電気回路の通電モニタランプが取りつけられていた。これらのメータ類は、クルマが形になるときにはそのままダッシュボードに移されるものだ。燃料タンクもすでに車載用のものが用意されていた。

始動できないのは構造上のどこかに問題があるのだろうが、それは単に燃料の移送がうまくいっていない、というような単純なものではなさそうだった。そのようなことはチキティらは調べているはずだ。アンクは、チキティたちのエンジンの構造とトラブルシューティングの知識を試すために、質問してみた。

「チキティ、燃圧を測ってみたかい」

「燃圧ダッテ?」とチキティ。「あんく、コノくるまノ燃料しすてむハ、気化器ダ。燃料噴射しすてむデハナイ」

「そのとおりだ。気化器から先に燃料は行っているか、と訊くべきだな」

「モチロンダヨ。完璧ダ」

合格だ。よくわかっている、とアンクは納得する。点火時期などの調整も間違ってはいないだろう。圧縮圧も調べた、という。すべて、正常。

出力軸につけられたモータはなんだ、と訊くと、エンジンを外部から回して、カムやバルブや、その他エンジン各部がうまく作動するかどうかを確かめるものだ、とチキティが答えた。それは前からやっていたが、今日は燃料タンクを接続して、燃料がちゃんと燃焼室まで行くかどうかを試験したという。

「そのあと、すぐに、始動しようとしたのかい」

そうだ、とチキティ。外部から回してやる試験は念を入れてやったらしかった。そのあとすぐに電気点火回路をオンにして始動を試みたというので、アンクには始動不良の原因の見当がつく。おそらくプラグが湿っているのだ。そう言うと、いいや、とチキティは反論する。

「タシカニぷらぐハ湿ッテイタ。ダカラ燃料ガ来テイルノガワカッタンダ。ソノアト、チャントぷらぐハ交換シタ。ソノぷらぐデすぱーくスルノヲ確カメタ。点火しすてむハ正常ダヨ」

「フムン」

新しく組み上げたものだから、どこかが壊れている、たとえばデストリビュータのロータが錆びついているとか、コードが断線している、などということは考えられないし、それらのことは先刻チキティたちは承知で、点検済みなのだった。ガソリンの成分にも問題はなく、ガソリンをはじめ、潤滑油、冷却水についても設計どおりにできているという。

「となれば」とアンクは息を深く吸いこみ、一呼吸してから言った。「始動方法がいけないんだ」

「方法ダッテ?」

「そうだよ。運転の仕方だ。このエンジンには高度な燃料噴射システムはない。ガソリンと空気の混合比を手動で調整する。始動しないのは、着火条件が適切でないからだ。混合比が濃すぎるか、薄すぎるかのどちらかだ」

スロットケーブルのほかに、チョークケーブルらしきものもある。そのケーブルがたしかにチョーク用のものであることをアンクは確認した。それを引くというのは、チョークバルブが閉じて吸入される空気量が制限され、混合比を高くするということだ。ガソリンが濃くなることを意味する。チキティはむろん知っていた。

「エンジンが冷えているとき、気温が低いときは、チョークを引いて、濃い燃料でないと着火しない」

「ヤッタヨ、ソノトオリニ」

「それが、いつもそうやれば必ず着火するとは限らないんだ。条件によって始動方法を変えないといけない。とても微妙なものなんだ。チグリス、やってみていいかい」

チグリスが無言でうなずく。アンクはまず、チョークを戻し、流入空気を制限しない状態で、スロットルも閉じ、スタータモータを回した。

「ソレデハ、十分ナガそりんガ行カナイヨ」とチキティ。

「まず、たまっている生ガスを追い出すんだ」

排気口は外に出されていたので、排気中にガソリンが混じっているかどうかを臭いで確かめることはできなかったが、ころあいをみてアンクは排気をやめ、チョークを引いて、スタータをオン。始動しない。チョークを引く量をいろいろ変えて試してみるが、着火する気配がない。スロットルを軽く開けてやってみても、同じだ。

もう一度、念を入れて生ガスを排気する。プラグが湿ったかもしれない。

今度はチョークを完全に戻し、スロットルを全開にして、スタータモータを回す。すると、ブルン、ババババ、と断続的に着火の気配。そのままスタータモータを回しつづける。エンジンがバウンと完全に回り出した。スタータモータを切る。始動に成功する。フルスロットルなので最高回転をいきなり越えそうになり、あわててスロットルをアイドル状態に戻すと、エンストする。

すかさずスロットルを少しあおるようにして再始動。始動する。スロットルを開けるとエンストしそうになるのでチョークを半分ほど引いてみる。すると回転を保ち、高めの回転数でアイドリングする。そのままにしていると回転数が上がっていく。チョークを戻して回転を下げる。また上がりはじめるのをチョークを戻しつつ、一定回転を保つようにする。完全に戻した後、スロットルを開けると、比例して回転が上がる。エンストはしない。

「ヤッタネ」とチキティ。

ほかの翼人たちも飛んできた。アンクはスロットルをあおってやる。ヴァーン、ヴァーンとエンジンが反応する。アイドリング状態で調子を見る。エンストはしない。だが、回転が安定していない。

「イイ調子ダ」とチグリスは満足そうに言った。「タイシタモノダロウ、あんく」

「そうだな。一応は、回る。しかしアイドリングの回転にばらつきがある。もっと安定していてもいいはずだ。スロットルのレスポンスもとても正常とはいえない」

「ドコカ、設計ニマズイトコロガアッタトイウノカ」とチグリス。

「構造上の欠陥ではなく、調整の問題だろう。調整が必要だ」

「ドコガ悪インダロウ」とチキティ。

「時間がかかるだろうな。一気筒が死んでいるような感じだ。いや……そうじゃなさそうだな」とアンク。「音を聞いてみるんだ、チキティ」

デストリビュータ駆動軸のあたりから、カムやバルブ開閉の音とは異なるゴゴという異音が聞こえる。

「……この音からすると、カムシャフトを駆動するタイミングベルトの張り具合に問題があるんだ。それでバルブの開閉タイミングがずれているのかもしれない」

アンクは点火回路をオフ。エンジンが止まる。

手を近づけると熱気が感じられる。鉄が焼ける臭い。冷えていくにつれ、かすかに、キンキンという音が聞こえてきた。

　アンクは身震いする。ここに、自分の設計したエンジンが現実にあり、実際に回ったのだ。設計はチキティらが手を加えたもので、作ったのも彼らだが、自分の描いたあの設計図なしではこのエンジンは存在しない。それを意識すると、感動しなければいけない、そうすべきだとは思うのだが、感激がこみ上げてくるという感覚はなかった。信じられない、という気分なのだった。

　アンクはその熱と音と臭いをあらためて意識して捉え、シリンダヘッドのカバーを拳でたいてみた。現実の量感がたしかにあった。ふいに胸が熱くなった。遅れてこみ上げてきた、クルマへの想いだった。

　だれかとこの気持ちを分け合いたい、とアンクは思った。翼人ではない、人間と。その気持ちを察したように、チキティが言った。

「きりあモ来レバヨカッタノニナ」

「ああ、そうだな」

　この世界は、本来の自分がいるところではないのだ。旅行してみて、それを実感したアンクだった。翼人の世界は自分にとって、いわば幻なのだ。唯一、クルマと関わるところだけに現実感がある。いまエンジンというものができ、物体として、自分の現実世界がこの世に実体化しはじめている。

「キミノ言ッタ箇所ヲ調ベテミヨウ」とチグリスが言った。

「アトハ任セテクレ」とチキティが言った。

またうまくいかないことがあったらアドバイスを頼むと言うチキティに、アンクは答えた。

「いや、今夜はここに泊まるよ。調整を手伝う。きみたちの身体では力仕事はやりにくいだろう」

工場には、重量物を運ぶ〈動く樹〉もいた。搬送用のロボットさえ、このプロジェクトのために作られていた。それでもアンクにとっては、それらには現実感が感じられなかった。エンジンだけが、たしかな現実感を持って、そこにあった。それから離れたくなかった。

「これからクルマができるまで、ここにずっといていいかな」

とアンクは訊いた。

「イイトモ」

とチキティは言った。が、チグリスが慎重に反論した。

「ソレハ、かけりあすガ判断スルコトダロウ。マズ、きりあガドウ言ウカダ」

工場の一角にある、工場全体の管理制御室に行き、アンクはそこの電話でキリアと連絡を取った。

『今日はもう遅いから、泊まってきてもいいよ、アンク』と電話でキリアは言った。『しかし、そこにずっといるのはよくない。だいいち、不便だ。ぼくはきみの世話係だが、毎日そこに食事を運んだりする気はない』

チキティが、まだクルマが形になるのは先のことだ、と脇で言った。

「マダ始マッタバカリダヨ、あんく。えんじんニシタッテ、完成ニハホド遠イ。試運転ヲ重ネレバ、アチコチ問題ガ出テクルダロウ。強度計算ハヤッテイルガ、実際ニでーたヲトッテミナイトワカラナイトイウノガ正直ナトコロダ。ドコガ壊レルカワカラナインダ」

「そうだな」

「毎日、ココニ出勤シテクレバイイサ」チキティはそう言って笑った。「キミノ仕事ダ」

「監督ハ私ダカラナ」とチグリス。「ソレヲ忘レナイノナラ、私ハカマワナイ。かけりあすモ、オソラクソレナラ反対ハシナイダロウ」

「わかった。そうしよう」

アンクは、翼人たちに向かって、うなずいた。

チキティが言ったとおり、試作エンジンは、調整した後、すぐに壊れた。タイミングベルトの強度不足でそれが切れ、バルブシステムが一瞬にして崩壊した。チキティは燃焼効率を優先的に考えて、そのような事態に備えて万一バルブが下がったままの状態でもそれがピストンに当たらないような〈逃げ〉としての切り欠きを、ピストン上部に作ってはいなかった。そのため上昇するピストンが動かなくなったバルブにぶつかり、壊れたのだ。

チキティのチームはベルトの強度を高めるため、その素材の再検討から、ピストン上部形状の設計をやり直して新たに組み上げ、再挑戦した。

それでも、試作エンジンは故障続きだった。半ば予想できたものもあれば、予想もつかない壊れ方もした。ピストンが焼きついて冷却や潤滑システムの見直しを迫られたり、シリンダヘッドに穴が開いて吹き抜けたり、およそありとあらゆる箇所が壊れて、そのたびにチキティたちはねばり強く原因を探り、チーム内で素材や形状や加工法の再検討がなされた。

エンジン以外のクルマの各部も、並行して製作されていた。

アンクは翼人たちとの約束を守り、工場に泊まりこむことはせず、しかしほとんど毎日工場に通って、その進行状況を見守った。そのチキティたちが試行錯誤で製作する状況下では、アンクがアドバイスできることはほとんどなかった。だが、細かい部分の組立などの手伝いはできて、それはクルマ作りをしている実感があった。全体の製作状況を見ることも楽しかった。確実にクルマが作られていくのだ。

工場に通うのに、自転車は大いに役立った。キリアとアンクは並んで走り、ときに競走を楽しんだ。

アンクは、工場に行くときは勢いよく、帰りはゆっくりだった。帰るときには、その日のクルマ製作状況で明らかになった問題点を考えながら、行くときはそれについての解決策をいくつか思いついていて早くそれを試してみたいためだった。

キリアは、これはもはや一般的な人間の研究にはならない、と思った。アンクとの暮らしは、人間研究というよりはアンク個人の観察となっていた。

アンクはクルマのことで頭がいっぱいで、キリアがなにか訊いても生返事をすることが多くなった。

これではアンドロギア時代のアンクを相手にするより悪いではないかと、キリアは思った。アンドロギアは呼べば返事はしたものだ。アンクは、自分の意識世界に籠もってしまったかのようだった。

キリアがそんな不平を漏らすと、アンクは、すまない、と言った。

「キリア、もう少しでクルマが形になる。私の夢が実現するんだ。昨日はタイヤの試作品ができた。予想以上の出来だ」

「わかってるよ、ぼくも行っているんだから。きみは、ぼくがきみと一緒に工場に行っていることすら意識していないみたいだ」

「きみを無視したりはしていないよ、キリア。ここまで来れたのはきみのおかげだ。春には走るクルマができあがるよ。すごいことだ。そうは思わないか？」

「思うよ。チキティはすごい。それはべつにして、洗濯物がたまっているぜ」

「そうだな……明日は休みにして、それを片づけよう」

「明日の天気などわかるもんか。晴れている今日にしよう」

「……わかった。そうしよう」

「不満そうだな」

「きみには迷惑をかけたくない」

「林檎酒の出来はどうかな」

「興味があるのかい、キリア」

「きみが忘れているようだからさ。腐ってしまうぜ」

「そいつは大変だ」

キリアにうながされたアンクは酒と料理についての興味を取りもどし、冬本番になる前に、畑で蕎麦の栽培を試みた。小さな三角錐の蕎麦の実が思ったよりも多く収穫できた。それを粉に挽く。挽き方を深くすると白みが強い蕎麦粉となり、それをいろいろ試すのも面白かった。つなぎの小麦粉などを工夫して、蕎麦を打った。

林檎酒はまあまあの出来だった。が、醬油はうまくできた。それで作ったつゆで食べる蕎麦はうまかった。

小川の澄んだ流れのなかに、岩についている淡水性の川海苔を見つけたアンクは、さっそくそれを採り、薄く伸ばして干し、蕎麦や料理に役立てた。いい香りだった。

本格的な冬がやってくると、自転車では表に出たくない天気が多くなった。気温はさほど冷えこまないが、小川の水は冷たい。

パイワケットは電気ヒータのよく効いた小屋のなかで、窓際で前脚を胸に埋めるようにして座りこみ、外を見ているかと思えばその姿勢で寝ていた。

天気のよい日は、アンクとキリアは工場に出かけた。

エンジンは、出力軸に出力測定器を接続され、単体で試運転が続けられていた。測定器は一種の発電機で、その負荷をかけた状態でさまざまな試験が行われた。真冬になるころには試運転中に壊れることはほとんどなくなっていた。エンジンの構造的な信頼性が高まると、吸気管や排気管の形状や取り回しなどにより変化する回転数と出力の関係の調整などにアンクは立ち会った。

天候が荒れる日は、小屋で料理の腕をふるい、工場に持っていく昼食のメニューをあれこれ考えた。手間の掛かる蕎麦打ちをしたり、パスタも作った。

クルマ作りに没頭するアンクに感化されたキリアは、自分でもなにか作ってみようと、必要性を強く感じた洗濯機と小川から水道を引くためのポンプを、アンクの助けを得ながら設計した。それを工場で自分で作る。ありあわせのモータなどをチキティが選んでくれた。アンクも組立を手伝ってくれた。作りはじめると、工場に泊まりこみたいというアンクの気持ちがよくわかった。自分の設計どおりの性能を発揮するかどうか、試してみたくて気が急くのだ。実際に組み立てて試運転をすると、あちこちに不具合が見つかる。クルマが簡単にはできあがってこない理由が、キリアにも理解できた。

「必要は発明の母、だよ」

よく晴れた穏やかな日に、二台の自転車で引けるようにしたキャリアーでできあがった洗濯機を小屋に運びながら、アンクが言った。使いものになると判断した洗濯機だ。

「母、か。翼人には理解できないな。〈名づける者〉か」

「洗濯機に名をつけるかい」とアンク。

「道具に名をつけても始まらない。成長しないからな……父はなんだい」とキリア。

「なんだ？」

「父だよ。発明の母がいるなら、父はなんだ」

「ま、技術だろうな。よくできたじゃないか、洗濯機。きみが望み、翼人の技術力が実現してくれた」

「きみのクルマも、そうなんだな」とキリアは言った。「きみの望みは強力だ。工場全体を動かしている。きみの意識に操作されているかのようだ」

「魂、だろう」と真面目な顔でアンクが言った。

「きみの魂が、工場を動かしている？」

「みんなの魂だ。チキティや、チームや、チグリスだよ」

「フムン」

「きみの洗濯機も、きみの魂がこの世に形を作りだしたんだ」

「ささやかなものだ」

「そんなことはない。きみがいなければ、形にならなかったんだから」

「それは、まあ、そうだろうな」

その洗濯機は、横置きにした穴の開いたドラムをモータで回転させる形式のものだった。アンクは、これでとても洗濯がらくになったと喜んだが、キリアはそれを使ううちに、もっと便利にならないものかと知恵を絞り、改良に取り組んだ。注水や排水のタイミングを自動化できればいいし、いっそ乾燥機能を組みこんで、汚れものを入れたら手を触れずに乾燥して出てくれれば最高だ。

「そうまでしなくてもいいのに」とアンクは言った。「たいして面倒じゃないよ、いままでも」

「やれることは、やりたいじゃないか」

「なにが、やりたいんだ、キリア？」

「洗濯機を使いやすくすることさ、もちろん」

「それはいいが――そのうち洗濯機が自動車になるぞ」

「どういうことだ」

「自動車に乗る人間は、運転に興味をなくす。完全自動なんだから。洗濯機もそうなると、洗濯に興味をなくす」

「いいじゃないか。ぼくは洗濯に時間をかけたくない」

「労働の負担が軽くなることと、興味とは、違う。きみは洗濯機自体に興味があるんだ。洗濯などどうでもいいんじゃないのか？」

「きみと同じじゃないか」

「それは、違う。私は、キリア、運転したいんだ。乗りたいんだよ。クルマの構造そのものは、二の次なんだ」アンクは静かに言った。「便利なのはいいことだ。最高に便利なものを、人間は、意識保存システムを作ることで実現してしまったんじゃないのかな。そして、滅びた」

「きみが手で洗濯をしたいのなら、止めないよ」

「そういう話じゃないだろう」

「だけど、アンク、きみの言うのはおおげさだよ。たかが洗濯機だぜ」

「そうだな」アンクはうなずいた。「私も、らくなほうがいい。で、キリア、次は、なにを作る？　作るものがあるうちは、いい。そのうち、必要のないものまで作っていないと気が済まなくなる。資源は有限だぞ、キリア。それを無視して実現するには、意識保存システムのような、現実世界には依存しない環境が必要になるだろう。人間は、まさにそれを実現したんだよ。そして、翼人に研究される過去の生き物になった」

「物を作ることが人間を滅ぼしたというのか」

「物を作ること自体に興味があり、それを限りなく実現するというのは、現実世界では不可能だと言っているんだ。永久に続けられるものじゃない。有限の容器に無限の欲望を入れられるわけがない。きみはそれを試そうとしているかのようだ。おおげさだと思っているうちに、そうではなくなる可能性はある」

「どうすればいいというんだ、アンク」

「洗濯機は、いいさ。私も欲しい。そうじゃなくて、楽しみはほかにもあるということだよ。うまい料理を工夫したり、運転を楽しむことだ。飛び方を工夫したりすることと同じだろう。翼人は機械を作らない。だが退屈じゃないだろう。パイワケットもさ」

「きみがやるのはよくて、ぼくのはだめ、というのは納得できないな……ぼくはきみの真似をしただけなんだ」

「きみは私の真似をしてはいないよ。やっていることは似ていても、目的意識は人みな違うんだ。きみは退屈しているのか、キリア？」

「仕事を忘れてはいないさ。人間の、物作りの意識を実体験してみたいということだよ」

「それが目的か、洗濯機作りの」

「そう」

「人間のことがよくわかったことだろう」

「皮肉っぽい言い方だな」

「きみは自転車を作った。そのときの気持ちと、洗濯機作りとは、違うんじゃないのか。自転車は、翼人のきみの意識が求めたもので、役に立たせる実用の道具ではない、と言った。乗って楽しむためだ。作ること自体に興味があったわけじゃない。だが、洗濯機は――」

「チキティは、どうだ？　クルマ作りにきみより熱心だ。チキティたちこそ、人間的じゃないか」

「そう言われればそうだが、チキティたちはあくまでも翼人の立場にいる。物作りを放棄しても生きられる。人間の真似をすることで人間を研究しているんだ。だからカケリアスもやらせているんだ。チキティは人間には絶対にならない。だが、きみは、そうじゃない。本当に人間になる可能性がある。すでに身体が人間にごく近いからな。形は、意識を形成するのに重要な要素だ」

「わかったよ、きみの言いたいことは。要するに、ぼくに人間的になりすぎるな、というんだろう」

「……そうかもしれないな」アンクは感心したように言った。「きみは姿は人間だが、翼人のはずだ。それが、より人間的になっているんだ。私はそれが心配なんだ。キリア、戻れるうちに、翼人に戻ったほうがいいんじゃないか？」

「クルマができて、それにきみが——いや、ぼく自身がどう反応するか、それを確かめたら、考えるよ」

「それがいい。乗れば、私の気持ちがわかるさ。わかったら、翼人に戻るんだ、キリア。そして、一緒に走ろうじゃないか。きみは、飛ぶんだ」

「飛ぶのはいいな……アンク、ぼくは、けっこうつらいんだ。妹のキアスが言ったように、この身体で人間的に考えるのは、やはりぼくには不自然なんだ。ときどき、どうしていいかわからなくなる」

「私のせいだ。すまない、キリア」

「仕事だよ。ぼくが望んだんだ。人間は一人では生きにくい生き物だ。それがよくわかったよ。アンク、ぼくが翼人に戻ったら、きみはどうする」

「そうだな……空を飛ぶクルマを作るのもいい」

「飛行機か」

「軽いやつだ。クルマ感覚の。きみと飛びたいな、キリア。私も、結局は、翼人なのかもしれない。翼のない翼人だ」

「きみは翼人に作られたのだから、そういう意味では――」

「クルマが欲しいというこの意識も、翼人から与えられたのか？　違うよ。この意識は私自身のものだ。翼が欲しいと人間はずっとそう思っていたのかもしれない。そう思っている人間が、翼人に進化した。やはりここは私にとって遠未来なんだ。翼のない過去の私は、クルマを設計した。飛ぶクルマを作れれば、そうしていたろう。きっと」

「飛行機なら、それが欲しいという意識は、あのチグリスも理解するかもしれない。うん、面白そうだな。ぼくもそれなら、わかる」

　この人間の身体で空を飛べたらと想像すると、キリアは心がときめいた。

「魂は、拘束を嫌うんだ」とアンクは言った。「重力からも解放されたいんだ。きっとそうだ。空が、大気という皮一枚の薄い領域であってもだよ」

「クルマは飛べないよ」

「おそらく領域の問題じゃないんだ。自由な解放空間というのは」

「わからないな」

「私もさ。しかし、拘束を解き放つ力がクルマにはあった、あるはずだ。だからこそ私はそれを設計したんだろう。乗れば、わかる」

「フム」

「手段は、なんでもいいのかもしれない」

「どういうことだ」

「海を見た。魂繭卵も見た」

「ああ、そうだな」

「重力から解放される、というので思ったんだ。水中は、無重力に近い」

「そうだろうな」

「地上の生き物は、みな海から来た。海が生んだんだよ。人間も空にあこがれたのではなく、実は海なのかもしれない」

「海から生まれ、海に還るんだ」

「だから、さ。魂は、海中の浮遊感覚を求めるんじゃないのか。クルマで走ることや、飛ぶことは、結局その感覚を得ることではないのかな」

「いいや、そうじゃない。反対だと思うよ、アンク。魂は、そこからも出たいんだ」とキリアは言った。「やはり、飛びたいんだ。でなければ、翼人ではなく、ぼくらは鰓人になっていてもいい」

「……なるほどな」

「生まれたからには、飛びたいよ。もっと未来には、ぼくらの子孫は宇宙を羽ばたいているだろう。そして、星を渡るんだ」

「宇宙を行く星人か……星を巡って、どこへ行くんだろうな」

「魂の故郷へ」とキリアは言った。「身体は海から、魂は空から来るんだ。そこへ戻っていく。生きるというのは、そういうことなんだ。魂が身体を誘うんだ。きみがクルマで感じたい感覚はそれなんだと思う」

「魂が身体を誘う感覚か……それは、もうじき、わかるよ」

アンクは窓の外を見ながら言った。

「もうじき、できる」

窓で眠っていたパイワケットが、眼を開かずに耳を動かした。なにかの気配を察したように。春の気配だ、とアンクは思った。

二四章　飛　翔

枯れ木のようだった広葉樹が緑の葉を芽吹くころになると、クルマもその形を現しはじめた。

クルマ作りは当初アンクが設計した図にほぼ忠実に進められていたが、いま完成しつつあるのは、設計変更が重ねられた、アンクと翼人がともに創り出したオリジナルのモデルといってもよかった。

とくに途中で、チキティが大幅な変更を要求した箇所があった。

ボディの形状だった。アンクの設計では、屋根のある四座のセダンだったが、チキティはその密室的なクローズボディはよくないと強く反対した。

「どうして？」とアンクは訊いてみた。

「ダッテ、コレデハ風ヲ感ジラレナイヨ」とチキティ。「閉鎖的ダ。外カラ、乗ッテイル者ヲ見ルコトモデキナイ。コンナモノヲ魂ガ喜ブトハ思エナイネ」

なるほど、翼人らしい指摘だ、とアンクは思った。チキティの言うとおりだと感じつつもアンクは、おそらく設計図を描いた時の意識が考えたであろう、屋根付きの閉鎖ボディの利点を言ってみた。

「屋根があれば、雨でも濡れない」

「雨ノ時ハ、濡レレバイイジャナイカ。気持チイイヨ」

「オープンカーは、エンジンなどの騒音がうるさいだろう」

「えんじんガウルサイノハアタリマエジャナイカ。熱機関ガ仕事ヲシテイルンダ。おーぷんノホウガ音ガ籠モラナイサ」

「ああ、それは言えるだろうな」

「ナゼ、くろーずぼでぃナノカ、ボクニハ理解デキナイ。風ヲ感ジナイナンテ、動イテイルトハ言エナイヨ。キミハ、くるまハ生キ物ノヨウナモノダ、ト言ッタ。ソレヲ駆ルノニ、風ヤ雨ヲドウシテ気ニスルンダ?」

「そうだな」とアンク。「馬に乗るのに傘をさすのは、たしかに楽しそうじゃない」

「くるまハ濡レテモ、自分ダケハ濡レタクナイ、トイウノハ、くるまニ対シテ不公平ダロウ」

「不公平か。なるほど。クルマに対して優しくないというわけだ」

「ぼでぃハ、おーぷんニスル。イイナ、あんく」

「オープンにすれば強度が問題になる」

「大丈夫ナヨウニ設計スルサ、モチロン。おりじなるノ強度計算ヨリモタシカダト思ウヨ」

「車重が五割も重くなるようだと――」

「任セテクレ、あんく。後席ハ必要ナイダロウ。前席ノ二座ダケデイイ。ソレデ少シハ重量軽減ニナル。どあモイラナイト思ウ」

「そうだな。そうしてくれ」

アンクはうなずいた。チキティに反対する理屈をアンクは思いつかない。ドアのないオープン二座のボディなら構造的にも簡素になり、作る手間も少しは省けるに違いない。

「ココマデ、ボクラハウマクヤッテキタ。翼人ノ腕ヲ信ジロ」

アンクはチキティを信じた。

チキティたちのチームがボディのデザインを描き出した。コンピュータの画面上でそれを見たアンクは、まるでサンドバギーだ、と思った。横から見るそれは、短めのボンネットは太めの嘴のようで、キャビンのところでいったん低くなってシートへの乗り降りがしやすいようになっていて、そこから後部にかけてまた尻上がりになっている。二重の楔形だ。

どこか、猫が獲物を狙って飛びかかる寸前の姿勢を連想させる。ボンネット部分が頭で、ウィンドシールド、いわゆるフロントグラスの部分が、耳のようだ。

なかなかかっこいいではないかと思い、そしてアンクは、このボンネットの下にエンジンが収まるとは思えないことに気づいた。

「ソウナンダ」とチキティ。「えんじんハ、収マラナイ」

「では、なんのためのデザインか、わからないじゃないか、チキティ」

「相談ガアルンダケド」と遠慮がちにチキティは言った。「えんじんヲ前ニ置イテ、前輪ヲ駆動スルトイウ形式ニハ、コダワラナクテイイト思ウンダ」

「なんだって？」

「えんじんハ横置キノママ、後輪軸ノ少シ前方ニ置キタイ。ソコデ後輪ヲ駆動スル」

「ミドシップか」

「ソウダ。後席ハ必要ナク、きゃびんノ屋根ヤ大キサニコダワラナクテモイイトナルト、コノ形式ノホウガ重量ばらんすモ機構的ニモ有利ダ。運転ノ感ジガドウナノカハワカラナイケド、キミガ前輪駆動デナクテモイイ、ト言ウノナラ、コノヨウニ設計ヲ変更シタイ」

「いまからか」

「実ハ、ダイブ前カラ、ソレハ検討シテイタンダ。新シイさすぺんしょんモ研究シテイル。デモ、キミガドウシテモ、ト言ウノナラ……ベツノぼでぃヲ考エル」

「ウム」

アンクは腕を組んで、考えた。

たしかに、後ろの席は必要ない。二人の人間しかこの世界にはいないのだし、物を運ぶのがこのクルマの目的ではなかった。とにかく運転すること、それだけが目的のクルマだ。それには、屋根も荷室もいらない。オープンカーのほうがチキティの言うようにふさわしいのだ。

ならば、チキティの提案に反論すべき点はなにもない。駆動力から解放された前輪の操舵感は、より素直に違いない。エンジンという重量物を後輪の駆動軸の付近に位置させることで、駆動力のロスも少なくできる。

そしてなにより、チキティのデザインチームが描いたボディのデザインが、とても気に入った。翼人らしい、伸び伸びとした、躍動感がある。自分では描けないデザインだとアンクは感動した。

ここでチキティの提案を受け入れても、作られるクルマが自分のものではなくなる、という感覚はアンクにはなかった。ここまでともに作ってきたからだった。そのクルマは、アンクなくしてここには存在しないのだ。

「後輪サスペンションを新しく設計しなくてはならないな」

「イイノカ、あんく」

「こちらのほうがいい。やろう。過去にこだわることはない。私は、いまを生きているんだ」

「ソウコナクテハナ」チキティは笑う。「あどばいすヲ頼ムヨ、あんく」

「了解だ」

かくして、ボディ形状の変更にともない、エンジン位置と駆動軸も後ろに変更されることになった。

そのような大幅な設計変更を受けたクルマだったが、新たなサスペンションの設計をべつにすれば、見た目の大変更にもかかわらず作業的な遅れはほとんどなかった。ミッションとエンジンの位置関係は同じでそっくり後ろに移すだけだったし、駆動軸が操舵系と切り離されたために構造はかえって簡単になったし、ミッションをケーブルでリモート操作するのも前か後ろかの違いでしかなかったからだ。

シートができあがってくると、それを車体に取りつけて、ペダルの位置決めをした。シートは座面と背もたれを一体化して形成した、背もたれのリクライニングなどはしない簡単なものだったが、アンクの体型に合わせて設計されたからよく身体になじんだ。小柄なキリアが運転することを考慮して、シートは前後に移動できるようにした。

アンクはセッティングされたシートに腰を下ろし、そして、いままで意識しなかった、履き物に注意を向けた。サンダルのような簡単なものだった。これでは、足下がおぼつかない。

「靴を作ってくれ、チキティ」とアンクは頼んだ。「ドライビング・シューズだ」

「素足デハダメナノカイ」

「ドライビング・シューズは、クルマの部品のひとつだよ。運転には、それに向いた靴がある。底は硬めにしてくれ。クルマの駆動系とドライバーの身体との接点だ」

「マッタク人間トイウノハ、生マレタママノ身体デハナニモデキナインダカラ。アキレルヨ」

ひとつの物を作ると、それに倍する付属物が必要になるのだから、人間が大量の物を作らずにはいられなかったわけだな、とチキティはぶつぶつ言いながらも、アンクとキリア用に作ってくれた。

いつクルマはできるのか、というキリアの問いに、アンクは、「もうじき」と言いつづけた。

キリアの目には、そのクルマはすでに完成しているように見えた。ちゃんとタイヤがついていたし、エンジンもすでに搭載され、ダッシュボードのスタータボタンで始動し、実際に工場内を自走することもできた。キリアはアンクから、エンジンの始動法や、クラッチ操作やシフトについて教えられ、ちょっとだけ動かす練習をした。

初めてクラッチを繋いでクルマが動くのを体験したキリアは、その不思議な感覚の虜になった。

アクセルペダルを踏みこむと、エンジンはなにか生き物のように、まさしく吠えるかのようで、その息吹を駆動輪に伝えるべくクラッチを繋ぐと、まるでエンジンは「あなたに従う」というように少し回転を落として唸り、乱暴にクラッチを繋ぐと「嫌だ」とばかりに止まってしまう。機嫌をとるようにうまくやると、クルマはずいと前に出る。

人間の出せる力とは比べものにならないほどのパワーを秘めた物体が動く。その瞬間を体験するのは、巨大な生き物に狙われているかのような感覚だった。自分よりはるかに大きな怪物、それを自分が操っているのだと意識すると、キリアはその状況に畏怖を覚えた。全身の毛が逆立つ感じに恐れをなし、ブレーキを思いきり踏んで、エンジンを止めてしまう。

「クラッチを切るんだ、キリア。止まるときは」

助手席でアンクがアドバイスする。

「わかってるよ」

これは、自分がアンクに自転車の乗り方を教えたときと同じだ、と思いながらキリアは答えた。理屈ではわかっているのだが、できない。

「きみの気持ちは、わかるよ」とアンクは言った。「怖いんだろう。でも、面白いんだ」

「まあね。そう、そのとおりだ」

「なにが怖いのか、わかるか、キリア」

「怪物のようだ」

「そうだな。それを御すことが、自分にできるのかと思って、それが怖いんだ。でも自分より大きな生き物を従わせるのは、面白い。思いどおりに動かしてみたいだろう」

「ああ、そうだな。翼人にはない感覚だ。こいつは、ほんとに生き物だ。しかも人工といる。なんて機械だ……このどこが自動車なんだ。自動じゃないじゃないか」

「自動車じゃない、クルマだと言っているだろう」アンクは笑って言った。「そう、そういう感じを抱かせるのが、クルマなんだ」

運転を代わり、アンクはギアをリバースに入れて、バックする。

「いつできる、アンク。このクルマはいつ完成するんだ」

「もうじきだ。シフトが引っかかる」クルマを止めて、アンク。「硬いのはまだギアの当たりが出ていないからだろうが、シフト感覚がよくないのは、直すべきだ」

「それは、もう製作段階ではなく、調整だろう。アライメントの測定と調整、ブレーキとか、気化器とか、みんな完成して、調整段階だ。できた、となぜ言わないんだい、アンク。外で走らせてみてからか？」

「走行テストにはそろそろ出せる。それでサスペンションやステアの本格的なデータを取れるだろう」

「で、いつできる」

「そうだな……もうできた、と言ってもいい。だけどキリア、クルマは、走らせてこそクルマだ。形ができていれば完成、とは言えないんだ。機構的には完璧はありえない。機械構造上も、どこかしら不具合が出るだろう。それはべつにしても、完成したことを実感するのは――その瞬間に完成するんだ」

「わけがわからない言い方だな」

ずっと製作現場に立ち会い、自分でも工作を担当してきたアンクは、ある時点でクルマが完成した、という実感がわかなかった。キリアに言われて、まだまだと思っているうちに、気づいてみれば、これまたキリアに言われるように、機構的にも形も、すでにできあがっていた。初期的な機械的信頼性のテストは済んでいたから、もはや細部の調整にこだわらず、本格的に運転することに挑戦しようとアンクは決めた。

「クルマは運転するものであって、運転そのものには、完成ということはないだろうということだよ。だが、うまくいった、と思える瞬間があるに違いないんだ」

止めたクルマのハンドルを握ってアンクは言った。

「料理と同じだ。いつかきみが言ったろう。クルマはそのとき完成する。何度も完成を味わいたいね」

「それは理屈だ。理屈をこねていれば、いつまでもできあがらないぜ」

「まったくだ、キリア。区切りがつかないと落ちつかないな。明日、コースに出そう。そこで、林檎酒をこいつにふるまって、名をつけよう」

「名をつけるって？」

「そうだ。生き物なら、つけてもいいだろう？」

「生き物か。本気でそう思うのか？　まだぼくには人間がよくわからないな」

「機械的には完成だ。運転することで、育つ。育つのは自分だろうが、クルマにその思いを投射するんだ。わかるだろう？」

「まあね。で、なんて名にするのか、決めてあるのか」

「いや、正直、思ってもみなかった」クルマを降りながら、アンクは考えた。「そうだ、この形からして――」

「待てよ」

「なんだ、キリア」

「明日、言ってくれ。名づけるときは、盛大にやろう。きみの望みが叶ったんだ。望みの叶う用意が整った、というのかな、きみの流儀で言うと。まあ、とにかく、それにふさわしくやろうじゃないか」

「そうか」

「そうさ。なあ、みんな？」

チキティや、集まってきた仲間たち、チグリスも、それがいい、と言った。

翌日、そのクルマは初めて工場から出された。アンクが運転し、キリアは助手席に乗った。工場から、遺跡を巡るサーキットまでの道は、舗装はされなかったが〈動く樹〉が何度か往復して平らにしていた。アンクはゆっくりとクルマを走らせた。バックミラーに砂埃が舞うのが映っている。翼人たちはもちろんその視野にはいない。空を飛ぶ。振り仰ぐと、いままで見たことのない数の翼人たちが、高く、低く、輪を描いて、クルマを見おろしていた。

「怖いほどの数だな」

「みんな、集まってきているんだろう」とキリア。

「カケリアスの召集か」

「違うだろう。みんな、珍しいものがみたいんだ」

舗装されたサーキットに乗り入れて、アンクとキリアはクルマを降りた。

翼人たちが次次と舞い降りてきて、クルマを取り囲んだ。アンクにはみな同じ顔に見えたが、キリアが、近づいてきた翼人に言った。

「できましたよ、カケリアス。クルマだ。アンクが名をつけるそうです」

「ヨカロウ」とカケリアス。「ワレワレハマタヒトツ、未知ノ人間ノ機械ヲ再現シタワケダガ、あんくガイレバコソダ。あんく、〈名ヅケル者〉ニナルガイイ。ソノ栄誉ハキミノモノダ」

アンクは、クルマを見た。春の日差しをあびたそれは、いかにも初初しかった。車体は赤く塗装されていたが、日の光の下で見るほうがずっと美しかった。リンゴをイメージした赤だった。艶のある、アップルレッドだ。

翼人たちは整列などせず、しかし興味津津という面もちで、アンクの言葉を待った。

「このスタイルは、私には創れない、翼人ならではのものだと思う」アンクは車体をなぞって、言った。「動物を連想させる。猫だよ」

「で、ネコ、という名かい」

「いいや、キリア。こいつは、パイワケットだ」

「パイワケット。そいつはいい」

「パイワケット・バルケッタだ」

「バルケッタ、とは？」

「小舟のことだ。小さなオープンカーにふさわしい」

なるほど、とキリアは思った。パイワケットはアンクになついているし、アンクがその猫を意識してその名をクルマにつけるのは理解できた。

「では、さっそく、走ってみよう、アンク」

「そうだな」

「なにか、まだあるのかい。不満そうだな……一人で乗りたいのか」

「まあね。危険だよ」

「ユックリ走レバ大丈夫ダ」とチキティが言った。「イキナリ出力全開デハ危険ダガ」

「もちろん、ゆっくりだ、最初は。しかし、キリア、危ないというのは本当だ。なにが起きるかわからない」

「覚悟しているさ」

「なら、いい。行くぞ」

アンクが乗りこむ。キリアも助手席に乗ると、アンクは静かにクルマをスタートさせた。

前方の翼人が次次に舞い上がる。クルマの前方に見えない壁があって、それに押しのけられるように翼人たちが飛び立ち、道を開ける。前方が完全に開けると、アンクはアクセルを深く、しかしゆっくりと、踏みこんだ。

シフトアップ。手応えを確かめながら、さらに三速に。そのままサーキットを一周して、ハンドルのぶれやエンジンの回り具合に変調がないのを確かめたアンクは、加速し、四速へ、そしてトップギアの五速にシフト。定速で走らせる。

緊張して乗っていたキリアだったが、速度が一定になると、周りを見る余裕ができた。

風が心地よかった。背後のエンジンは力強く回っている。

おおぜいの翼人がクルマとともに飛んでいた。ある者は高く、チキティたち、クルマを作ったチームはほとんど地上すれすれを、クルマと併走するように追いかけてきた。

アンクは速度計を見た。その数値はキロメートル毎時、というアンクの設計図にあった単位で示される。さほど精密ではないだろうが、それは過去のクルマにしても同じだと思いつつ、しかしその針が六〇という数字を指して走るクルマの脇を、悠然とついてくる翼人の飛翔能力にアンクは感嘆する。キリアもそれを感じたらしく、チキティに怒鳴るような大声で、「競走しよう」と誘った。

「おい、キリア、試運転中だぞ」

「速度試験だよ。エンジンは快調だし。いいじゃないか」

よし、とアンクもその気になった。

しかしあくまで慎重に、ギアを落として加速するのではなく、トップギアのまま少しずつスロットルを開いていく。

驚いたことに、翼人たちは時速八〇キロをスピードメータが指してもついてきた。が、さすがに一〇〇を越えると空気抵抗に抗しきれないのだろう、遅れはじめた。次次に急上昇して離脱する。高く舞い上がり、おそらくは上昇した体温を風で冷やすのだとアンクは思った。

空気抵抗は翼人だけでなく、クルマにも壁となった。風を巻きこまないような設計ではなかったので、会話ができないほどだった。エンジンにはさらに加速できる余力はあったが、ハンドルがぶれはじめた。シミーが出る。ステアリング系の不調ではなく、タイヤの回転バランスがうまく取れていないせいだとアンクは判断した。速度を落とす。初めてにしては、いい結果だと思いながら。

チキティが追いついてきた。ウィンドシールドの上端に摑まって、休む。

「速イナ、あんく。コンナニ速ク走レルトハ思ワナカッタ」

「すごい」興奮して、キリアがどなった。「飛んでいるみたいだった」

いやいや、こんなものではない、とアンクは思った。こんなに緊張してハンドルを握っている状態では、飛んでいるとはとても言えない。

また六〇を保って、試走を続ける。チキティはさっと翼を広げた。その翼長は車幅よりずっと広い。その間近で広げられた翼は、威圧的な大きさだった。

チキティは対向する風を翼いっぱいに受け、ウィンドシールドから足の爪を放した。ふわりとチキティは浮いた。力強く羽ばたくと、クルマを追い越していく。そして上昇する。なんと自由自在に身体を操るのだろう。アンクは一瞬運転していることを忘れて、チキティの飛翔姿に目を向けた。そう、あれが、飛ぶということだ、とアンクは感動した。

このクルマは、自在に操るにはまだ機械的にも不完全だ。心配な点があるうちは、このクルマから飛ぶ感覚は得られないだろう。

アンクは速度を落とし、スタート地点で止めた。降り、車体の下をのぞいて、オイルや水が漏れていないか調べた。エンジンは完調のようだ。工具を取り出し、ホイールなどをたたいて、音を聞く。ひび割れなどの問題はなさそうだった。

「キリア、今度はきみの番だ」

「いいのか」

「もちろんだよ。きみのクルマでもあるんだから」

「できるかな」

「動かすだけなら、簡単だよ。飛ぶ感覚になるまでには、かなりの練習が必要だが」

キリアは運転に挑戦する。よたよたと走りはじめる。シフトアップの練習。

「いいぞ、キリア、その調子だ」

アンクは苦もなくやっていたというのに、キリアには難しい。アンクは初めてではないのだ、クルマを設計したという記憶感覚はまた、運転技術も保存していたのだろう。このクルマはアンクのものなのだ、とキリアは思った。だが、次第に運転がうまくなってくると、そんなことはどうでもよくなった。運転は面白かった。

「今度は、一人で走らせてみるんだ、キリア。危ないと感じたら、まずブレーキだ。思いきり踏め。エンジンが止まってもいいから。いいな？」

「わかった」

チキティのチームの若い連中が、騒ぎながら寄ってきた。

「きりあ、ボクモ乗セテクレ」

「ボクモ」

などと姦《かしま》しい。アンクの降りた助手席に、数人の翼人が乗りこんだ。そこは熱いよとアンクが忠告する間もなく、エンジンフッドに乗って、さっと飛び上がる翼人もいた。

おおぜいの翼人を乗せて、キリアの運転するクルマが走り出す。にぎやかだ。アンクは微笑んだ。まるで子供の遠足だ、と思う。

「ヤッタナ、あんく。完成シタ」チキティが言った。

「一応ね」とアンク。「速度を上げていくとシミーが生じる。大きな問題ではないだろうが、調整が必要だ。ハンドルのフィーリングも改善したいし、急旋回のテストもしたい」

「ソレガ終ワッタラ、ドウスル。くるまガ完成シタラ」とチキティが訊いた。「今度ハ飛行機カ。きりあガソウ言ッテイタ」

「それもいいな」

「かけりあすガ許可スレバネ。タブン、大丈夫ダ」

「先のことは、わからない」とアンクは言った。「まだ、クルマを乗りこなしていない」

「アンナニ、ウマク走ラセテイタジャナイカ」

「まだなんだ、チキティ。まだ、私には、完成したとは言えないんだよ」

飛ぶ感覚を得るまでは、とアンクは言った。

キリアをクルマから降ろすのは一苦労だった。すっかりクルマになじんだキリアは、もう一周、と言って、走らせつづけた。そのうちに付き合っていた翼人たちが、ただ周回路を走るだけのクルマに飽きて、戻っていった。

それでキリアもようやく、走らせるのを諦めた。アンクが運転を代わり、工場に戻る。がっくりとエンジンの力が落ちているのにアンクは気づいた。水温計の針が上端に張りついている。オーバーヒートだ。キリアがあまりのんびりと長時間走らせたことも原因だろうが、もともと冷却能力はあまり高くないのだ。こいつは改善したほうがいいな、と思いつつ、いたわりながらアンクはクルマを工場に戻した。

設計を根本から見直さなければならないような大きな不具合はなかった。それでもアンクは、試走の後も毎日工場に通い、走行テストを繰り返した。少しずつ、自分の感覚に合うように調整を繰り返す。

キリアは製作中とは打って変わって、楽しそうに工場に通った。

「面白いな、アンク。クルマは面白いよ。きみの気持ちが、やっとわかった」

「それはよかった、キリア」

「どうしたんだよ。なにが不満なんだ。きみの望みが叶ったんだ」

「そうだな。だが、まだ、飛べない」

「クルマに翼をつけようというのか」

「心にだよ、キリア」とアンクは言った。「このクルマは、まだ私と一体にはなっていない」

「……いつ、なるんだ。どうすればいいというんだ」

「わからないよ、キリア。明日かもしれないし、一生かかるかもしれない」

「一生、だって？」

「そう」

「それは気の長い話だな……」

「キリア、きみは付き合うことはない」

「きみを一人にはできないよ」

「私には二匹の猫がいる。パイワケットと、パイワケット・バルケッタ、だ。どちらも、思いどおりにいかない。だから退屈しない」

「フムン」

「私の心配はしなくていい。きみは翼人に戻るといい」

「いいや、ぼくはまだ、その気にはなれない」とキリアは言った。「でも、カケリアスは、そんなことを言い出している」

「そうか」

「翼人に戻れ、とは言われていないが、きみに、ほかのことに興味を移すようにできないか、と言っている。チキティも、クルマ製作のプロジェクトは終了させ、新しいものを作りたがっている」

「私がクルマ以外のことに関わらないようなら、きみは翼人に戻ったほうがいいとカケリアスは言っているわけだ」

「そう。でも……」

「キリア、もう少し、時間をくれないか」

アンクは工場に置かれたクルマを見て、言った。

「魂の遊ぶ、時間を」

「付き合うよ」とキリアはうなずいた。

アンクはクルマを振り返り、振り返り、工場を出る。キリアにもその気持ちはわかった。

「かっこいいな」とキリアは言った。「存在感がある」

「魂が宿っているんだ」とアンク。

「名前をつけたからだよ」

「そうかもしれないな……あいつと、対話したいんだ」

でも、まだできないというわけなのか、とキリアは思いながら、自転車にまたがった。アンクは無言で先に行った。

その日の夕方、夕食を作るときも、食べるときも、アンクは言葉少なだった。クルマについて思いを巡らしているのだとキリアは、もう慣れていたからあまり気にしなかったが、もしかしたらアンクは、クルマのプロジェクトの終了というのを気にしているのかもしれないと思いつき、訊いてみた。

「ぼくが工場で言ったことを気にしているのかい」

「なにを？」

「カケリアスが、きみに新しいことを期待している、ということだよ。きみには、いまのところ、その気はないんだろう」

「そうなんだ」

「カケリアスのことは、任せておけよ、アンク」

「しかし、私はいつまでも客でいることはできないだろう。あのクルマは、翼人のものなんだ」

「だから、カケリアスがきみからあれを取り上げるんじゃないかと、心配しているのか」

「まあね。客の立場でいつまでも遊んではいられない」

「きみは遊んでいるのか？」

「遊びたいと思っている。まだ実現できていない、ということだ」

「カケリアスがクルマに乗るのを禁じるとは思わない。もし、そうしようとしたら、ぼくが反対する。チグリスにクルマ作りを承知させたように、方法はあるさ」

「私の気持ちの問題なんだ、キリア。正直なところ、いつまでも翼人の研究対象でいたくはないんだ。客でいるのは嫌なんだよ」

「自立したい、と。あのクルマを自分のものにして」

「そうなんだ。勝手だとは思っている。カケリアスにもチキティにも、みんなに恩がある。きみにもだ」

「クルマで旅に出られればいいんだがな。やってみようか。ガソリンスタンドも道もないが」

「そいつは、いいな」

アンクは笑った。

「いや、できるさ」とキリア。「カケリアスを説得する自信はある。ぼくがやりたいんだから」

「期待しているよ、キリア。きみには感謝している」

「ぼくもだ。人間に変身したのは無駄ではなかったよ」

「正確には、われわれの身体は人間じゃないよ。きみは翼人だ。私は……なんなんだろうな」

「目的を取り上げられそうなので、また迷うんだ。大丈夫だ。チキティにもう一台作ってもらって、競走しよう」

「いいな、やろう」

後片づけをして、暖炉の前でくつろぎながら、運転の話や、レースをするならどういうクルマがいいかな、などという話をした。

「雨のときのほうが、エンジンの調子がいいんだ」とアンクは言った。「理由はわからないが」

「気温が低くて、酸素含有量が多いからじゃないのか」とキリア。「吸入空気にさ」

「それを言うなら、水分かもしれない」

「水分が、酸素とどういう関係があるんだい」

「水は酸素と水素からなるだろう」

「ガソリンに水が混じっては、だめだろう」

「うまく燃焼させればいいんだ。酸素とは関係なく、加熱された水が膨張する力がパワーアップに貢献するのかもしれない。理屈はわからないが、雨のほうがいい感じがする」

「そんなものか。チキティに解析してもらおうかな」

「水噴射装置はけっこう有効かもしれない」

「パイワケット・バルケッタにつけてみるかい」

「ま、いま楽しむ分には、いらないよ。きみに負けそうになったら、考えよう」

「楽しみだな」

「ああ」

アンクは眠そうにうなずいた。キリアも疲労を意識した。慣れない運転に集中する毎日が続き、アンクの心などにかまわず、我を忘れて楽しんでいた。反省しなくては、とキリアは思った。アンクをサポートする仕事を忘れてはいけない。それは余計なお世話だ、とアンクは思っているにしても、カケリアスに代表される翼人と、アンクとの橋渡し役をやることは、アンクにとっても利益になるのだ。

「明日、カケリアスにきみの気持ちを伝えてみるよ。いいかな」

「どう伝える」

「もう少し時間が欲しい、ということさ」

「わかった」

「もう休もう。ぼくに任してくれ」

アンクは、よろしく頼む、と言った。

翌朝、キリアは胸の苦しさで目を覚ました。パイワケットが胸に載っていた。

「だめじゃないか……パイワケット」

トン、と猫がベッドから降りて、寝室を出ていった。出ていったということは、入ってきたということだ、ということは、ドアが開いているのだとキリアは気づいた。いつもは、パイワケットは寝室には入れない。反対側の壁際にあるアンクのベッドに目をやったキリアは、そこにアンクがいないのを知った。

外はまだ暗かった。トイレかと思い、寝直そうとしたキリアだったが、アンクが戻ってくる気配がなかった。

キリアは飛び起きた。納屋に行く。思ったとおり、自転車が一台なかった。

アンクは、クルマに乗りにいったのだ。だれにも邪魔されずにパイワケットというクルマと対話するために、一人で。

チキティに電話すべきかと一瞬迷ったが、それはやめた。〈重く潰れた街〉の翼人はまだ寝ているだろうし、だからこそアンクはこの時間に出かけたのだ。寝室のドアが完全に閉まっていなかったのは、音を立てないようにとアンクが気遣ったせいか。いや、パイワケットがそこに入れるようにして、この自分に後で来いとアンクが誘ったのだ、とキリアは思った。きっと、そうだ。相談されれば、自分は反対はしなかった。が、アンクは、相談することを自体が煩わしかったのだとキリアにはアンクの気持ちがわかる気がした。

素早く着替えたキリアは、自転車を引き出し、駆け足で助走して自転車に飛び乗った。

キリアは暗い早朝の道を迷わず自転車で走った。通い慣れた道で、まさしく道ができていた。

遺跡を巡るサーキットに着き、キリアは息を弾ませて、サドルにまたがったまま、その広大な風景を見た。夜明けが近い。春の朝靄に包まれ、すり鉢状の対面は見通せなかった。

その薄靄のなか、強力な二つの光芒が接近してきた。パイワケット・バルケッタの放電発光式のヘッドライトだった。遺跡の穴は楕円で、パイワケット・バルケッタは曲率半径の小さいほうから大きい側に出ると、ゆるくカーブする広い道幅を直線に突っきるラインを取った。甲高いエンジン音。キリアの目の前をあっという間に通過する。先のカーブがきつくなる手前で、急減速、シフトダウン。ファォーンとクルマが吠える。

キリアは自転車から降りて、それを倒し、その脇に腰を下ろした。クルマが一周してくるのにしばらくかかった。エンジンは全開に違いなかったが、そのように走っていてもなお、待ち遠しく思えるほど、その遺跡の掘削口の外周は大きかった。

対面側を走るクルマの姿は靄で見ることはできなかった。しかしライトの光とエンジン音はかすかに捉えることができた。それが近づき、眼前を通過する速度は、キリアには経験したことのないものだった。それほどの速度で疾走する生き物は、見たことがない。

二周、三周と周回するクルマを、キリアは飽かずに見つづける。

見ていて飽きるということがなかった。疾走するクルマは美しかった。持てるすべての能力を解放している様は、このために生まれてきたのだと宣言しているかのようだった。そのとおりなのだ、とキリアは思った。

いまやはっきりと明るくなってきていた。その朝の光に払われ、靄は遺跡の底にたまるだけになった。かつて意識を保存していた遺跡の周囲を、高らかなエンジン音を響かせて、クルマが走った。まるで、遺跡に籠もったまま滅びてしまった意識たちをあざ笑っているようにも、また、いまはもうないというのにそのような意識を目覚めさせようとしているようにも、感じられた。

キリアは見つづけるうちに、無意識に肩のあたりを動かしている自分に気づいた。いまの自分の身体にはない翼を動かそうとしているのだった。あのクルマとともに走りたい。いや、飽かずに見ている自分は、すでに一体となって走っているのだ、とキリアは思った。魂が、打ち震えている。運転しているアンクも、そうなのだ。きっと、そうなのだ。これが、クルマなのだ。魂を駆り立てるもの。

「アンク……そうだろう?」

キリアは、考えるのをやめ、再びクルマを目で、耳で、全身で、追う。

アンクはパイワケット・バルケッタを、何者にも邪魔されることなく、駆った。

エンジンやミッションやサスペンションは機械的になじんでいて、初めて試走したときとは比べものにならないほどスムーズになっていた。試行錯誤で調整を繰り返した各部はほぼ満足いく状態に仕上がっていた。アンクは、設計された全能力を発揮させることに挑戦した。最高速度がどれだけなのかという、数値が問題なのではなかった。競走相手がいるわけではないのだ。いるとすれば、空気抵抗と、それから運転する自分の技量だ。その限界を、確かめてみたかった。

キリアやチキティは、そんな自分の欲求を理解するだろうとアンクは思った。が、チグリスやカケリアスには、わからないかもしれない。クルマは、翼人が作ったものだ。それを壊すかもしれない使い方をカケリアスが許可するかどうか、アンクにはわからなかった。チキティが勝手に許可した、というような形にはしたくなかった。チキティ個人には、キリアにも、迷惑はかけたくない。しかし能力を確かめなくては、なんのためのクルマかわからない。やるなら、一人でやるしかない。自分の責任で。

いま、アンクは、それを実現していた。

思うままにアクセルを踏み、シフトし、ブレーキをかけ、また加速する。頭で描いた最短ラインを疾走する。だんだんより速く走れるようになる。

いつしか、走っているというより、道のほうが動いているかのような感覚になった。速度に慣れるに従って、道が広くなる感じがした。周囲が明るくなってきたためでもあったが、アンクはそれを意識しなかった。アクセルを踏めば、パイワケットはそれに即座に反応した。不安な感覚はなかった。エンジンの調子は音でわかったし、路面の状況はハンドルの感じで捉えることができた。

アンクは一瞬、自分が運転しているのではなく、自分がクルマの身体になって疾走している感覚に襲われた。そのとき、アンクは、クルマの少し脇の前方に、なにかが併走しているのを感じた。路面はものすごいスピードで流れていたが、走行音は意識から遠く、静寂な雰囲気だった。

それは、目に見える、というのではなかった。しかし、たしかになにかが、猛スピードでついてくるのだ。先導するのではなく、しかし遅れもせず、ともに疾走している。素晴らしい速度で。

飛んでいるぞ、とアンクは叫んだ。自分のその声は聞こえなかった。路面すれすれを猛スピードで飛びながらどこまでもついてくるそれを意識すると、クルマも身体の感覚も意識から消える。飛翔感覚が自分のものになる。歓喜が吹きこまれたかのようだった。

魂だ、とアンクは思った。こいつが、魂だ。どこまでも行ける気がする。大気を越え、宇宙を越え、時空を越えて、どこへでも。自分も、また。

飛べ、とアンクは意識した。と、それが、すっと離れた。アンクはそちらに向けてハンドルを切った。

アンクは、飛翔する。

「アンク！」

キリアは絶叫した。カーブしてきたクルマが体勢を乱したと見えた、その一瞬後、それはコースから飛び出していた。

ほんのわずかな時間、キリアは動けなかった。茫然とする意識を奮い立たせて、キリアは自転車を起こし、飛び出したクルマのもとへと急いだ。

そのクルマは、コースの緩い斜面を駆け登り、ロールしながら飛び出し、数回横転して、止まっていた。止まった姿勢はタイヤが接地するまともなものだったが、ウィンドシールドは潰れ、車体も激しく損傷していた。

駆け寄ったキリアは、アンクがその運転席にいないのを知った。自転車を放り出し、投げ出されたアンクを探す。

アンクは、クルマが斜面に突っ込んだ地点の先に、倒れていた。助け起こす。息はあった。

「アンク、アンク、聞こえるか」

アンクは閉じていた目を開いた。

「よかった。大丈夫だ、アンク、すぐに手当してやるからな」

アンクは口を開く。だが、声がない。

「しっかりしろ、アンク。ぼくがわかるか」

「……あなたは、キリア」とアンクが言った。

「そうだよ、ぼくがついている」

「……あなたは、キリア。キリアがついている」

「そうだよ」

「腹部が、痛い。キリア、痛い」

「大丈夫だ、すぐ手当してやる」

キリアは上空を見やった。だれもいない。チキティに連絡しなかったことをキリアは悔やんだ。抱えたアンクに目を移す。精気がなかった。内臓が破裂しているのかもしれない。しかし、この精気のなさは、それだけが原因ではない、アンクではないような気がした。

「きみは、だれだ?」とキリアは訊いた。

「わたしは……アンドロギア」とアンクは答えた。「あなたはキリア、わたしはアンドロギア……」

――この身体は、もうアンクではないのだ。アンドロギアに戻っている。

そう思うと、不意に涙が浮かんだ。この身体に、もはやアンクはいないのだ。どこへ行ったのだろう?

身体は海へ、魂は空へ、還るんだよ、と自分が言ったことをキリアは思い出した。来るときも、還るときも、一人なのだ。それはわかっていた。わかってはいても、涙は止まらなかった。

キリアは泣きながら、アンクが残していった、クルマの残骸を見やった。濡れた視界に、それは揺らいで見えた。きみは、飛んだのかい、とキリアは心で問う。すると、まるでそれに答えるかのように、むき出しになったエンジン室から火花が散った。漏れたガソリンに引火して、爆発する。小さな部品が飛び散る。それを目で追って、キリアは空を見上げる。春には珍しい、澄みきった高い空だった。

アンクは去った。それを実感しつつ、キリアはアンドロギアを抱きしめた。

その爆発でようやく異変に気づいた翼人が飛んできたとき、アンドロギアの身体は冷たくなっていた。これは死んだのではない、とキリアは自分に言い聞かせた。アンドロギアは、ただ機能を停止したのだ。アンドロギアには魂はなかった。だからそれは、壊れることはあっても、死ぬことはない。死んだのは、アンクであって、アンドロギアではないのだ。もし、魂が故郷に還るのを死というのなら。

アンクの魂は還っていった。その魂とはこの世界では二度と出会えなくなった。それを、死というのだ……。

アンドロギアの身体を研究所に運んだキリアは、ほかの翼人たちのようには、冷静に状況を分析する作業につくことはできなかった。

それを察したカケリアスが、休むように勧めた。仲間たちのいる研究所がいいとカケリアスは言ったが、キリアは一人で小屋に戻った。アンクがそこで待っているような気がした。

アンクはむろんいるはずもなかった。だがパイワケットが待っているはずで、キリアはパイワケットを呼んだ。

しかし、その猫は、どこを探してもいなかった。今朝、胸に乗ってきたのは、自立のための挨拶なのかもしれない、とキリアは思った。あるいは、アンクの魂を追ったのだ。パイワケットはアンクになついていた。

魂は、酷なことをする、とキリアは思いながら、つぶやいた。

「また会おう、アンク。いつか、どこかで」

キリアは、翼人に戻る決心をする。

翼を取りもどし、再び大空を飛ぶのだ。持てる能力の限りを尽くして、楽しむために。おそらく、アンクもそうしたのだと思いながら。

第三部　〈現在〉

二五章　地　上

視界が赤かった。なんだかリンゴのような色だな、と私は思った。閉じたまぶたに光が当たっているのだとわかった。暖かかった。

薄く目を開くと、意識がはっきりしてきた。それと同時に、全身に痛みを覚えて、私はうめいた。ありとあらゆるところが痛む。

「痛い」と私は言った。「なんだ、これは。どうしたんだ」

ベッドの上に寝ているというのがわかる。

「おい、気がついたか」

私は声のするほうに頭を向ける。老人が一人、ベッドサイドにいた。だれだろう？　一瞬、私はその老人がだれなのか、わからなかった。その老人は、食べかけのリンゴをサイドテーブルに投げだし、立って、私の頬を軽くたたいた。

「寝るな。死ぬぞ」

「……おおげさだな」

子安だった。より老けたように見える。私は身体の痛みをやわらげようと、腰をずらした。

「おおげさなもんか」と子安は言った。「ほとんど死んでいたんだ。寝たきりだ。気がつくとは、奇跡だぜ。ずっと人形のようだったんだ。痛いのがわかるのは、生きている証だ」

「尻のあたりが……とくに痛む」

「床ずれだ。ま、骨が見えるほどではないから安心しろ」

「きみが、付き添ってくれていたのか」

「ここの看護婦は面倒なことはしないからな」

「どこだ、ここは」

「わが家さ。新世代集合住宅の付属病室」

「……そうか。どのくらいだ。どのくらい意識がなかったんだ。夏のようだな」

私は窓の外を見やる。一階だった。並木が見える。力強い緑の葉だ。

「ま、二ヵ月半というところだ」

「そんなものか……何年も経っている気がする」

「冗談じゃないぜ。そんなに長く付き合っていられるもんか。こちらが先にくたばってしまう」

子安が医師を呼んできた。顔に覚えのある医者だった。私はさほど世話になっていなかったが。この二ヵ月半という期間にも、この医者はたいしたことはしていなかったらしく、私が意識を取りもどしたことに感動などしなかった。私はその医者から、意識の覚醒レベルのテストというので、あちこち曲げられたり引っかかれたりという、痛い目にあわされた。

簡単に診察を終えた医者は、意識状態は正常になったので、自分で食事をとれるようならもとの部屋に戻ってもいい、と言って、出ていった。

私は両手を支えにして上半身を起こそうとしたが、力が入らない。ベッドを降りて立つこともおぼつかないだろう。

「無理するなよ」

子安は私を制して、ベッドの電動リクライニングのコントローラを使い、起こしてくれた。

二カ月半の間、この病室にずっといたのではないことを、私は子安から聞かされた。完成したクルマの設計図をプリントしていたときに倒れたのは覚えていたが、あのあと、私は地元の救急病院に担ぎこまれたという。

「たぶん脳梗塞だそうだ」

「たぶん、か」

「まあ、おれには詳しいことはわからんが、検査した連中にしても、たいしたことはわからなかったんだ。で、きみの息子が怒って――」

「息子が。来たのか」

「当然だろう」

「……そうか」

「それで、中央の病院に転院させたんだよ」

「覚えがない。無駄だったんだな」

「そんなことはない」と子安は言った。「目が覚めたじゃないか」

「ここは、その病院じゃない。あんただろう、ここにつれもどしてくれたのは」

ここでなければ、永久に覚醒できなかっただろう、という気がする。

「そうなんだ。息子さんは忙しそうだったし。ここに来て、三週間というところだ」

私は子安の苦労を思った。ここでの私は、動くことも、喋ることもできず、ただ、口元に運ばれる食事は食べたという。トイレにも行けない状態だったのだ。

「私の脳のどこかが、死んだんだな」

「なにもなくてもけっこうな数の細胞が毎日死んでいくんだ。死んだ脳の部分は生き返らないが、希望はあった。そうしたのは息子さんだよ」

「なにをしたというんだ」

「高度先進医療だ。中央にしかない。意識を追跡して再構築するサイコントラックだ。HIタンクの応用だ。いや、HIタンクがその応用というべきか」

「そういう機械があるというのは聞いたことはあるが……それでも、私はよくはならなかったわけだろう」

「いいや」と子安。「それを使うまでは、おまえさんはほとんど植物状態だった。食べることすらできなかったんだ。それが、目を開くまでに快復したんだ」

「意識がないというのに、それをどう追跡するというんだ」

「まったく意識がない、というのは死んだ状態だ。生きていれば、自己をモニタする機能が、なにかしらあるんだ。無意識よりさらに下にもだ。細胞たちは生きているからな。細胞同士、通信している。サイコントラック自体は意識を創り出すことはできないが、そのごく低次の意識をサイコントラックが捉えて、それが高次の意識を再構築するように導くんだよ。もとになったのは、脳の死んだ部分がやっていた機能を、ほかの部位が代行しやすいように導いてやるのを目的に作られた機械だ。それを改良するうちに可能になったんだ。意識についての研究が進歩した結果だ」

「わからないな、私には」

「ま、意識について完全にわかっている人間はいないよ。いまでも」

「それでよくHIタンクなど作れるものだな」

「技術というのは、そんなものだ。うまく動けばいいんだ。現実が予想と反するなら、新しい理屈を考えるまでだ」

「フム」

「どうした。痛みが我慢できないか？」

「いや……なんだか、意識について、だれかと議論していたような気がするんだ」

「息子さんとおれが話していたのを、聞いていたせいだろう。それこそ意識していなくても、聞こえてはいるんだからな」

「そうだな……私は死んではいなかったわけだ、たしかに」

「諦めなくてよかったよ」

「どうしてだ。どうして、そこまで私の世話を？」

子安は投げ出したリンゴを手に取り、齧りながら、そのテーブルの上を指した。本が何冊か載っていた。その下に、畳まれた図面。

「やはり、描くだけではな」と子安は言った。「実際に作ってみたい。おれ一人では、自信がない。そういうことだ」

二人で描いたクルマの設計図だ。子安は毎日、意識のあいまいな私にそれを見せ、クルマの本を読んで聞かせていたという。

「おれが思ったとおりだ。きみが、あれだけ苦労したクルマ作りを忘れるわけがないんだ。ま、いつ死んでもいいように、設計図は二部プリントして、一部はきみの墓に入れてある。厳重に密封して」

「私の墓だって」

「リンゴ爺さんの敷地さ。えらく高かった」

「金は」

「きみの息子が出したよ。おれの墓の分も。ここの金もだ」

「ここの？」

「そう。普通では、いられないよ。寝たきりになったら、ここは出なくてはならない」

そのとおりだった。この住宅は自立して暮らせる者しか入居できない。この病室も、言ってみれば保健室のようなもので、長期間使うものではないのだ。

「特別料金を出してくれた息子さんには感謝すべきだ」と子安。

「きみに感謝している。息子は——」

「正直なところ、きみが目を覚まさないようなら、あちらに返すつもりだった」

子安は開いた窓から、リンゴの芯を外に放った。さわやかな風が心地よかった。

「おれが無理矢理、ここに、きみをつれてきたんだ。きみの息子は、悩んでいたよ。それも解消だ。よかったよ、ほんとに。どうなることかと思った」

「あなたには、大変な世話になった」と私は言った。「息子にも」

「明日は我が身だ」子安は真顔で言った。「情けは人のためならず、だ。相見互いだよ」

「この恩を、寝たきりになったきみの世話をすることで返す、ということにならないといいな」

「おれもそう願っているさ。おれがもしきみのようになったら、おれにはサイコントラックは使わないでくれ」

「なぜだ」

「おれの主義だ。曲げたくない」

「頑固だな」

「褒められて、嬉しいよ」

「サイコントラックか……私は、言ってみれば、入るのを拒んだＨＩタンクに入ったようなものだな。そのなかで、私はクルマを作ったような気がする」

「それはない」と子安は言った。「サイコントラックには、ＨＩタンクのシステムのような、仮想現実を生じさせる機能はない」

「じゃあ夢か……そうだな」

「まったくの幻想だったのか、というんなら、そうとも言えない。サイコントラックには、パーソナル・タイム・シフトを実現できる潜在力がある」

「パーソナル・タイム・シフト……きみの専門だったな。一種の時間旅行か。心理的なものだろう。本当に時間を飛べるなんて、私には思えない」

「時間は、乱暴に言えば、心理的なものなんだよ。きみがクルマを作ったと思うのなら、作ったんだ。過去にその経験がないのなら、未来だ。ま、夢だろうが、未来だろうが、実のところ、両者にはたいした違いはないんだ。もっとも、おれの理論だが。だが、きみは、ＨＩタンクには入らなかった。言ったように、サイコントラックは、ＨＩタンクとは似て非なるものなんだ」

「フムン」

「きみの主義を曲げたことにはならないから、安心しろ」と子安は笑って、言った。「で、どんなクルマだった。当然、このクルマだろうな」

子安はテーブルの上の設計図を取り、広げて見せた。

「それが……」と私は答えた。「覚えがないんだ。詳しい記憶は、ぜんぜん、ない。ただ、作った感じがあるだけだ」

「貴重な感覚だ。参考になる。さて、どこから手をつけるかな。やはりエンジンだろうな――」

「少し……休んでいいかな」

「ああ、悪かった。嬉しくて、つい話しこんでしまった。喉が渇いたろう。番茶を入れるから待ってろ」

「すまない」

「酒は、ないからな。飲みたければ、自分で飲めるようになってからにしろ」

おとなしくうなずくと、子安は笑った。

「すぐに飲めるようになるさ。生きていりゃあ、飲める。単純な理屈だ」

励みになる理屈だった。いかにも子安らしい。

子安が茶の用意をしていると、開いた窓の框になにか生き物がとまった気配があった。鳩かと思い、目をやると、そうではなかった。

猫だった。茶トラの、猫。框で爪を研ぐ。

「ああ、まただ」と子安。「野良猫がいついてしまってな。ま、おれが餌をやったせいだが」

「このへんでは見かけない猫だな」

「そうなんだ。少なくとも、毒リンゴ爺さんのところから来たんじゃないのはたしかだ」

その猫は、日の当たる窓框から室内に飛び降り、ベッドの私の足の近くに上がった。そこでどたりと横になる。

「パイワケット」と子安が言う。

「なんだって？」と私。

「猫の名前だよ」

「なんだか懐かしい名前をつけたものだな」

「そうか？」と子安。「子供のころ、これに似た猫を飼っていた。パイワケットというのは、珍しい名前じゃない。魔女の使い魔の代表的なものだ」

「黒猫ならともかく、どう見ても、この猫は西洋風じゃない」

「そこがいいんだ。しかし、ずうずうしい猫だな、こいつ。おれになついていたんじゃないのか。名前までつけてやったのに」

「いかにも猫だな」

「まったくだ。ま、そこがいいんだ」

番茶はうまかった。子安は湯飲みから飲ませてくれた。私には湯飲みを持つ力は出せなかったが、焦ることはない、と子安は言った。

「作るだろう、クルマ」と子安。

「もう一度、見せてくれないか、描いたやつ」

「早く力をつけろよな」

と言いつつ、子安はいったん片づけた設計図をまた広げる。私はそれを見ながら、言った。

「設計をやり直そう」

「なんだ？」

「オープンだ。オープンカーがいい。幌もいらない」

「そうこなくてはな」と子安はうなずく。「やっとその気になったか。だから言ったろう。絶対、オープンのほうがいいって。無為に気を失ってはいなかったようだな」

「名前も考えた」と私。

「なんだ」

「パイワケット・バルケッタ」

私は力の入らない腕を精いっぱい伸ばして、猫の頭をなでた。その猫は大きな口を開けて、あくびをし、そして、その名に賛成するかのように、にゃあ、と鳴いた。

参考図書『ミニ・ストーリー』ローレンス・ポメロイ著／小林彰太郎訳　二玄社

解　説

書評家
大倉　貴之

本書は、一九九五年に書き下ろし作品として発表された長篇小説、『魂の駆動体』を文庫化したものである。

この小説は、それぞれ近未来と遠未来を舞台にしたふたつのパートから構成されており、このふたつの世界における、失われた《クルマ》への夢がテーマとなっている。

この物語においては、《クルマ》と《自動車》が明確に異なるものとして区別されていることを、まずお断わりしておきたい。わたしたちがクルマや自動車、オートモービル（automobile）、あるいはカー（car）と呼ぶ機械は、簡単に定義すれば、内燃機関が生み出したエネルギーを駆動力に替え、それを中空のゴムタイヤによって路面に伝えて走る自立性陸上走行機械である。人間が、ステアリングホイールやアクセルペダルなどのデバイスを通して制御する必要のあるこの機械を指す言葉が《クルマ》である。それに対し、近未来の世界において、集中交通システムに制御され、エレベータのような操作をするだけで乗る者を目的の場所に運ぶ、単なる移動システムとして定義されるのが《自動車》というわけである。

クルマを所有し、運転することによって得られる悦びは多様だ。誕生から間もない頃のクルマは、とてつもなく高価で富裕階層のステイタス・シンボルであったが、やがて、馬車や蒸気自動車を圧倒する勢いで瞬く間に普及した。その理由の筆頭は、クルマを所有することによって好きなときに何処へでも移動できる手段（パーソナル・モビリティ）がもてるということである。クルマを所有していれば、都合のいい時間に、一人あるいは気の合う同乗者とある程度の荷物を内包したまま、安楽な環境で長距離を移動できるのだから、まさに富者の特権である。そして、高速道路などのインフラがない時代に時速二〇〇キロという速度が達成（一九〇九年）されたのは、クルマを所有した人たちが移動手段だけではないクルマの魅力、おそらく名馬を操り疾走するのとは異なったクルマ独自の快感を知ったからであろう。

ここでいう快感にはふたつあって、ひとつはかつてないスピードを体験する快感。もうひとつはクルマを巧みに運転することによって得られる身体イメージの拡張である。操舵や加減速によって巧みにクルマを操ることで、それと一体になって連続するコーナーを素速く駆け抜ける自己のイメージ、いわば主観的な身体イメージの拡張（拡大）を感じる快感だ。

このような運転し走ることを楽しむための《クルマ》が失われ、単なる移動システムとしての《自動車》が支配的となった近未来が「第一部」の舞台。主人公の〈私〉は、人々が身体を捨て意識の容れモノである「ＨＩタンク」に移ろうとしているこの時代に、養老院で暮らしている老人である。ある日〈私〉は、林檎園の片隅で朽ちかけたクルマを見かけたことから、友人で元エンジニアの小安と一緒に理想のクルマを設計しようと試みる。それは、クルマの思い出とともに甦る、運転する悦びや、過去への追憶をも含んだ夢であった。

人々がクルマに魅了されるのは、身体的快感を得るための移動機械としてだけではない。優れた工業製品としてのクルマにも魅かれるのである。この「第一部」では、〈私〉と子安のあいだでクルマについてのさまざまな会話が交わされ、たくさんな車種のクルマが話題になる。その構成要素である、エンジンについて議論される箇所や、サスペンションの構造が話題になる場面もある。クルマ好きは、それらについて会話するだけで楽しいのだ。この話題のなかに登場する現代のクルマの基礎をつくったのは、経済や物資の困窮していた第二次大戦後間もなくに、モーリス・ミニ、2CVなどの大衆車を設計した人たちである。物資の困窮はさまざまな知恵を産み、知恵は情熱を育み、やがて情熱は創造性を培ったのだ。クルマのあれこれについて語り合うこと、カタログを集めたり、生産中止になった古いクルマを集めレストア（再生）したりといった、クルマをめぐるさまざまな事柄は楽しい趣味であり、クルマ好きにとっては立派な文化である。つまり、クルマは身体と頭で楽しめる存在なのだ。ただ、そんなクルマとクルマ文化の時代も、その誕生時から内包していた交通事故の問題、製造と使用時そして廃棄後と、その存在のすべてにおける環境破壊、限りある埋蔵エネルギーの問題など、生物としての人間と共存をつづけるにはさまざまな矛盾がある。そのため「第一部」の世界では、《クルマ》はもはや個人の所有物ではなく、集中交通システムに制御される《自動車》に堕ち、クルマの時代も終焉を迎えているのである。

いっぽう、「第二部」の舞台は遙かな未来。そこにはすでに人類の姿はなく、鴉天狗のような姿をした「翼人」の世界となっている。彼らは背中の大きな翼で自由に空を飛べるので、人間のような移動手段をもっていない。自らの種族を「HIタンクをメンテナンスするためにタンクに入らなかった人々の変容したもの」と考える彼らは、かつて存在していた人間という生物を研究していた。

そんな研究者の一人であるキリアは、人間の視点を獲得することによって人類を理解できるのではないかと考え、自らの身体を人間の姿に変え、やはり人間研究のために創られた人造人間アンドロギアとともに、研究所から離れた小屋で暮らしていた。ある日、人間の遺跡から発見されたある設計図に強く惹かれたアンドロギアを見て、キリアはその設計図に描かれたクルマを組み立てることを思いたつ——。

クルマが失われたふたつの世界を描いたこの小説を読むと、他の神林長平作品、少なくとも「乗り物としての機械《マシン》」が登場する小説とは、いささか趣を異にしていることに気がつく。人間と機械をテーマにしてきたこれまでの神林作品には、『戦闘妖精・雪風』の戦術電子偵察機・雪風や、《敵は海賊》シリーズに登場する宇宙フリゲート艦のラジェンドラ、『完璧な涙』に登場する名前のない戦車や『死して咲く花、実のある夢』の情報車などがあるが、それらは意識をもった機械知性体であり、雪風に代表されるように多くは自分の意志で行動できる機械である。そのため、クルマのように人間が主体となって動かすものではないし、そもそも戦闘という特殊な状況を設定して造られたものであるため「楽しむ」という概念は存在しない。そこで描かれる「人間と機械」の関わりは、極限の状況下において機械知性体の脆弱なお荷物でしかない人間という生物を、どう評価するかという小説的思索でありテーマであって、身体の延長ではないシステム＝「乗り物としての機械」との交感の悦びを描くこの小説とは距離がある。この小説に感じた差違は、これまでの神林作品における機械知性体と人間の交感の可能性を探る試みから、人が機械であるクルマをデバイスとして感じる悦びへとテーマを変化させたところから生じている。

近未来の世界で描かれるクルマとは、それとともに過ごした個人の時間や記憶、文化の総体としてのクルマであり、いっぽう翼人の世界で人類の遺跡から発見された設計図だけのクルマとは、さまざまな歴史＝文化を除いた工業製品としてのクルマであるはずだが、私と小安がクルマの設計に熱中し、翼人が設計図から実際に組み立てていくうちに、このふたつのクルマを失った世界は、やがて「魂」を軸に合わせ鏡のように重なってゆく。

その魂とは、生あるものが、より速く、より自由に移動することへの欲求であり、それを喚起し、叶えるものが「魂の駆動体」としてのクルマなのである。冒頭でクルマへの夢と書いたが、それは魂が求めるエモーションである。そして、この小説全体を通じて貫かれているのは、自動車の構造や技術についてのリアルな記述に見られるように、《ものを創る人間》への尊敬と共感である。作者は異なったふたつの世界の視点からクルマという機械を見ることによって、クルマそのものの魅力とともに、それを創造し慈しんできた人類の文化をも描きだそうと試みているのだ。

以下は想像だが、周囲に対して固く心を閉ざし、最後には戦闘機械知性体〈雪風〉に排除される人間・深井零を描いた『戦闘妖精・雪風』の後、この『魂の駆動体』を経て、たがいを必要とする関係に昇華される続篇『グッドラック　戦闘妖精・雪風』が書かれたのは、必然という気がしてならない。

最後に、このみごとに洗練された小説であり、人生への心弾むオマージュでもある物語が文庫化されたことによって、従来からの神林ファン、ＳＦファンの枠を超えた読者を獲得することを願う。

本書は一九九五年十月、波書房より単行本として刊行されたものです。

絞首台の黙示録

神林長平

長野県松本で暮らす作家のぼくは、連絡がとれない父・伊郷由史の安否を確認するため、新潟の実家へと戻った。生後三カ月で亡くなった双子の兄とぼくに、それぞれ〈文〉〈工〉と書いて同じタクミと読ませる名付けをした父。だが、実家で父の不在を確認したぼくは、タクミを名乗る自分そっくりな男の訪問を受ける。彼は育ての親を殺して死刑になってから、ここへ来たというのだが……。

Boy's Surface

円城 塔

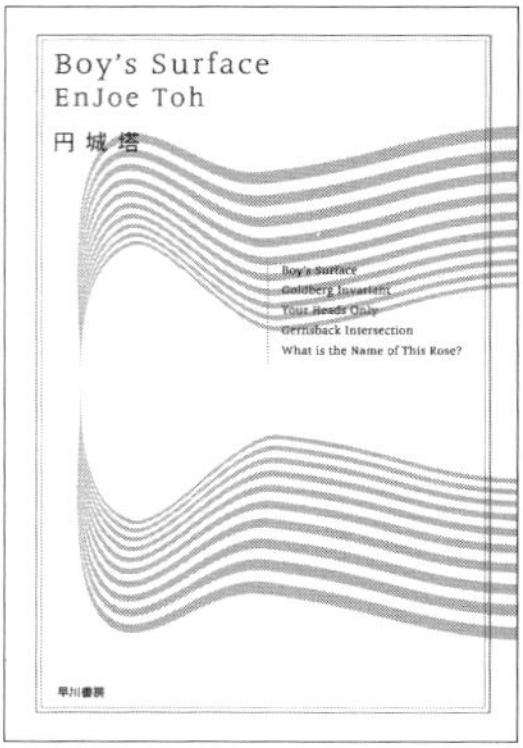

とある数学者の初恋を描く表題作ほか、消息を絶った防衛戦の英雄と言語生成アルゴリズムについての思索「Goldberg Invariant」、読者のなかに書き出し、読者から読み出す恋愛小説機関「Your Heads Only」、異なる時間軸の交点に存在する仮想世界で展開される超遠距離恋愛を描いた「Gernsback Intersection」の四篇を収めた数理的恋愛小説集。著者自身が書き下ろした〝解説〟を新規収録。

ハヤカワ文庫

象《かたど》られた力

謎の消失を遂げた惑星〝百合洋〟。イコノグラファーのクドウ圓《ヒトミ》はその言語体系に秘められた〝見えない図形〟の解明を依頼される。だがそれは、世界認識を介した恐るべき災厄の先触れにすぎなかった……異星社会を舞台に〝かたち〟と〝ちから〟の相克を描いた表題作、双子の天才ピアニストをめぐる生と死の二重奏の物語「デュオ」など全四篇の傑作集。第二十六回日本SF大賞受賞作

飛 浩隆

機龍警察〔完全版〕

テロや民族紛争の激化に伴い発達した近接戦闘兵器・機甲兵装。その新型機〝龍機兵〟を導入した警視庁特捜部は、搭乗員として三人の傭兵と契約した。警察組織内で孤立しつつも彼らは機甲兵装による立て籠もり現場へ出動する。だが背後には巨大な闇が……〝至近未来〟警察小説シリーズ第一作を徹底加筆した完全版

月村了衛

ハヤカワ文庫

ヤキトリ1
一銭五厘の軌道降下

カルロ・ゼン

地球人類全員が、商連と呼ばれる異星の民の隷属階級に落とされた未来世界。閉塞した日本社会から抜け出すため、アキラは惑星軌道歩兵——通称ヤキトリに志願する。米国人、北欧人、英国人、中国人の４人との実験ユニットに配属された彼が直面したのは、作戦遂行時の死亡率が７割というヤキトリの現実だった……『幼女戦記』のカルロ・ゼンが贈るミリタリーＳＦ新シリーズ、堂々スタート！

ハヤカワ文庫

虐殺器官〔新版〕

伊藤計劃

9・11以降、〝テロとの戦い〟は転機を迎えていた。先進諸国は徹底的な管理体制に移行しテロを一掃したが、後進諸国では内戦や大規模虐殺が急激に増加した。米軍大尉クラヴィス・シェパードは、混乱の陰に常に存在が囁かれる謎の男、ジョン・ポールを追ってチェコへと向かう……彼の目的とはいったい？ 大量殺戮を引き起こす〝虐殺の器官〟とは？ ゼロ年代最高のフィクションついにアニメ化

Cover Illustration redjuice

ハヤカワ文庫

マルドゥック・アノニマス1

冲方 丁

『スクランブル』から二年。自らの人生を取り戻したバロットは勉学に励み、ウフコックは新たなパートナーのロックらと事件解決の日々を送っていた。そんなイースターズ・オフィスに、弁護士サムから企業の内部告発者ケネス・C・Oの保護依頼が持ち込まれた。調査に赴いたウフコックとロックは都市の新勢力〈クインテット〉と遭遇する。それは悪徳と死者をめぐる最後の遍歴の始まりだった

ハヤカワ文庫

著者略歴　1953年生，長岡工業高等専門学校卒，作家　著書『戦闘妖精・雪風〈改〉』『膚の下』『敵は海賊・A級の敵』（以上早川書房刊）他多数

HM=Hayakawa Mystery
SF=Science Fiction
JA=Japanese Author
NV=Novel
NF=Nonfiction
FT=Fantasy

魂《たましい》の駆動体《くどうたい》

〈JA634〉

二〇〇〇年三月十五日　発行
二〇一九年九月十五日　四刷

（定価はカバーに表示してあります）

著者　神《かん》林《ばやし》長《ちょう》平《へい》
発行者　早川浩
印刷者　白井肇
発行所　株式会社 早川書房
郵便番号　一〇一 - 〇〇四六
東京都千代田区神田多町二ノ二
電話　〇三 - 三二五二 - 三一一一
振替　〇〇一六〇 - 三 - 四七七九九
https://www.hayakawa-online.co.jp

乱丁・落丁本は小社制作部宛お送り下さい。
送料小社負担にてお取りかえいたします。

印刷・株式会社精興社　製本・株式会社川島製本所

ISBN978-4-15-030634-2 C0193

本書は活字が大きく読みやすい〈トールサイズ〉です。